Francisco Bescós

El porqué del color rojo

ED DE
SALTO PÁGINA

⚜ El porqué del color rojo

A mi madre, más Grande aún.

Día cero

20:00

Madrid es una buena ciudad para las cucarachas. El coronel Adolfo García se pregunta cuántos de estos insectos desfilarán ahora mismo tras las molduras de escayola de la cafetería en la que se encuentra. Si son capaces de hallar alimento en cualquier yermo, más aún en un local tan elegante como éste: restos de comida, silicona para sellar el alicatado, pegamento para arreglar jarrones chinos, lascas de piel de octogenarios, pelo desprendido de visones de diez mil euros, pañuelos de papel rociados con estornudos en el fondo del paragüero y sabe dios cuántas delicias más para un paladar tan exquisito como el de la cucaracha madrileña. En verano el calor las hace salir. Obliga a los viejos camareros de pajarita (esos que parece que sólo sobreviven en la capital) a perseguirlas con un periódico enrollado. Cualquier cosa antes de que un cliente las vea. Ahora que empieza el otoño, regresan a sus escondites recónditos: la caldera de carbón, la campana extractora, la cisterna del retrete, el falso techo, las tapicerías, el parqué flotante. Todo está lleno de cucarachas. No hay insecticida para tanta cucaracha. No hay balas ni Cetmes para tanta cucaracha.

El coronel García lanza una mirada en derredor para despreciar cuanto ve: el terciopelo, las ancianas señoriales que meriendan su chocolate, los cuadros cinegéticos... Lleva frecuentado esta cafetería años y nunca la había encontrado tan rancia. Siempre había pensado que era el tipo de local adecuado para él, un hombre clásico que se viste por los pies. El típico refugio decadente para el nostálgico vecino del barrio de Salamanca. Madrid. España. Sin embargo, hoy no reconoce su refugio, quizá porque no se reconoce a sí mismo. Su mirada se detiene una vez más en ese espejo que hay tras la barra. Se encuentra de nuevo frente a frente con su corbata: un trozo de seda azul estampado con una lluvia de graciosos tomatitos. Aún no se la ha quitado. Se la ha dejado puesta desde por la mañana, como un cilicio que estrangula su orgullo, una penitencia para expiar su error.

El coronel García se permite delegar pocas cosas en su vida. El vestuario, cuando no ha de vestir su uniforme de la Guardia Civil, es una de ellas. Mercedes suele escogerle las chaquetas y las corbatas. Él es un hombre recio, un hombre como dios manda, no entiende de modas, no entiende de esas cosas, está bien que su mujer le oriente. Pero esta mañana vio la corbata de los tomatitos sobre la colcha, entre las prendas elegidas para asistir a la comida del general Planas («Sin uniformes, por favor», indicaba la invitación del general). Se quejó a su mujer, diciéndole que iba a parecer un mariposón. «Está muy de moda», respondió Mercedes. «El otro día la llevaba Alfonso Ussía en la televisión». Al coronel García, en ese momento, no le pareció inverosímil que el siempre distinguido Alfonso Ussía se dejase ver con semejante mariconada. Sin embargo, ahora que vuelve a contemplarse con ella en el espejo, no sólo le parece inverosímil, sino una absoluta invención de Mercedes. Pero ya es tarde. La mención al escritor fue suficiente para que García aceptase el nudo Windsor alrededor de su cuello.

«Bonita corbata, Adolfo», le dijo Planas a García al saludarlo con una sonrisa en los labios. «Pásate por la cocina a que te den aceite y sal y nos la comemos de entrante.» Que Planas sea un superior no hace sus bromas más graciosas que las del resto de la gente. Y, para García, las bromas del resto de la gente nunca tienen ni puta gracia. Tras fingir (con su absoluta falta de talento para fingir) una carcajada, afirmó: «Alfonso Ussía la tiene igual». A lo que el general respondió: «Buen tipo, Alfonso Ussía, le conocí el otro día en... Perdona, que está aquí el coronel Serna. Voy a saludarle». Durante la agradable comida no se volvió a mencionar la corbata ni a Alfonso Ussía. Pero ya no importaba, el ánimo de García se había hundido.

Planas había invitado a su casa a varios altos mandos del cuerpo, una comida de hermanamiento, la llamó él. El general, con una impecable corbata de rayas oscuras, hacía lo que mejor sabía hacer: hablar con todos, relatar anécdotas, lucir sus extraordinarias aptitudes para contar un chiste sin perder un ápice de dignidad. «Política», se dijo García, quien hubiera preferido que le sometieran a una buena ración de patadas en los cojones con un zapato puntiagudo antes que pasar tres minutos más rodeado de todos aquellos cantamañanas. Nunca ha sido, García, de comidas de hermanamiento ni de meriendas en torno a un brasero. En esas reuniones sólo encuentra podredumbre, corrupción, charla vacua y peloteo.

García ha honrado el lema «Todo por la patria» más que cualquiera de los lameculos que este mediodía llenaban sus estómagos en casa del general Planas. En la historia de la Guardia Civil no ha habido juramento de bandera más sincero que el suyo. Y, sin embargo, por carecer de esa cualidad que el general Planas sí posee, la destreza política, ahora él está por debajo en el escalafón.

Pensando en esto, sentado a la mesa del general, los hubiera enviado a todos a tomar por el culo. No: los hubiera enviado a todos al norte, donde él desempeñó sus servicios tanto tiempo, Cetme en mano, domingos de encierro y miradas bajo el coche todos y cada uno de los días de su vida. Los hubiera enviado a todos allí, a aprender que por España se arriesga la vida, a aprender que las cosas no son como se pintan en los ministerios de Madrid, a aprender qué se siente cuando una pintada en la pared te convierte en blanco.

Que les follen a todos ellos, que sorben las putas ostras bañadas en limón del general Planas. García había tirado la toalla tiempo atrás. Le había importado una mierda que su carrera se quedase estancada. El problema, el motivo por el que hoy ha tenido que soportar una comida en compañía de tanto gilipollas, ataviado con una corbata de tomatitos y haciendo esfuerzos por halagar al general, tiene nombre: Francisco Javier García, su hijo.

¿Qué hizo él para que el niño le saliera tan tonto? Mercedes dice que pasar la infancia encerrado en una casa cuartel guipuzcoana no debió ayudar mucho al desarrollo psicológico de Francisco Javier. Pobrecito, mi niño, marginado por ser hijo de *txakurra*. A Mercedes le gusta el reproche. No entiende que ahora puede vivir en la casa en que vive gracias a las compensaciones que se ingresaron por exponer el culo en el norte. Un premio a tanta noche sin dormir, a tanta pesadilla. García trabajaba mucho en aquellos tiempos; de hecho, en aquellos tiempos era difícil distinguir el trabajo del resto de la vida. Trabajaba tanto que no se dio cuenta de lo de los porros hasta cuando ya se había convertido en un problema. Francisco Javier tenía sólo catorce años. «¿Quién cojones te pasa esta mierda? ¿Eres drogadicto? Tú lo sabías, Mercedes ¿verdad?» «Tranquilo, Alfredo, no te pierdas, por Dios, que sólo es un crío.» «¿Un crío? ¿Sabes qué edad tenía el muchacho al que hemos metido hoy a interrogar? ¿Sabes lo que llevaba en la mochila?» A pesar de todo, aquello resultó bastante soportable.

Otra cosa fue cuando en la mesilla de noche del muchacho, a los quince años, apareció un mechero con la inscripción «Jotake» y un folleto con el membrete de la serpiente y el hacha. Aquello no tuvo ni puta gracia. Ni el castigo, tampoco. Lo primero que hizo fue llevarse al chico al anatómico forense; allí le obligó a ver los restos aún calientes de la víctima de un tiro en la nuca. Por si la lección no se le quedaba bien grabada en el alma, la repasaron a bofetadas durante toda la tarde. Por la noche a García ya le dolía la mano y el espíritu de todas las hostias que le había dado al chaval; se sirvió una copa de brandi y se sentó en la cocina de su apartamento de la casa cuartel. Entonces se dio cuenta: aquello era un aviso. Al niño le importaba una mierda la lucha de ETA, la independencia de Euskadi o la condición de los presos. El niño quería joderle. Sólo joderle. A él. A su padre. Pero, ¿por qué? «Porque no estás», pronunció Mercedes, robándole de sus propios pensamientos una respuesta que él ya conocía.

Así que, a partir de entonces, estuvo. En primer lugar, hizo prevalecer todas sus prerrogativas por haber pasado tantos años cerca del plomo. Escogió cambio de destino: Soria, su localidad natal. Allí se propuso conocer bien a su hijo. Le sacó una licencia de caza y ambos disfrutaron de largos fines de semana disparando contra venados y jabalíes. Durante las noches, en la fonda, cerca del fuego, se sinceraban. García le contaba, como si fueran divertidas anécdotas, momentos en que su vida había corrido peligro: intervenciones arma en mano, controles de carretera en que se sale picando rueda, ataques con granadas contra el cuartel... Al chaval le emocionaban esas historias. Estaban llenando el vaso de una distorsionada vocación, que tenía más que ver con las películas de Chuck Norris que con el servicio al ciudadano. Por su parte, Francisco Javier reconoció que había llegado a participar en alguna manifestación en Donosti, que había lanzado piedras contra los *beltzas* y había ayudado a quemar un cajero. García escuchó asombrado que los amigos de su hijo no sabían que, después de todo el jaleo, tomaba un autobús al pueblo y se iba a dormir a la casa cuartel, y no precisamente al calabozo. «¿Crees que me habrían hecho algo si llegan a enterarse?» «Creo que lo que hiciste no fue demasiado inteligente. Pero ya pasó.»

Francisco Javier entró en el Cuerpo en el 93, siendo aún muy joven. Ingresó a la academia de polillas, como se les llama a los hijos de los guardias civiles. Su padre, que por entonces había vuelto al norte, atraído por la enfermiza llamada del riesgo, o por la necesidad de ocupar el puesto de macho alfa en un terreno conocido, le sacó de varios líos disciplinarios. Ni las drogas ni la ideología eran ya un problema, pero Francisco Javier tenía dificultades para reprimir su ira. Y eso, cuando se trabaja con pistolas, supone un serio inconveniente.

En la actualidad, Francisco Javier tiene rango de teniente (en proceso de obtener los galones de capitán). Ha estado implicado en varias colisiones con coches del Cuerpo, en amenazas a otros conductores o viandantes, en denuncias por abuso con violencia y en un misterioso balazo en el pie que sufrió un subordinado. Hace cuatro años recibió su último expediente disciplinario: sacó su pistola en una boda y amenazó al pinchadiscos con que lo mataba si no ponía inmediatamente una de José Luis Rodríguez El Puma. La cosa no habría ido a mayores si no se hubiera tratado de la boda del hijo de un comandante de la UCO. Se habló del tema y trascendió: «El chico del García está como una puta cabra, tú». Esto acabó con los planes de su padre de colocar a Francisco Javier en un destino tranquilo y manejable, alejado de las miradas de los superiores y de la burocracia central.

Había surgido la oportunidad de que Francisco Javier ocupase el cargo de responsable de la casa cuartel de Calahorra, un cuartel fácil y apartado, en el que sus salidas de tono no tendrían repercusión. Sin embargo, lo de la boda había enviado esos planes al carajo. Y, para más inri, el puesto se lo había llevado la teniente Lucía Utrera, una jodida traidora. Esa maldita gorda había estado a las órdenes del coronel en aquellos años del Norte. Había resultado ser un dolor de huevos permanente. La decisión era humillante. Había que revertirlo todo.

Así que, mientras el chico se saca la oposición a capitán, el padre le hace la pelota al general Planas para que se reconsidere lo de Calahorra. A fin de cuentas, la casa cuartel de aquella ciudad riojana siempre ha estado comandada por un capitán. Sólo la carestía de medios hace que una teniente de la policía judicial esté actualmente al mando.

El coronel mira una vez más su corbata de tomatitos. Y de pronto siente que no se merece cargar con semejante cruz. No, bastante ha hecho por los demás. Se deshace el nudo y se arranca la corbata. Apura la copa de brandi, la segunda de la tarde.

—¿Qué le debo?

—Tres cincuenta.

—¿Sabe lo que me debe usted a mí?

—¿Perdón?

—Nada, nada. Sólo era una broma.

El coronel García experimenta un repentino cambio de humor. Se siente de pronto extático, seguro de lo fácil que lo tiene, a pesar de las corbatas equivocadas y de su nulo talento para el arribismo. Si el niño no le falla, pronto escalará en el rango. Él hará su parte: le conseguirá Calahorra. No es que aquella localidad importe más que otras. Pero dársela a su hijo es la forma de deshacer la humillación que el nombramiento de la teniente Utrera le ha infligido. Pronto, esa gorda cordobesa se convertirá en una subordinada de su hijo. Una más a la que hacerle la vida imposible. Porque tiene cojones que una traidora como ella, que flaquea en los momentos más inoportunos, que naufraga en un mar de nervios y sensiblería, pase por encima de él, el coronel García, que tanto ha hecho por el Cuerpo, la patria y el ciudadano.

El coronel arroja la corbata de tomatitos al paragüero cuando sale de la cafetería. Se enciende un cigarro y echa a andar hacia casa. El alcohol de los dos brandis endurece los veredictos de tantos juicios que ahora mismo cruzan su cabeza: la teniente Lucía Utrera, el general Planas, Mercedes, la casa cuartel de Calahorra, el Cuerpo, los vascos, los españoles, la patria, el mundo, «No saben lo que me deben». No, no lo saben.

Aunque alguno sí. Hay quien sí lo sabe. Hay quien no olvida sus deudas. Como esa persona que sale al paso del coronel, surgida de la oscura rampa de un garaje. Y comienza a seguirle. El coronel hace tiempo que perdió la costumbre de mirar a sus espaldas cuando camina por la calle. Cosas de los tiempos de paz. Aun así, la persona mantiene la distancia. Sabe que el coronel va armado porque los hombres como él van armados y porque la protuberancia en su chaqueta, bajo la axila, confirma que sí, que va armado. El coronel se detiene ante un enorme y desierto portal barroco. Una entrada a un edificio majestuoso, pero apenas iluminada, porque, vaya por Dios, justo esta semana se han fundido cuatro fluorescentes a la vez y al conserje aún no le ha dado tiempo de acercarse a la ferretería de la esquina a por recambios. Esto le viene muy bien a la persona. Necesita oscuridad para lo que tiene pensado hacer. También necesita acelerar sus pasos tras el coronel cuando éste entra en el portal. La persona estira el pie izquierdo justo a tiempo de evitar que la puerta metálica se cierre. Hacía mucho tiempo que la persona no experimentaba una sensación parecida. Y, aun así, parece que fue ayer la última vez.

Día uno

7:00

Lucía por fin abre los ojos. Se encuentra a sí misma temblando. Es la primera vez que siente frío tras tres meses de verano. La única sensación cálida proviene de un minúsculo punto situado junto a la comisura derecha de su boca: un pequeño brote de saliva que busca el camino más recto hacia la almohada. Pestañea. Se sitúa. Sus neuronas aún juguetean con las últimas reminiscencias de lo que estaba soñando: se encontraba allí de nuevo, en el norte, a sus veintiseis años; se bañaba en las aguas heladas del Cantábrico un día nublado; tenía miedo, como todos y cada uno de los minutos que pasó en el norte. En el sueño, se echaba sobre la arena y se encogía tiritando de frío. Y ahora descubre por qué. A su lado, Bernard duerme envuelto en toda la ropa de cama. En algún momento, antes del amanecer, debió de hacer rodar toda su corpulencia hacia el otro extremo del colchón; eso provocó que el cobertor se enroscara en él, dejando a Lucía sin abrigo. Bernard parece una gigantesca bobina de tela propia de la industria textil. Lucía, sin embargo, tiene el pantalón del pijama remangado hasta la rodilla y la camiseta subida a la altura del pecho. La posición fetal no le ha servido para conservar el calor. Su sangre cordobesa, la misma que le ha dotado de esos ojos oscuros, es alérgica al frío.

Sin dudar ni un instante, Lucía le arrea un manotazo en el hombro a su marido.

—Niño, déjame algo de manta, cojones.

Bernard se agita y murmura algo incomprensible en inglés. Luego se voltea y va liberando el cobertor. A su vez, Lucía se acomoda bajo las sábanas. El movimiento de ambos provoca severos crujidos en la estructura de la cama. Entre los dos cuerpos suman una buena cantidad de kilos. No hay colchón de matrimonio que no se deforme bajo el peso de ambos, transcurridos unos meses. Es lo que les ha ocurrido con su nuevo lecho marital, adquirido ex profeso para la vivienda que les ha tocado en el complejo de la nueva casa cuartel, recién construida en Calahorra.

—Esta cama no va a aguantar mucho —se queja él, susurrando en su español de Chelsea.

—Te he dicho que lo mejor es que nos compremos dos individuales.

—No, no. Me niego. Quiero un matrimonio como los de la gente delgada. Y además, estamos a dieta. Vamos a bajar de peso.

Lucía suspira. Bernard lleva varios días sumido en un estado injustificado de preocupación y tristeza. Está segura de que, al igual que ayer, ha tardado horas en dormirse. Ha notado, entre sueños, estremecerse varias veces la cama; eso significa que su marido se ha levantado en mitad de la noche. Bernard pasa por este tipo de períodos con relativa frecuencia. Incluso les ha puesto nombre: *My weak blue weeks*. Tiene una personalidad fuerte, pero eso a veces no es suficiente para evitar que se cuestione el tipo de vida que lleva, un hombre como él, amo de casa, que ha renunciado a una carrera profesional en las letras por seguir los pasos de una funcionaria española. Si uno lo piensa, es lógico que la suma de «decisiones erróneas» que ha tomado en su vida le deprima. Pero Bernard suele encontrar soluciones rápidas para esas temporadas mohínas. Asumir nuevos propósitos y tratar de cumplirlos suele devolverle la alegría. Lo malo viene cuando el propósito consiste en perder kilos. Porque, entonces, fracasa. Y no recupera ni su estado de forma ni su alegría. Y, tras un tremendo efecto rebote, acaba engordando. Y arrastrando en ello a su mujer.

De hecho, es la decimocuarta vez que afrontan juntos una dieta por iniciativa de Bernard. Estos intentos se convierten en una frustrante travesía por el desierto en la que no faltan la ansiedad, las discusiones, la traición y la mentira. Todo por un quítame allá ese Whopper o un puñado más de Lays sabor jamón. Lucía, además, conoce las capacidades físicas de ambos. Bernard no tiene cuerpo de obeso mórbido, sino de jugador de rugby, segunda línea de la delantera. Un arquetipo corporal difícil de encontrar aquí, en España, pero que abunda en los países anglosajones. Ella, a su vez, pasa con holgura el test diario al que la somete su trabajo. Y lo cierto es que a Lucía (aunque no lo sepa) sus compañeros la apodan la Grande, no le apodan la Gorda, y en ese matiz hay una notable diferencia. En cualquier caso, ella no está lo suficientemente motivada como para afrontar una jornada tacaña en calorías. No cree necesitarlo. Pero Bernard, sí. Y le prometió apoyo en esto: nunca una dieta en solitario.

Suena el despertador. La teniente suelta un me cago en esto. No, no le están tomando el pelo. Son las siete de la mañana, la hora a la que el despertador la devuelve a la realidad todos los días. Bernard también emite un bufido.

—Voy a prepararte el desayuno —dice, secamente. Se levanta de la cama. Abre un resquicio de la persiana y mira a través de él. Descubre una niebla espesa que no permite ni siquiera ver los primeros edificios de la ciudad. Luego pone rumbo al cuarto de baño.

Lucía se incorpora. Toma el teléfono móvil que siempre deja sobre su mesilla, sin sonido.

—Anda mi madre que…

Tiene doce llamadas perdidas. Entre los mensajes de Whatsapp, uno del cabo Ramírez, acompañado de unas coordenadas que conducen a un terreno cercano a la carretera LR-115, entre Aldea Nueva de Ebro y Autol: «Buenos días mi teniente. Asesinato. Venga cuanto antes, por favor». Lucía se arroja fuera de la cama. Corre al baño. Se pone el uniforme a toda prisa.

Desde la cocina, Bernard escucha el trote estrepitoso que se desplaza de un lado a otro del pasillo. «Y ahora me despertará a los niños», piensa él, que desearía unos minutos para leer en soledad. Lucía entra en la cocina en el momento en que Bernard coloca sobre la mesa un cuenco lleno de cereales acartonados que se ahogan en leche desnatada.

—¿Qué es eso, niño? —pregunta ella arrugando la nariz.

—Muesli integral. Hoy no hay sobaos.

—Serás cabrón.

—Serás gorda.

7:30

En la niebla, el viñedo parece un cementerio de lápidas de mimbre. Cada vid es un fantasma enmarañado, una criatura que acecha. Planta tras planta, se crean líneas paralelas que se prolongan hasta desvanecerse tragadas por las brumas que escupe el río Ebro.

El cabo Ramírez lamenta no haber sacado ya el jersey de invierno. La temperatura no es tan baja, pero la humedad provoca una sensación térmica difícil de soportar con la camisa de verano. El otoño promete ser casi invernal. A Ramírez sólo le queda ocultar la cara en la braga de forro polar que ha encontrado en la guantera y refugiar las manos bajo las axilas. A su espalda, el sargento Campos, con sus aires castrenses, se encarga de impedir que todo se salga de madre. Campos logra que el juez y los del Servicio de Criminalística de Logroño no pregunten más de tres veces por el paradero de la teniente.

—Está ocupándose de un asunto. Mientras, delega en nosotros.

—Pero yo creo que ella debería… —ha empezado a decir una suboficial del SECRIM.

—Que ahora viene, coño —ha interrumpido Campos.

Entonces el sargento ha enviado a Ramírez a esperar a la teniente en la carretera que marca el límite del viñedo.

—No sea que se pase de largo y tarde media hora más. Y trata de llamarla cada poco, hasta que la localices —ha ordenado Campos.

—A sus órdenes, mi sargento.

Ramírez ha partido del punto donde se ha hallado el cadáver (sentado en una piedra, la espalda apoyada en un árbol). Ha enfilado una de las calles que forman las espalderas a las que trepan las vides, atravesando jirones de niebla. En el trayecto ha podido ver con sus propios ojos la mancha oscura que la tierra ha ido absorbiendo: el cordón de sangre que ha conducido a los del SECRIM hasta el punto exacto en el que la víctima recibió el golpe mortal. Allí también trabaja un agente de pijama blanco, camuflado en la niebla. Ramírez ha aprovechado el paseo para abrir bien los ojos, tratando de dar con huellas claras, herramientas perdidas, cualquier cosa que pueda parecerse remotamente a una pista. No ha encontrado nada. Y ahora espera junto a la cuneta de la carretera a que llegue la teniente. Mira el reloj. Son las 7:30. Desde donde se encuentra puede escuchar el murmullo del tráfico desgastando el pavimento de la AP-68. Luego, un ronroneo se separa de ese murmullo y va cobrando intensidad. El Nissan Pathfinder del cuerpo aparece tras una curva. Lleva buen ritmo. Parece que han sabido transmitirle a su superior la urgencia de la situación.

Ramírez ocupa el centro de la calzada. Alza los brazos y los agita para llamar la atención de la teniente, no sea que por culpa de la niebla acabe bajo las ruedas del coche. Su figura larga y las extremidades en movimiento le dan aires de aerogenerador. El Pathfinder responde con una ráfaga de luces. Aminora la velocidad hasta detenerse en el arcén. La Grande asoma la cabeza.

—Ramírez, dime que los de Logroño se van a hacer cargo de esto —lo expresa como una súplica; y unas serias ojeras, propias de quien no ha dormido bien, o de quien no ha conseguido despertar bien, o de quien no ha comido bien, acentúan su aspecto de san bernardo hambriento.

—Buenos días, mi teniente. Pues parece que, bueno, el juez ha hablado con los de la Unidad Orgánica de la Policía Judicial de Logroño y entre todos se han puesto de acuerdo. Como hace un par de años solucionamos con éxito aquello de la niña, pues que para qué vamos a molestar a los de allí. Nos dan un poco de apoyo de criminalística y fuera.

La Grande aún no ha separado las manos del volante, como si la pregunta que ha hecho fuera a darle la posibilidad de escapar de allí sin ni siquiera tener que bajarse del vehículo. Suspira y deja caer la cabeza hacia atrás. Finalmente se apea y cierra la puerta.

—¿Y de pronto se acuerdan ahora de lo del crimen de Nuria Isabel? Fue hace cuatro años.

—Mi teniente, si me da usted permiso para sospechar...

—Sospecha, niño, que para eso cobras.

—Por el aspecto y la vestimenta, la víctima es un inmigrante de Europa del Este. Posiblemente gitano, y...

—¿Somos especialistas en etnia gitana?

—Lo que quiero decir es que a los de la UOPJ ha debido de darles pereza. Mucho trabajo y poca gloria.

—Sé perfectamente lo que has querido decir. Y sospecho, si me permites sospechar a mí también, que tienes toda la razón. Habrá que tomárselo como un cumplido; quizá se crean que para nosotros es una especie de premio o así.

Ramírez se encomienda a la diosa fortuna antes de llevar la contraria a su teniente.

—Bueno, mi teniente. Para mí ya sabe que un caso como éste siempre es una motivación.

Lucía se yergue. No es un buen día para que un soldadito patoso, largo y delgado como una culebrilla le toque los cojones.

—Coño, me alegro, cabo —y empieza a tratarle de usted, que es lo que hace con Ramírez cuando quiere que se calle—. Porque le voy a hacer trabajar en el caso hasta que sangre por el cuero cabelludo de tanto pensar la solución.

Salvan el desnivel que separa carretera y viñedo. Saltan un cercado bajo. Ramírez indica el camino.

—¿Has probado alguna vez el muesli, niño? —La Grande, que vuelve a tratarle de tú y a llamarle «niño», pues es lo que hace cuando quiere martirizarlo.

—No, mi teniente.

—Pues no lo hagas. Es una puta mierda, el muesli. Es como si vaciases el contenido del triturador de papel en un bol y te lo comieses con leche. Con leche desnatada, por supuesto, que es agua teñida de blanco. Pues eso es el puto muesli. Intentan darle algo de sabor añadiendo pasas, lo cual sería una buena idea si no fuera porque no encuentras más que una mierda de pasa en cada quinientos kilos de cereal. Muesli. Es muy saludable para el cuerpo. Y, para el alma, ni te cuento.

Ramírez reprime un gesto de nerviosismo. «Dieta. ¡Oh, no! Dieta, no, por favor», se dice, alarmado. Para intentar desviar el tema de conversación, empieza a dar datos sobre el caso.

—Es un chaval joven. No lleva la documentación, por supuesto. Por la pinta, ha muerto desangrado. Desde donde he podido verlo, parece que lleva un corte en el cuello.

—¿Quién lo encontró?

—Una llamada anónima avisó al puesto. Quien llamó tenía acento del este. El juez está por aquí.

—¿Quién?

—El juez.

—¿Me tomas el pelo? ¿Ha venido? ¿Y tan temprano? ¿No hay pesca en algún sitio?

—En septiembre, no, mi teniente. Ha preguntado por usted.

—Bueno, ya lo manejaremos.

La Grande examina el terreno superficialmente. Localiza objetos, todos ellos semienterrados en la tierra roja, que pueden tener que ver con el caso o pueden no tener nada que ver: un guante de jardinería, un mango de madera astillada, un cordón de zapato colgando del sarmiento. Pero lo que más le llama la atención son las uvas. Racimos rebosantes de glóbulos púrpura, hinchados, como a punto de reventar y derramar su zumo cargado de azúcar.

—¿Te has fijado, Ramírez, en lo hermosas que están las uvas?

—¿Quiere usted un racimo, mi teniente?

La Grande se detiene.

—¿Qué insinúas? ¿Que estoy hambrienta?

Ramírez traga saliva. Y la traga. Y la vuelve a tragar.

—No quiero un racimo —sigue la teniente—, lo que quiero es saber por qué no hay nadie recogiéndola.

—Bueno… Mi teniente… Lo del asesinato…

—No seas lelo, niño. Los viticultores, otra cosa no, pero a la uva la tratan mejor que a sus hijas. Tienen un período limitado de tiempo para vendimiar antes de que se les pase la fruta en la rama. Y además, el parte meteorológico amenaza lluvia, lo cual destrozará la cosecha. Lo normal sería que en la carretera hubiera una cuadrilla esperando a que nos fuéramos para empezar a trabajar. Y no hay nadie. ¿Lo ves, corazón?

Se acercan cuanto pueden al árbol bajo el que aguarda la víctima. Ramírez vuelve a contemplar al chaval. Jovencísimo. Tez oscura de esas que te condena a la miseria. Una gorra blanca aún en la cabeza. Viste como diez capas de ropa. A Ramírez le llama la atención su postura. El cuerpo apoyado con dignidad en el árbol. El brazo derecho como el péndulo de un reloj. La cabeza descansando sobre el hombro. El rostro apacible. Le recuerda la pose de *La muerte de Marat*, el cuadro de David que hace poco ha tenido que analizar para la asignatura Fundamentos de Historia del Arte III. Ramírez se ha matriculado en Magisterio por la UNED. Su rápido ascenso a cabo se ha producido (él lo sabe) gracias a la recomendación de la teniente. Pero si quiere llegar a oficial, necesita estudios universitarios. Cuando era más joven, no tenía dinero para ir a la universidad: o eso, o la oposición al Cuerpo. Ahora tiene dinero, pero no tiene tiempo. Perra suerte. Así que estudia por las noches y patrulla, al noble servicio del ciudadano, durante el día. A veces relaciona lo que ve con asuntos que acaba de descubrir en los libros. El gesto de este muchacho, henchido de orgullo póstumo, habría sido un buen modelo para Jacques-Louis David. Por lo demás, tras el árbol hay un punto en el que la alambrada ha caído por culpa de un poste roto; también hay una carretilla boca abajo, con las ruedas pinchadas y el platón cubierto de óxido. Sólo unos rosales floridos, cuya función en un viñedo es alertar de la presencia del hongo del oidio, parecen querer llevar la contraria a toda la muerte que se respira en la mañana.

Campos se acerca a la teniente y al cabo. La niebla le impide usar hoy sus gafas de espejo. Saluda a la Grande llevándose los dedos a la visera de la gorra.

—Buenos días mi teniente. El forense dice que…

—No me digas que he llegado más tarde que el doctor Cordón.

A Campos la turbación se le nota más que a nadie en el universo.

—Mi teniente, no la localizábamos, y…

—Ya, imagino. ¿Qué es lo que dice el doctor?

—Pues a falta de que le hagan más pruebas en el Anatómico Forense, se ve bastante seguro como para afirmar que el chico lleva muerto pocas horas y que le dieron un golpe en el cuello con un objeto contundente y filoso. Un hacha, una pala, un azadón… Se ha desangrado. Según los del SECRIM, el chico llegó andando por su propio pie desde el punto donde recibió el golpe hasta el árbol. El doctor Cordón no se explica cómo lo consiguió.

—¿Y dónde está el Truchas? ¿No me habéis dicho que ya andaba por aquí?

—¿El juez Martos? Hablando por el móvil en su coche. ¿No escucha usted las carcajadas?

—Escucho, escucho. Lo que me faltaba. El Truchas aquí de risas con el Rosarios.

—El doctor Cordón no es muy de reírse con el juez Martos, mi teniente.

—Cállese, Campos. Y la próxima vez que ocurra algo así, envíe a alguien a buscarme a mi casa. Joder, que vivo a cinco metros del puesto. ¿No se le ha ocurrido que podría tener el teléfono desconectado?

La teniente arranca a caminar. Se dirige hacia el forense por la zona acordonada. Campos queda compungido en compañía de Ramírez.

—¿Pero qué mosca le ha picado?

—Lo siento, mi sargento. No he podido avisarle antes: dieta.

—¿Dieta?

—Dieta.

Campos levanta la vista al cielo, en una plegaria desesperada.

Lucía se acerca al doctor Cordón. Hombre pequeño, calvo, con algo de pelo muy negro en las sienes.

—Buenos días. Ha llegado muy rápido hoy, doctor Cordón —saluda Lucía.

—Buenos días, mi teniente —responde éste con una sonrisa poco natural, como si unos garfios le obligasen a estirar los labios—. Justo salía de una vela al Santísimo.

—¿Está usted muy cansado?

—En absoluto —dice, tratando de contradecir sus enrojecidos ojos—. De una vela uno sale fortalecido. Debería acompañarme un día. Yo la llamo y le doy la hora que le toca. Y listo.

Hay cosas curiosas en la profesión, piensa Lucía. Le hace gracia descubrir cómo las mentes de quienes le rodean se protegen de toda manifestación del horror. En la violencia que constituye el día a día de un médico forense, cualquiera habría encontrado motivos para renegar de un creador. Sin embargo, para el doctor Cordón, toda esa maldad provoca la necesidad de agarrarse a la bondad de Dios con todas sus fuerzas y de no cuestionarla lo más mínimo. Por eso lo llaman el Rosarios. No pierde una misa ni una oportunidad para el apostolado. Está tan acostumbrado a que rechacen sus invitaciones (a rezar, a presenciar novenas, a asistir a retiros espirituales…), que ni siquiera se ofende cuando Lucía cambia de tema.

—¿Qué es eso de que no se explica que la víctima haya llegado hasta aquí?

—Bueno, le han dado un golpe fuerte y ha perdido sangre a chorros, pobre criatura. Debería haberse desmayado en el trayecto. Se taponó la herida con la mano izquierda, pero de poco le sirvió, sólo para manchársela de sangre. Demostró mucha fuerza de espíritu.

—¿Para morir sentado bajo un árbol?

—Nunca sabremos qué esperaba. Quizá era lo más parecido al techo de su hogar que encontró alrededor.

—Dudo mucho que este muchacho haya tenido algo a lo que llamar hogar en su vida.

Suena una risa lejana entre los jirones de niebla y los sarmientos. El Truchas ha descendido de su coche, allí, a unos setenta metros de distancia. Sin embargo, aún habla por el móvil. El Truchas cuenta con el don de la inoportunidad.

—¿Por qué se taponó la herida con la izquierda? ¿Era zurdo? —preguntó Lucía al doctor Cordón.

—No puedo asegurarlo porque no lo conocía. Pero creo que no, creo que era diestro. Con la derecha sujetaba el corquete.

—¿El qué?

—El corquete. Los de la científica se lo enseñarán, ya les he dado permiso para recogerlo. ¿No sabe lo que es? Una especie de hoz, pequeñita, para vendimiar. Ya casi nadie los utiliza, sólo los braceros más ancianos, que están acostumbrados. Ahora los racimos se cortan con tijeras. A saber por qué este chico tenía uno.

—¿Pudo el corquete causarle la muerte?

—Hubiera podido, pero no lo hizo. No. Demasiado ligero. El corquete le habría rebanado la garganta limpiamente, como una navaja. Pero aquí hay un traumatismo muy fuerte. Lo que le pegó en el cuello a este chico fue un objeto pesado. Un hacha, un…

—Azadón, una pala. Sí, me lo han explicado.

—Cuando hagamos la autopsia en Logroño podremos precisarlo.

Mientras hablan, se acerca el teniente Paredes, de la Policía Judicial de Logroño, que ha estado supervisando al Servicio de Criminalística. Paredes es un soberbio profesional. De tanto entornar la vista en busca de indicios, se le han quedado los ojos rasgados. A pesar de ello, Lucía no cree que vaya a desempeñarse con las mismas ganas que en otras ocasiones, teniendo en cuenta que el caso no lo van a llevar ellos.

—¿Están hablando del corquete? —dice Paredes, sin saludar, pues no acostumbra a ello—. Lo tenemos ya empaquetado. Como no llegabas.

—Tenía un asunto.

—¿Qué asunto tiene uno a las siete de la mañana?

—Pues igual he estado comiendo bollos suizos, mi teniente. A ti qué coño te importa. ¿También te vas a meter con mi gordura?

La sorpresa empuja a Paredes a dibujar un poblado arco de medio punto con sus gruesas cejas. Conoce a la teniente Utrera desde hace unos años, la ha visto con cierta frecuencia. Sabía del cinismo ácido de la teniente, pero nunca había presenciado esa agresividad. Paredes intenta balbucear una respuesta, pero no sabe cuál: ¿Un contraataque? ¿Una disculpa? Finalmente, el doctor Cordón resuelve.

—Usted no está gorda, mi teniente. Sólo es corpulenta.

La Grande medita sólo un instante. Y le es suficiente para que por su cabeza crucen todas las oportunidades de estar callada que perdió en su vida.

—Gracias, doctor Cordón —dice, inventándose una sonrisa—. Discúlpame, Paredes. He sido muy grosera. Por favor, no me lo tengas en cuenta.

Paredes asiente tímidamente.

—Disculpas… aceptadas.

Otra carcajada del juez Martos les alcanza desde la lejanía. Debe estar repasando un libro de chistes de Lepe, el juez Martos.

—Lo del corquete —continúa Paredes— prueba que la víctima se defendió. Está ensangrentado. El chico logró una estocada antes de morir.

—¿Algo más que nos pueda ayudar?

—Huellas frescas por todas partes y de todo tipo de calzado, sobre todo deportivo. Es como si un grupo de personas hubiera llegado hasta mitad del viñedo, desde la carretera, y luego se hubiera dado la vuelta repentinamente.

—Una cuadrilla de vendimiadores, probablemente extranjeros. Habrán venido para recoger la uva, se habrán topado de narices con el cadáver y habrán salido por patas para no meterse en líos. La llamada anónima será de alguno de ellos.

—A esa misma conclusión hemos llegado nosotros.

—¿Y marcas de neumático en la carretera?

—No.

—Campos, acérquese —ordena la Grande—. ¿Algo con lo que podamos identificar a la víctima?

—No hay documentos, no hay tatuajes. Nada.

La Grande observa el cadáver, su ropa de beneficencia, su calzado barato y, aun así, su rostro plácido, como de haber muerto sin miedo, o como si le hubiera dado tiempo de rezar a un Dios en el que realmente confiaba.

—Si un emigrante no lleva los documentos encima, hay dos posibilidades, o es un ilegal y no los tiene, o sí los tiene pero se los ha quitado alguien que lo está explotando.

—Hace mucho tiempo que no hay problemas con las mafias de temporeros en la vendimia —apunta Campos—. Los propietarios aprendieron a no confiar en intermediarios desaprensivos, a base de multas de seis mil euros por cada irregular.

—Ya lo sé, Campos, pero aquí hay un muerto indocumentado, con aspecto de gitano rumano y, si miras a tu alrededor, lo único que encontrarás es viña y viña y viña y viña. Es decir, yo no veo ningún semáforo en el que pedir limosna a cambio de limpiar un parabrisas. Y además, parece que el… ¿croquete?

—Corquete.

—Eso. Parece que el corquete era suyo, ¿no es así? Un bracero ilegal. Por eso toda la cuadrilla salió corriendo al ver el cadáver. Estaría formada por irregulares. Mientras nosotros estemos cerca, se esconderán.

—Esto nos va a costar trabajo —concluye el sargento.

—Nos va a costar trabajo —bendice ella.

—Habrá que tomarle huellas, moldes de la dentadura… —interviene el doctor Cordón—. Pero eso no garantiza nada, no creo que estuviera registrado en ningún fichero.

Lucía contempla el campo. Las vides, veladas por la bruma, retorcidas sobre sí mismas: nadie diría que se encuentran en su momento de esplendor. La luz tenue transforma los tonos dorados, rojizos y verdes del otoño en una neutralidad grisácea. No se escucha ni un zumbido de algo vivo. Ni un pájaro hace crujir los sarmientos. Tan sólo el ronroneo tímido de la lejana AP-68.

—Habrá que hablar con los inspectores de trabajo que estén a cargo de esta zona. También hay que ver a la gente de Cáritas —concluye Lucía—. Ellos son los que se ocupan de asistir a estos pobres desgraciados. ¿Podemos ir esta tarde?

—Por supuesto.

—Bien. Y averígüeme a quién pertenece este viñedo.

Una voz aflautada rompe el silencio que impone la niebla en el campo (el segundo silencio más rígido, después del que impone la nieve).

—No hace falta, teniente Utrera. Yo se lo digo.

Es el juez Martos quien habla. El Truchas. Ha terminado su llamada telefónica y se ha acercado al grupo sin que se dieran cuenta. El juez Martos es un tipo rechoncho y blando, al borde de la jubilación. Según cree Lucía, Martos lo dio todo en la oposición para sacarse la judicatura; tanto que ya no le quedaba nada más que dar en el cerebro, llegado el momento de ejercer. Más de una vez se ha presentado en la escena de un crimen con una cesta de truchas o de lucios o de cangrejos de río. Eso, cuando aparece, porque el absentismo es una de sus dos señas de identidad; la otra es la fea costumbre de decir a todo que sí, sin perder en discusiones ni un solo minuto que podría estar empleando en la pesca. El problema es que, tratando de contentar a todo el mundo, sólo logra prorrogar los conflictos.

—Este viñedo pertenece a Bodegas Lafourchette —dice el Truchas.

Bodegas Lafourchette. Lucía las conoce, cómo no. Sus botellas de joven, crianza y reserva se encuentran en todos los supermercados de España y en muchos de Europa.

—Ahora mismo estaba hablando con Pedro María Lafourchette, que también es buen pescador, buen amigo —sigue el juez—. Le he advertido de que esto le va a traer alguna incomodidad. Pero bueno, tampoco seamos perros de presa, ¿eh, teniente Utrera? Hagámoslo bien, como siempre. Y mano izquierda, por favor, mano izquierda.

Acabáramos, piensa Lucía. El Truchas es amigo de Pedro María Lafourchette, el dueño del viñedo y de la bodega. Probablemente, el empresario habrá reclamado su presencia aquí desde el minuto uno. Por eso el Truchas ha llegado tan temprano, cuando suele ser el último y el más lento. Y por eso, por lo de no ser perros de presa, habrá presionado para que la investigación la lleven los guardias de Calahorra, en lugar de los de Logroño. Muy bonito.

—Claro, señor juez. Por supuesto —responde Lucía; «Ninguno de nosotros cree que el señor Pedro María Lafourchette esté contratando obreros ilegales, uno de los cuales, por cierto, se encuentra de cuerpo presente, con un tajo en el cuello y el alma cruzando de barrio», piensa al mismo tiempo—. Nos vamos a la casa cuartel, Campos. Allí hablamos mejor.

Ya llega la ambulancia que ha de llevarse el cuerpo al Anatómico Forense de Logroño. Lucía abre el paso para recoger el Pathfinder.

—¿Qué coño le pasa? —le pregunta el teniente Paredes, en voz baja a Campos.

—Dieta, mi teniente Paredes. Para ella es como dejar de fumar.

—Dejé de fumar una vez. No me volví un psicópata.

—Quizá es que no fumaba lo suficiente.

8:30

De regreso a la casa cuartel de Calahorra, el Pathfinder de la Grande se queda atascado tras la marcha de cinco tractores. Circulan en fila india, ocupan todo el arcén y casi todo el carril derecho. Uno de ellos arrastra un viejo remolque descascarillado, de los que aún no estaban diseñados para compensar la presión que sufre la uva al amontonarse. Por este motivo, va soltando sobre el asfalto un reguero de mosto; deja una mancha oscura y pegajosa, un festín para los insectos. En cuanto los tractoristas ven el coche del Cuerpo, cambian su forma de conducir.

Lucía aprovecha la lentitud de la marcha para observar el campo. Todo parece recubierto de una piel leñosa. Como si el paisaje fuera una pintura sobre tabla. En la Rioja Baja, la vendimia comenzó hace una semana. Ella no entiende nada de uva, pero pudo percibir ese extraño nerviosismo capaz de contagiar a todos los vecinos. Aumentaron las intervenciones por despistes (una sartén que se queda en el fuego, un coche que se traga una rotonda), por discusiones a gritos en viviendas, por broncas a puñetazos en plena calle, no tanto en Calahorra, ciudad más verdulera que vinatera, como en el entorno de Aldeanueva de Ebro.

En vísperas de vendimia, viticultores y enólogos se vigilan unos a otros. Son como los leones que persiguen a una presa de gran tamaño y se azuzan para ver quién es el listo que mete la primera dentellada. La uva está a punto de caramelo. Pero, ¿en verdad lo está? Ésa es la cuestión. Si soy el primero en recogerla, ¿me precipito? Si soy el segundo, ¿me retraso? Sin embargo, alguien ha de ponerle el cascabel al gato. Se ve a los responsables de las bodegas deambulando por las viñas, comprobando el azúcar de la uva. Recogen un puñado de frutos. Exprimen su mosto. Lo vierten en el refractómetro, que tiene aspecto de catalejo corto, y lo dirigen al sol, acercando un ojo al visor, como si a pleno día quisieran descubrir un nuevo satélite orbitando la Tierra. Pero no sólo ellos aguardan. También esperan los transportistas, los conductores de tractores, los operadores de las básculas, los técnicos de las bodegas, los químicos y biólogos de los laboratorios, los funcionarios, los inspectores de trabajo, los hosteleros. También esperan los braceros. Braceros que llegan de todas las partes del país o incluso del mundo. Pretenden ganar un dinero a cambio del cual no se les exige referencias ni títulos, ni tan siquiera un pasado. Pero sí un trabajo extremadamente duro.

Una vez se da el pistoletazo de salida, las carreteras de la región se vuelven locas. Remolques que hacen cola para subir a las básculas. Furgonetas que conducen la mano de obra de acá para allá. Pequeños propietarios que tratan de encontrar una bombona de butano en la noche porque una cuadrilla la acaba de agotar y hace frío. Peritos de aseguradoras que tratan de incumplir promesas. Dueños de bares que rezan para que no haya peleas mientras sintonizan vídeos de electro latino en Sol Música. Ambulancias y coches de la autoridad que intentan que nada se salga de madre.

Los pájaros ocultos entre las vides alzan el vuelo al mismo tiempo, cuando la primera cuadrilla de recolectores enfrenta el viñedo. Los braceros invaden las calles que forman las espalderas. Agachan los riñones, malditas las vides, que no son medio metro más altas. Van seleccionando racimos, los cortan, los echan al capazo. Una vez lleno, el cesto pesa más que sus blasfemias. Se lo suben al hombro. Allí se hunde en la clavícula. Duele. Se acercan al tractor y vacían la uva en el remolque.

Esas uvas perderán su inocencia en poco tiempo: pasarán de la niñez del mosto a la arrogancia del vino en menos de un año. Una pubertad admirable.

Ahora, para alegría de Lucía, la bruma se despeja. Luce un sol tímido, aún bajo. Su impacto sobre el parabrisas es suficiente para elevar la temperatura del habitáculo un par de grados. Entona el cuerpo de la Grande, hasta este momento incómodo por el frío del alba y las escasas calorías que le ha aportado el muesli.

Sola, al volante, maldice su suerte. Vuelve a tocarle bailar con el más feo, con el tipo de la halitosis. Hace ya cuatro años que tuvo que enfrentarse a lo de Nuria Isabel. Durante este tiempo, la tranquilidad que esperaba al hacerse cargo de la casa cuartel de Calahorra se ha hecho realidad. Una vida estable, monótona. Cíclica: hacer lo mismo todos los días, hacer lo mismo todas las semanas, hacer lo mismo todos los meses. Y cada año, pasar de Navidad a las fiestas de marzo; de fiestas de marzo a Semana Santa; de Semana Santa a fiestas de agosto; de fiestas de agosto a vendimia…

Algo en su abdomen (y no es el desayuno, porque apenas ha desayunado) se retuerce cada vez que divisa el regreso de la auténtica naturaleza de su trabajo. Recuerda el tiempo que pasó en la UCO, cuando se desplazaba a todos los rincones de España para resolver crímenes de todo pelaje. Recuerda el tiempo que pasó en el norte, cuando doblar una esquina o subir a un coche sin mirar los bajos era como un salto al vacío. Ella se merece Calahorra, joder.

Pero, al mismo tiempo, la orgullosa agente, la excepcional agente que siempre ha sido, se ofende cada vez que la toman por tonta.

Lo de Nuria Isabel se lo encasquetaron para que la cagase. Así la sacarían de allí y le darían su puesto a alguien menos meritorio pero más recomendado (en concreto, a Francisco Javier García, el primogenitísimo del coronel Adolfo García, nada menos). Ahora, le endosan esto del viñedo para que provoque el menor ruido posible y no moleste a Pedro María Lafourchette. Les importa una mierda si tiene éxito o no. Pues bien, con el primer caso ya les llevó la contraria. Y, con el segundo, veremos. Quizá, si tuviera el estómago lleno, su orgullo se disiparía y mandaría la investigación al cuerno; pero el vacío abdominal le pone de muy mala hostia. Y la mala hostia es enemiga de dejar las cosas pasar y darle la razón a los gilipollas.

9:00

Pocos minutos después, Lucía entra en el puesto. Aún tiene algunos asuntos pendientes y quiere asegurarse de cuáles puede aplazar. Recorre el pasillo reluciente, parecido al de un centro de salud. Huele a amoniaco. En esta nueva casa cuartel sería imposible encontrar una mancha de humedad como aquella que decoraba el despacho de la teniente, tan parecida al perfil de su provincia natal, Córdoba.

Antes de llegar a su despacho pasa junto a la habitación destinada a la unidad de violencia de género. Tiene la puerta abierta. En su interior, la cabo Artero está sentada frente al escritorio. Mantiene sobre la mesa uno de esos horribles libros de dragones y duendes y guerreros que siempre acarrea con ella. Pero no lo está leyendo. No está haciendo nada. Sólo mira a la pared con cara de preocupación.

—¿Qué pasa, Artero? —pregunta la teniente.

Ella se levanta y saluda con esos ademanes marciales que tan indiferente dejan a la Grande.

—No ha venido, mi teniente.

La cabo Artero creía haber convencido a una mujer para que denunciara a su pareja. Era una colombiana que trabajaba en una conservera. Sus compañeras habían dado aviso de que traía un hematoma nuevo cada día. Sus vecinos habían dado aviso de las salvajes amenazas que traspasaban los tabiques del edificio. Sus amigas habían dado aviso del acoso al que era sometida. Pero, sin una denuncia, para la ley es como si todo eso surgiera por generación espontánea. La cabo Artero se toma su trabajo muy en serio. Ha llegado hace poco tiempo a Calahorra, pero el suficiente como para demostrar una extrema empatía hacia las víctimas y un odio acérrimo contra los agresores. Tanto es así, que la teniente tiene un ojo siempre encima de ella, pues teme que un día se harte del procedimiento y decida resolver el entuerto a tiros, como en las películas. Buena chica, Artero, pero un poco impetuosa.

—No se preocupe, cabo. Nunca vienen a la primera. Hay que insistir. Está usted trabajando en salvar una vida y eso siempre es difícil.

Entra en su despacho. Lo primero que hace es encender las luces del acuario. Cuenta, uno por uno, todos sus peces. Arruga la nariz al comprobar que el resultado de la suma es menor que ayer. Pero ahora no tiene tiempo para detenerse en eso. Levanta las venecianas. Descubre una vista amplia de las afueras de la pequeña ciudad. Los campos de fútbol del colegio de los Dominicos parecen blandos cenagales que invitan a hundirse en ellos. Calahorra se alza a su derecha sobre el promontorio de la Eralta. La valla que cierra el perímetro de la casa cuartel está lejos, lo cual ha aumentado la seguridad respecto a la antigua, emplazada en el centro, entre calles estrechas. Sin embargo, los muros del actual edificio parecen de papel de fumar, como todo lo que se construye actualmente. Lucía se pregunta qué habría pasado si el atentado con coche bomba que la banda terrorista ETA perpetró en 2008 contra el viejo puesto se repitiera en éste. Aquellos muros detuvieron la deflagración y la hicieron rebotar contra las casas del barrio. El actual edificio volaría por los aires. Pero, para eso, el terrorista tendría que acceder al patio y aparcar en él su coche.

Hacía mucho que su mente no le dedicaba unos instantes a La Banda. Siempre que eso ocurre, un millón de imágenes cruzan su memoria. Visiones, aparentemente menores, grabadas a fuego en su cerebro: una braga de montaña tirada junto a una papelera a la que nadie se atreve a acercarse tras una manifestación; una hebra de cabello rubio en la solapa de un concejal asesinado; los ojos de una joven panadera que le desea la muerte y que se cree amenazada de muerte.

El plic, plic, plic del agua; una gotera que se derrama sobre una bañera llena a un ritmo desesperadamente lento, mientras la lluvia en el exterior teje conexiones entre el cielo y el infierno de la Tierra.

Hay algo premonitorio en que todos estos recuerdos la hayan asaltado precisamente ahora. Porque cuando enciende su ordenador y abre su bandeja de correo electrónico, aparece un mensaje absolutamente inesperado. No tarda ni un segundo en levantar el teléfono y marcar el número del comandante Aguilera.

—Diga.

—Comandante.

—¿Eres tú, Lucía?

—Soy yo. Acabo de leer tu email.

El comandante Aguilera sigue siendo lo más parecido a un amigo que Lucía tiene en Madrid. Es un amigo hablador, afortunadamente. A pesar de emitir las palabras con una lentitud exasperante (parecen salir de sus labios con el único objetivo de mecerle suavemente el bigote), si uno aguarda con paciencia, se dará cuenta de que su discurso es oro puro. Como no todos gozan de esa paciencia, no todos conocen una sorprendente verdad: Aguilera es un cotilla. Lucía, en cambio, sí que lo sabe. Y también sabe que el destino en el que acaban de reubicar al comandante, Asuntos Internos, hace que por sus manos pase información muy sensible; secretos que él necesitará compartir como quien necesita fumar un cigarrillo después de un vuelo transatlántico. Gracias a la información que su antiguo jefe le transmite con frecuencia, ha sido capaz de adelantarse en numerosas ocasiones a las malas artes de muchos que quieren perjudicarla. Hoy, sin embargo, la cosa no va de eso. Difícilmente el protagonista de su conversación puede ya perjudicarla. Porque se trata del coronel Adolfo García. Y está muerto.

—¿Cómo es posible? —pregunta Lucía.

—Lo encontraron en su portal de la calle Claudio Coello. Dos tiros, de cerca. Calibre 22. Uno, en la frente, le hizo perder el conocimiento, pero no lo mató. El otro, desafortunadamente, le desgarró la yugular.

—¿Y tú te crees lo del robo?

—Parece bastante claro. Le quitaron la cartera, el reloj, anillos...

La imagen que Lucía conserva del coronel García, aquella que no puede borrarse de la cabeza, es la de un tipo fornido, de brazos largos y anchos y bien plantado sobre sus piernas. No puede imaginárselo tendido sobre un charco de sangre con los bolsillos vueltos del revés.

—¿Quién mata para robar hoy en día, comandante?

—El arma del coronel estaba en el suelo. Hizo una descarga que rompió un espejo del portal. La hipótesis que se maneja es que primero entregó los anillos y el reloj. Y después, en lugar de la cartera, sacó la pistola. Hizo un tiro fallido, el caco se acojonó y abrió fuego. Luego, con el poco valor que le quedaba, le quitó la cartera y salió corriendo. No tiene nada de raro. Los barrios ricos atraen a los ladrones.

—¿García, un tiro fallido?

—Estaba mayor. Ya no es el García al que tú serviste en Guipúzcoa.

—¿Y nadie vio nada ni oyó nada?

—Es una calle muy tranquila. La vecina que vive en el entresuelo está sorda como una tapia. En el primero hay un despacho de abogados, vacío a esas horas. Los del segundo A estaban esquiando en Baqueira, los del B son un matrimonio de maricas que trabajan hasta tarde en su propio restaurante. Los del tercero oyeron algo, pero tampoco les sobresaltó como para llamar a la policía.

—Puede que el asesino lo supiera.

—¿Que supiera qué?

—Pues que había una sorda, un despacho vacío, una familia esquiando y unos maricas trabajando. Si hubiera tenido intenciones de matarlo, no habría podido escoger mejor momento.

Al otro lado de la línea se escucha un peculiar sonido de fricción. Lucía sabe que se trata del bigote del comandante Aguilera rozando el micrófono del teléfono: cuando algo le rompe los esquemas le brota un tic que le hace menear el morro como un conejo.

—Lucía, no me toques los cojones.

—¿Quién lo lleva?

—Fonseca y Sagredo, de la UCO.

—Bien. Buena gente. Les llamaré.

—¿Para qué?

—Pues para decirles hola.

Aguilera deja que transcurran unos instantes antes de atreverse a preguntar.

—¿Estás contenta?

A Lucía le sorprende no sentirse ofendida por la pregunta.

—No. Sé que debería estarlo. Ese hijo de puta me la tenía jurada. Pero nunca he odiado tanto a alguien como para desear su muerte.

—¿Seguro?

Lucía se lo piensa. Ese «seguro», pronunciado en ese tono, quiere decir que Aguilera conoce la respuesta correcta.

—Bueno, sí. Pero ese alguien no era el coronel García.

—¿Sabes que Francisco Javier oposita a capitán?

—¿Su hijo?

—Lo tiene prácticamente en el bolsillo.

—¿Cómo es posible? ¿Cuántos expedientes disciplinarios le han caído a esa joya? ¿Ya se han olvidado de lo de la boda?

—No lo creo. Desde entonces lo llaman teniente El Puma. Pues parece que es posible, porque el padre, que en gloria esté, se dedicó a camelarse al general Planas.

—No me pega nada, el coronel García camelando.

—Fallando tiros, camelando… Ya ves: por los hijos se hace cualquier cosa. De todas maneras, que su padre haya pasado a mejor vida no te viene nada mal. Si el niño llega a sacarse la capitanía lo tenías de superior en Calahorra en dos días.

—¿Me estás acusando de algo? —pregunta Lucía, irónica.

—Estarás de acuerdo en que es un móvil.

—No creo que ese cenutrio llegue nunca a capitán. Tampoco creo que la vacante de capitán de esta casa cuartel se llegue a cubrir nunca. Esto es un aburrimiento, ¿para qué hace falta un capitán aquí? Gracias por hacérmelo saber. Tendré que estar alerta.

—De poco te va a servir estar alerta: si le destinan a Calahorra te lo comes o pides traslado.

—Me servirá para resignarme, al menos, y emborracharme el día que lo sepa.

9:30

—Pase, teniente, el compañero Campos ya me advirtió que vendrían.

—Gracias, mi teniente —responde Lucía, otorgando el respeto que merece un oficial retirado del Cuerpo— ¿Sirvió usted con él?

—Durante varios años. No recuerdo exactamente cuántos. Llevo tanto tiempo jubilado ya. Nos tocó alguna buena juntos. Recuerdo un rescate a un avión de ICONA que había caído cerca de Arnedillo. Tuvimos que andar juntos varios kilómetros con la nieve por la cintura. Cuando volví al cuartel se me había borrado el color de la piel de los zapatos, del roce con la nieve. De aquella, en Calahorra no seríamos más de quince guardias.

Desde que se jubiló, el teniente Guzmán Luque es voluntario en todo aquello que se pueda ser voluntario: Cruz Roja, Cáritas, Asociación contra el Cáncer… Recibe a la teniente Utrera y al cabo Ramírez en la oficina de Cáritas que hay en la calle del Teatro. Está acondicionada con varios biombos para distribuir espacios, escritorios para los voluntarios, un guardarropa para almacenar prendas y zapatos para los necesitados, una ducha de uso libre para asearse y un par de aulas donde se imparten clases de español, de costura o de lo que sea; y se apoya a los niños emigrantes que van retrasados con sus estudios. Cuando entran son recibidos por el revuelo propio de un mercado. Cinco hombres marroquíes se parapetan tras una esquina y observan todo; hablan en voz baja, mientras esperan a ser atendidos. Unas mujeres gitanas revisan ropas. Unos voluntarios ordenan cajas de aceite de girasol y paquetes de macarrones en un armario.

Otros hablan por teléfono o atienden a personas de mirada triste y aspecto de haber ido a caer allí por accidente. Desde una de las aulas se escucha un coro de voces jóvenes:

Pescador tú serás
de viento nuevo.
Tú serás el amigo
que nos lleve a un mundo nuevo
en tu gran corazón...

También se distingue a una directora que conmina a los cantantes a demostrar más alegría: «A ver esas sonrisas, esas sonrisas hombre». Guzmán les conduce a la otra aula, que está vacía.

—No es muy buen momento, estamos hasta arriba de trabajo. Y además de todo el follón, la parroquia de San Andrés nos ha pedido un aula para ensayar un musical benéfico que van a representar el día del Domund. Se nos acumula todo. En vendimia atendemos a muchos braceros transeúntes, ¿saben?

—Sí, sabemos. Por eso hemos venido —responde Lucía—. ¿Suelen venir en muy malas condiciones?

Guzmán cierra la puerta del aula. Quedan protegidos del bullicio por un tabique de Pladur. Junto a la pizarra hay ordenadores viejos. En las paredes se exponen cartulinas de colores con dibujos infantiles.

—Bueno, hay de todo —en el aula el sonido de la voz rebota como en una iglesia—. Nosotros tenemos el procedimiento muy claro. Cuando viene un bracero que no sabe qué hacer con su vida, le damos un vale para una comida, ropa, si la necesita, y un billete de autobús a Logroño o Zaragoza si quiere seguir viajando. A los que no tienen dónde dormir los mandamos a Logroño o a Tudela, donde hay albergue. Antes, en lugar del billete, les dábamos el dinero en metálico, pero muchos cogían los cinco euros y se los guardaban. Desde que damos el billete, ya no viene tanta gente a decir que quiere viajar.

Ramírez, siempre encargado de llevar sus fundas portafolio de plástico transparente, extrae una foto de la víctima. Agradece estar hablando con un ex guardia civil: la fotografía (los labios azules, los brazos cayendo a peso muerto, el reguero de sangre seca, como de lava solidificada, saliendo del cráter del cuello) no le resultará tan traumática como a otra persona. La deposita sobre la mesa y se la enseña a Guzmán Luque.

—Coño —dice éste.

—¿Lo conoce usted? —pregunta la Grande.

—No. De nada. ¿Quién es?

—Le seré sincera: no tenemos ni idea. Ha aparecido en un viñedo, así que suponemos que será temporero. No tenía documentación. Eso nos hace pensar que algún intermediario podría haberse quedado con sus papeles, para impedirle la huida. Teníamos la esperanza de que ustedes nos ayudaran a identificarlo.

El jubilado toma la foto y se rasca la cabeza.

—Tiene pinta de ser gitano del Este o gitano portugués, ¿verdad? En mi época venía mucho gitano de Portugal; los trataban a palos.

—Ya sabe que las cosas con los braceros han cambiado mucho desde aquel entonces.

—Pues sí, se lo digo yo. Más de un intermediario, como usted lo llama, acabó en la cárcel. Aunque, mirando esta foto, uno diría que todo sigue igual.

—Exacto. Por eso estamos tan desconcertados. Hace años que no vemos una mafia de explotación operando a cara descubierta. Ni siquiera podemos asegurar que se trate de eso.

—Igual lo mataron en Logroño y dejaron ahí el cadáver.

—No, el SECRIM certifica que se lo cargaron en el mismo campo.

—¿Han visto al doctor Cordón? Me prometió un contacto con una fábrica de zapatos de Arnedo para conseguir una rebaja para Cáritas.

—Quizá se le haya olvidado. Es lo que tiene pasar las noches velando al Santísimo, que uno no duerme y la cabeza no rinde. En fin, ¿entonces no conoce al chico?

Guzmán deja la foto sobre un pupitre y la golpea con los nudillos, como si llamase a la puerta y el cadáver tuviera que abrir.

—A este chaval yo no lo he visto nunca. Preguntaré a los compañeros. También les puedo dejar acceso a las fichas a ustedes, pero apuesto lo que quieran a que nunca ha pasado por aquí. Tengo buena memoria para las caras, deformación profesional, ya saben.

—¿Podría preguntar a las personas de las que vienen por aquí a pedir?

—Claro. Pero sería una lotería. Nunca quieren hablar de otros. Ni de nada que tenga que ver con una investigación. Menos aún si les enseño la foto de un muerto.

—¿Y no hacen ustedes trabajo fuera de la oficina, en el campo?

—No, qué va. No hay medios para eso. Si el transeúnte no se ha pasado por aquí, es casi imposible que lo conozcamos. Pero sé de alguien que sí hace trabajo de campo. Es un tío raro, va por ahí a su libre albedrío. En las distintas temporadas de recolección anda por los cultivos repartiendo ropa y alimentos que no sabemos de dónde saca. Conoce a muchos temporeros de todas las etnias, y parece ser que lo respetan y hablan con él a menudo.

Ramírez esgrime su boli para apuntar las señas.

—Se llama Juan Borobia —sigue Guzmán—. Padre Juan Borobia. Es cura… o fue cura… o no ejerce de cura pero ejerció. No lo sé. Ni siquiera el obispo ha sido capaz de explicarme bien eso del padre Juan Borobia. Sospecho que le dejan hacer lo que quiera a cambio de que se mantenga alejado de las parroquias. Dicen que tiene la cabeza *p'allá*, pero cuando he hablado con él me ha parecido un tío recto. Un poco zumbado, solamente.

—¿No tiene un teléfono o una dirección?

—Vive en Logroño, y tiene despacho en la oficina de Cáritas. Además, sé dónde encontrarlo ahora mismo, antes de las dos. Fue boxeador y entrena gratis a chicos en riesgo de exclusión en un gimnasio que hay en Agoncillo, cerca del aeropuerto. Lo sé porque me ha pedido que se lo diga a todos los chavales que se pasen por aquí.

Al salir del aula, el oído de Lucía comprueba los progresos del coro que ensaya en la sala contigua: ya no desafina tanto.

Aun así, la directora sigue exigiendo más y más y más sonrisas. Se fija entonces en que a Ramírez se le ha ofuscado el gesto: el cabo aprieta bien el boli contra el papel de la libreta para repasar la dirección del gimnasio.

—¿Qué te pasa, niño, qué son esos morros?

—No me gustan los curas.

—¡Acabáramos! —suspira la Grande.

12:00

Ramírez golpea el metal de la puerta con el puño. Está recién pintada de blanco; se le quedan restos de esmalte adheridos al dorso de la mano. La puerta está abierta. Como nadie responde, se animan a entrar. Hay un mostrador de recepción y una vitrina de cristal con guantes, vendas, protectores bucales, vitaminas y camisetas con la leyenda *Fight for life!*, dos por treinta euros. Las paredes están revestidas de carteles que anuncian combates (motivos flamígeros, mucha cobra, mucho escorpión, púgiles de rostro partido que levantan puños envueltos en vendas blancas). Nadie atiende el mostrador y las luces están apagadas. La pintura, el suclo de Pergo, el extintor de la pared: todo parece recién estrenado. A pesar de la limpieza, en el aire predomina un penetrante olor a sudor rancio. Lucía avanza sin miedo. Llegan a una sala amplia en la que un bosque de sacos de boxeo se balancea en la penumbra.

La tenue luz natural de una claraboya incide sobre un hermoso cuadrilátero de combate. Sobre él, un boxeador muy joven se enfrenta a las manoplas de un entrenador. En cerradísima posición de guardia, va moviendo los pies mediante cortos pasitos bien coordinados. Cuando el entrenador levanta las manoplas, el boxeador las golpea con precisión. Emite un sonido parecido al de abofetear una bolsa de basura. Directos, ganchos, *uppercuts*, *crochets*, toda la gama existente de técnicas para dejar KO al adversario reluce sobre el ring. Pasito, pasito, pasito. Izquierda, gancho, derecha. Un baile estrecho, concentrado, vertiginoso. En cada sacudida, la lona se llena de nuevas salpicaduras de sudor. Provienen del cabello del chaval, de la punta de la nariz, de su pecho y axilas.

Otro chico, también equipado con guantes, observa el ejercicio desde la esquina con una toalla alrededor de los hombros. El ruido de una sirena interrumpe el asalto. El muchacho que boxeaba se relaja. El entrenador también. La Grande se atreve a salir de la oscuridad en la que se encuentran refugiados.

—¡Buenos días! —dice.

El boxeador vuelve a tensar los músculos. El que observa también se pone alerta. El entrenador mira hacia los guardias. La Grande y Ramírez pueden entonces contemplar el rostro del padre Juan Borobia por vez primera. Un hombre de unos cincuenta años. Metro ochenta de estatura. Chándal gris, pasado de moda. Barba poblada, también gris. Piel también gris, picada de viruelas. Ojos como de pizarra, nariz aplastada.

—La puta madre que les parió, vampiros, buitres carroñeros, parásitos genitales… Qué vergüenza, qué vergüenza —el padre Juan Borobia no grita; pronuncia los insultos como si se los comiera, pero algo milagroso en su garganta los hace perfectamente audibles—. Son como el virus del herpes. Como el herpes, son. Van a conseguir que se me caiga la polla a pedazos. Que ya me pican los huevos sólo de verles, cabrones, vampiros.

Los dos púgiles (ambos muy morenos, de cejas bien espesas) cierran filas tras el cura, juntando espalda con espalda, levantando las manos a la altura del pecho. El estupor inmoviliza a Ramírez, que busca una respuesta en el rostro de su teniente; pero allí tan sólo halla un a mí no me mires, que no entiendo nada. El padre Borobia restalla el brazo derecho como un látigo, con la intención de lanzar la manopla contra el suelo. Ésta va a estrellarse a pocos metros de la pareja de guardias civiles. Luego hace lo mismo con la manopla izquierda, que golpea un espejo, al fondo de la sala. Sube el volumen de su voz.

—¡Me cago en la almohada del Papa!

Y sube aún más el volumen.

—¡Me cago en la urna de mi abuelo!

Y agarra las cuerdas del cuadrilátero. Y las agita.

—¡Que les dije un millón de veces que ese coche no lo conducía yo! ¡Que no me hagan identificar al conductor porque no me da la puta gana! ¡Que ése es su puto trabajo! ¡Que yo no pago! ¡Hostia ya!

Mientras Ramírez acerca tímidamente la mano derecha a la pistolera, a la Grande se le ha ido iluminando un discreto gesto divertido en el rostro. A Lucía le sorprende encontrar a alguien más enfadado con el mundo de lo que ella está con el muesli. Esto, de alguna forma que no puede explicar, está aliviando su propia ira. Así que saca la voz, pero tratando de transmitir cierta dulzura.

—Tranquilícese, padre Borobia.

—Padre Borobia, los cojones. No pienso pagar la multa, así me lleven a la cárcel. ¿Se cree que la cárcel me acojona? He estado mil veces. Su cárcel me chupa un huevo.

—No vamos a llevarle a la cárcel. No estamos aquí por ninguna multa de tráfico. Venimos a pedirle ayuda.

Los brazos del padre Borobia se detienen de repente. Dejan de sacudir las cuerdas. Ahora lo único que se agitan son una miríada de motas de polvo a la luz de la claraboya.

—¿No vienen por lo de la multa?

—No, no sabemos a qué multa se refiere.

—¿Qué hostias quieren, entonces?

—Queremos su colaboración para identificar a alguien.

—Yo no voy a ayudarles a identificar a nadie; no van a encarcelar a ningún robagallinas muerto de hambre con mi colaboración.

—No se trata de un sospechoso. Se trata de una víctima. Ha aparecido una persona muerta cerca de Aldeanueva de Ebro y no sabemos quién es.

En el rostro del padre Borobia aparece una sonrisa colmada de puentes odontológicos.

—Ah. Bueno. Entonces, bienvenidos.

El padre se vuelve hacia los dos muchachos. Cuando les habla, su tono cambia totalmente. Se acerca mucho a ellos y sus palabras son precisas. Junta los cinco dedos de ambas manos; es lo más parecido a rezar que le ven hacer.

—Mientras hablo con los picoletos, os ponéis casco y bucal. Hacéis tres asaltos de *sparring*. El primero sólo golpes rectos. Después, libre. Despacio. Pero como no os vea sacar manos, me voy a subir yo a combatir con vosotros. Y ya sabéis lo que significa eso. Que luego me lloráis.

Se desliza ágilmente entre la cuerda intermedia y la superior y se baja del ring de un salto. Entonces conduce a los guardias a través del gimnasio. Al pasar junto a un saco, golpea suavemente con la derecha.

—¿Saben ustedes quién es el Fiti Guerra? —va diciendo—. ¿Olímpico en el noventa y seis, campeón de España de mosca…? El gimnasio es suyo. Esos chicos son buenos, pero necesitan aprender, y en este país para aprender hace falta dinero. Sin dinero, nada. Así que le pedí al Fiti Guerra que me dejase el gimnasio, y yo les doy lecciones gratis. A cambio, le hemos pintado la puerta, le hemos instalado el Pergo… Lo tenemos como nuevo. Venimos todos los días.

—Eso está muy bien.

—Así les doy una responsabilidad a los chavales, unos horarios, una disciplina. Saben que, si un día no se presentan, me cago en su puta madre y no me vuelven a ver.

—¿Y cumplen?

—Bueno, más que con la escuela. Estos son rumanos, gitanos. Trabajo mucho con la Fundación Secretariado Gitano, ¿saben? Sobre todo para los gitanos extranjeros. No se imaginan lo que se llega a ver. La mayoría de estos chicos se traen a España una cicatriz en el costado: les obliga a vender un riñón en cuanto están maduros. No entiendo en qué mundo vivimos, qué mundo es este en que compras un riñón sin preguntar a qué niño se lo han sacado. Por supuesto, los muchachos apenas están preparados para vivir en una sociedad como la nuestra. No entienden nada. El boxeo les viene bárbaro. Es un sistema de referencias sencillo. Si entrenas, mejoras. Si consigues ser más rápido, mejoras. Si te distraes, te llevas una hostia. Si bajas la mano derecha o si haces un bloqueo con la izquierda, te llevas una hostia. Si no corres treinta minutos diarios, no aguantas el asalto y te llevas más hostias aún. Si cabreas al cura…, si cabreas al cura entonces sí que te llevas hostias. Simple, ¿no?

Entran en un pequeño despacho, muy limpio, lleno de archivadores ordenados. En la pared cuelgan unos guantes cuarteados junto a una foto del tal Fiti Guerra proclamándose campeón de España. Al lado, otra foto enmarcada del mismo boxeador peleando en Atlanta '96. Luego hay una tercera foto, y ésta no pertenece al Fiti. Es una imagen en blanco y negro de un púgil aguerrido y nervudo alzando las manos en un combate que aún no ha ganado. No es difícil identificar en él al padre Borobia, con treinta años menos. La foto luce un texto dedicatorio: «Para Fiti, con cariño. Juan Borobia.» El cura se da cuenta de que los dos guardias civiles están contemplando la imagen.

—Ya lo ven —dice riendo—. Soy el cura que más hostias ha repartido de toda España, y en lugar de darme un palacio episcopal me tienen aquí, olvidado.

—Padre Borobia, me llamo Lucía Utrera, soy teniente de la Guardia Civil de Calahorra. Éste es el cabo Santiago Ramírez. Lo dicho, hay un fallecido y en la oficina de Cáritas de Calahorra nos han dicho que usted podría ayudarnos a identificarlo.

Lucía mira a Ramírez. Éste busca de nuevo en la funda de plástico transparente.

—Le advierto que lo que le voy a enseñar no es agradable —dice Ramírez.

—No sabes lo que yo he visto, chaval —contesta el otro con un tono que no ayuda nada a ganarse la simpatía del cabo.

Sin embargo, el gesto que embarga el rostro del padre Borobia al contemplar la fotografía parece contradecir esa supuesta hombría. El cura lo observa durante unos buenos segundos. No pestañea ni traga saliva. En ese transcurso de tiempo va apretando el puño de la mano izquierda. Finalmente el puño explota como el inicio de un bombardeo. Golpea el escritorio. Rabiosamente. Una vez, dos. Golpea cada vez más fuerte. Los archivadores empiezan a temblar.

—Hijos de puta —empieza susurrando—. Hijos de puta, hijos de puta, hijos de puta —termina gritando.

Golpea y golpea exactamente en el mismo punto. Un archivador de cartón cae al suelo; su contenido se desparrama.

—Tranquilícese, padre —dice la teniente.

—Hijos de puta, hijos de puta, hijos de puta —sigue el otro. Aparecen unas lágrimas en sus ojos.

—¡Padre, por favor!

Y la Grande se atreve a sujetarle la mano. Todo el cuerpo del padre se tensa, se levanta de la silla, listo para atacar. Ramírez da un paso al frente.

De pronto el Padre exhala oxígeno y sus tendones se relajan. Parece comprender dónde está. Parece regresar de un éxtasis indescriptible. El mismo que te lleva a ganar combates por ko sin recordar cómo. Vuelve a sentarse al escritorio. Vuelve a mirar la fotografía.

—Se llama Isa. Isa Abdi.

—Lo encontramos en un viñedo, hoy por la mañana —explica Ramírez.

—Trabajaba en la vendimia —dice Borobia—. Pertenecía a alguien.

—¿El viñedo?

—No. Isa. Isa Abdi y su familia pertenecen a alguien. Una mafia de tráfico de humanos que colocan a braceros en viñedos y huertas por cuatro duros. Los inmigrantes como él se ven obligados a trabajar de ese modo hasta que pagan una deuda absurda, lo cual es imposible porque siempre crece.

—¿Por qué nunca comunicó esto a la policía? —pregunta Ramírez.

—Lo hice, joder. Pero yo no tengo pruebas y ellos nunca, en su sano juicio, denunciarían nada. ¡Qué imbécil, Isa! Se lo dije, le dije que no hiciera locuras.

—¿Estaba usted muy unido a Isa Abdi, padre Borobia?

—Intentando unirme más a él. Sacarlo de su mierda de chabola, tratar de que confiase más en el sistema, darle una educación... Pero Isa practicaba el islam. Y era muy celoso de sus cosas, no le gustaban los curas cristianos. Conseguí tratar más con su hermana, Xhemeli. No mucho. Lo suficiente para saber que son tres hermanos, Xhemeli, Isa y Ahmed. Isa tenía unos veinte años, aunque vaya usted a saber. Xhemeli será diez años mayor. El pequeño debe andar por los diecisiete.

—¿Es común encontrar gitanos musulmanes?

—No son gitanos. Conviven con un grupo de gitanos rumanos desde no sé cuándo. Pero ellos dejan claro desde el principio que son kosovares, kosovares musulmanes. Por lo que me han contado sus compañeros, huyeron de la guerra siendo jóvenes. Su aldea fue ocupada por tropas serbias y liberada después. Allí perdieron a sus padres. Xhemeli también perdió a su marido, estaba recién casada con tan sólo quince años. No sé muy bien cómo acabaron en manos de una mafia, que se los llevó a Rumanía. Allí los obligaron a unirse a una cuadrilla de temporeros. Viven entre Aldeanueva y Rincón de Soto. La mafia los emplea cada día en una cosa diferente. Incluso en limpiar granjas de cerdos, imagine qué indignidad para un musulmán.

—¿Son muy practicantes?

—La chica y el pequeño, no. Pero Isa sí, cada vez más. Algún día fui a buscarlos y me dijeron que se había ido a rezar a la mezquita de Calahorra. Cuando Isa no estaba, era cuando tenía más libertad para acercarme a Xhemeli y a Ahmed.

—¿Podría usted identificar a los hombres que los tenían esclavizados?

—Creo que sí. Me los han señalado con el dedo, pero no se atrevían ni a decir el nombre. Debería haberme buscado la vida para obtener pruebas y denunciar. O haberles pegado un par de hostias. O haberles pegado un par de hostias y luego denunciar. Qué hijos de puta, hacerle esto a un crío.

—¿Dónde podríamos encontrar a la familia de Isa, padre Borobia?

El cura respira. Abre los puños. Luego se tira de la goma del chándal.

—En esta época del año, plena vendimia, supongo que aún en el campamento, si es que no lo han desalojado. Hace tiempo que no voy a verles. Pero no creo que quieran hablar con personas de uniforme. Quizá estando yo presente... Me cago en la puta, ¿y si les llevo mañana a primera hora?

—¿Estaría usted dispuesto?

—Coño, claro. Cualquier cosa con tal de joder a esos hijos de puta.

13:00

Logroño es una ciudad de provincia con todo lo que necesita un burgués de provincia: motivos de queja y motivos de orgullo. Sin ambas cosas, ningún habitante sería feliz. No pueden estar sin quejarse; pero tampoco sin pensar que, en el fondo, aquí se vive mejor que en Zaragoza o Pamplona. La capital de La Rioja se esconde del Ebro. Sus calles son tan rectas que nadie diría que han tenido que adaptarse al trazo caprichoso de un accidente natural. De la niebla que se levantó por la mañana ya no queda una sola borla. Circulan con el Pathfinder por el centro. A estas horas, la mayoría de las personas caminan en pos de algo: el almuerzo. La calle Laurel se encuentra próxima, Lucía bien lo sabe. Se trata de un estrecho callejón en el que se acumulan los bares y en cada bar se acumulan los pinchos y en cada pincho se acumulan las posibilidades de estimular las papilas gustativas de mil formas diferentes. Lucía piensa en un cojonudo, en un tío agus, en un champi. Nota cómo se le humedece la parte inferior de la lengua. Piensa en cómo el muesli absorbería toda esa saliva, dejando la boca como papel de lija. Se precipita en un estado de ánimo inasumible.

A su lado, Ramírez conduce sumido en un desaliento no menos intenso que el de su teniente: el que siempre le provoca tener que relacionarse con personas religiosas, que parecen desafiar toda la educación sentimental recibida en su niñez. Ramírez creció en la Cuenca Minera Asturiana. Toda su familia tiene algo que ver con el carbón. Su padre es un destacado dirigente del SOMA-UGT. Su abuelo participó en la poco conocida y muy valiente huelga del 67. Desde pequeño le han predispuesto contra la perversa influencia de los curas. Incluso cuando crees que hacen las cosas bien, son dañinos, le decían. Toda esa labor misionera de Cáritas o el Domund, lo que logra es que los necesitados confundan la caridad con el derecho. La caridad, le decían, enaltece a quien la entrega y humilla a quien la recibe. Los pobres han de tomar lo que es suyo por propio derecho, porque es suyo, cojones, no porque nadie se lo vaya a dar.

Bastante duro fue para algunos miembros de su familia saber que Santiago se sumaba a las Fuerzas de Seguridad del Estado. Lo vieron como una especie de traición. Pero, qué iba a hacer. La mina ya no dará de comer a una generación más. Y a Ramírez le gustaba el uniforme, mire usted qué oprobio.

La cabizbaja pareja enfila la Gran Vía, una magnífica avenida con sus árboles y sus mármoles y sus fuentes y sus estatuas. Mientras circulan, suena una notificación en el móvil de Ramírez. La Grande sabe observar. El cabo no ha podido esperar a detenerse en un semáforo para leer el mensaje. Por cómo se le ha ensombrecido el rostro, por cómo ha escondido los ojos en el retrovisor exterior, ella puede aventurar el contenido del texto que ha recibido.

—¿La enfermera? —pregunta.

Ramírez levanta la vista.

—¿Cómo sabe que…?

—Niño, yo lo sé todo. Esa chica te está poniendo la cabeza loca.

Ramírez finge prestar atención al volante, sin responder. Aunque lo que en verdad desearía sería soltar un «no todo en este mundo va a ser asunto suyo, mi teniente».

Estacionan en el Paseo del Espolón. La Grande constata una vez más el tamaño de los testículos del caballo de Espartero en la estatua ecuestre que preside el entorno. Con tanto huevo, no puede evitar pensar en una tortilla francesa cuajada en mantequilla. Y, para más escarnio, al entrar en la residencia de Pedro María Lafourchette, los vapores de un espléndido guiso que se reduce en una marmita le toman al asalto la pituitaria.

—Pasen ustedes.

El piso del heredero de los Lafourchette se da aires palaciegos sin asomo de pretensión. Muebles castellanos antiguos, de madera sólida y oscura, invaden todos los rincones. La Grande y Ramírez son conducidos hacia la cocina a través de un pasillo larguísimo, con suelo de baldosa en damero, que se pierde en claroscuros barrocos, propios de Paradores Nacionales. Una talla de San Francisco Javier vigila sus pasos desde una hornacina en la pared. Bajo la imagen policromada, un butacón de madera y cuero. Luego encuentran mucha taxidermia, con ese efecto sinuoso que aportan las astas de los ciervos a los juegos de luces y sombras, algún blasón y un armero colmado de sables de caballería y mosquetes.

Quien les ha abierto la puerta y les guía es una mujer del servicio de unos sesenta años y aspecto de haber pasado todos y cada uno de esos sesenta años entre los muros que les acogen. Les lleva hasta la cocina, una sala recién reformada, con mobiliario de acero inoxidable y electrodomésticos profesionales: arcón congelador, plancha de restaurante, horno de gran tamaño. Sobre un fogón, la marmita despide vapores. A su lado, Pedro María Lafourchette divide un diente de ajo en lonchas de un átomo de grosor.

—La cocina es mi lugar preferido de la casa —explica cuando entran—. El único que me he atrevido a reformar a mi gusto. El resto está decorado con muebles que provienen del palacio familiar de Haro. Algunos incluso llegaron desde Francia, con el primer Lafourchette.

El señor Lafourchette se toma su tiempo en conseguir láminas de ajo tan finas que desaparezcan al sofreírlas. Lucía habría perdido la paciencia, habría acabado troceando el ajo de cualquier manera. No así Bernard. Ella admira esa dedicación. Pedro María Lafourchette conserva poco de esa genética gala que su familia introdujo en La Rioja a finales del siglo xix. Se trata de un hombre de unos setenta años, bajito y trabado, con un buen matojo de pelo brotándole del interior de las orejas y otro de las fosas nasales. A pesar de estar cocinando, viste una chaqueta cardigan, camisa con sus iniciales bordadas, pantalones planchados a raya y zapatos ingleses. Un perfecto señor de provincias.

—Discúlpenme, tengo por costumbre cocinar los martes y los jueves. Me encanta, necesito hacer cosas mecánicas de vez en cuando para no volverme loco. Además, aquí comemos tarde. Si ustedes tienen tiempo, no nos costará trabajo poner otro plato en la mesa.

Lafourchette levanta la tapa de la marmita y muestra un apetitoso guiso de cordero en ebullición; en la salsa oscura, al ritmo de las fluctuaciones, emergen y se sumergen un par de hojas de laurel, granos de pimienta verde y varios pedazos de carne. Lucía lamenta lo que acaba de ver y la invitación que acaba de escuchar casi tanto como lo que se ve obligada a responder.

—Muy amable señor Lafourchette. Ya hemos comido, y además estamos de servicio. Soy la teniente Lucía Utrera y éste es el cabo Santiago Ramírez. Le agradecemos su colaboración.

—Ya sé quiénes son ustedes. Gabriel me lo explicó.

—Sé que es usted amigo íntimo del juez Martos. Sin embargo, señor Lafourchette, debo advertirle de que ciertas preguntas que vamos a hacerle le resultarán incómodas. Es importante que tenga en cuenta que nuestra obligación es resolver el caso cuanto antes.

—Por supuesto, por supuesto.

Lafourchette vierte el ajo picado en un sartén con aceite de oliva. Antes de permitir que se requeme, va introduciendo en el aceite unos tacos de pescado bañados en huevo batido. Lucía nota que las glándulas salivares le empiezan a traicionar. Ramírez rebusca en la funda transparente y extrae unos folios: una impresión del mapa del viñedo donde murió Isa Abdi, extraída de Google Maps, la foto de la víctima y otras imágenes de la escena del crimen.

—¿Pertenece a Bodegas Lafourchette el viñedo sito en el kilómetro 12 de la carretera LR-115, comarca de Calahorra?

—La mayoría de nuestros viñedos están en Rioja Alta. Algunos en Rioja Alavesa. En Rioja Baja apenas tenemos. Pero nunca se sabe cuándo va a venir un año flojo de uva. Otros mantienen campos en Albacete y, en cuanto te das la vuelta, te están metiendo uva de Castilla La Mancha en el rioja. Nosotros, no.

—¿Afirma pues que el mencionado viñedo es suyo?

—Sabe usted que sí.

—Entonces está usted al tanto de lo que tenemos que preguntarle. Un inmigrante sin papeles, al que acabamos de identificar como Isa Abdi, y de quien sabemos que trabajaba en condiciones de práctica esclavitud, ha aparecido muerto en su propiedad. ¿Contrata Bodegas Lafourchette mano de obra ilegal?

Los pedazos de pescado, cuya cobertura de huevo se ha ido dorando hasta adquirir un tono de madera de haya barnizada, reclaman la atención de Lafourchette. Con ayuda de una espátula y de su propio dedo índice, va dándoles la vuelta en la sartén. No se quema. Está acercando la punta del dedo a dos milímetros escasos del aceite hirviendo, pero no se quema.

—Si Bodegas Lafourchette contratase mano de obra ilegal, tendría un problema, ¿no es así? Seis mil euros por cada trabajador contratado.

—Sí. Pero ese problema no sería tan grave como el que tendría si se le descubriese responsable de la muerte de uno de esos trabajadores.

Lafourchette responde con una risa sonora.

—No, mi teniente. Bodegas Lafourchette no contrata mano de obra ilegal. Para una empresa como la nuestra, sería jugársela de forma absurda. Distribuimos vino a toda Europa. No necesitamos triquiñuelas para ganar más dinero. Necesitamos un gobierno que apoye al empresariado, eso necesitamos.

—Cuente con mi voto. En cualquier caso, sabe que tengo que pedirle una lista de las personas que han subcontratado en los últimos años. Para certificar que todo está en orden.

—Allí, sobre la encimera —responde Lafourchette, señalando con el dedo índice, aún manchado de huevo batido.

En una esquina, al lado de varios frascos de especias, hay una tarjeta de visita blanca con el membrete de Bodegas Lafourchette. Ramírez la recoge. La lee y se la enseña a la teniente: «Juan Antonio Abecia. Director de Recursos Humanos».

—Contacten ustedes con Juan Antonio en el edificio de la bodega. Él les dará acceso a todos los documentos que necesiten.

Ramírez introduce la tarjeta en la funda de plástico transparente.

—¿Están seguros de que no se quieren quedar a comer?

La Grande sonríe. Cuánto, cuánto se odia por tener que rechazar la propuesta.

—No, gracias, señor Lafourchette. Tenemos que rehusar la invitación, aunque su comida tiene un aspecto delicioso.

—¿Saben ustedes? —continúa Lafourchette—. A pesar de todas las consonantes y vocales que se acumulan en mi apellido, a mi de francés me queda muy poco. Uno se da cuenta de eso cuando cruza la frontera y sus socios, allí en Burdeos o donde sea, le quieren llevar a comer a un lugar que le impresione. Salsas servidas con jeringuilla, deconstrucciones, esferificaciones, nitrógeno... Cuatrocientos euros el cubierto. Ya saben a qué me refiero. Yo voy a la pescadería y pido lo que haya llegado en el día. Lo que sea. Un poco de ajo en el aceite, es lo único que le añado. Y nadie puede acusarme de no tener paladar: llevo catando vinos desde mis diez años; le aseguro que he dejado avergonzado a algún catador profesional que se las daba de naricita. Materia prima. Sencillez. Así somos aquí. No tenemos complejos, como los vascos, toda su vida tan preocupados por dejar de ser españoles que acaban por convertirse en franceses. Aquí, en La Rioja, somos honestos. Y eso nos convierte en perdedores naturales.

La Grande deja terminar al bodeguero. Luego mira a su alrededor. A los electrodomésticos de última generación. El robot de cocina. La nevera Miele del tamaño de un armario.

—No se ofenda, señor Lafourchette, pero yo no diría que sea usted un perdedor.

—Más perdedor de lo que sería —responde sonriendo— si hubiera heredado más genes franceses, se lo aseguro.

—Ya. Y menos perdedor de lo que sería si le hubiera tocado trabajar como bracero ilegal y morir a miles de kilómetros de su casa.

—Eso sí. Ha sido una desgracia injusta y terrible. Cuentan ustedes con toda mi colaboración para resolver el caso.

—Y con la de su amigo, el juez Martos —susurra Lucía.

—¿Cómo?

—Nada, nada. Que muchas gracias.

18:00

De tanto contemplar la pantalla del ordenador, Campos amenaza con fundir los circuitos. El texto del email es muy sencillo: «Si cinco gatos cazan cinco ratones en cinco minutos, ¿cuántos gatos hacen falta para cazar cien ratones en cien minutos?» Y más de cien minutos lleva Campos, no cazando ratones para averiguarlo, sino tratando de hacer cálculo mental del asunto. El problema matemático se lo envía su cuñado, así como con inocencia, como sólo por compartir un pasatiempo; pero Campos sabe que en la próxima reunión familiar el enigma saldrá a relucir. «¿Resolviste lo de los ratones? Era fácil, ¿eh?», dirá el cuñado. Porque, ¿qué otra misión en la vida tiene tu cuñado que la de parecer más listo que tú en una reunión familiar?

—¿Qué hace mi sargento? —pregunta una voz a su espalda—. ¿Uno facilón?

Suárez, uno de los nuevos, está pasando tras el puesto de Campos. Y, como siempre, no ha podido evitar estirar el cuello para echar una miradita a la tarea de su sargento. Pocas personas habrá libres de este pecado de cotillear en pantalla ajena; pero, abrir la boca para demostrarse pecador, eso es exclusividad de Suárez, un chaval que sabe hacerse querer.

Los nervios de Campos reciben una sacudida. Un hormigueo le inunda el cuero cabelludo, como si los gatos y los ratones le acabasen de trepar al pelo. Se imagina a sí mismo encajando la cabeza de Suárez en el monitor del ordenador. Pero se conforma con apretar bien los dedos contra el teclado y reprimir la ira. Antes de mandar a tomar por culo al joven guardia, consigue disimular con media sonrisa:

—Sí, me gusta reenviarle cosas de éstas a mi hijo. Que trabaje un poco la sesera.

—¿Qué años tiene su hijo?

—Veintidós.

—Pues póngale alguno más complicado, que con eso poca sesera va a trabajar. Si me dijera que tiene nueve años.

—Lo sé, lo sé, Suárez. Sólo estaba buscando algo a su altura. Oiga, veo que se aburre. ¿No me haría usted un favor?

Suárez lleva pocas semanas ejerciendo. Por eso agradece cualquier atención que le dedique un caimán como Campos, que se las sabe todas.

—Por supuesto, mi sargento.

—Mire, ¿le podría dar un manguerazo al interior del coche mampara? Tenía que haberlo hecho esta mañana, pero con lo del homicidio en el viñedo no he encontrado momento.

—¡A la orden mi sargento! —dice Suárez, sin saber mucho lo que dice. Da la casualidad de que ayer por la noche Campos se vio obligado a intervenir para evitar una pelea a botellazos entre dos colombianos. Detuvo a uno de ellos, el otro salió corriendo. Los colombianos no son mala gente, pero tienen mal beber. Esta misma mañana, el detenido agachaba la cabeza, pedía mil perdones y asumía toda culpa. Lo que más le avergonzaba al muchacho era haber defecado y vomitado en el interior del coche mampara. «No pasa nada», le dijo Campos, que se había ablandado con la actitud del colombiano, «pero no me lo vuelvas a hacer». En verdad esos coches están pensados para eso: los asientos posteriores, tras la mampara de seguridad, son de plástico duro, como los de los autos de choque, y están provistos de un desagüe; de esa manera, un guardia sólo tiene que utilizar la manguera del garaje para limpiar los estragos producidos por un borracho, un yonqui o un herido sanguinolento. El colombiano salió en libertad tras pagar una buena multa; pero, lo que se había dejado en el coche, ahí se quedó. Campos ya está disfrutando al imaginar la cara que pondrá Suárez cuando encuentre el cenagal.

El escritorio de Campos comienza a vibrar. Eso significa que la Grande ha entrado en el cuartel. Suárez se cuadra, con la esperanza de que la teniente se fije bien en él. No lo consigue. La Grande sólo quiere hablar con Campos.

—Sargento, ¿qué tenemos?

—Llegó el informe de Cordón. Y un calendario con las próximas velas al santísimo de la parroquia de San Andrés, especialmente para usted.

—No me toque los cojones, Campos.

—No es broma, mi teniente: ahí se lo he dejado. De parte del doctor Cordón.

La Grande da unas vueltas al informe del forense. Nada nuevo. Hora estimada de la muerte, las cuatro de la mañana. Motivo, golpe con una azada que penetró profundamente en el cuello, seccionando y desgarrando la aorta. Los del SECRIM adjuntan fotos del lugar donde se produjo la agresión. De los restos del reguero de sangre, casi invisible en la tierra del viñedo, que los condujo desde el árbol hasta el punto del asesinato.

Del corquete ensangrentado. De la carretilla oxidada, el guante medio enterrado, el mango de madera podrida hecho astillas y algún que otro detalle más que, según ellos, no intervinieron en la acción criminal.

—¿Ha metido el nombre de Isa Abdi en el ordenador?

—Ni un solo registro.

—¿Ha llamado al consulado?

—Usted sabe, mi teniente, que España no reconoce a Kosovo como estado independiente.

—¿Y al de Serbia?

—En el de Serbia he mencionado la muerte de un ciudadano kosovar, musulmán y, bueno, me han dicho que «van a estudiar con lupa todos los registros hasta que den con tan destacado compatriota». He percibido el sarcasmo. Creo que se la suda, con perdón.

—Perdonado. Voy a leerme esto con detalle.

Suárez se ha mantenido muy erguido a pocos centímetros de la conversación. Cuando Lucía arranca hacia su despacho, se atreve a hablar.

—Eh, perdón…, mi… Perdón, mi teniente.

Lucía se detiene y se vuelve hacia el novato. No sólo ella. De pronto, todo el personal presente en unos metros a la redonda se vuelve hacia Suárez. A la teniente le parece ver que se reprimen sonrisas, e incluso se reprime la respiración. Cesan los tecleos. Todo silencio.

—Mis padres —dice Suárez— vienen a visitarme y me han dicho que usted conoce todos los restaurantes de la zona y que podría recomendarme uno bueno.

«Acabáramos.» De entre los siete guardias presentes, al menos tres dejan escapar carcajadas. El resto a duras penas conserva la compostura. Campos suspira porque no estaba informado.

—Usted es Suárez, ¿no? ¿Quién le ha dicho eso, Suárez?

—Mis…, Mis… —trata de decir Suárez volviéndose al público que les observa, pero sin señalar a nadie en concreto—. Bue… Eh…

—¿Cuánto tiempo lleva usted de servicio?

—Un mes.

—¿Y en esta casa cuartel?

—Un... mes.

Lucía pide paciencia a todos los santos, pero ninguno le responde.

—Suárez, le voy a encargar una importante misión. Va a asistir a la vela al Santísimo que organiza la parroquia del doctor Cordón. Es crucial que esta casa cuartel responda al llamado de una persona como el doctor, que tanto ha hecho por la ley y el orden. Así que vaya usted a presentar respetos. Y quédese, no sé, hasta las ocho de la mañana. Son seis horitas de nada. Aproveche para rezar y dar gracias a Dios, que no tiene ni idea de la suerte que está teniendo.

—Sí mi teniente... Yo... Bueno... El sargento Campos me había encargado una tarea y...

Lucía se vuelve para mirar a Campos. Este asiente, sin ocultar un deje humorístico en la mirada.

—Limpiar el coche mampara —dice el sargento—. El detenido de ayer lo dejó lleno de... pistas... e indicios. Algunos indicios, muy sólidos. Otros, no tanto.

Ahora es la Grande quien tiene que reprimir una carcajada.

—Ramírez se alegrará de tener un payaso que le sustituya —susurra.

—Oh, yo creo que son complementarios. Ramírez es el payaso patoso y éste es el payaso bocazas —responde Campos.

—Ustedes —grita Lucía a los cuatro guardias que peor disimulan las risas—. El sargento Campos considera de importancia estratégica reforzar las patrullas esta noche en... ¿en dónde, sargento?

—En la carretera del Pantano —dice Campos tras pensar qué lugar de toda la comarca representa el más incómodo de todos los sinsentidos.

—En la carretera del Pantano —corrobora la teniente.

—Pero mi teniente —se atreve a responder uno de ellos—. Por esa carretera apenas hay tráfico.

—El sargento Campos lo considera de importancia estratégica, repito.

—Hay que amedrentar a los ladrones de huertos —afirma Campos.

—Monten ahí el dispositivo y no lo abandonen hasta las cuatro de la mañana. ¡Suárez!

—A sus órdenes, mi teniente.

—Y usted, Suárez, ya sabe: primero la manguera, y luego el uniforme de gala.

—A sus órdenes.

21:00

A las nueve de la noche la niebla regresa. Invade sin ningún pudor todos esos espacios que habitualmente los humanos creen reservados para ellos. Una columna blanquecina se vierte sobre Calahorra. Sabe Dios de dónde proviene. Quizá del cauce del Cidacos o del propio Ebro. Es lo suficientemente espesa como para dar a las luces nocturnas la apariencia de algo mojado y brillante, como un pez abisal. Ramírez desciende la calle de la Mediavilla. Se levanta bien los cuellos de su abrigo de paño de Zara. Siempre ha sido friolero. En otoño tiene más frío que en invierno por autosugestión: no puede quitarse de la cabeza la que se le va a venir encima cuando las noches empiecen a alargarse. Luego resulta que llega diciembre y no es para tanto. Pero, en octubre, una borrasca proveniente de su cerebro le congela el tuétano.

Llega a mitad de la Mediavilla; ya puede ver la fachada de la Catedral casi completa. Gira hacia a la izquierda. Sube unos metros por una callejuela estrecha y empinada. Aquí el pavimento está suelto y el efecto de la niebla lo vuelve resbaladizo. Un gato salta para encaramarse a un muro, esquiva unos hierros enmohecidos en los que podría haber quedado ensartado. En una pared, una pintada firmada por Acción Poética Calahorra:

«Me desviste la lluvia», dice. En esta ciudad, piensa Ramírez, hay espacio para poetas. Uno o dos, al menos. Tantos, quizá, como asesinos. En casi todas las ciudades el número de poetas es parecido al número de asesinos. Pero los asesinos ocupan más páginas en los periódicos. El lugar para la poesía es el muro en el que mea un borracho.

Se detiene junto al solar de un edificio recién derruido. Aún quedan escombros. Puntales de metal, cables y tuberías brotan de las medianeras: gas, agua y mierda con destino a ninguna parte. Ramírez se refugia bajo un alero y eleva la mirada. Su objetivo es una ventana del segundo piso del edificio de enfrente. Una ventana abierta, a pesar del frío. Dentro hay luz. Una luz sometida a la intermitencia que provocan los cuerpos humanos cuando pasan ante ella. También se escuchan voces extrovertidas que ríen y celebran. Entre ellas, distingue claramente la de Elsa.

Ramírez quiere ver a Elsa, pero no allí, en ese piso en el que tendrá que fingir que sus amigos le caen bien. Tampoco puede llamarla, pues ella insistirá en que suba. Así que decide esperarla en la calle; no le supone un esfuerzo, en su trabajo es cosa de todos los días. Tras diez minutos, la puerta del edificio se abre. Elsa sale al exterior. Lleva sus vaqueros de cuero ajustados y la parca guateada habitual. Tacones, cómo no. Ramírez quiere evitar apariciones triunfales. No pretende asustarla, aunque tampoco sería verosímil hacerse el encontradizo. Había pensado fingir que estaba llegando y aún no le había dado tiempo a llamar a la puerta. Sin embargo, al abandonar su escondite tropieza con un ovillo de alambre y su cuerpo es escupido por las sombras hasta el centro mismo de la calle, justo ante los ojos de ella.

—¡Santi! —dice Elsa, sorprendida—. ¡Has venido!

Y Santi levanta las manos como para confirmar que sí, que ha venido. Elsa emprende la marcha calle arriba, pero no sin antes agarrarse del brazo de Ramírez.

—Si me lo llegas a decir nos hubiéramos quedado en la fiesta un ratito más.

—No, no, déjalo. No creo que estuviera a gusto.

—Ay, Santi, por favor. Tienes que aprender a adaptarte.

—No, si yo me adapto. Pero no sé si tus amigos están muy acostumbrados a tolerar la presencia de un guardia civil.

—Qué tonto eres.

Ramírez está buscando el mensaje que ha recibido hoy, mientras comía con la Grande en Logroño. Lo busca en el chat de WhatsApp que tiene abierto con Elsa. Se ve obligado a mover la pantalla hacia abajo, porque ha estado releyendo las conversaciones de ese chat, como siempre hace, cada vez que dispone de un minuto libre. Ante sus ojos pasan un montón de fotografías subidas de tono que Elsa le envía en los momentos más insospechados. Él se ruboriza, se dice a sí mismo que tiene que descargarlas en el ordenador y borrarlas del móvil, no sea que alguien las vea por accidente. Podría eliminarlas sin descargarlas para preservar aún más la privacidad de Elsa. ¿Podría? No, claro que no puede. Consigue por fin llegar al último de los mensajes, un simple parrafito de texto, y se lo enseña a ella.

—¿Me quieres decir qué es esto?

—Pues es un mensaje. Un mensaje, al que, por cierto, no me has contestado, majo.

—¿Pero tú te crees que me puedes meter en semejantes follones?

—Joder, hijo, no sé. Es un buen amigo que han detenido. Para ti no será tanto follón.

—Pero cómo no va a ser tanto follón.

—Es por posesión de unos gramos de nada. Igual podías hacer algo.

—¿Qué te crees que soy yo, juez, o teniente coronel? Además, a tu amigo lo han detenido en Burgos.

—¿No puedes hacer una llamada? ¿A ver si hay alguna forma de que lo suelten?

—Pero cómo…

—Bueno, chico, qué se yo. Sólo te estoy pidiendo un favor. Si no quieres hacerlo, no quieres.

Ramírez se detiene. Han llegado ya a la plaza del Raso, la fachada de la iglesia medio calada en la bruma. Ellos dos, Elsa y Ramírez, constituyen un repentino punto oscuro en mitad del espacio desierto de la plaza.

—Si no es que no quiera… Bueno, tampoco quiero. Es decir, es una falta grave.

—¿Y no puedes llamar, al menos, para que lo traten bien?

—¿Quién lo va a tratar mal?

Ella da un paso al frente. Ladea unos grados la cabeza y permite que su media melena se derrame sobre el hombro izquierdo. La piel de su cuello aparece por el lado derecho. Ensaya una sonrisa mínima.

—Santi, no importa. Pero si puedes hacer esa llamada, yo te lo agradeceré, como bien sabes.

Da otro paso al frente y se sumerge en el tacto mullido de la parca azul marino de Ramírez. Estira los pies para ponerse de puntillas. Busca los labios de él. Ramírez entiende la intención de Elsa y flexiona ligeramente las rodillas para ponerse a su altura. Recibe el beso con el ansia de quien no ha pensado en otra cosa en todo el día. Ella aguanta en su boca un buen rato. Luego le apoya la cabeza en el pecho.

—¿Me quieres decir quién es tu amigo? —pregunta él.

—El Fer Luis.

—¿Fer Luis? ¿Tu ex novio?

Ella vuelve a mirarle a los ojos. Vuelve a ladear la cabeza. Vuelve a pedir un beso. Vuelve a recibirlo.

Día dos

7:30

El camino transcurre entre huertas desordenadas, perales, tomateras, tierra rojiza llena de surcos, precarios chamizos y algún labriego rompiéndose el lomo. Ante ellos aparece un bloque grisáceo: el puente que hace pasar la autopista sobre sus cabezas. En ese momento, el firme que pisa el Pathfinder se vuelve pantanoso. No ha llovido, pero el fango parece llevar allí mil años, como si fuera la arcilla primigenia con la que dios moldeó todos los desperfectos de la Creación. El camino es puro barro, barro y barro. Y del barro brotan los pilares del puente.

El Pathfinder se reboza bien en la sopa acuosa. Avanza despacio, junto a la linde de una huerta. En ella un hombre intenta hacer funcionar un pequeño arado mecánico. Su parcela está sucia: bolsas de plástico, fragmentos de un bidé destrozado, restos de una vieja empalizada. El hombre se yergue al paso del coche y le dedica una mirada torva.

Pronto son tragados por la sombra del puente y pueden ver lo que hay debajo: un ramillete de chabolas crece adherido al hormigón, como musgo. Cartones mojados, lonas chorreantes, plásticos sacudidos por el viento. El Pathfinder se detiene y

Ramírez apaga el motor. Invitan a bajar del coche al padre Borobia, que les acompaña. A las siete de la mañana, el cura había llegado en un Fiat Punto abollado a la casa cuartel de Calahorra.

—Cago en la puta, a estas horas no están puestas las calles todavía —dijo nada más aparecer—. Llevo todo el viaje sacando la cabeza por la ventanilla para no dormirme.

Su cabello despeinado por la fuerza del viento indicaba que no mentía. Justo antes de entrar en el aparcamiento de la casa cuartel, se enzarzó con un conductor que se quejaba de que estuviera bloqueando la calzada.

—¡Vengo a ver a la Guardia Civil, subnormal! —chilló mientras apretaba la bocina.

La Grande y Ramírez ya le estaban esperando. Media hora después, alcanzan su destino. El camino de tierra los ha alejado un par de kilómetros de la localidad de Rincón de Soto, en dirección a Aldeanueva de Ebro. El olor del mosto no se hace muy protagonista allí. Lo que sí huele es el lodo, como una mezcla de putrefacción orgánica y algo oleaginoso y sintético, aceite de motor disuelto en la tierra, quizá.

No habrá más de siete viviendas en el poblado y todos los habitantes se han escondido en ellas o han huido. Echan un vistazo. El único sistema de evacuación de residuos consiste en un vertedero ilegal que se derrama desde el talud que sube hasta la autopista, a pocos metros de la primera chabola. A la Grande le llama la atención la puerta de acceso a una de las viviendas, fabricada con un cartel que anuncia un espectáculo circense: «Circus Collosus en la ciudad. ¡El Ligre! Mitad león, mitad tigre». En la ilustración, el animal muestra un aspecto mimoso que le recuerda a Bernard.

Ramírez se acerca a pie al cierre de la huerta más próxima. El hombre que les observaba ha conseguido poner en marcha el arado mecánico. Apoyadas contra la pared de una caseta minúscula, varias herramientas para trabajar el campo. Entre ellas, una pala y un azadón. Le hace una señal a la teniente. Ella da su permiso para que Ramírez se acerque al hortelano.

—Los Abdi viven en ésta —dice el padre Borobia señalando una de las chozas—. Déjeme ver si están.

Justo sobre la chabola, un cable que cae en vertical desde el puente se empalma con cinta aislante a una insensata red eléctrica repartida entre las siete viviendas. Lucía levanta la mirada y juzga que algún temerario ha conectado el cable al panel luminoso que se ve allá arriba, en la autopista. Luz y calor para los vecinos, siempre y cuando no mueran electrocutados en ese mar de barro. El padre Juan Borobia introduce la cabeza en la chabola. Saluda. Luego desaparece en su interior, no sin antes pedir un poco de paciencia a la teniente. Ella se fija en Ramírez, unos metros más allá, hundido hasta los tobillos: habla con el hortelano, que se expresa haciendo muchos gestos con brazos y cabeza. Parece pedir permiso para examinar las herramientas. El hortelano le está invitando a entrar a la parcela.

Al poco, la cortina de ducha que cierra la puerta de los Abdi se agita. Aparece la cabezota barbada de Juan Borobia.

—Teniente, Xhemeli está en casa.

—¿Puedo entrar?

—Dice que le recibirá. Ya le han dado la noticia.

—¿Quién se la ha dado?

—No quiere desvelarlo. También dice que hace días que no ve al pequeño, Ahmed, pero vaya usted a saber si es verdad. Quizá sólo le quiera ahorrar un interrogatorio a su hermano.

Lucía entra en la chabola. A pesar de lo que había esperado, hay algo de dignidad en el interior de la vivienda. Una alfombra mullida y prodigiosamente limpia cubre casi todo el interior. Un calentador eléctrico es suficiente para mantener la temperatura. En una esquina, al menos una docena de muñecos de peluche posan en formación; en esa misma zona de la pared, han pegado recortes de personajes de dibujos animados y programas infantiles sacados de las revistas: Mickey Mouse, Bob Esponja, Hora de Aventuras…

—No hay niños en la casa —explica el padre Borobia—. Siempre que le pregunto a Xhemeli por qué mantiene así ese rincón, se ríe y dice que le gusta.

Xhemeli está sentada sobre una colchoneta inflable, tapada con una manta. La mirada fija, el rostro blanquecino, las manos ocultas en las mangas del jersey. El padre Juan Borobia le dedica unas palabras en un rumano torpe y lento.

—Hablo un poco de rumano gracias a los años que pasé colaborando con la Fundación Secretariado Gitano en Entrevías. Agradecían mucho el esfuerzo de dirigirte a ellos en su idioma.

—Creía que me había dicho que eran kosovares —dice la Grande.

—Y lo son, pero han pasado mucho tiempo en Rumanía, tras huir de la limpieza étnica. Creo que ahí fue donde les vendieron, y no lo cuentan porque sospecho que fue algún familiar. No consigo que me den detalles de la guerra, ni de su huida. Xhemeli no habla casi español. Ahmed un poco más, pero no está.

—Dígale que siento mucho su pérdida. Que estamos aquí para ayudarla. Para encontrar al asesino. Que no es nuestra intención deportar a nadie, no es nuestro trabajo.

El padre Borobia transmite estas palabras lo mejor que puede, haciendo muchas señas e intercalando vocablos españoles. Xhemeli responde con algunas frases entrecortadas y se echa a llorar.

—Dice que no se encuentra muy bien —traduce el padre Borobia—. Dice que tiene un poco de fiebre.

—¿Le ha aconsejado que vaya al hospital?

—Llevo intentando que vayan al hospital desde que los conozco, mi teniente. No irán. Tienen miedo de que los expulsen del país o de que los patrones los castiguen.

Xhemeli, según Borobia, tiene treinta años. Hay una dulzura en su mirada que la mantiene joven, a pesar de que, probablemente, no haya sido joven desde el día en que nació.

—Pregúntele por los patrones.

El padre Borobia toma aire. Ya sabe qué respuesta va a recibir. Dirige a Xhemeli la mirada más expeditiva posible. Y pronuncia una frase con muchas palabras en español, pero que la chica entiende y responde.

—Ella niega que haya ninguna mafia. Dice que está aquí por voluntad propia. Que nadie la retiene.

—¿Seguro? Pregúnteselo otra vez.

—Venga, coño, ¿no ve que está acojonada? Nunca dirá nada.

—¿Y si yo saliera y le dejase a solas con ella? ¿Cree que así habría más suerte?

—No le prometo nada, pero, desde luego, más posibilidades sí que hay.

Lucía se abre paso a través de la cortina de ducha. Lo primero que hace el padre Borobia al quedarse a solas con Xhemeli es acercarse un poco más a ella. Le apoya la palma de la mano en la frente. Sí, tiene fiebre. ¿Cómo no va a tener fiebre?

La Grande se aleja del puente. La larga figura de Ramírez se encuentra agachada junto a los aperos de labranza. El labriego le observa muy de cerca, inclinando el cuello para hallar un buen ángulo de visión. Lucía llega hasta ellos. Enseguida identifica el motivo de interés de Ramírez. Hay una mancha sospechosa que cubre gran parte del canto de la pala. Parece sangre seca. El cabo arrima sus narices cuanto puede, pero sin hacer la prueba del luminol es imposible precisar nada. Y para ello hace falta una orden.

—Una pala no es una azada, Ramírez —susurra la Grande.

—Lo sé, mi teniente, pero la mancha da muy mala espina —responde el cabo, evitando alzar la voz.

El dueño de la huerta interviene.

—Ah, ¿está usted al mando? Me parecía por los galones, pero al ser usted mujer.

Se trata de un hombre pequeño, de proporciones rectangulares: los hombros igual de anchos que una cintura igual de ancha que las caderas. Intenta disimular la calvicie pasándose unos pelos largos y escasos de un extremo a otro de la cabeza.

—¿Qué pasa por ser yo mujer? —dice la teniente.

—No, nada, que me extrañaba. Que me parece muy bien, ¿eh? Que yo soy muy moderno.

—¿Puedo preguntarle su nombre?

—Amador Galán. Ya era hora de que vinieran. Denunciamos hace ya casi un mes.

Lucía se acerca unos pasos al hombre. Los suficientes para ver que el señor Galán también tiene las pestañas manchadas de barro.

—¿Qué denunciaron?

—Bueno, ya saben. Los perros. Que se los comen.

—¿Perdón?

—Los gitanos estos, que secuestran perros y se los comen. A mí me falta una perrilla que me cuidaba el huerto desde hace al menos mes y medio. A los de más allá, en la huerta esa que ve al fondo, les ha desaparecido un mastín de raza. Y a los de enfrente, un perro y un gato. Pusimos la denuncia en la Policía Local de la Aldea —así llaman coloquialmente los lugareños a Aldeanueva de Ebro—. Me alegra que por fin vengan. A ver si limpian ustedes de escoria el camino, que aquí no hay quien viva. Que llegas aquí por las mañanas y te los encuentras cagando en tu propiedad.

—Para eso estamos aquí.

—¿Para echar a los gitanos?

—No, señor Galán. Para cagar en su propiedad, hombre.

El hortelano parpadea un par de veces y parece balbucear algo. Nada, se dice Lucía, otro que no entiende su desconcertante sentido del humor.

—Discúlpeme, estaba bromeando. ¿Así que los indigentes le causan problemas?

—Estamos hartos.

—¿Puede contarme qué tipo de vida hacen?

—Puff, un desastre… Hogueras, gritos, lamentos. Me roban fruta y verdura. Tengo que tenerlo todo bajo llave.

—¿Trabajan?

—Por las mañanas es cuando cagan. Luego viene una furgoneta blanca. Se meten un montón de ellos dentro, a presión, que no cabe uno más. Y desaparecen todo el día. Regresan al anochecer, y entonces vuelven a cagar. Pero a esas horas yo ya me voy, la mayoría de las veces. Vivo en la Aldea.

—¿Ha visto usted a alguno de los habitantes del campamento asando perros en una hoguera?

—No. Pienso que será para comérselos, porque para qué los van a querer si no. Y como viven en la inmundicia. No sé.

—No se preocupe señor Galán —dice Ramírez aún observando la cabeza de la pala, sin tocarla—. Ha sido usted muy amable.

El padre Borobia emerge del interior de la chabola. Lucía cruza la pequeña alambrada que cierra la huerta de Amador Galán. Pregunta al padre Borobia si ha habido suerte con Xhemeli. El padre balancea la cabeza.

—Dice que no sabe nada. Que Isa hablaba de unos nuevos amigos a los que veía en la mezquita. Ella no los había visto nunca, pero no para de repetir que Isa estaba muy cambiado, que le estaban comiendo el coco.

—¿Cree usted que Isa era el tipo de persona que se deja captar por un fundamentalista?

—¿Ha visto cómo viven? En estas condiciones te dejas captar hasta por la Legión.

—¿Pero lo sabe?

—No, yo qué coño voy a saber. Xhemeli me ha dado esta fotografía —dice, mostrando una foto de Isa, sentado en una alfombra junto a una planta de interior—. Así no tendrá que ir mostrando la del cadáver. Mirando esta foto se diría que durante al menos un minuto de su vida fue feliz.

Lucía examina la imagen. Efectivamente, Isa sonríe como si acabase de descubrir una gran verdad. La alfombra en la que entierra sus pies descalzos parece mullida y cálida. La planta es una pequeña palmera de interior que cubre una pared recién pintada de color salmón. Lucía se fija en que, por unas manchas que cubren el dorso de las manos de Isa, el chico debía de haber estado ayudando a pintar esa pared.

—¿No era un chico alegre?

—Cómo iba a serlo. No. No era alegre. Yo diría que era un muchacho muy serio. Incluso irascible. Pero quién soy yo para acusar a nadie de irascibilidad, ¿verdad?

Entonces interviene Galán desde el interior de su propiedad. Levanta mucho la voz, como si el grupo de tres se encontrase a cincuenta metros en lugar de a cinco.

—¡Oiga! ¡Oiga! ¿Es usted el cura que anda por aquí, con esta gente?

—Soy el padre Juan Borobia.

—¿Los ha visto alguna vez comerse un perro?

Juan Borobia desplaza el peso de su cuerpo hacia las puntas de los pies. Aprieta mucho los puños.

—¿A que me cago en la puta madre que le pario, cateto de mierda?

Amador Galán se protege con la palma de la mano, como si el insulto del padre Borobia fuera una pedrada.

—Tranquilícese, padre —susurra la teniente—. No me lo ponga nervioso, por favor.

De regreso al Pathfinder, el padre Borobia sube al asiento de atrás, mascullando un mecagoenesto, mecagoenaquello, con los brazos flexionados y los puños cerrados, casi en posición de guardia. Ramírez arranca, salpicando agua y fango a tres metros de distancia.

—¿Qué te ha parecido el señor Galán? —pregunta Lucía.

—Pues que tiene un móvil, tiene una azada, tiene una pala con posibles restos de sangre... Lo único que me extraña es que me haya dejado entrar al huerto con toda tranquilidad. O es inocente o es un actor cojonudo.

—No subestimes la estupidez humana. Llama al Truchas y pídele una orden para que los de criminalística vengan por aquí inmediatamente. A ver si el luminol da positivo. Puede que haya suerte y terminemos pronto con esto, al fin y al cabo.

El padre Borobia, mientras tanto, se fija en una acequia de regadío que discurre entre las huertas. Está rota: una brecha en su costado hace que derrame toda su agua en el camino. Ahí está el origen de tanto barro. En qué estará pensando la Hermandad de Regadíos que no repara esto. Y ahora asoma una sombra tras la acequia. El movimiento es veloz: una forma redonda y oscura que se deja ver y vuelve a esconderse. Coincide con el momento en que el todoterreno afronta un tremendo bache empantanado. Una ola de barro se levanta, impidiendo la visión. Cuando el fango regresa al suelo, la sombra ha desaparecido.

—¡Pare, pare! —grita el padre Borobia—. ¡Era Ahmed Abdi, el hermano de Isa!

Ramírez detiene el coche. Las ruedas delanteras se clavan en el camino. Él y la Grande bajan rápidamente. También el padre. Ahmed ya ha echado a correr. Les lleva diez metros de ventaja. Avanza en paralelo a la acequia, pisando algunos repollos y esquivando algunos cardos. Se cuela por una alambrada baja. Ramírez aumenta el ritmo y consigue pisarle los talones. La acequia conduce a un canal. No parece profundo. Ahmed se lo piensa: ¿puede cruzar?; ¿puede lanzarse al agua? Está dispuesto a tomar impulso para el salto. Ramírez le grita.

—¡No, Ahmed! ¡Es muy peligroso! ¡Profundo! ¡Si te caes ahí, no sales! ¡No tenemos nada contra ti! ¡Buscamos al asesino de tu hermano!

Algo ha visto Ahmed que le convence de que lo que dice Ramírez es cierto. Quizá una bolsa de plástico navegando a toda velocidad por la superficie del canal. O puede que el cadáver de una rata atrapado en unos hierros que sobresalen del cemento. Tantos años de miseria le han enseñado que ningún ser humano sobrevive a lo que no sobrevive una rata. El caso es que se detiene. Está atrapado entre la corriente del canal y Ramírez.

—Os he visto —dice, en castellano—. Habéis hablado con Xhemeli, no tengo nada más que decir.

—¿Por qué te escondías entonces? —pregunta Ramírez.

La Grande alcanza a los dos muchachos. En la carrera ha notado la escasez de calorías a la que el régimen de Bernard la está sometiendo también hoy. Se ve como sin fuerzas. El padre Juan Borobia la sigue de cerca.

—No quería que me viera mi hermana.

Ahmed habla con un acento correoso, pero inteligible. Tal y como decía el padre Borobia, es un muchacho fuerte y alto. Casi tan alto como Ramírez, pero sus hombros doblan en envergadura a los de éste.

—No te preocupes Ahmed —interviene La Grande—. Tu hermana ya nos ha hablado de todo. De vuestro trabajo, de la furgoneta blanca que tomáis todos los días, del viñedo y también de vuestro patrón.

Ahmed parece sorprenderse o decepcionarse o las dos cosas a la vez.

—¿Xhemeli te ha hablado de Gurga?

Lucía sonríe. Ahmed se da inmediata cuenta de su error. Suspira y maldice en albanés. La metedura de pata parece motivar de nuevo su fuga. Encara el canal. Dispone de dos míseras zancadas para darse impulso. Salta. Se queda corto. Su cuerpo no recorre la distancia suficiente. Pero los brazos sobrepasan el reborde contrario y consiguen asirse a unas matas. Ahmed patalea un poco, colgado sobre el agua.

—Eres idiota, Ahmed —dice el padre Borobia—, no te sirve de nada escapar. Te juegas la vida y le haces un favor al asesino de tu hermano. Además, si quieren encontrarte, saben dónde vives, alma de cántaro.

Ahmed no responde. Por fin, su pie derecho encuentra asidero: los hierros clavados en la pared donde está atascado el cadáver de la rata. Alza todo su cuerpo para acabar tumbado en la orilla. Luego les dedica una última mirada a los tres perseguidores. Y se marcha cruzando el campo a la carrera.

—¿Le suena a usted ese nombre: Gurga? —pregunta Lucía al padre Borobia.

—Para nada.

—¿Es un apellido?

—Yo diría que sí. Pero no es rumano.

Lucía desanda el camino hasta el coche. Toma la radio y contacta con la casa cuartel. La cabo Artero responde al otro lado. Le pide que busque algo parecido a Gurga, Kurga, Gurka, en los archivos. Artero no tarda ni un minuto.

—Hay un tal Fahredin Gurga, doble nacionalidad albanesa y rumana. Fichado por posesión de cocaína. Nunca se le ha imputado ningún delito. Le envío una foto a su teléfono móvil.

Un rostro rubicundo (ojos pequeños, mandíbula poderosa), barbilampiño, con un mechón erizado sobre la frente, como el de Tintín, aparece en la pantalla del móvil de Lucía.

—¿Le ha visto? —pregunta Lucía al padre Borobia.

Para su sorpresa, el padre Borobia asiente.

—Un par de veces, siempre de lejos. Mantiene las distancias. Nunca se ha presentado ni se ha acercado a mí. Un puto chulo hijo del podrido coño de su madre. Yo no sé a qué se dedica este tipo, si tuviera algún indicio de algo malo, lo habría denunciado. Sin embargo sospecho que es peligroso. Es algo que los boxeadores sabemos leer en las manos de los demás.

—Ramírez —dice la teniente—, ya tenemos por dónde empezar.

9:00

Las carreteras de Aldeanueva de Ebro rebosan tractores que a su vez rebosan uva. Maniobran torpemente a las entradas de las bodegas. Se incorporan al tráfico casi sin mirar, que hay mucha fruta que recoger antes de que empiecen las lluvias y el cielo no prolongará la tregua demasiado. El Pathfinder se ve obligado a detenerse en el centro del pueblo. Allí todos los vehículos forman una lenta cola, esperando turno en la báscula de pesado municipal. Por interés propio y ajeno, se apresuran en este trámite: hay nubes de evolución en el horizonte. Luego escapan por el asfalto con su desesperante lentitud, para descargar la uva en las tolvas de las bodegas.

—Es la estación más bonita de todas —comenta el padre Juan Borobia—. Es el milagro de la química, cojones. La naturaleza empeñada en emborracharnos, para que dejemos de dominar nuestras conductas y seamos menos civilizados durante unas horas. El vino, con sus millones de putos matices, con el refinamiento, con su enólogos y sus ingenieros y sus catadores... ¿No es paradójico que algo tan civilizado sirva para ser menos civilizados cuando lo bebemos? Pues no, no lo es, no es paradójico. Lo más civilizado de este mundo es renunciar un rato a la civilización, porque el aburrimiento es propio de la civilización: el hombre se aburre. Se aburre y al aburrimiento hay que ponerle freno. El vino sirve para eso, hostias, para escapar de nosotros mismos. Ése es el motivo por el que la vendimia pone nervioso a todo dios. Mire usted a esos hombres que corren a un lado y a otro con capazos, con muestras, con tractores... ¿Ha visto sus caras? ¿Se imagina esas caras si estuvieran recogiendo alcachofa? Ni de coña. La fermentación es la mejor broma de la naturaleza. Es el chiste de la Creación, ese con el que nadie puede evitar reírse. El mejor milagro de Cristo fue convertir el agua en vino en las Bodas de Caná. Yo creo que fue de sus primeros milagros porque quería guardar distancias con las obras de su Padre desde el principio, ¿entienden? Un cambio de imagen. Porque Cristo sabía que lo de Job y lo de Sodoma y lo de el Diluvio eran cosas que no habían tenido ni puta gracia, y necesitaba darle un aire nuevo a todo el tinglado. Así que, ¿qué hizo? Pues lo que hace todo el mundo cuando quiere demostrar que va de buenas: invitarse a unas rondas. ¿Cuál habría sido su carta de presentación, si no? Hola, soy Jesús, mi padre es una paloma genocida y mi madre es virgen. Imagine la cara que le habrían puesto. Sin embargo: Hola, soy Jesús, acabo de convertir la piscina en una cuba de vino, mi padre es una paloma genocida y mi madre es virgen. Coño, suena distinto, ¿no? Porque parecen las palabras de un borracho. Menos aburridas, más voluptuosas, más alegres. ¿Por qué? Joder, pues por el vino. El vino revienta cualquier ecuación. ¡Pare usted, mi teniente! ¡Pare usted, y bebamos unos vinos! ¡Yo invito, me cago en la puta!

—No hay tiempo, padre.

—No es muy católico eso que dice, ¿no? —interrumpe Ramírez.

—Me voy a fiar yo de lo que sea católico o deje de serlo...

—En cualquier caso —dice Lucía—, le felicitó. Es la reflexión más lúcida que he escuchado en mucho tiempo.

—Tengo la sospecha de que en algún momento de mi vida no fui tonto. Ya hace tiempo que se me ha olvidado cómo era yo cuando era listo, y qué había que hacer para ser listo. Pero de vez en cuando me pongo a hablar y me salen cosas así, que suenan a medio inteligente. Por eso creo que en algún momento de mi vida me funcionó bien la sesera, de joven, antes de tropezarme con la heroína, la mala gente del barrio y un combate contra Alfonso Redondo que me hizo comer lona hasta el empacho. En mi descargo, luego Alfonso llegó a campeón de Europa de wélter. Gran tipo.

Lucía observa una fila de aerogeneradores que golpea histéricamente el horizonte con sus aspas. Agitan la cima de promontorio cuyo nombre no recuerda. Como contraste, el paisaje muestra otros elementos estáticos y anacrónicos: la ruina de un chamizo, el esqueleto de un silo, una granja abandonada; vestigios que mantienen la compostura en los márgenes de la carretera, derrumbándose sobre el suelo ferroso y arcilloso. Algún que otro buitre corrobora los escombros volando en círculos sobre ellos.

El Pathfinder continúa por la N-232, bordeando el río Cidacos, hasta avistar el perfil que mejor le sienta a Calahorra, el que se ve desde el sur: las casas, las iglesias y los edificios monumentales que hacen equilibrios sobre la colina. A sus pies, la catedral de Santa María. En la cima, los muros de la parroquia de San Andrés. Se sostienen no se sabe si gracias al ingenio humano o a la inusual generosidad del paso del tiempo

Ramírez toma la entrada sur. Gira a la derecha y se adentra en el barrio del Arrabal. Ante ellos se despliega un escenario muy distinto a aquel que conocieron hace pocos años (cuando entraron en busca de los Chamorro, los familiares de Nuria Isabel, la niña asesinada). Sí, los edificios en este antiguo barrio siguen siendo los mismos: casas de pueblo de tres pisos que se caen a pedazos, tabiques destripados, de ladrillo y adobe, tejas alborotadas en las cubiertas, cables de electricidad enredados que saltan de fachada en fachada, casi al alcance de las manos, calles estrechas que se entrecruzan. Pero Lucía se pregunta dónde han acabado todas esas personas de etnia gitana que encontraron en aquella ocasión. Posiblemente hayan prosperado, piensa, y hayan abandonado estas calles, dejando sus casas a gentes más pobres: los inmigrantes magrebíes, que se concentran en el entorno de la mezquita.

Hoy es viernes, día de *yumu'ah*, rezo colectivo. Día de ir a la mezquita. Día de higiene. Día de pulcras vestimentas. Día de decoro. Una mujer, ataviada con un hermoso hiyab malva, cruza las calles en dirección al rezo. A su paso, junto a un edificio, se abre una puerta metálica. De ella surgen tres niños pequeños, de tez sahariana y pelo cortado al rape. Los tres visten impecables jabadores, esa fina prenda marroquí. Van contentos, van limpísimos. La mujer del hiyab malva los saluda y los acompaña. Según van acercándose a la mezquita, aparecen más velos, más hombres de tez olivácea y pelo rizado. Una buena cantidad de rostros alegres, alguna chilaba, muchas sandalias.

La mezquita de Calahorra es un edificio grueso, muy castellano. No posee alminar ni mármoles blancos. Sólo la pintura, que imita unos arcos de herradura en la fachada, y unos azulejos con versos coránicos consiguen aportarle ese toque levantino al que aspira toda mezquita. Calle arriba, a pocos metros, se erige el monasterio de San José. La visión de ambos edificios compartiendo un espacio tan estrecho parece de otra época, cuando las tres religiones a ratos convivían y a ratos se sacaban las entrañas.

Ramírez se ve obligado a detener el coche: hay un Renault Laguna color crema atravesado en mitad de la calle. O el conductor no ha encontrado sitio donde aparcar o no se ha molestado en buscarlo. Cuatro o cinco personas se congregan alrededor del Renault, pero miran hacia uno un punto que queda oculto tras la esquina. Los guardias civiles no pueden ver qué está ocurriendo allí. Bajan las ventanillas. Escuchan gritos. Gritos en árabe. Las cinco personas que observan junto al Renault no parecen cómodas.

No intervienen, pero no dejan de mirar. Los tres niños que llegaban por la calle del Arrabal se han detenido. La mujer del hiyab malva se acerca a ellos para darles seguridad.

Dos hombres doblan la esquina, se encuentran de pronto con el Pathfinder. Uno de ellos es joven, unos veinticinco años, con una nariz exageradamente larga y las sienes y la nuca rapadas. El otro, más maduro, luce unos rizos muy apretado y brillantes, como si llevase gomina. Caminan tranquilos. Al menos, hasta que se topan de cara con el coche de la Guardia Civil. Entonces aceleran el paso. Se suben al Laguna. Arrancan y se pierden calle abajo, por la única ruta que Ramírez les deja libre. Tanto el cabo como la teniente memorizan la matrícula. Deformación profesional.

—¿Les sigo, mi teniente?

—No creo que haya motivo. Espero no equivocarme. ¿Usted los conoce, padre?

—No.

Los tres se bajan del vehículo. El cabo y la teniente dan la vuelta a la esquina. A la puerta de la mezquita ven un hombre tocado con un gorro estilo *taqiyah* y traje color arena. El hombre está gritando en árabe hacia el lugar que antes ocupaba el Laguna. En un puño cerrado aprieta un amasijo de papeles. Cuando se cansa de gritar, los arroja todos al aire. Los papeles son arrastrados por el viento, se desparraman por el asfalto, se cuelan bajo los coches, bajo los contenedores de basura, algunos alcanzan la puerta de un locutorio que hay junto a la mezquita. Allí una persona recoge una de esas octavillas y se pierde en el interior del local. Cuando el hombre de la *taqiyah* ve a los guardias civiles, se calla inmediatamente. Disimula. Toma aire para aliviar su ira. Se frota las manos una con otra, como si eso le fuera a secar el sudor de las palmas. Luego entra en la mezquita.

—Ismail —dice Ramírez, identificando al hombre como Ismail Fawzi, el presidente de la Asociación Musulmana.

—Nunca le había visto tan cabreado —señala Lucía.

—Había oído hablar de él —interviene el padre Borobia—. Pero nunca lo había visto. ¿No se supone que es un tipo agradable? Conozco a compañeros suyos de la conservera en la que trabaja. Dicen que es un currante, amable.

—Eso creíamos nosotros —dice Lucía—. Nunca nos ha recibido mal.

Algunos de los presentes recogen las octavillas que han quedado tiradas en el suelo. Las leen. Un hombre anciano, que viste chilaba, se agacha por unas cuantas. Luego las lleva al contenedor de basura que afea la callejuela. Lucía también toma una. Está escrita en árabe.

—Ramírez, ¿hablas árabe?

—Mi teniente...

—Pues quédate con esto y que te lo traduzcan.

Lucía se dirige a la mujer del hiyab malva que acompaña a los tres niños. Los pequeños acaban de alcanzar el lugar.

—Disculpe, ¿ha comenzado ya el culto?

—No —responde ella, mirando un reloj de pulsera—, faltan quince minutos.

—Voy a tratar de hablar con el señor Fawzi —le dice a Ramírez—, a ver si me cuenta algo de Isa.

—¿Quiere que la acompañe, mi teniente? —pregunta Ramírez.

—No me parece que Ismail esté de humor para recibir a mucha gente. Quédate por aquí y a ver si averiguas algo de las octavillas estas.

Pensando precisamente en el humor del presidente de la Asociación Musulmana, la Grande duda antes de acceder a la mezquita. Observa el zaguán, un espacio cuadrado con una puerta doble de cristal, donde ya se vislumbra el comienzo de una gruesa alfombra para postrarse. Poco más puede verse desde ahí. La Grande tiene medio cuerpo dentro. Hay dos pares de zapatos en el suelo del zaguán. Claro, se dice: tendrá que descalzarse. Entonces vuelve la vista al exterior y se topa con las miradas de todos los fieles clavadas en ella. Aún con medio cuerpo dentro del zaguán, llama:

—¡Señor Fawzi!

Se produce un movimiento entre la penumbra interior del edificio. Escucha un sonido de pies descalzos pisando las alfombras. Se abre la puerta de cristal que conecta el zaguán con el *haram*. Aparece el rostro de Ismail Fawzi, su barba perfectamente recortada, tocado por la *taqiyah*. Al encontrarse con Lucía, levanta las manos con ese gesto tan mediterráneo que parece pedir explicaciones o preguntar qué ha hecho uno para merecer semejante castigo.

—Disculpe, señor Fawzi. ¿Me recuerda? Soy la teniente de la Guardia Civil Lucía Utrera, estuve aquí invitada el día en que inauguraron la mezquita.

—La recuerdo. Discúlpeme, el imam ya ha llegado. Viene desde Zaragoza. He de atenderle.

—¿No puedo hacerle unas preguntas?

—Está a punto de comenzar la *yumu'ah*. ¿No puede ser más tarde?

—No le molestaré apenas.

—Escuche, teniente, no conozco de nada a los hombres que han dejado las octavillas —explica Ismail Fawzi, señalando el lugar por el que huyó el Renault Laguna.

La Grande se vuelve, siguiendo por reflejo la dirección que marca el dedo del presidente de la Asociación Musulmana. La puerta de la mezquita aún se encuentra abierta y la calle aún está llena de buenos musulmanes que no le quitan la vista de encima. Se levanta algo de viento y los velos, jabadores y demás prendas holgadas ondean como banderas de arena.

—Señor Fawzi, yo no le quiero preguntar nada de esto. No voy a meterme en sus asuntos. Si no me da usted motivo.

Lucía busca en el bolsillo de la camisa la foto de Isa Abdi que les entregó Xhemeli.

—Sólo quiero saber si conoce usted a este muchacho.

Ismail Fawzi toma la fotografía y la mira muy atentamente. Expulsa aire por la nariz, como resignado a cualquier cosa.

—¿Qué ha hecho? —pregunta.

—¿Quiere decir que lo conoce?

—Isa.

—¿Cuándo le vio por última vez?

—El pasado viernes, para la *yumu'ah*.

El castellano de Fawzi es muy correcto. Pero parece de esas personas tímidas que detestan mostrar sus debilidades por miedo a hacer el ridículo.

—¿Suele venir muy a menudo?

—Últimamente, sí. Todos los viernes. Es un buen musulmán. Me hace muchas preguntas. Una pena. Tiene mucha voluntad.

—¿Una pena, por qué?

—Bueno, las compañías.

—¿Qué compañías, señor Fawzi? Es importante, por favor.

Ismail Fawzi retrocede un paso, como buscando la protección de la penumbra, o hallarse algo más cercano a la alquibla, y con ello a La Meca.

—¿Qué ha hecho Isa? ¿Sigue en España? —pregunta de nuevo.

Es evidente que Fawzi oculta algo.

—Le repito la pregunta, señor Fawzi: ¿a qué compañías se refiere? ¿A los hombres del Renault Laguna?

Ismail Fawzi estira los labios y balancea la cabeza.

—Yo no voy a decirle sí ni tampoco no.

—Antes me ha asegurado que no los conocía.

—No voy a decirle sí ni tampoco no.

Lucía empieza a cansarse del pulso.

—Quiero que seamos claros, señor Fawzi. ¿Alguien estaba adoctrinando a Isa para que se uniese al yihadismo internacional?

Fawzi repite el gesto de elevar las manos. Esta vez, eleva con ellas los ojos.

—En Calahorra somos una comunidad ejemplar, señora. Fui elegido presidente por votación de los fieles. Todos ellos buenos musulmanes. Todos ellos buenos ciudadanos. Contribuyen, trabajan. Aguantan mucho racismo. Son personas modestas, humildes, gente de paz. Recibimos a un imam distinto cada viernes, y siempre traen mensajes de amor, nunca de guerra. Yo mismo los escojo. El islam es amor.

—Los gritos que usted estaba dando hace apenas unos minutos no eran cartas de San Valentín, precisamente.

Fawzi demuestra ser un gran gesticulador. Ahora retoma de nuevo la curvatura de los labios y los balanceos de cabeza.

—¿Sabe si alguien obliga a trabajar a Isa en el campo? —pregunta Lucía.

—No puedo decir que lo sepa.

—¿Conoce usted el lugar donde vive o donde trabaja Isa? ¿Conoce a un tal Gurga?

—No puedo decir que lo conozca.

Lucía decide poner todas las cartas sobre la mesa, tan sólo por descubrir qué pasará al hacerlo.

—Señor Fawzi, Isa apareció muerto ayer en un viñedo. Asesinado. A pocos kilómetros de aquí.

Todos los gestos se borran repentinamente de la efigie de Ismail Fawzi. Sus ojos han quedado paralizados con una apertura desproporcionada. Los labios se le despegan.

—Alguien de su comunidad debe saber algo. Tiene que decirme qué compañías frecuentaba el muchacho. Piense que podemos evitar más muertes.

Fawzi da dos pasos más hacia el interior del recinto.

—Yo no sé nada. Aquí todos somos buenos ciudadanos y buenos musulmanes. Apenas hablan castellano. Yo les ayudo… Isa, bueno. No sólo venía por aquí.

—¿Qué más lugares frecuentaba?

—Bueno, La Rioja es grande, ¿no?

—¿Qué lugares de La Rioja, señor Fawzi?

—No lo sé. No lo sé. Déjeme tranquilo. Usted no puede entrar aquí sin una orden judicial. ¡Muestre un poco de respeto!

Lucía se percata de que, a medida que Fawzi ha ido retrocediendo hacia el *haram*, ella ha avanzado en pos de él sin darse cuenta. Mira una vez más la calle, a su espalda. Cada vez hay más curiosos. Curiosos que muestran las primeras expresiones de enfado. Se escuchan frases en árabe. Se azotan manos y cabezas más de lo que a ella le gusta. ¿Dónde coño se ha metido Ramírez? Allí no está, desde luego.

—Yo no puedo decirle que sepa nada —sigue Fawzi—. Yo no tengo poder de decisión, todo está controlado desde un nivel que nos supera.

—¿Va a usted a venirme con eso de que «todo está escrito»? En su religión puede que todo esté escrito, señor Fawzi. Pero, con todos los respetos, yo puedo evitar que se produzcan más muertes como la de Isa. Eso lo escribo yo, con la ley y la autoridad. Pero para ello necesito su ayuda.

Fawzi ya ha abierto la puerta de vidrio. Sus pies ya pisan la mullida alfombra de la sala de oración. Lucía llega a ver los muros interiores, sobrios, recubiertos con escritura arábiga. Llega a ver al imam, con una larguísima barba gris, repasando las notas de lo que dirá en breves momentos.

—No me refería a eso, señorita. No me refería a mi religión. Y, ahora, va a comenzar el *yumu'ah*. Le pido que se marche, por favor. Si no me va a detener, márchese. No puede entrar aquí.

9:45

Unos instantes antes, mientras su teniente se acercaba a la puerta de la mezquita, Ramírez le daba vueltas a una de las octavillas arrugadas que acaba de recoger del suelo. Se trata de una burda fotocopia en blanco y negro, cortada a guillotina manualmente. Está repleta de párrafos en alfabeto arábigo. Un titular, adornado con un efecto de WordArts, encabeza la pieza. Al final hay un lugar destacado para lo que parece un contacto de Facebook, un perfil de Twitter (la arroba que lo precede lo delata) y una dirección de un blog. Ramírez se ve incapaz de descifrar más.

La teniente está metiendo en este momento medio cuerpo por la puerta de la mezquita. Ahora sólo se le ven los cuartos traseros. Unos cuartos traseros megalíticos, muy distintos de los que Elsa le ofrece casi cada noche a Ramírez desde hace ya tres meses. Las personas que se congregan junto a la entrada hacen comentarios en árabe. No parece gustarles la posibilidad de que la Grande vaya a irrumpir en la mezquita sin permiso de nadie. Ramírez tampoco espera que le vayan a ayudar a traducir la octavilla. A pesar de ello, lo intenta con un hombre que viste traje color crema.

—¿Puede usted decirme qué pone aquí?

El hombre le devuelve una mirada como la de quien observa un trozo de comida que se acaba de sacar de entre los dientes. Encoge unos hombros confundidos. Pronuncia algo en árabe, al tiempo que niega con la cabeza.

—No espaniol… No espaniol…

Lógico. Ramírez hace un par de intentos más: un anciano se limita a sonreírle con una boca ribeteada de prótesis dentales, un joven con el brazo en cabestrillo se aleja agitando la cabeza, por todas partes se escucha la letanía «No espaniol, no espaniol» Tras dar unos giros sobre sí mismo con la octavilla en alto, Ramírez se topa, frente a frente, con la mujer del hiyab malva. No le rehúye. Ramírez medita durante unos segundos si acercarse a la mujer. «Para qué», se dice finalmente. Y se guarda el folleto en el bolsillo de la camisa.

Es ahora cuando escucha que la Grande llama a gritos a Fawzi. Parece que éste atiende a la llamada. Se abre una puerta interior. En el claroscuro del zaguán, una figura con barba y un gorro blanco entabla conversación con la teniente. Por la calle van llegando más fieles. Fieles que se detienen sorprendidos al doblar la esquina y toparse con un coche de la Guardia Civil. ¿Qué hace una enorme mujer uniformada a las puertas de su centro de culto? Ramírez piensa en la posibilidad de que la situación colapse como los muros de las casas que le rodean, pero confía en la experiencia de La Grande. Busca entonces con la mirada al padre Juan Borobia. ¿Dónde se ha metido el cura?

Ramírez resopla. Lo que le faltaba. No sólo tiene que soportar todo el día a ese molesto religioso bocazas. También tiene que hacer de niñera. La última vez que lo vio, se encontraba en la esquina de los contenedores de basura, la más próxima a la entrada al locutorio. Ramírez avanza hacia allá. El locutorio se encuentra en una tosca construcción de un solo piso. El rótulo que lo preside, y que no dice otra cosa que la palabra LOCUTORIO, también es tosco pues ha sido pintado a mano con tosquedad. Ramírez se asoma. Lo primero que ve es un mostrador atendido por un muchacho que lee una de las octavillas. El muchacho oculta el papel en cuanto percibe a Ramírez. Hay unas cabinas de teléfonos distribuidas por la pared del fondo. También unas máquinas de refrescos y de aperitivos. Un poster del Barça, un calendario, poca cosa más. Sólo el murmullo de una voz rompe el silencio absoluto que reina en el local. El padre Borobia ocupa una de las cabinas cerradas del locutorio. Cuando Ramírez se encuentra lo suficientemente cerca, consigue comprender alguna de las palabras que traspasan la puerta de la cabina.

—…y cuando te haya puesto a cuatro patas… como un bostezo… jo de puta… por la gracia de mis… jones… Escupirte es… pa tu puta madre, o madrastra… ni se sabe… folle un pez…

El padre Borobia no parece estar manteniendo una conversación, sino más bien un monólogo, como quien deja un mensaje en un buzón de voz. Ramírez retrocede. No le apetece que el padre le descubra espiando. Gana la salida del locutorio sin que el cura se dé cuenta de su presencia.

Ahora en la calle hay mucha más gente. Hay, incluso, más chilabas y alguna vestimenta que él identificaría como paquistaní. Todo el mundo mira hacia la entrada de la mezquita. Allí continúa la Grande, pero ya no expone al público sus cuartos traseros tan extrovertidamente. Se ha adentrado más en el zaguán. Al presidente de la Asociación Musulmana no se le ve; tan sólo se intuyen unos movimientos en la penumbra interior que atestiguan que la discusión continúa.

Alguien le toca el brazo a Ramírez. Es el padre Borobia.

—Discúlpame, me hacía pis —dice.

Ramírez reprime el gesto de sospecha y el tiende la octavilla.

—¿Lee usted árabe?

—Joder, como si, por ser cura, tuviera que conocer cualquier lengua. Con el rumano y el portugués tengo bastante, ¿no te parece?

—Sólo preguntaba.

Por fin la teniente sale al exterior. Las voces en árabe emiten comentarios cada vez menos tímidos. Los fieles abren paso a la Grande. Ella no puede disimular cierto azoramiento, como si llevase toda una batalla perdida en el rostro.

—Vámonos a la casa cuartel, que me muero de hambre.

Ramírez toma el volante y el Pathfinder abandona el Arrabal efectuando toda serie de giros imposibles entre callejuelas, escombros, gatos salvajes y sábanas que penden tendidas de las ventanas. Pronto vuelven a encontrarse junto al flanco de la catedral. Allí el paisaje se abre de nuevo. Salen de entre las casas como quien sale de un bosque espeso y encuentra un magnífico claro ante sus ojos. Ramírez detiene el coche sin previo aviso.

—Mire, mi teniente.

Allá abajo, junto al río, en un aparcamiento desierto, hay un único vehículo: el Renault Laguna que previamente encontraron junto a la mezquita. Uno de sus ocupantes habla por un teléfono móvil en el exterior. El otro, el más joven, se encuentra en el asiento del copiloto. Cuando la llamada llega a su fin, el hombre sube al Laguna y arranca el motor.

—¿Qué hacemos? ¿Quiere que los siga?

Lucía piensa en la debilidad que siente en las piernas ahora mismo, por culpa del hambre. Pero también piensa en la condescendencia del Truchas, en las veladísimas insinuaciones de Fawzi y, sobre todo, en la muerte de Isa Abdi.

—Da la vuelta en esa calle. Mantén mucho la distancia, que llevamos un coche enorme de la Guardia Civil, no lo olvides —y luego se vuelve al asiento de atrás—. Lo siento mucho, padre.

—Me cago en... —contesta éste, con una entonación que hace que signifique «No tiene importancia».

El Laguna toma la rotonda de la antigua carretera Logroño-Zaragoza, la N-232. Y sale en dirección Zaragoza. Es exactamente el mismo camino que recorrieron por la mañana hacia el campamento de los Abdi: los aerogeneradores, los chamizos en ruinas, los silos abandonados. Lucía conecta con la casa cuartel para consultar la matrícula del coche que persiguen.

—Pertenece a un tal Jamal Oulhaj. Ciudadano marroquí. No está fichado. Aquí dice que su domicilio está en Girona.

El Pathfinder aprovecha los tractores para ocultarse de la vista del Laguna. Finalmente, toman la salida que conduce a Aldeanueva de Ebro. Se adentran en la población (un plano desordenado, con algún que otro chalet de estreno que demuestra que la uva sigue aportando ingresos al pueblo). Ven al Laguna girar a la derecha. Al intentar seguirle la pista, encuentran la calle desierta.

—Avanza un poco más, niño, a ver si hay suerte.

El Pathfinder se mueve despacio, casi se pueden contar las piedrecitas que chasquean bajo las ruedas. Llegan a la Plaza de España, un punto de encuentro presidido por un conjunto escultórico de estilo brutalista y difícil justificación. Afortunadamente, una colosal iglesia renacentista le roba el protagonismo a la fea escultura, al igual que varios bares que llenan de mesas la plaza, lo que la señala como punto de encuentro de vecinos y visitantes.

El Laguna acaba de detenerse junto a la terraza de una cervecería. Lucía golpea a Ramírez en el pecho para que rebaje aún más la marcha del Pathfinder. Éste se ve obligado a hacerlo forzosamente: un tractor acaba de irrumpir por una bocacalle y le corta el paso. El copiloto del Laguna se apea y se dirige hacia una de las mesas de la terraza. Está ocupada por una única persona: un hombre. Lo ven de espaldas. Lucía y Ramírez tratan de aguzar la vista para identificarlo. El hombre se levanta de su asiento para estrechar la mano al ocupante del Laguna. Entonces pueden verle la cara desde el Pathfinder. Aparenta unos cuarenta y cinco años. Pero Lucía sabe que tiene al menos cincuenta. Cabeza rapada casi al cero. Pero Lucía sabe que un día lució una cabellera espesa y oscura. Delgado, de mejillas secas. Pero Lucía sabe que esa delgadez nunca ha mermado su terrible fuerza física.

—¡En marcha, en marcha! —exige Lucía.

—¡No puedo! —replica Ramírez, incapaz de rebasar al tractor que bloquea el paso.

El tractor maniobra tratando de efectuar un giro imposible para su envergadura. Tardará un rato. Tras el Pathfinder se ha detenido una furgoneta que quiere acceder a la plaza, por lo que Ramírez tampoco puede dar marcha atrás. Lucía ha identificado inmediatamente el rostro de ese hombre. La nariz de aletas anchas. Los ojos enrojecidos, siempre enrojecidos. El tipo acompaña al ocupante del Laguna hacia el coche, que les espera a pocos metros. Lucía trata de reaccionar. Se baja del Pathfinder. Pero no está lo suficientemente cerca. Los dos hombres ya se están subiendo al Renault. El de la cabeza afeitada, entonces, levanta los ojos en dirección a Lucía. Esos ojos que le devuelven a un tiempo jamás olvidado y tampoco superado. Y el vacío que últimamente reina en el estómago de Lucía se llena de vértigo. Tanto, que, ella que avanzaba tan decidida, se ve obligada a detenerse al abrigo del tractor, buscando una protección inexistente. El hombre se sube al Laguna. Pero una sonrisa en su rostro le confirma que sí, que la ha visto. Una sonrisa que es un saludo, un «Hola, Lucía, cuánto tiempo sin verte». El Laguna arranca y desaparece de la plaza. El tractor aún trata de liberar el tránsito. Pasan varios minutos hasta que lo consigue.

—Vámonos de aquí —exige Lucía.

—¿Ahora? —responde Ramírez— ¿No quiere que tratemos de recuperar la pista?

—¡Que nos vamos de aquí, cojones!

Ramírez obedece. El Pathfinder abandona el pueblo. Hasta que no toman la carretera de vuelta a Calahorra, Lucía no deja de sentir que su sangre se evapora. Tal es la opresión que le provoca esa mirada.

Ahmed viene cojeando. Se ha golpeado al saltar el canal. Hasta que no se ha convencido de que los guardias no le seguían en esa carrera inconsciente a través de huertos, caminos y cercados no se ha detenido. Entonces ha notado el dolor en la rodilla. Cruza haciendo zigzag un terreno lleno de perales. Aprovecha su sombra para ocultarse. Luego alcanza el lugar donde la acequia se ha roto, que es el mismo lugar donde le sorprendieron los guardias. Se agacha junto a la grieta. Se remoja la nuca y se peina las sienes con agua fresca. Observa el campamento. El agua que se vierte por el boquete corre hasta allí, alimentando de barro las chabolas. No parece haber nadie. No importa que haya muerto un miembro de la comunidad: sólo los viejos y los niños pequeños se habrían librado de ir a vendimiar hoy; pero Gurga no mantiene viejos ni niños pequeños entre sus protegidos.

Camino de su casa no puede evitar mancharse de barro los zapatos. Antes de entrar en la choza se los quita. Se remanga los bajos de los pantalones, también sucios, para no salpicar el interior. Xhemeli se enfadaría. Ahmed retira la cortina y entra. Agradece el tacto de la vieja alfombra en los pies y la imagen familiar de los peluches en su limpísimo rincón. A pesar del raquítico grosor de las planchas que componen las paredes, le invade la sensación de encontrarse en un hogar. Porque Xhemeli está allí.

La hermana mayor de los Abdi permanece como el cura Borobia la dejó: sentada sobre sus talones con la espalda apoyada en la pared. Pero al irse sus interrogadores ha podido abrir el dique de contención que le retenía el llanto en las entrañas. Xhemeli llora y tiembla. Sus pestañas (densas, oscuras) se doblan bajo el peso de las lágrimas, como las ramas de un árbol cubierto de nieve. Ahmed, que conoce a su hermana, titubea antes de acercarse. A ella no le gusta que la vean así.

—Idiota, me vas a manchar de barro la alfombra.

Eso es lo que dice Xhemeli cuando ve a Ahmed. Señala acusadoramente los pantalones sucios del chico. Ahmed no va a responder aquello que le gustaría responder: «¿Qué importa eso, Xhemeli?» Prefiere sentarse junto a ella y acariciarle el hombro. Su cuerpo se ha vuelto vulnerable y febril. Ahmed sabe que no debe pronunciar el nombre de Isa.

—¿Has visto a los policías? —pregunta ella.

—No —miente Ahmed.

La chica mira por un momento al techo, como buscando apoyo en los cielos que se abren detrás de la cubierta de uralita. Ahmed cree que ningún poder celestial atraviesa un tejado de uralita robada. Quienes bajo él se refugian están solos.

—Vinieron aquí —sigue Xhemeli—. Con el padre Borobia. Se llevaron la única foto de Isa que tenía.

—¿Les dijiste algo? —pregunta Ahmed.

—No.

—¿Mencionaste a Gurga?

Xhemeli contesta con una mirada tajante: Gurga no se menciona nunca. Ahmed responde a esa mirada escondiendo la cara, un gesto que puede expresar tristeza o miedo y que le ayudará a ocultar a Xhemeli el encuentro del canal.

—¿Ha estado él aquí? —pregunta Ahmed pasados unos segundos.

—¿Gurga? Sí.

—¿Ha dicho algo de mí?

—Le he contado que te has ido a rezar por tu hermano. Que querías hablar con un imam para el entierro. No te preocupes, estaba tranquilo. Ha venido a decirnos que hoy no tenemos que trabajar. El hijo de perra esperaba que le diera las gracias por ello.

A Xhemeli le sorprende un estallido de tos. Al terminar, su cara aparece aún más congestionada y sus pestañas más apelmazadas por culpa de las lágrimas y la mucosidad.

—¿Lo hiciste? —pregunta Ahmed.

—¿El qué?

—Darle las gracias.

Como única respuesta, Xhemeli lanza el dorso de su mano izquierda contra el rostro de Ahmed. Estalla en la mejilla como un látigo. Ahmed no se mueve. No se lleva la mano a la cara. Tan sólo mira al suelo. Concentra todas y cada una de las células de su cuerpo en reprimir el sollozo. Xhemeli sin embargo no es capaz de lograrlo. Un estrepitoso lamento le desborda las cuerdas vocales. Ahmed se acerca a ella y vuelve a tratar de acariciarla. Pero el gesto resulta torpe por culpa de la postura que aprisiona a Xhemeli contra la pared. Ahmed ni siquiera nota un ligero resquemor en la cara golpeada. Está acostumbrado. Quienes viven bajo una plancha de uralita robada han de acostumbrarse a todo. Ya había perdonado a su hermana antes incluso de recibir la bofetada.

—Xhemeli —dice Ahmed—. No llores. No te preocupes. Podemos hacerlo. Yo puedo protegerte. Soy listo.

Las palabras de Ahmed hacen que la sonrisa se abra camino entre los lamentos de Xhemeli. Ella le acerca la mano a la mejilla, la mejilla que acaba de golpearle, y le roza la piel con los dedos dulcemente.

—Ahmed, tú sabes que yo puedo protegerme sola. Pero tienes razón: saldremos de ésta.

Los dos hermanos se abrazan. Por un momento se diría que sí, que un dios les está mirando. Pero esa impresión cesa tan pronto como ambos se separan.

—¿Has encontrado algo? —pregunta Xhemeli.

—Te dije que lo haría.

Al amanecer, Ahmed salió del campamento sin una dirección fija. Decidió caminar por los campos sin perder de vista la AP-68. No tardó mucho en encontrar lo que buscaba. Desde una ligera elevación contempló un viñedo abandonado. Junto a él se levantaba una valla que cerraba un espacio de media hectárea. Se acercó y se asomó por encima. La parcela estaba ocupada por cerezos que apenas se distinguían entre una maraña de matojos, zarzas, malas hierbas, ortigas… En una esquina un viejo parterre conservaba fragmentos de tiestos rotos. A pocos metros, unas pocas varas para hacer crecer tomates se mantenían en pie, pero ninguna planta pendía de ellas.

Ahmed saltó la valla y se internó en el huerto abandonado. Descubrió una piscina seca, con un resto de agua verde sobrevolada por una nube de mosquitos. No muy lejos se alzaba una pequeña vivienda de ladrillo con tejado de dos aguas. Las ventanas tenían barrotes, pero no le costó forzar el candado de la puerta de la entrada con una barra de hierro que encontró clavada entre unas zarzas. El interior no estaba mal. Un sofá lleno de polvo pero con los muelles en su sitio. Un techo cuajado de telarañas, pero seco. Un camping gas. Una despensa con algunas latas de conserva. Un retrete sin agua.

Ahmed le cuenta a Xhemeli su hallazgo.

—Vamos —dice ella. Al levantarse se ve obligada a detenerse un momento para evitar un mareo. Luego sale de la chabola, decidida.

Ahmed la sigue. Duda un momento. Se detiene. Se agacha junto a una esquina y levanta la alfombra. Allí hay escondido un corquete exactamente igual que el que manejaba Isa. Ahmed lo esgrime, lo eleva hasta acercárselo a su ojo izquierdo. Luego se mira en el fragmento de espejo que hay junto a la esquina de los peluches. Trata de posar como un sujeto peligroso. Como un soldado de las fuerzas especiales. Pero no tarda en desanimarse. Finalmente se lo guarda en el bolsillo. Luego sale tras su hermana.

13:00

De regreso a la casa cuartel, Ramírez conduce el Pathfinder directamente al garaje. Durante el trayecto ha tratado de mirar a los ojos de la teniente varias veces. En una ocasión incluso ha estado a punto de salirse de la calzada. Había llegado a creer que, después de algunos años, la Grande empezaba a perder opacidad. Que cada vez le resultaba más fácil interpretar qué pensaba o qué sentía, y cuál era su opinión respecto a ciertas cosas, incluso cuando no quería pronunciarla. Una vez, incluso, Lucía le había confesado a Ramírez que se estaba volviendo demasiado perezosa como para guardar secretos. Y ahora se encierra en un cofre hermético y no hay dios que adivine qué está pensando. La inexpresividad invade todas sus facciones. ¿Qué ha ocurrido durante el seguimiento al Laguna? ¿Ha sido ese hombre sentado a la mesa del bar de la plaza? Un tipo delgado, discretamente vestido. No parecía tener nada de especial. Si no fuera por las visitas que estaba recibiendo, no habría motivos para fijarse en él. En cualquier caso, Ramírez sabe cuándo no debe hacer preguntas.

En el garaje aparcan junto al coche mampara. Le llama la atención lo limpio que está. Percibe el olor del ambientador hasta con las puertas cerradas. Suárez ha hecho un buen trabajo. Ramírez se toma unos instantes para despertar al padre Borobia, que se ha quedado dormido en el camino de vuelta de Aldeanueva. Le toca la rodilla y el padre se pone en guardia de inmediato. Se lleva las manos cerradas bajo la mandíbula; Ramírez se ha dado cuenta de que el padre reacciona así cada vez que algo le asusta, como si no se hubiera bajado del ring nunca en su vida, como si todo se pudiera gestionar como un combate de boxeo.

—Joder qué susto me has dado.

—Se había usted dormido.

—¿He roncado?

—Un poco.

—Es por la mierda del tabaco. Lo dejé hace un año y aún sigue dándome por el culo.

Cuando Ramírez se da la vuelta, descubre que la Grande ya se ha apeado del Pathfinder. Se ha marchado dejando la puerta abierta. Ahora mismo su silueta desaparece por las escaleras que suben a las dependencias. Ramírez apremia al padre Borobia para que se baje del coche. Él refunfuña y luego se baja y luego vuelve a refunfuñar. Ascienden por las mismas escaleras hasta una estancia húmeda y oscura reservada a los calabozos y a una sala de interrogatorios. Cuando se construyó la nueva casa cuartel, fue la teniente quien solicitó que se modificaran los planos para incluir esa conexión directa entre el aparcamiento, los calabozos y la sala. De esa forma, si alguna persona mediática (los políticos, por ejemplo, se están aficionando mucho a pasar noches en compañía de las Fuerzas de seguridad del Estado) se ve obligada a visitar la casa cuartel, se puede preservar su intimidad: del coche a la sala, de la sala al calabozo o de vuelta al coche y para casa, sin asomarse ni a una ventana a la que pueda acceder el objetivo de un fotógrafo.

Un pasillo frío les lleva a la entrada principal del acuartelamiento. Allí está Ibáñez haciendo guardia. Mantiene una conversación con la cabo Artero, que parece algo más animada tras el plantón que le dio ayer aquella mujer que iba a denunciar a su marido por maltrato. Ambos saludan al cabo Ramírez al verle aparecer.

—¿Ha pasado por aquí la teniente?

—Pues sí —responde Ibáñez—. Y no sé qué le pasa. Ni me ha devuelto el saludo. Se ha encerrado en su despacho.

—Está a dieta —explica Ramírez, aunque sabe que no sólo se debe a eso.

—No me jodas…

—Lo que oyes.

—Pues a mí no me ha dejado ni hablarle —añade Artero—. Ha venido a verla una mujer. Está ahí sentada, en la sala de espera. Una mora. ¿Quieres atenderla tú?

Ramírez se estira para ver el otro lado de las mamparas de Pladur que ocultan la sala de espera. Ahí está la mujer del hiyab malva. Ramírez acompaña al padre Borobia hasta la puerta y le despide con frialdad. Después se acerca a la salita. Cuando la mujer del hiyab malva lo ve, no se molesta en ocultar la decepción.

—Quiero hablar con la teniente Utrera —dice en un castellano perfecto.

—Lo siento. Ahora no está disponible. ¿No puedo ayudarla yo?

—Soy yo la que vengo a ayudarles a ustedes —dice. Y le muestra una de las octavillas abandonadas en la puerta de la mezquita. —Puedo traducir esto. Déjeme hablar con ella.

—No puede, disculpe. Pero yo estoy a cargo también de este asunto. Le estaré muy agradecido si...

—Usted me vio a la puerta de la mezquita. Me miró y decidió no pedirme ayuda. Me prejuzgó por ser marroquí y llevar velo. Pensó, antes de saber nada, que yo no iba a colaborar. Todos ustedes son iguales.

—¿Y por qué quiere hablar con ella, si somos todos iguales?

—Ella tiene algo especial. Es, no lo sé... ¿Normal?

Ramírez reprime un gesto de asombro. Podría él hablar acerca de la normalidad de su teniente.

—Discúlpeme. No quería prejuzgarla. Si no le pregunté nada a usted no fue por su velo o porque fuera magrebí. Fue porque, antes que usted, cuatro o cinco personas ya habían escurrido el bulto. Sencillamente, tiré la toalla. Decidí solicitar una traducción a algún compañero de Madrid. Pero si usted me quiere ayudar, me será útil.

La mujer parece valorar las palabras de Ramírez. Él se sienta cerca de ella, pero guardando una distancia prudente.

—No es algo bueno —se decide por fin a hablar— lo que dice en este papel. Es proselitismo. Es yihadismo. Tratan de convencer aquí a los jóvenes para que viajen a Irak. Esto que ve aquí son unos versículos del Corán. Ellos son unos herejes por utilizarlos para reclutar a jóvenes para morir allí. Dicen que los occidentales están matando a los hermanos musulmanes, cuando la gran mayoría de las víctimas del terrorismo son buenos musulmanes. Mejores musulmanes que ellos. Esto que ve aquí es una página web. Supongo que en ella colgarán sus atrocidades. También recomiendan perfiles de Facebook de algún imam.

Ramírez sigue el dedo de la mujer a medida que le va señalando frases en árabe en la octavilla.

—¿Puedo preguntarle su nombre?

—Fátima Selsouli.

—¿Usted cree que debemos preocuparnos? ¿La comunidad musulmana de Calahorra puede caer en estas trampas?

—No, no lo creo. Bueno, siempre puede haber uno o dos. Aquí somos todos trabajadores, no vivimos mal. Ismail Fawzi es un hombre de paz. Siempre trae a imanes que predican contra el integrismo. Pero, en fin, no se sabe.

—¿Entonces por qué nadie me contestaba a la puerta de la mezquita?

—Es usted Guardia Civil. Son uniformes como los suyos los que encuentran en las fronteras de Ceuta o al desembarcar en Algeciras. Les tienen miedo. A ustedes y a los otros.

—¿Qué otros?

—Los del coche. Los de las octavillas. No lo sé, aparecieron por aquí hace dos meses, aproximadamente. Son integristas. No sé si son asesinos pero sí sé que ayudan al terrorismo.

—¿Y por qué Fawzi no nos avisó? Se comprometió a colaborar si algo así ocurría.

—Fawzi es un buen hombre. No tengo ni idea de por qué no les ha avisado. Pero creo que, que no les haya avisado a ustedes, no quiere decir que no esté colaborando con alguien más.

Ramírez sabe que eso es cierto. Normalmente, la lucha contra el terrorismo internacional se lleva desde Madrid. Secciones como la UCE-2 son las encargadas. Si se diera algún golpe contra el salafismo radical, ellos sólo serían invitados a última hora, en el momento de dar cobertura a la intervención. Ni siquiera sabrían contra quién están actuando ni de dónde viene la investigación.

—¿Conocía usted a este chico? —dice, enseñando la foto de Isa Abdi.

La mujer niega con la cabeza.

—No, lo siento.

14:00

El remolino en el agua forma una espiral por la que se derraman todos los pensamientos de Lucía. Agua salpicada de filamentos rojos de dos centímetros de longitud. Han ascendido desde el fondo de la garrafa, llevándose consigo parte del sustrato de musgo. Ahora esos filamentos rojos giran en torno al remolino, descontrolados, enredándose los unos en los otros. El exiguo sistema nervioso que contienen esos filamentos se encuentra paranoico en estos momentos. Por eso se retuercen sobre sí mismos y buscan enmadejarse con sus compañeros. Esos filamentos rojos son gusanos tubifex. Pequeños segmentos vivos, delgados, rellenos de hemoglobina. La Grande los cría en una garrafa de cinco litros, que ha recortado por la mitad y que mantiene cubierta con una tapa de plástico. Cada pocos días, introduce en ella una cuchara para remover el líquido. Esto crea un vórtice ascendente en el hábitat de los tontos gusanos. Cuando suben a la superficie, La Grande sólo tiene que interponer en su camino una red de malla para atraparlos a decenas.

Lo difícil consiste en seleccionar la dosis perfecta de gusanos tubifex que sus peces ángel pueden devorar. Resulta imprescindible evitar que los bichitos escapen de las mandíbulas de los peces y se entierren en el fondo del acuario. Si se hacen fuertes ahí, si sobreviven, su metabolismo puede acidificar toda el agua, provocando un verdadero problema. Si mueren sin ser devorados, también emitirán sustancias tóxicas peligrosas para los peces. Pero si mide bien la cantidad, si sus peces ángel se muestran tan ágiles como siempre, tan alegres, tan voraces cuando asisten a esa lluvia roja que entra en su entorno desde la superficie, los resultados son asombrosos: los peces no tardan en agradecer el alimento vivo, los colores de sus escamas lucen como nunca, nadan como nunca. Hay algo fáustico en todo esto: la necesidad de destruir vida para aspirar a la belleza. Si un pez pudiera razonar, ¿de dónde creería que viene ese maná o qué mano mefistofélica se lo dispensa?

Los malos pensamientos de Lucía se disuelven en la visión de sus mascotas coloridas. Ya no le caben más acuarios en el despacho. Posee uno equipado con una resistencia, para templar el agua salada y mantener especímenes tropicales. Otro sin resistencia, para los ejemplares de agua fría. Otro algo más pequeño, de agua dulce, con un filtro más potente, donde nadan dos pirañas jóvenes (con una hermosa panza dorada y motas oscuras en el lomo) y los pequeños peces de los que se alimentan. Y también está la garrafa donde cría los tubifex, el origen de todo.

Bernard no quiere ver nada de esto en el salón y ella les encuentra más utilidad allí, en el despacho, donde su mente suele necesitar un punto de fuga. Nunca sabe qué decir cuando un superior visita la casa cuartel. Por ahora no ha tenido problemas. Sólo cuando ocupaban el antiguo acuartelamiento, actualmente abandonado, colocó puntales metálicos provisionales en la habitación inferior: el edificio se caía a pedazos y doscientos litros de agua pesan. Pero las cosas han cambiado mucho, ya no hay riesgo de derrumbe ni humedad en las paredes.

—Sé que has sido tú, cabronazo —dice mirando a un magnífico pez ángel que nada en el acuario de agua templada.

El pez ángel, o escalar, tiene forma de delta y franjas doradas y negras a lo largo del costado. Este ejemplar, en concreto, ha crecido rápido. El más listo del acuario. El más veloz, el más grande, el más agresivo. Por eso Lucía sospecha que es el responsable de las mutilaciones a las que están siendo sometidos sus lechmere guppy. Éstos son peces mucho más simplones, más pequeños y torpes. Poseen una cola grande, en proporción a su cuerpo, y muy colorida. Y aquí está el problema: todas las mañanas aparece un guppy con la cola devorada a mordiscos. Esto les provoca dolor, dificultades motoras y, a corto plazo, la muerte. Lucía acelera el trámite: extrae los guppys mutilados con la red y los deja caer en el tanque de las pirañas. Heridos y lentos, a las pocas horas han desaparecido. De ellos sólo quedarán restos orgánicos que el filtro succionará.

—Sé que has sido tú —sigue diciendo, mientras mira de cerca al pez ángel.

Y el gran tanque de agua bajo su barbilla. Y el peso de esas palabras. Y la coincidencia de una corriente de aire frío que cruza la habitación cuando Ramírez abre la puerta. La Grande escucha el sonido burbujeante del filtro; en su memoria se convierte en un ruido de batir de agua. Ruido de piernas chapoteando. Sólo las piernas. Porque las manos están atadas. Y las bocas amordazadas.

—Mi teniente, ¿da su permiso? —Ramírez mantiene medio cuerpo aún fuera ante el silencio prolongado de ella; finalmente, se ve obligado a toser fuerte y a repetir su petición—. Mi teniente... ¿Da su permiso?

Ella, aún acuclillada junto al tanque de agua, consigue por fin girarse y saludar al cabo.

—Adelante, niño.

Ramírez odia los peces de La Grande. Los odia, porque es una herramienta que su jefa no duda en emplear para castigarlo a él: muchas veces, cuando se siente importunada, ella simplemente toma el bote de alimento seco y le da la espalda a Ramírez para dedicarse a sus acuarios con condescendencia. Ramírez estuvo a punto de provocar una extinción total durante unas vacaciones de la teniente; él asumió la responsabilidad de alimentar a sus mascotas por primera y última vez. El primer día se olvidó de hacerlo por lo que decidió doblar la ración de comida el segundo día. La ración se incrementó aún más (notablemente más) al confundir en la cazoleta la escala decimal (en gramos) con la anglosajona (en onzas). Lo que Lucía halló a su regreso es conocido, desde entonces, como el Holocausto Acuático de Ramírez. Provoca risas con sólo mentarlo en público. Risas a todos, menos a ella, claro está.

—La octavilla, mi teniente. Tal y como pensábamos es proselitismo salafista.

Ramírez le cuenta a la Grande la visita de Fátima Selsouli y le explica que ha estado explorando el sitio web al que remite el folleto.

—Está en la Deep Web. Hay mucho discurso, homilías de imames bastante conocidos, vídeos de entrenamientos de guerrilleros… Todo subtitulado en castellano. Hay una parte en la que cuelgan material especialmente espantoso: vídeos de ejecuciones, latigazos, torturas…

—Así que esos dos tipos del Laguna constituyen una célula de reclutamiento. ¿Al Qaeda?

—Muy posiblemente. He echado un ojo a los archivos de terroristas fichados, pero no los he localizado. ¿Deberíamos avisar a los de ciberdelitos?

Lucía lo medita unos segundos, ayudada por el magnético vals que un pez ángel baila alrededor de un tubifex, hasta el momento en que lo engulle.

—Mejor espera un par de días. No levantemos la liebre. Esas páginas no van a ir a ningún lado. Avisa a alguno de los guardias jóvenes, a ver si no les importa estar atentos a las actualizaciones; a lo mejor los terroristas se traicionan a sí mismos sin querer y suben algo de información que les descubra.

A Ramírez le sorprende que las instrucciones de la Grande no parezcan tan decididas como las que acostumbran a salir de sus labios. Éstas, además de indicar órdenes, parecen estar pidiendo permiso.

—Ramírez, dada la complejidad de la investigación, creo que lo mejor será dividir fuerzas. Quiero que te sirvas de la colaboración del padre Borobia para perseguir a quien sea que tenga a los Abdi esclavizados. Céntrate en ese nombre: Gurga. Descubre quién es.

—¿Con el padre Borobia? —pregunta Ramírez.

—Te será de gran ayuda, seguro.

—Mi teniente, yo le escuché… en fin…

—¿Qué ocurre, Ramírez?

—Nada —responde Ramírez, que no puede quitarse de la cabeza la extraña conversación que el padre Borobia mantenía en el locutorio—. Es posible que haya un problema, pero no quiero complicarle la vida antes de asegurarme de ello.

—Bien dicho. Por mi parte, me ocuparé de los yihadistas con Campos. Averiguaremos si Isa estaba siendo captado. Puede que se echara atrás en el último momento y le mataran por eso. Yo qué sé. Aquí nadie habla claro, ni Fawzi, ni los fieles, ni siquiera la hermana de Isa.

Antes de irse, Ramírez trata de acumular coraje. Aprovecha la aparente debilidad de la teniente para hacer la pregunta que tiene en la cabeza desde el mediodía.

—Mi teniente, ¿quién era el hombre de la plaza? ¿Por qué nos fuimos tan rápido?

La teniente, como Ramírez esperaba, se vuelve de nuevo hacia el tanque de agua para darle la espalda. Toma la red de tubifex y vierte una pizca de su contenido en el acuario, para regocijo de guppies y escalares.

—Por favor, déjame la traducción del panfleto y el informe de las páginas web sobre el escritorio.

—Sí, mi teniente.

—Y dile al sargento Campos que venga.

Ramírez abandona el despacho sin dejar de mirar la rotunda silueta de la Grande junto a una pared en la que reverbera el reflejo del agua del acuario. La teniente da la vuelta a la red de malla haciendo que todos los tubifex se derramen en él al mismo tiempo. Entre las paredes de cristal estalla una fiesta. Todos los especímenes se agitan. La hemoglobina de los tubifex se expande en nubecillas carmesí. El acuario se tiñe de color rojo. Vida que se transforma en muerte. La voracidad de las mascotas le resulta placentera. No deja de seguir con los ojos a su magnífico pez ángel, el pez más listo del lugar, que se lanza a por los filamentos rojos con verdadero entusiasmo.

Los golpes en la puerta vuelven a sonar. Esta vez es Campos. Pide permiso. Se le concede. La Grande le ofrece asiento a Campos que, igual que siempre, lo rechaza.

—Sargento Campos, jamás hemos hablado de esto.

—¿De qué, mi teniente?

—Del norte.

Campos nunca había escuchado llamarlo así. Simplemente el norte. Él no lo sabe, pero se trata de un nombre que Lucía le da para no tener que utilizar el verdadero. Sin embargo, todo el lenguaje no verbal, la gravedad del rostro, la mirada evocadora, algo temerosa, la solemnidad y la lentitud en la voz, explican con total detalle qué es ese norte que Lucía llama el norte.

—Usted estuvo en el norte, sargento, ¿no es así?

—Pasajes. De 1985 a 1988. Después, Pamplona.

—¿Qué edad tenía usted?

—Veintitrés. Ahora tengo cincuenta.

—¿Aún mira debajo del coche?

Campos niega. Cada palabra se pronuncia al igual que un principiante mueve piezas de ajedrez. Con inseguridad. La mente concentrada en qué va a decirse. El cuerpo aquí, la memoria en Pasajes.

—No. Ya no miro debajo del coche. Pero aún miro tras los setos que hay frente a mi portal, cada vez que salgo de casa. Y aún duermo con un arma bajo la almohada.

—¿Perdió a alguien?

Campos traga saliva y desvía la vista hacia las patas del escritorio de la Grande. Los ojos pequeños, el rostro enjuto de perfecto guardia civil, pierden parte de su dureza; tan sólo un ápice, pero lo suficiente como para conmoverla.

—Los ochenta... Los Años de Plomo.

—Disculpe la pregunta —dice Lucía—. Los chavales que tenemos en esta casa cuartel son valiosos, pero muy jóvenes. Creo que es usted el único que puede ayudarme con un asunto. El único que puede comprenderlo.

—Sabe que puede contar conmigo, mi teniente.

21:00

Ahmed no ha encontrado ninguna linterna en la casita del huerto abandonado. Salió hace veinte minutos con un cubo, en busca de la acequia que, según creía recordar, pasaba a unos doscientos metros de su escondite. Cuando se ha acercado lo suficiente al cauce, se ha dejado guiar por el ruido del agua en la oscuridad. En el camino se ha arañado las piernas con todo tipo de tallos leñosos, zarzas, cardos. Pero ha conseguido agua.

Hace tan sólo veinticuatro horas, Isa aún existía. Ahmed piensa con orgullo que su hermano no se habría comportado con mayor entereza que él en circunstancias similares. Ahmed extrae el corquete de su bolsillo, un instrumento que intentó utilizar durante una jornada de vendimia. No se arregló bien con él. No le encontró el truco: a veces el filo quedaba atascado en la rama; otras, la rama cedía con demasiada facilidad y la hoja curva, tan afilada como una cuchilla de afeitar, se acercaba peligrosamente a la piel impulsada por la inercia. Su rendimiento bajó notablemente y Gurga se lo hizo saber. A partir de aquella jornada, Ahmed sólo ha vendimiado con tijeras de podar, como todo el mundo.

Recuerda el día en que Isa trajo los dos corquetes al campamento. Habían estado vendimiando bajo un sol poderoso. Isa se fijó en unos braceros mayores. Tendrían casi sesenta años. Manejaban la pequeña hoz con destreza. Isa dijo que, mientras los demás recogían uva, aquellos parecían cercenar los racimos. Ahmed no entendió qué diferencia podía haber entre lo uno y lo otro, pero siempre ha acostumbrado a no preguntar demasiado. A la mañana siguiente del día en que terminaron de vendimiar aquel campo, Ahmed encontró un objeto envuelto en papel de periódico en su almohada al despertar. Un regalo de Isa. Era un corquete. Isa le enseñó el suyo propio. Ambos eran idénticos, mango pulido, color haya, el metal de la hoja renegrido por tanta exposición a la intemperie. Nunca llegó a saber si los robó o si los compró. «Gánate siempre el respeto de quienes te rodean», dijo entonces Isa. Ahmed quiso responder que qué respeto se iban a ganar ellos, harapos mendicantes, rodillas de piel de naranja de tanto hincarlas. Pero no lo hizo. Además de a no preguntar, siempre ha acostumbrado a no responder demasiado. Isa nunca dejó de usar su corquete. Nunca quiso vendimiar: cercenar racimos parecía una cosa distinta en su torturada mente.

El regreso al huerto abandonado se hace más difícil por culpa del peso del cubo lleno. A cada paso se derraman gotas que mojan sus pantorrillas. El canto de los grillos convierte la noche en un incendio frío. Una mariposa nocturna pasa ante sus ojos. Luego una pequeña sombra repentina hace lo mismo: un murciélago. La mariposa ya no está.

Al llegar a la valla, algo llama la atención de Ahmed. Deja el cubo en el suelo y se agacha junto a un laurel. Un puntito verde, luminiscente, trémulo, sobre una hoja. Hacía años que Ahmed no veía una luciérnaga. Las recuerda vagamente, de las noches de verano junto al río, en Kosovo. Ahmed acerca la mano al puntito de luz. Éste se apaga. Luego retira la mano. No tarda mucho en encenderse. Ahmed sonríe. Es la primera vez que sonríe en todo el día. No recuerda si sonrió en toda la semana. En cualquier caso, la sonrisa no dura mucho. Un tremendo golpe en la cabeza se la borra. También le proyecta contra la valla, contra el laurel y contra la luciérnaga. Cae boca abajo, derrama el contenido del cubo, se empapa la ropa. Ahmed reacciona rápido, como siempre que recibe un golpe. Se incorpora y se protege la cara con las manos. A través de la malla que forman sus dedos entrecruzados ve un rostro áspero. Bajo un bigote espeso, negro, asoman un par de dientes de oro. Es Constantin, el líder de la cuadrilla y del campamento. Un auténtico capataz, servil con sus superiores, implacable con sus subordinados. Aunque no quiere recibir otro golpe, lo cierto es que Ahmed no tiene miedo de Constantin. No tiene miedo de nadie que sea menos listo que él.

—Me haces perder dinero. Me haces quedar mal ante Gurga. ¿Y te crees que puedes irte de rositas? —grita el viejo.

Ahmed se aleja la distancia necesaria. Sabe que Constantin no se esforzará en dar un solo paso para volver a pegarle. El chico se agacha y da rienda suelta a un repertorio de aspavientos que expresan arrepentimiento.

—Ay, Constantin, ay, perdóname. No hemos querido hacerte ningún mal.

—¿Dónde está Xhemeli? Sabes que Gurga la buscará.

Ahmed se lleva un dedo a la boca, como si de pronto recordase que existe un motivo para bajar la voz.

—Xhemeli duerme… Por favor, Constantin, no la despiertes. Ella duerme. Duerme de agotamiento. Ha pasado el día llorando. Nuestro hermano… Entiéndelo, por favor. No queremos estar mal contigo. Estamos de duelo. Por favor, por favor.

Las palabras de Ahmed ablandan al viejo capataz. Se sienta en el suelo, junto al chico. Saca del bolsillo de su camisa de franela un paquete de tabaco aplastado. Le ofrece un cigarrillo al chico y se coloca otro entre los labios.

—Entiendo que queráis estar solos. Pero no os podéis quedar aquí. Tenéis que volver al trabajo mañana.

Ahmed pega una larga calada, como si con ella fuera a quitarse el frío. Deja que su mirada se pierda en el infinito.

—No podemos. Ellos vendrán a por nosotros.

—¿Quiénes son ellos? —pregunta Constantin.

—Ellos. Los que han matado a Ahmed.

Constantin olvida su cigarrillo durante un rato.

—Gurga te protegerá —dice—. Es lo que él hace. Nos jode. Nos protege.

—No pudo proteger a Isa.

—Isa no le dijo que estaba en peligro. Dime una cosa, Ahmed. ¿Quiénes son ellos?

Ahmed no responde. Baja la mirada para que Constantin no encuentre sus ojos.

—Son esos jodidos moros, ¿verdad? Esos fanáticos con los que se veía Isa.

Ahmed sigue sin respuesta.

—Está bien —sigue Constantin—. No me contestes. Pero mañana acudirás al trabajo. O le tendré que decir a Gurga que venga a buscarte aquí. Y ya sabes cómo le va a sentar.

Estas últimas palabras logran sacar a Ahmed de su silencio.

—¡No digas nada, por favor! Gurga no puede protegernos de ellos.

—¿Cómo? Gurga puede protegernos de todo el mundo. ¡Es Fahredin Gurga!

En esa frase Constantin ha expresado la esencia de su mundo. Ha colocado todos los puntos cardinales sobre el estrecho mapa de su vida. Constantin nunca se ha visto en una situación que Gurga no pudiera controlar. Él trabaja y hace que los demás cumplan. Gurga controla.

—No, Constantin. Es más difícil.

—¿Vas a contarme quiénes son esos que, según tú, mataron a Isa?

Ahmed termina su cigarrillo y lo apaga clavándolo en la tierra. Lo deja allí, con el filtro apuntando a las estrellas. Constantin le tiende otro. Ahmed no lo rechaza: es inusual encontrar a Constantin tan generoso. Ahmed percibe la alegría que la muerte de su hermano le ha traído a Constantin. El viejo capataz odiaba a Isa. Isa era insubordinado, fuerte de carácter, nunca se quería someter a indignidades, como la mendicidad o robar carteras en el autobús. No se parecía en nada a esos jóvenes que Gurga le traía de Bucarest o de Tirana, con una raja en el riñón, con una muleta en la mano, dispuestos a disfrazarse con el harapo más sucio para conseguir dos monedas más, la personalidad reducida a escombro. Se notaba que Isa no pertenecía a los suyos. Se lavaba bien, se vestía con ropa limpia, iba a la mezquita y allí escuchaba cosas sobre la vida. A los de Constantin nadie les contaba cosas sobre la vida, no las querían oír, no fuera a ser que descubrieran que la estaban viviendo como animalillos.

—Isa los conoció en Calahorra —explica Ahmed—. Eran dos: Jamal y Amin. Les contó que éramos suníes, de Kosovo. Que voluntarios muyaidines de todas las partes del mundo habían liberado nuestra aldea de la ocupación serbia cuando nosotros éramos muy pequeños. Eso alegró mucho a los dos moros. También les dijo que Xhemeli y yo apenas practicábamos, pero que él quería recuperar la espiritualidad. Me llevó con ellos algún día. Eran muy amables. Nos compraban refrescos. Me hablaron de la hermandad de todos los musulmanes. Decían que, en el mundo en que ellos creían, nadie se encontraría jamás en una situación como la nuestra. Por eso, allí donde hay un musulmán, éste debe estar al mando. Yo no les prestaba mucha atención. Me gustaba estar con ellos porque nos invitaban, y eso. Pero ya he escuchado promesas como las suyas muchas veces. ¿Y en qué cambian las cosas?

—Nos dicen que luchemos por nuestros derechos o por nuestra dignidad —interviene Constantin—. Pero luego, te abandonan en plena lucha. Ellos vuelven a sus casas, con la sensación de llevar la conciencia un poco más limpia, y nosotros a vendimiar. Porque ¿quién nos va a escuchar? Sólo personas como Gurga nos ayudan, Ahmed. Personas a las que podemos dar algo a cambio. Es ley de vida.

Ahmed asiente, procurando mostrar convencimiento.

—A Isa sí le gustó lo que escuchaba. De pronto se sentía especial. Ser musulmán le convertía en algo especial. Comenzó a lavarse, a vestir con modestia, como ellos lo llamaban… Tuvo alguna bronca con Xhemeli. Ya sabes cómo es Xhemeli. E Isa empezó a tratarla con desdén por enseñar mucho el pelo o… Bueno. Cosas nuevas que él iba descubriendo. Xhemeli le llamaba ignorante. Le decía que no tenía ni idea de esos asuntos, que no sabía nada de esa gente, que le iban a utilizar, como todos. El caso es que…

Ahmed toma aire. Le da otra larga calada al cigarrillo.

—Había otro chico. Se lo presentaron a Isa. A mí no. Era un moro pobre que vivía cerca de la mezquita, un poco mayor que yo. Sus padres no trabajaban. No tenían papeles. Isa se reunía con él en un garaje de Pradejón. A mí nunca me llevaron. Allí escuchaban a Amim y a Jamal y les enseñaban vídeos en internet de un imam que vive en Londres y al que veneraban. Isa se hizo muy amigo del moro. Nunca lo trajo aquí, le daba vergüenza. Tampoco estuvo en su casa, supongo que porque al moro también le daba vergüenza. Creo que se llamaba Said, un nombre común. Un día llegó al garaje de Pradejón y el moro no estaba. Parece que lo habían enviado a otro país, a cumplir con su des-

tino. Eso le dijeron a Isa. Él estaba encantado. Por primera vez
veía que alguien podía ayudarle a abandonar esta vida de mierda
y hacer algo importante. Isa continuó yendo al garaje, a prepararse también para cumplir con su propio destino, encontrarse
con Alah, o yo qué sé.

Ahmed se detiene un momento a mirar a Constantin. Le
hace ver que su cigarrillo está casi consumido. Pero el capataz ya
no le tiende otro.

—Y así llegamos hasta hoy. De pronto, de un día para otro,
Isa se pone raro. Él sonríe poco, pero esta semana parece una
tumba. El otro día no tenía ganas de salir de casa. Se quedó
tumbado en el jergón. Cuando Xhemeli le preguntó, le dijo que
le dolía la barriga. Entonces aparecieron ellos. Llegaron con su
coche. Nunca nos habían visitado antes. Yo no sabía que Isa les
había dicho dónde vivíamos. Pero ahí estaban, sonrientes, limpísimos, con sus cazadoras de piel y sus gafas de sol. Me saludaron
muy simpáticos, a pesar de que yo estaba bebiendo una cerveza.
Isa no dijo nada. Al verlos, simplemente se levantó del jergón.
Les dio un abrazo y se metió con ellos en el coche. Fue el día en
que me llevaste a por chatarra, aún no había empezado la uva.
Cuando volví, Isa y Xhemeli hablaban en voz baja. Ella lloraba,
suplicaba. Sus gestos eran de estar hablando a gritos, pero la voz
le salía bajita. Isa acababa de contarle qué querían hacer con él.
Lo mismo que habían hecho con Said. Querían enviarle a un
país lejano a luchar contra los enemigos de Alah, le dijeron. Y, si
tenía suerte, eso le dijeron, que si tenía suerte, podría llenarse el
cuerpo de bombas y lanzarse contra unos soldados que ni siquiera sabíamos de dónde serían. En cuanto me enteré de los planes
me arrodillé junto a Xhemeli y empecé a suplicarle que no se
fuera. Que no nos dejase ahí. Él no paraba de decirnos que era
complicado. Que ya no había vuelta atrás. Sabía demasiado y ya
no le dejarían arrepentirse. ¡Ve y habla con ellos!, le dijo Xhemeli.
¡Ve y habla con ellos!, repetía. Y le convenció. Isa salió de casa
pensando en decirles a los moros que se echaba atrás. Que no
quería morir en una tierra extranjera. Que le pidieran otra cosa,

seguro que aquí también había oportunidades de ser un buen musulmán, sin matar a nadie, ni dejarse matar. No volvimos a verle. Es cierto lo que dijo Isa: sabía demasiado como para echarse atrás. Nosotros también sabemos demasiado. Y, ahora, tú también sabes. Por eso no iré a trabajar mañana, Constantin.

La conversación deja durante unos instantes paso al canto de los grillos y al croar de una rana. Tras pensar unos segundos, Constantin, convencido de que lo que acaba de escuchar le supera, afirma:

—Tienes que contárselo a Gurga.

—¡Nos encontrarán y nos matarán!

—Si no se lo dices a Gurga, él me culpará de vuestra desaparición. Me hará pagar con dinero.

—Escucha, Constantin. No te preocupes. Yo te daré dinero.

Constantin cambia repentinamente de gesto, incluso de postura. De pronto hemos llegado al lugar donde él quería estar.

—¿Tú? De dónde vas a sacar dinero —pregunta, cómo si le importase.

—No lo sé. Robaré. Espera un momento.

Ahmed se levanta de un salto. Cruza la valla que da acceso al huerto abandonado. No tarda en llegar a la pequeña casita. Allí Xhemeli duerme tendida en el sofá. Ahmed se acerca a ella. Se le nota caliente, algo temblorosa, parece que la fiebre le está subiendo. Tendrá que conseguir medicinas. Ahmed tantea el suelo, junto al sofá, con la mano. Encuentra rápido lo que busca: una cadenita dorada de la que cuelgan dos anillos también dorados. Son las alianzas de bodas de Xhemeli. Las conserva desde el día en que se casó, con tan sólo quince años, allí, en Kosovo. Antes de partir con la milicia a luchar contra los serbios, su marido le regaló la cadena para que pudiera tener los dos anillos juntos. Luego cayó bajo fuego enemigo. O amigo, qué más da: el fuego es el fuego. Ella nunca supo dónde quedaron sus restos. Esa cadena con los dos anillos es tan valiosa como un relicario. Ha conseguido milagrosamente que no se la roben ni se la confisquen. Sólo se la quita para dormir, para que no le haga heridas en el cuello. Y, ahora, Ahmed se la lleva para dársela a Constantin.

—Toma —dice Ahmed—. Es oro. No lo vendas, quédatelo en prenda. Cuando consiga dinero, me la devuelves. Pero no le digas a Gurga que estamos aquí.

Constatin levanta la cadena. Los anillos cuelgan como lámparas que pretendieran la imposible tarea de iluminar la noche. Entonces sonríe, dejando ver esos dientes del mismo color que las alianzas.

Ahmed también querría sonreír. Pero prefiere no hacerlo.

22:00

A Ramírez le da dentera el tacto de las medias de lycra. Le ocurre desde que abandonó su Asturias natal. Allí el clima húmedo mantenía la suavidad de la piel de las manos. Tras tanto aire seco y frío, tanto patrullar, tantas mañanas y noches expuesto a la intemperie, la aridez vence entre los surcos de los dedos. Junto a las uñas surgen pequeñas erosiones y también acumulaciones de epidermis muerta. Estas irregularidades se enganchan en la tela de las medias de Elsa. Y eso le da dentera.

Afortunadamente, Ramírez tiene permiso para quitárselas deprisa. Para acceder a esas piernas desnudas, cuya piel, esa sí, aparece carnosa. Ramírez también puede agarrar esos tobillos, tan cercanos al tacón de los zapatos, tirar de ellos hacia sí mismo, acercar el pubis de Elsa a su abdomen. Arrancar la ropa interior. Entrar ahí. Consumirse ahí. ¿Qué importancia tiene entonces la sequedad en las manos?

Elsa besa otra vez a Ramírez. Se libera de él. Se incorpora en el sofá. Recupera sus bragas y sus medias, que están sobre la alfombra. Corre al baño, con el sexo aún desnudo, la falda por encima de las caderas. La cena aún se encuentra a medio consumir en la mesa del apartamento de ella. Unas velas. Unas flores. Berenjenas gratinadas. Vino blanco.

—Me alegra que hayas podido salir —dice ella desde el baño.

—Yo también.

El apartamento parece sacado del catálogo de Ikea, con todos esos cojines de colores de Ikea y los muebles de Ikea que a Ramírez tanto trabajo le dieron: ir a buscarlos a Zaragoza, cargar el coche, descargarlo, montarlos, aguantar las burlas de los compañeros: «¡Calzonazos!»

Elsa vuelve a entrar en el salón. Viene recolocándose la ropa. Enciende un cigarrillo y se lo ofrece a Ramírez. Éste niega con la cabeza. Elsa abre una cajita de madera pintada de rojo y verde. Se sienta a la mesa y aparta el mantel (de Ikea) doblándolo cuidadosamente. De la cajita extrae un gramo de cocaína. Traza dos pequeñas rayas de polvo blanco sobre la mesa.

—¿Y esto? ¿Quieres?

Ramírez, en realidad, no quiere. En realidad siente una atroz pereza al ver la droga desplegarse ante sus ojos. En realidad… Pero es una realidad recóndita, que ni siquiera él sabe reconocer y que colisiona con unas cuantas fuerzas contradictorias (la última de las cuales es Elsa). Así que hace por querer.

—Es viernes, ¿no? —responde.

—Se me hace raro estar con un tío que no fuma —dice ella, mientras enrosca un billete.

—Fumar no sirve para nada.

—Sin embargo, la coca…

Elsa aspira fuertemente a través del canutillo. Una de las rayas desparece.

—Para la coca hay que tener cabeza.

—Tú la tienes —Elsa le ofrece el billete a Ramírez.

—No sé si la tengo, la verdad. Creo que sí, porque me da mucho respeto. Además he visto cosas. Por mi trabajo, ¿sabes? Una vez me tocó ir con el sargento Campos a un aviso en el hospital. Nos llamaba una comadrona. Tenían a una madre en la sala de dilatación, a puntito de dar a luz. Actuaba de forma muy extraña, eufórica, incluso agresiva. No se callaba ni un segundo. Discutía a voces con su novio de cosas estúpidas, la venta de unos somieres, creo recordar. De pronto se ponía a llorar y hablaba de un aborto que había tenido... Se le caían los mocos cada dos por tres. Una de las enfermeras sabía de qué iba el tema y dejaron la puerta entreabierta para espiar. Se dieron cuenta de que cada vez que se quedaban a solas, el novio le servía una dosis a la chica. Llegamos allí y le hicimos la prueba sin ni siquiera esperar a que naciera el niño; basta con un poquito de sudor. La chica iba hasta el culo: una dosis mortal para alguien que no esté enganchado. Los médicos se pusieron alerta. El parto fue normal, pero el bebé nació muy pequeño, no respiraba bien, yo qué sé... Lo mandaron directamente a la UCI neonatal de Logroño. Era adicto a la coca desde antes de entender siquiera qué es la coca. A los neonatos les miden el síndrome de abstinencia mediante una cosa que se llama test de Finnegan: observan clínicamente si tienen temblores, si lloran sin motivos, si no duermen, si tienen los reflejos sobreexcitados... Eso les da como resultado un número en una escala. Este pobre chiquillo dio un diecisiete, una salvajada. Síndrome de abstinencia severo. No supe más de ellos. Protección al menor se puso en marcha, nunca me enteré de si consiguieron poner a salvo a la criatura. Y luego está lo de los traficantes, los narcos... La coca es muy divertida, pero tu dinero está pagando asesinatos masivos en México, y nos olvidamos de eso. Otro día, nos llamaron porque la mujer de uno, que supuestamente se había desenganchado, había encontrado un montón de farlopa repartida por las páginas de una biblia; cuando llegamos, le estaba dando en la cabeza con el libro, y con cada golpe salían nubecillas blancas por los costados y...

El teléfono móvil de Ramírez comienza a sonar. Interrumpe su entusiasta monólogo, producto, sin duda, de la droga. Ramírez reconoce esa paradoja propia por la cual el momento en que se siente más beligerante contra la droga es cuando va drogado. En la pantalla del móvil, un nombre: Teniente Utrera. «Mierda», se dice el cabo. Tiene que responder. Y también tiene que disimular su estado.

—Perdona un segundo.

Elsa aprieta los morros. Le da una larga calada al cigarrillo. Ramírez se levanta y se refugia en el dormitorio.

—A sus órdenes, mi teniente —dice.

—Ramírez, acabo de cenar una hoja de lechuga con un filete de tofu. ¿Sabías tú que existiera algo así? ¿El tofu?

—Sí, mi teniente. Es muy común, cada vez más. Lo he probado en sopas de miso y en comida vegana y en un restaurante vegetariano y en falsas albóndigas y aquella vez que fui a Madrid y —Ramírez frena de pronto; se percata de que está hablando a mayor velocidad de lo normal.

—Bernard dice que la dieta puede ser divertida si nos abrimos a nuevos sabores. Yo le he contestado que mejor puede abrirse las nalgas que yo le meteré el tofu por el culo.

—Mi teniente...

—Lo que te quiero decir es que te voy a estropear la noche, niño, pero no me queda más remedio, y no tengo fuerzas para discutir contigo.

Ramírez, desde la puerta del dormitorio, echa una ojeada al cuarto de estar. Elsa, con sus elegantes zapatos de tacón. La mesa puesta. Las velas. La falda de tubo. Las pestañas gruesas.

—A sus órdenes. Para esto me pagan, mi teniente. Es un honor.

—Niño, ¿estás drogado?

—¿Cómo?

—Es que suenas con un entusiasmo...

—Mi teniente, no...

—Al grano. Me acaba de llamar el teniente Paredes...

—El SECRIM de Logroño, ¿han estado ya en la huerta de Amador Galán? ¿Qué ha pasado con la mancha? ¿Estaba el tipo ahí? ¿Aplicaron el luminol?

—Espera, coño, no te me adelantes. Han estado hace un rato en la huerta, con la orden del juez Truchas. Rascaron la mancha de la pala y la prueba de luminol ha salido positiva hace un segundo: es sangre. Aún tardaremos un par de días en ver el ADN.

—¿Y qué dice Galán?

—Ése es el tema, que no estaba ahí. Tienes que acercarte a Aldeanueva y detenerlo. Un coche ha salido para allá, pero mejor que te encargues tú de supervisarlo. Pásate por dependencias que te estará esperando ya la orden judicial.

Ramírez cuelga el teléfono. Por una parte siente tener que dejar a Elsa colgada otra vez. Por otra, no puede disimular cierta felicidad por encontrarse tan cerca de resolver el crimen. Además, gracias a una iniciativa suya. Si él no llega a fijarse en la pala de Galán, no se habría llegado a este punto. Así que Ramírez está contento, sí. ¿Ayuda en algo la droga? Probablemente. Más euforia todavía. Lo que no ayuda es la pobre Elsa. ¿Cómo decirle que la noche romántica, esa que llevan una semana planeando, se ha arruinado? Ramírez aún no ha tenido ninguna bronca con ella. Llevan poco tiempo juntos. Todo es perfecto; hasta lo detestable es detestablemente perfecto (lo que más adelante se tornará en perfectamente detestable). Ramírez ve que ha llegado ese momento: el momento en que, por primera vez, va a disgustarla de verdad.

—Elsa, yo...

—No me lo digas, tienes que irte.

Su voz no suena excesivamente decepcionada. Sus ojos se elevan hacia él desde la sombra que le forma el flequillo sobre la frente, vibrantes.

—Es algo importante en el trabajo...

—Bueno, qué se le va a hacer.

¿Qué se le va a hacer? ¿Y nada más? Ramírez se esfuerza en mostrarse azorado, sujetando el móvil en alto, como acusando a ese maldito aparato de contener el origen de todo mal.

—Escucha, te prometo que...

—Santi, no te preocupes, hombre. El trabajo es trabajo, lo entiendo.

—...

—Además, igual luego llegas a tiempo para venir a casa del Chou.

—Ah, ¿vas a ir donde el Chou?

—Hombre, si tú te vas a trabajar… Es viernes —y, encima, ríe y añade—: No me voy a quedar aquí con todo el puestazo.

—No, no… Claro.

Ramírez aún sostiene en alto el teléfono cuando ella se lanza a su cuello para darle el beso de despedida. Luego corretea en busca de un espejo para terminar de retocarse. Él sale del piso de Elsa con una sensación contradictoria. «La idea era que no se enfadara y no se enfada», piensa. «Entonces, ¿por qué me siento como si tuviera un problema?»

22:30

Cuando Lucía cuelga el teléfono, ni siquiera se le pasa por la cabeza la tentación de sentirse culpable. Ella debería supervisar el arresto de Galán, pero no va hacerlo. Eso está fuera de toda duda. Ramírez sabrá arreglárselas solo. Lucía necesita sentir que pisa suelo amigo.

Lucía vuelve a acercarse a la ventana. El acuartelamiento se extiende en la oscuridad. La estructura del complejo contiene un gran patio central, por el que la bicicleta de Marcos ya ha recorrido al menos cien kilómetros en círculo. Al otro lado de las cercas hay una carretera sin aceras. Ningún coche podría detenerse en ella sin que los agentes de guardia se percataran. La única posibilidad de una amenaza podría provenir del gran depósito de agua que les vigila desde la elevación de La Eralta. Una construcción monolítica desde la que un hipotético hombre armado (con un rifle de precisión) podría alcanzar la ventana de su apartamento. A pesar de encontrar semejante posibilidad muy remota, Lucía baja la persiana.

Observa a Bernard, su respiración tranquila, navegando entre programas de televisión anodinos a un ritmo casi musical, de medio tiempo. Escucha el silencio apacible que reina al otro lado del pasillo, en los dormitorios de los niños. No se le ocurre otro lugar mejor donde encontrarse en ese momento. Ojalá hubiera dispuesto de una residencia así en otras etapas de su vida. En Madrid, donde el cuartel ocupaba un viejo edificio con viejas calefacciones de carbón, lo que provocaba verdaderas plagas de cucarachas en verano. Y en el norte, donde cada metro que hubiera entre tu ventana y la calle equivalía a cinco minutos más de sueño tranquilo. Cuánto hubiera dado en aquellos años por esta reconfortante distancia al exterior. ¿Cómo sobrevivió? Y, más aún, ¿cómo sobrevivió Bernard?

Tenían una costumbre. Lucía llamaba todos los días a las doce de la mañana. Sólo para hablar, para ver qué tal: que si Bernard había cocinado esto, que si había aprendido tal palabra en castellano. No tenían móvil todavía. A veces ella retrasaba esa llamada por encontrarse reunida o en una situación comprometida o en el coche. Sólo un par de veces, por las que aún no se ha perdonado, se olvidó de efectuarla a la hora convenida. Cuando eso ocurría, cuando la llamada no llegaba exactamente a las doce en punto, cuando por fin alcanzaba un teléfono y marcaba el número de su casa, Bernard no tardaba ni siquiera un segundo en levantar el auricular. «Hola», decía, con aquel acento por entonces acusadísimo. No hacía una sola mención a su miedo ni al enfado, no le echaba en cara nada a Lucía. Simplemente contestaba y, cuando escuchaba la voz de ella, exhalaba una bocanada de aire que hacía que le temblasen las cuerdas vocales.

Bernard apenas salía. Sacaba una silla de playa para leer en el patio de la casa cuartel. Alguien debía de haberle contado cosas. Ni siquiera se acercaba mucho a las ventanas. «Soy un blanco fácil», decía, abriendo los brazos para remarcar su corpulencia. Y nada más. Nunca, ni siquiera una vez, le sugirió a Lucía que pidiera el traslado. Él era libre de irse, los niños no habían nacido, no se habían casado. ¿Por qué no se largó? ¿Cómo lo soportó? Porque ella, Lucía, no lo soportó. Bernard cree que sí, que fue fuerte, que aguantó el tiempo requerido para ganar sus puntos, para tener preferencia en la elección de destinos. Y sí, es cierto que lo hizo. Pero eso no quiere decir que lo soportara. Durante un período lo suficientemente largo, el norte fue más fuerte que ella. Le venció, la echó al suelo y le puso la suela en la garganta y la obligó a humillarse traspasando los límites de lo que consideraba humano.

—¿Qué haces, niña? —murmura Bernard desde su reposo en el sofá—. No paras de moverte, ¿por qué no vienes aquí y te relajas?

—Estaba viendo las estrellas —miente ella, que no cesa de pensar en el depósito de agua y de tantear su lejanía y de calcular qué ventanas de su casa se encuentran más expuestas y de elaborar un inventario mental de las armas que serían capaces de hacer blanco desde allí y cómo podrían conseguirse en el mercado negro español o europeo.

Bernard se queda dormido sin alterar un ápice su postura. El mando a distancia descansa sobre el asiento del sofá. La mano gruesa aún lo aferra como si en ello le fuera la vida. Lucía recuerda entonces que Bernard tiene sangre. El espíritu del inglés se deja ver en esos pequeños gestos, cuando sus nervios escapan a la flema británica, a la impasibilidad aristocrática. En el norte Bernard tuvo serios problemas de bruxismo. Rechinaba violentamente los dientes mientras dormía, los de arriba contra los de abajo, adelante y atrás, a izquierda y derecha. Despertaba con la mandíbula dolorida y medio milímetro menos de esmalte. También agarraba con fuerza la sábana, los tendones y las venas se le marcaban en las muñecas, incluso en esas muñecas de Bernard imposibles de abarcar con los dedos.

Algunos de esos tics debidos al estrés se han mantenido. El bruxismo se solucionó con una férula y un cambio de destino. Pero el aferrar los objetos mientras duerme es algo que persiste. Bernard ronca, como ronca toda persona de su talla. Lucía, aún junto a la ventana, se deja embelesar por el sonido rítmico de esas vías respiratorias corrugadas. A otros les resultaría inquietante, imposible de armonizar con un sueño reparador. Lucía asocia esos ronquidos a tantos beneficios que ya no puede relajarse sin ellos. En aquellos tiempos de la UCO de Madrid, cuando cada dos por tres se veía obligada a desplazarse a provincias para prestar apoyo en casos complejos, le costaba dormir en los hoteles. Nunca supo si el insomnio se debía a las atrocidades que presenciaba durante el día o a la ausencia de Bernard en la cama, roncando a pierna suelta. Barajó la posibilidad de grabar a Bernard, llevarse sus ronquidos, como si pudiese encerrar la esencia de su marido en una cinta de ferro-cromo. Luego decidió no hacerlo; no quería descubrir cuál de los dos motivos era el que realmente le quitaba el sueño.

Aprendió a convivir con el insomnio. Aprendió a convivir con el horror: con el vecino que descerrajaba su escopeta contra el alcalde del pueblo, con el drogadicto que tiraba a su hijo por un balcón, con el anciano que era empujado a las vías del tren por una herencia de cinco mil euros. Era un horror difícil de digerir, pero al menos no la atenazaba el miedo propio del norte.

Fue el nacimiento de Marcos y, posteriormente, el de Claudia, lo que hizo que aquello cobrase una entidad insoportable. Desde ese momento empezó a luchar por salir de la UCO y también por salir de Madrid. Necesitaba un destino como el actual, Calahorra. Un destino donde vivir tranquila y olvidar aquellas cosas que le quitaban el sueño. Ingenua. Esas cosas nunca se olvidan. Nunca se olvida una mirada como la de esta mañana en Aldeanueva. Eso piensa Lucía.

Y lo piensa porque ahora mismo está sonando el teléfono. El teléfono fijo. Suena el teléfono de su residencia personal, no el teléfono móvil, a unas horas a las que un teléfono nunca jamás debería sonar.

Bernard se altera, pero no despierta. Lucía descuelga el aparato. Y en su auricular halla lo que esperaba: el silencio. Nadie habla. Sólo un tímido soplido da testimonio de que alguien aún sostiene el micrófono. Que escucha, como ella escucha. Hacía tantos años que no sufría esto. No recuerda si ha dicho algo al contestar, así que repite un «Hola» que se le antoja tristemente vulnerable. Deja pasar unos segundos. Respira. Capta algo de movimiento, una boca que exhala, quizá. Ella respira a este lado de la línea, una garganta respira al otro lado de la línea.

—¿Karmelo? —se atreve a preguntar, susurrando—. ¿Karmelo Puerta, es usted?

No hay respuesta. Sólo se escucha ahora el flujo de un viento intenso. A Lucía le sugiere que su interlocutor ha abierto una ventana o ha salido a la calle.

—¿Kabuto? —termina por pronunciar.

Decide que ya ha soportado bastante. Corta la llamada. Se vuelve. Descubre los ojos de Bernard que la miran entrecerrados, más dormidos que despiertos, pero la miran, al fin y al cabo. Aún sujeta el mando a distancia, los dedos blancos de tanto apretarlo.

—*Who the fuck was that?*

—No lo sé. Se habrán equivocado. ¿Vamos a la cama?

—*Let's go, please.*

Bernard se incorpora trabajosamente. Antes de abandonar el salón, arregla los cojines del sofá y les sacude un par de palmadas para ahuecarlos. Se acerca a Lucía y le rodea la cintura con el brazo. Sólo un brazo como el de Bernard puede rodear una cintura como la de Lucía. Y entonces Lucía, quién lo iba a decir, se siente más segura que cuando lleva la pistola al cinto. Bernard pone rumbo al dormitorio. Lucía se vuelve para observar por última vez la ventana. Y entonces el teléfono fijo vuelve a sonar. Un tono, dos tonos. Y se detiene. Silencio.

23:00

Decenas de tractores han sido estacionados ordenadamente junto a las básculas, en Aldeanueva de Ebro. Bajo sus motores se acurrucan gatos agradecidos. Ramírez ha estacionado el Pathfinder a la puerta de la casa de Amador Galán. Es un edificio de tres pisos. La planta de calle muestra el ladrillo desnudo porque la bajera está desocupada. El frío nocturno empieza a ser más intenso de lo que puede soportar; saca la parca y se la pone.

Le alcanza un extraño olor, mezcla de abono orgánico, gasóleo agrícola y tierra seca.

Para hacer tiempo, se permite pensar un rato en Elsa, la dulce Elsa, la alocada Elsa a la que tolera cosas que nunca toleró a nadie. Elsa, por la que teme, por la que no puede dormir, por la que renuncia a todo, empezando por su idea de lo que está bien y de lo que está mal. Elsa le va a costar los exámenes. Cuando tiene tiempo libre, busca sus libros universitarios. Se sienta al escritorio, enciende el flexo, saca punta al lápiz de subrayar. Entonces, Elsa sobreviene, le invade la mente, las piernas de Elsa, los ojos de Elsa, el culo de Elsa. Una hora entera de estudio tirada a la basura.

Todos aquellos sermones sobre cómo ha de ser el hombre del mañana, el auténtico marxista, el buen camarada proletario, todas aquellas homilías laicas de sus verdaderos guías espirituales del SOMA UGT, del PC y de las Juventudes Socialistas, ¿dónde quedan cuando Elsa sobreviene? Ramírez escuchó cómo su abuelo condenaba con mayor dureza que la de un obispo el adulterio de un compañero: «Mientras él tenía la cabeza en otras cosas, los trabajadores de su cuadrilla perdían la unidad; una cadena es tan débil, Santi, como el más débil de sus eslabones». Al abuelo lo llamaban Robespierre por su inflexibilidad al frente del Comité de Empresa de Hunosa. Los que se iban de juerga más de lo que él consideraba justo perdían su favor. Los puteros perdían su favor, especialmente los casados. Los drogadictos, una vez que la droga entró en tromba en la Cuenca Minera, por supuesto que perdían su favor. La justicia social requiere virtud, decía. Y lo llamaban Robespierre.

Tanto su abuelo como su padre le dieron una educación bien dura. Caló en su forma de pensar y de actuar. Y luego Elsa sobreviene. Y todo se va al carajo. Porque, por ejemplo, ahora Ramírez quiere ejecutar la detención lo más rápido posible («¿Dónde coño está el otro coche patrulla?») para regresar a Elsa cuanto antes. Pero un tipo tan despistado, tan patoso como Ramírez necesita buscar la perfección para hacer las cosas sólo medio bien. Así que teme aquello en lo que puede convertirse su vida ahora que Elsa se encuentra en ella.

La calle se ilumina de pronto al tomar un coche la curva. Es uno de los Megane del cuerpo. Como Ramírez se temía, el asiento del acompañante lo ocupa Suárez. Al volante, Marquina, otro de los más jóvenes. Suárez viene dormido, la cabeza descolgada sobre el pecho. Incluso Ramírez es capaz de ver un hilo de baba descendiendo por la mejilla. Marquina le arrea un codazo a su acompañante, que despierta azorado. Aparcan atravesando el vehículo en plena calle.

—Coño, muévalo, Marquina, que así no deja circular.

—Sí, mi cabo.

—¿Venía usted dormido, Suárez?

—Disculpe, mi cabo. La vela al Santísimo del doctor Cordón me ha dejado hecho polvo. Toda la noche en pie.

—Ya… ¡Marquina!, aparca de una puta vez que ya llevas siete maniobras.

—Sí mi cabo.

Marquina detiene el coche tan pronto logra subir la rueda delantera a la acera para ganar espacio. Es un chaval guapo y fuerte, moreno, con barba y pelo muy corto.

—¿Por qué llegáis tan tarde?

—No encontrábamos la dirección. No nos conecta el GPS.

—Joder, que sois agentes, no turistas, coño. El plano de las direcciones donde vais tenéis que llevarlo aquí —recomienda, llevándose la punta del dedo índice a la sien.

—Lo sé, mi cabo —contesta Marquina—. Discúlpeme.

Los tres enfrentan el portal de Amador Galán. Una cortina gruesa de franjas azules y rojas cubre la entrada. El portero automático cromado sólo tiene dos pulsadores. Ramírez aprieta uno de ellos. No tarda en escucharse una voz femenina que grita un «¡QUIÉÉÉNNN!». El sonido hace ladrar a algún perro.

—Agentes de la Guardia Civil, ¿es el domicilio de Amador Galán Fernández?

—¡Sííí!

Un timbrazo anuncia que se les otorga el acceso al interior. Cuando ya llevan media escalera subida, el timbre continúa sonando, testimonio inequívoco de que la mujer aún no ha apartado el dedo del botón. La mujer abre la puerta del piso. Va fumando un BN. Viste una bata verde y no se sabe qué más bajo la bata.

—Buenas noches, señora. Buscamos a Amador Galán.

—Pues ya somos dos —dice la señora—. No lo veo desde esta mañana.

—¿No volvió del huerto?

—No volvió.

—¿Es usted su esposa?

—Eso me dijeron cuando me casé con él. Soy Encarnación Díaz.

—Tenemos una orden.

—Pasen. Si lo encuentran dentro de algún armario, echen la llave y déjenlo ahí.

El hogar de los Galán es un piso espartano, con suelo de baldosa. Los muebles tienen un tamaño desproporcionado para unos espacios tan reducidos. Ramírez comprueba la cocina y una habitación sin ventanas. Suárez y Marquina hacen lo propio en el resto de la casa. Vuelven a reunirse a la salida del piso con la mujer, que apura las últimas caladas de su BN mientras sostiene un cenicero en la mano izquierda.

—¿Tienen ustedes hijos? —pregunta el cabo.

—No. Secos como la mojama.

—¿Algún amigo en cuya casa se pueda estar quedando?

—Tiene pocos. Y ninguno le daría alojamiento.

—¿Se le ocurre dónde podría estar?

—Pues no estará lejos porque nunca ha tenido valor ni para alejarse tres kilómetros del pueblo. Así que, si no está en el huerto haciendo alguna chorrada, igual está muerto.

—Bueno, señora, no seamos catastrofistas.

La mujer suelta una buena carcajada.

—¡Qué coño catastrofistas!

La calle sigue oscura y ahí no se ha movido un alma, considerando que el viento no tenga alma. Los guardias se suben a sus vehículos y salen en dirección al huerto de Galán. Ramírez se pone al frente. Abandona el pueblo por la vereda de tierra apisonada por la que circularon el otro día. Pero ahí se entreteje una telaraña de caminos que atraviesa los viñedos. A la tercera bifurcación, se descubre perdido. Y se recuerda a sí mismo llevándose el dedo a la sien ante Marquina, hace unos minutos.

—Joder.

El orgullo de Ramírez le obliga a continuar. A tomar una dirección al azar. A dar la vuelta. A tomar otra dirección. A girar tres veces en un sentido y tres veces en otro. Finalmente, consigue divisar las luces de la autopista: allí está el puente que cobija el campamento de los Abdi, junto al que se encuentra el huerto de Galán. No hay un alma. Sólo la brisa mece las hojas de los frutales. Algún animal pequeño hace crepitar los matorrales. Aparte de eso, el único ruido es el sempiterno murmullo de la AP-68, como una respiración que sólo exhala. La oscuridad de la tierra inabarcable, a su alrededor, queda interrumpida por una fogata en el campamento de los Abdi.

Los agentes allanan el huerto. Atraviesan el precinto del SECRIM, procuran no pisar las marcas que han dejado sus compañeros de Logroño. Entran en el chamizo. Está vacío. Los aperos de labranza que se apoyaban en la pared de la caseta han desaparecido también. Ramírez toma nota de todo. Suárez comunica por radio con la casa cuartel para detallar la situación. Finalmente, Ramírez da por terminada la operación y manda a sus dos compañeros a dormir.

—No se preocupe, que no nos perdemos, mi cabo, no nos ocurrirá como a usted cuando hemos venido —dice Suárez con insólita inocencia.

Cuando el Megane abandona el lugar, Ramírez se siente como una diminuta y solitaria fuente de calor en mitad del vacío. Piensa en lo bien que estaría ahora mismo con Elsa, en la cama, no donde el Chou, por supuesto. Por eso se odia cuando, en lugar de regresar a Calahorra, se obliga a recorrer los ciento cincuenta metros que le separan del campamento de los Abdi.

Avanza a pie, cruza el huerto de Galán sin contemplaciones ni permisos, apartando las ramas de peral que le fustigan la cara. Alcanza el extremo del huerto más cercano al puente de la AP-68 bajo el que se refugian los temporeros. Los hombres y las mujeres, unos quince, hablan a gritos. A la luz amarilla y roja del fuego los rostros se distorsionan, quedan convertidos en poliedros mal cortados. Mejillas mal afeitadas, pañuelos para cubrir el pelo, bocas insalubres con algo de metal que destaca entre los labios. El volumen de las capas de ropa aumenta, los pies descalzos o calzados solo con calcetines y chanclas parecen enormes. Las sombras y las voces de todos ellos, proyectadas contra el hormigón del puente, generan una atmósfera de aquelarre. Hombres y mujeres que perdieron las riendas de su vida en el momento mismo de su nacimiento.

Y entre todas esas brujas y entre todos esos sacamantecas, el padre Borobia. El cura está vaciando unas bolsas de plástico sobre una sábana extendida ante los inmigrantes. Ropa. Vaqueros, faldas, zapatos, anoraks y chaquetones. Hasta una cazadora tejana lo suficientemente obsoleta como para lucir, cosido a la manga, un parche de Bon Jovi. El entusiasmo por los regalos del padre es lo que ha levantado semejante algarabía. Es el motivo por el que estos pobres diablos alzan tanto la voz. «La caridad cristiana, suficiente opio como para garantizar que no luchen por sus derechos», piensa Ramírez. Estudia bien cada uno de los rostros. Los Abdi no se encuentran entre ellos. Han debido de abandonar el campamento, temerosos de los guardias o de los mismos que asesinaron a Isa.

El padre Borobia regresa a su Fiat. Pronto se escucha el ruido del motor. Ramírez atraviesa de nuevo el huerto en dirección contraria. Se apresura. Alcanza su coche cuando las luces de posición traseras del Fiat aún se pueden ver a unos cien metros de distancia. Arranca y se lanza en persecución del padre. Podría haberse quedado espiando a los inmigrantes, pero tenía que escoger. Lo de esta mañana en el locutorio le ha desconcertado demasiado como para ignorarlo.

Entre los baches y las curvas, a Ramírez le cuesta mantener recto el volante. Pero el camino de tierra desemboca en una calle asfaltada y luego en la carretera que abandona Aldeanueva de Ebro. El padre Borobia cruza un puente, pasa por encima de la N-232. Parece dirigirse al polígono industrial que hay junto a Rincón de Soto.

Toma una rotonda y luego una calle paralela a la carretera. Pasa ante algún edificio adornado con luces de neón azul y malva. Clubs de carretera. Entonces se interna más en el polígono. Tras atravesar dos calles, entre oscuras naves de metal, cemento y vidrio, el Fiat accede a un aparcamiento de gravilla. Pertenece a otro club, pero éste ha sido rematado con cierta gracia: tejado a dos aguas, paredes recién pintadas, una escalerita con peldaños de mármol. Ramírez lo reconoce enseguida: se trata del Top Ten, uno de los prostíbulos de Fernando Rosas, el supuesto cabecilla, nunca demostrado, nunca juzgado, de una supuesta red de supuestos proxenetas, supuestos traficantes de droga y supuestos asesinos .

Ramírez ejecutó tres redadas en ese club tras el asunto de Nuria Isabel. Pero nunca encontraron nada en ninguna de las propiedades del capo. Así que Rosas siguió a lo suyo y el juez Martos decidió cambiar de tercio antes de que todos (sobre todo, las truchas) perdieran la paciencia. Y allí, en ese templo de la espiritualidad, está aparcando el padre Juan Borobia. Y ese que ahora lo recibe, ese que sale por la puerta y baja las escaleras de mármol y se acerca al cura y le da un gran abrazo es el mismísimo Fernando Rosas, con su figura bajita y rechoncha y sus ojos redondos. Ambos suben las escaleras del club y entran sin perder un minuto.

Ramírez se queda en compañía de los murciélagos, que trazan batidas constantes para cazar los mosquitos atraídos por la luz de las farolas. Los murciélagos son los malos pensamientos. Los mosquitos, los buenos.

Día tres

5:00

Hace muchos años que el padre Borobia dejó de creer en ángeles guardianes. Algún compañero de seminario, pobre de espíritu, necesitaba poner rostro a aquellos mágicos seres custodios. Y el rostro no era otro, por supuesto, que el de una pintura rafaelista: delicadeza sublime y homeostática y andrógina y virtuosa, sonrisa tibia, ojos inteligentes. A Juan Borobia le daba la risa: que alguien con estudios no fuese capaz de entender una alegoría, que necesitase pequeños bebés volando en pañales alrededor del alma de sus protegidos... Ángeles como los que ahora mismo, ahora que despierta de un sueño breve pero reparador, guardan las cuatro esquinitas de su cama. El padre Borobia se halla entre columnas salomónicas, de oscura madera de roble, coronadas por sendos angelitos sonrientes. Identifica el lugar como el cuarto de invitados de Villa Rosas, el chalet que Fernando Rosas mantiene en la urbanización del parque del Cidacos, en Calahorra. La cama es una recargada obra de ebanistería que el propio Fernando encargó a un amigo carpintero tras trazarle un boceto en el menú de un asador. Aunque el despertador suena como un perro herido, los angelitos mantienen esa digna postura mayestática e infantil.

—¿De qué me ibas a proteger tú? —pregunta el padre Borobia, en voz alta, mirando al más melifluo de los cuatro.

El padre Borobia es listo y ha recorrido mucha calle. A su lado quiere hombres y mujeres de nariz rota, mandíbula prominente y voluntad recia, no bebés algodonosos. Ni siquiera confía ya en presencias espirituales poderosas a las que nunca ha visto ni verá. Nada espera de esas energías divinas de las que siempre ha oído hablar. Sobre un *ring* no vale santiguarse. Valen los años de entrenamiento. Vale mantener la guardia alta y que el cuerpo aguante. Vale encontrar los espacios, lanzar la combinación correcta. Cabecear para burlar las manos hostiles del contrario. Encajar el golpe con el cuello tenso, en el peor de los casos. Hallar el mentón ajeno en un afortunado croché de derecha. Vale, también, que los jueces no padezcan miopía y sean honrados, que no beneficien al luchador local o al más guapo o al que sale más por la televisión. Santiguarse, ¿para qué? Si hay un Dios, es el mismo para todos.

Juan Borobia se anima por fin a detener el despertador, antes de que éste interrumpa el sueño de toda la casa. Se viste con diligencia. Se asea en un pila esmaltada en azul celeste. La misma pila que ya ha utilizado otras muchas veces. Se frota la cara con la toalla de siempre, color crema, con las iniciales FR bordadas en blanco. Sale de la habitación. La puerta del dormitorio de Fernando Rosas se encuentra entreabierta. De ella surgen ronquidos de nueve grados en la escala de Richter. Él ya sabe que Fernando ronca cuando bebe. El sacerdote se jura a sí mismo que no mirará el retrato al óleo de su amigo y su esposa (a la que nunca ha conocido) que preside la pared del salón. Bastantes cosas desagradables se ven ya en el mundo. En la cocina se sirve un café preparado el día anterior.

Aún no ha amanecido. Tan sólo una pálida fosforescencia azul comienza a inundar el cielo por el este. El coche espera en la calle, húmedo de rocío. Los murciélagos se han recogido ya en sus recovecos. Esta hora del alba pertenece a los pájaros y a los borrachos. Tanto los unos como los otros trinan y emprenden sus vuelos en cuanto el primer vestigio de claridad asoma por el horizonte. Tanto los unos como los otros regurgitan su desayuno, los pájaros para entregárselo a sus crías, los borrachos para entregárselo al alcantarillado, en el más cívico de los casos.

En pocos minutos, el padre está en la casa cuartel. Le abren la puerta de la verja exterior tras comprobar su identidad por una cámara. Allí ya está esperándole Ramírez, según lo acordado. Esta vez no ha sacado del garaje el habitual Pathfinder rotulado con las enseñas del cuerpo, sino un Citröen c-4 color antracita, un coche camuflado.

—Buenos días —dice el padre.

—Buenos días —responde Ramírez, seco—. ¿Ha dormido usted bien?

—Poco. Muy poco.

El otro tan sólo aprieta los labios. Ambos suben al c-4 y emprenden la marcha: de nuevo salir de Calahorra, de nuevo la N-232, de nuevo Aldeanueva de Ebro. Ramírez tiene ya la sensación de haber pasado más horas en este tramo de carretera que en su propia casa. A las seis de la mañana el pueblo vecino presenta una actividad inusual. En la plaza Mayor, repartidos por los portales, bajo la escultura brutalista o al abrigo de la enorme iglesia, se concentran racimos de personas, hombres y mujeres, jóvenes y no tan jóvenes. Llevan consigo sombreros para protegerse del sol, fiambreras, bolsas de plástico con fruta o mochilas. Se resguardan del frío de la mañana pegándose bien a las paredes gruesas de los edificios color arena. Todos los bares están abiertos y los menos ahorradores toman café. Los hay de todas las nacionalidades y razas: rumanos, búlgaros, polacos, portugueses, latinos, magrebíes.

—Ya empiezan —dice el padre Juan Borobia—. No tenemos tiempo ni para otro café.

—Ya veo —confirma Ramírez—. ¿Tanto sueño tiene? ¿Durmió usted en casa, en Logroño?

—No —responde el cura—. Estuve en Rincón de Soto. Me fui de putas.

El padre lo confiesa como quien anuncia haberse pasado la tarde viendo la tele: sin media sonrisa en busca de complicidad, sin medio gesto de arrepentimiento. El perplejo Ramírez se traga todo lo que tenía pensado decir: que no, que el padre no había dormido en su casa, que había sido visto en el aparcamiento de un conocido burdel. Pero esa sinceridad inesperada le deja sin palabras. También su noche ha sido corta. Tras seguir al padre hasta el Top Ten, esperó en el aparcamiento al menos una hora. Se envió mensajes de texto con Elsa: La casa del Chou está genial; muchos amigos, mucho «tema», ¿no te vienes? No, no creo que pueda. Qué pena. A ver mañana, que es sábado. ¿Piensas salir el sábado otra vez? Hombre, claro, que hay que aprovechar, que tengo veintitrés y el lunes, a currar. Ramírez también se tuvo que tragar su celoso enfado. Tras aceptar que el padre se iba a demorar en salir del prostíbulo, condujo hasta la casa cuartel y se metió en su apartamento a dormir. Eran las dos. Esperaba al cura en solo cuatro horas. «¿Qué coño estará haciendo allí ese cabrón, con Fernando Rosas?» se preguntó.

—Por cierto, antes de eso estuve en el campamento, husmeando. Los Abdi no estaban. Pero no han recogido nada de la choza.

Ramírez también oculta que lo sabe, que estuvo espiando al padre desde el huerto del Galán.

—¿Cree que tienen miedo o que les ha podido pasar algo? —pregunta.

—Yo creo que ya no se fían de mí, por haberme visto en su compañía. Así son las cosas. Supongo que estarían escondidos en cualquier sitio esperando que me fuera. Lo que sí conseguí fue que me contaran a qué hora pasa la furgoneta a por los braceros.

—¿Ah, sí? ¿Cómo? ¿No son tan desconfiados?

—No se lo pregunté directamente. Le dije a Constantin, el cabecilla, que me pasaría sobre las siete a llevarle un cartón de tabaco. Me contestó si no podría ser antes de las seis y media, que luego no hay nadie en el campamento. Así que acelera, que vamos tarde.

—Lo sé.

6:00

El sargento Alberto Campos se esconde en un portal cuando ve pasar el Citröen C-4 por el centro de Aldeanueva de Ebro. Conoce ese vehículo, lo ha conducido él mismo varias veces. También sabe que el cabo Santiago Ramírez va al volante y no quiere encontrarse con él. Campos viste de paisano. Aún no es hora de ponerse las gafas de sol, así que sus ojillos al descubierto escrutan disimuladamente a todos y cada uno de los braceros que esperan las furgonetas en los márgenes de la plaza. Los va analizando, como un lector de códigos de barras. Va desechando sus rostros porque ninguno le encaja con el de la foto que lleva en el bolsillo interior de la chaqueta.

Sabía que había pocas posibilidades de encontrar a la persona que busca entre los temporeros madrugadores. Pero la presa sólo ha sido vista en Aldeanueva hasta hoy. Y Campos sabe que las calles de Aldeanueva rezuman vida a estas horas tempranas de la mañana. Casi más que al atardecer. Había que intentarlo.

Su reloj marca las 6:15. Al otro lado de la calle está el último de los bares de la plaza de España. Es el local donde la teniente vio a la persona que Campos busca. El interior está oscuro. La única luz natural penetra por el mismo punto por el que penetran los humanos: la puerta. La mayoría de los madrugadores ya se han ido a aguardar a las furgonetas en la calle. En el bar sólo queda una pareja de rubios eslavos, atendidos por una camarera, también rubia, también eslava o magyar o rumana o lo que sea. La joven demuestra una vitalidad impropia de la hora que marca el reloj. Tararea el *hit* que emite Sol Música, un vídeo repleto de caribeñas en bikini y mulatos tatuados. Campos pide un café. Luego saca la foto que lleva en la chaqueta.

Corresponde a una ficha policial. El nombre aparece en la parte de abajo: KARMELO PUERTA OTXOA. Sólo falta el nombre de guerra: Kabuto. No era necesario que la Grande contase mucho más a Campos al respecto. Todos los agentes que hicieron guardia en el norte entre finales de los ochenta y principios de los noventa conocen ese alias. Kabuto. Pero esas son cosas que no le interesan a la camera rubia y resalada. Campos le enseña la foto. Y, como además se ha ocupado de sonreírle desde que ha entrado al bar (y mira que a Campos le cuesta dios y ayuda sonreír), la camarera responde con simpatía.

—Sí, ha estado por aquí algunas veces.

—¿Sabes si vive en el pueblo?

—No tengo ni idea.

—Oiga —interrumpe uno de los dos parroquianos que quedan en el bar—, ¿qué quiere usted?

—Déjalo, Cezar, no pasa nada —grita la camarera, y vuelve a hablarle a Campos—. No sé si vive aquí, pero viene en coche, así que no creo que tenga la casa muy cerca.

—Oiga —dice Cezar—, aquí no queremos problemas.

—¡Cezar! —dice la camarera—, no me engañas más, no te vuelvo a dar carajillo a estas horas. Está un poco enfadado porque tiene una lesión en la muñeca y no puede trabajar.

—¿Cómo se la hizo? —pregunta Campos.

—Peleando, borracho, yo qué sé. Hay que divertirse. Es duro ser bracero.

—Sin duda. ¿Hay alguna hora a la que suela venir?

—¿Cezar? Lo raro es que se vaya.

—No, no. El tipo de la foto.

—No pondría la mano en el fuego, pero creo que nunca ha venido temprano. Suele dejarse ver a la hora del vermú o a la hora del café. Como si llevase vida de jubilado.

Cezar ha perdido interés en la conversación. Apoya la cabeza en la mano, con el codo, a su vez, apoyado sobre la barra. Parece dormirse. Su pareja no le hace el mínimo caso, sigue bebiendo café a sorbitos. La camarera no para de hablar:

—No es muy simpático, el tipo, ¿sabe? No le voy a decir que ha preguntado por él, así que tranquilo. Como dice Cezar, aquí no queremos problemas.

—Se lo agradezco mucho.

Campos apura el café y sale a la calle. El cielo se encuentra algo más pálido. Pronto llegará el feliz momento de plantarse sus gafas de sol. Sube a su coche, aparcado a pocos metros. Por el retrovisor domina la entrada al bar en el que acaba de estar. Reclina el asiento y cierra los ojos.

6:30

Ramírez interpone la cámara de fotos entre sus ojos y el puente que cobija el campamento. Un teleobjetivo de 3000 milímetros dispone las chabolas al alcance de su mano. También se ha ocupado de vigilar el huerto de Galán. Por un momento ha detectado movimiento entre unos perales. Al enfocar, el visor ha desvelado un hombre con bigote acuclillado al abrigo de los árboles, defecando. «Joder», se ha quejado Ramírez, al tiempo que desviaba rápidamente la mirada. A su lado, el padre Juan Borobia también observa con unos prismáticos.

—¿Has visto a ese tío cagando? —dice, con total seriedad, sin apartar la vista—. Es Constantin. Joder, menudo mojón está soltando, qué hijoputa, el Constantin. Caga como una vaca. A saber qué habrá comido.

Todos los habitantes del campamento están ahora en el exterior. La claridad que empieza a disolver la noche es suficiente como para desvelar sus siluetas. También ayudan las luces de las farolas de la autopista y los faros de los muchos coches que circulan sobre sus cabezas, recorriendo la AP-68. Los inmigrantes hacen un corrillo y parlotean. Algunos tienen la indecencia de reír, cuando todo el mundo sabe que su obligación es la de ser desgraciados.

—¿Así que no durmió usted en Logroño?

—No. No dormí en Logroño. Dormí en casa de un amigo, en Calahorra.

—¿Por qué?

—Pues porque había quedado contigo a las cinco y media en la casa cuartel, y no quería levantarme a las cuatro y quedarme dormido conduciendo, en mitad de la autopista.

—Ha dicho que se fue de putas.

—Algo había que hacer.

—Si usted lo dice.

—Oye, ¿por qué cojones me tratas de usted?

—Bueno, usted es cura. Es lo correcto.

—Pues tú eres guardia civil. Nos faltan el alcalde y el boticario para montar una puta partida de mus.

—Me gusta el protocolo.

—A mí me parece de catetos.

Ramírez devuelve el ojo al visor de la cámara. Tomar una foto ahora sería inútil, dada la escasez de luz. Le vendría muy bien que aquel a quien esperan se retrasase un poquito, así el sol ganaría altura.

—¿Y ha descansado algo en casa de su amigo?

—Qué va. Siempre que me encuentro con él, nos dan las tantas. Pero al menos no he tenido que conducir media hora desde Logroño.

—Ese amigo suyo, ¿no será Fernando Rosas, verdad?

El padre Borobia despega los prismáticos de su rostro.

—Ah, ¿lo conoces?

—Todos los agentes de la autoridad conocemos a Fernando Rosas. ¿No sabe que no es trigo limpio?

—Coño, claro. Si fuera trigo limpio no me invitaría a mí a su casa.

—Proxeneta, traficante, secuestrador, asesino…

—Tanto como asesino… Fuma unos farias que me matan, pero el coñac que bebe está de puta madre.

Ramírez adopta una mirada severa y su metro noventa y cinco le sirve de púlpito desde donde lanzarla. En ese mismo instante, las farolas de la autopista se apagan.

—Usted no sabe nada de él, padre. Se está mezclando con indeseables.

El padre deja asomar media sonrisa cínica.

—¿Quién de los dos es el cura, hijo mío?

Y alza los dedos índice y corazón para trazar una imaginaria cruz en el aire con la que bendecir al buen Ramírez. A Ramírez no lo bendecía nadie desde que su abuelo levantó el puño izquierdo para despedirse de él el día que se fue a la academia. El joven Santiago respondió haciendo lo mismo con orgullo. Sirvió aquello como reconciliación, tras mucha bronca, y mucho: Abuelo, que los grises ya no son grises, ahora hay de todo en el cuerpo. Sirvió, también, como despedida. El abuelo tenía los pulmones convertidos en piedra, como un trol bajo luz diurna. Silicosis, polvo de carbón en los alveolos. Murió veintidós días después de aquel adiós. Fue afortunado, así nunca se enfrentó a lo que después airearon sobre él los periódicos.

—¿No le da vergüenza ser tan hipócrita?

El padre Juan Borobia aprendió lecciones de cinismo por fuerza, pues antes, cuando se tomaba las cosas en serio, acababa a hostias con todo el mundo. Ahora mismo nota cómo se le hincha la vena del cuello ante la acusación del niñato. Quince años atrás, el cabo habría tardado en besar el polvo lo que se tarda en caer desde los ciento noventa y cinco centímetros de altitud que mide. Por eso el puño derecho del padre, aquel que le valió el campeonato de superwélter de España, ya está bien apretado: por esa reacción atávica a la que tantas veces ha dado rienda suelta. Pero recuerda lo que se prometió a sí mismo, los juramentos que insertó en sus rezos. El cinismo:

—Ninguna vergüenza.

Y, entonces, la vena del cuello se deshincha, el puño se relaja. Y Ramírez no entiende que sí, que es cierto: que al padre no le da vergüenza la hipocresía. Más vergüenza le daría tener que acompañar al chico a urgencias con la nariz rota. Antes de que nada de esto ocurra, una furgoneta emerge de entre las naves de una lejana bodega y se adentra por los caminos de tierra en el llano de viñedos y huertas.

—¿Será esa? —pregunta el padre echándose los prismáticos a los ojos.

—Tiene pinta. Ahora lo sabremos.

Se trata de una Iveco Daily blanca. Un vehículo similar a otros tres mil que pudieran rondar la zona. Avanza sorteando baches llenos de agua. En algún caso le resulta imposible esquivarlos, entonces las salpicaduras de lodo se proyectan contra las cunetas y hacen que algún pájaro negro alce el vuelo. Cuando los temporeros ven que el vehículo se acerca, deshacen su corrillo. Acaban por componer, sin quererlo, una fila parecida a la de una escuadra en formación. Algún rezagado sale de su chabola y se une al grupo.

—Los Abdi no están —constata Ramírez.

—Ya lo veo. Ya te he dicho que nadie sabe dónde se han metido. Pero podrían mentirme, ya sabes cómo es esta pobre gente. Pensaba que hoy aparecerían. Nadie se la juega huyendo de sus, ¿cómo llamarlos? ¿Patrones?

—¿Negreros?

—No está mal. A fin de cuentas, todos procedemos de África.

La furgoneta frena a casi dos palmos de la fila de trabajadores. Alguno se ve obligado a dar un paso atrás para evitar ser atropellado. Aunque las sombras aún siguen siendo larguísimas, la luz ya es suficiente como para ver con claridad y tomar fotografías, con ayuda del estabilizador. Ramírez registra la matrícula de la furgoneta. Las puertas de la cabina se abren. Un hombre de pelo rubio, corto, con un mechón más largo en la frente, desciende del asiento del conductor. Lleva una camiseta blanca muy limpia que constriñe ridículamente sus bíceps, tríceps, pectorales y abdominales. Un tipo fuerte. En el brazo lleva tatuada un águila bicéfala negra.

—Es el escudo de Albania —explica el padre Borobia.

—¿Ese es Gurga? —pregunta Ramírez—. Está muy cambiado con respecto a la foto.

—Yo diría que sí, ése es Gurga, el tipo de la foto que me enseñó la teniente.

—Parece que ha estado yendo al gimnasio últimamente. Por no hablar de ese tatuaje, en la ficha no aparecía.

—Si tiene recursos para hacerse un tatuaje de doscientos euros y comprar esa furgoneta nueva, es que no le están yendo mal las cosas.

De la cabina se bajan otras dos personas. Uno es achaparrado, gordo de cintura, con barba gruesa. Otro es más alto, de ojos azules y pelo largo rubio; un tatuaje le trepa por el cuello desde las profundidades de la camisa, podría tratarse de una cola de dragón. Ramírez aprovecha la tenue claridad para ir fotografiando todos y cada uno de los rostros. También los de los temporeros. Constantin es el más anciano de ellos. Se le ve renegrido y se llegan a distinguir sus dos dientes de oro cuando le tiende la mano a Gurga. Éste se la estrecha con desinterés. El achaparrado abre el portón trasero de la furgoneta. Los temporeros van subiendo y acomodándose en el suelo. Apenas hay espacio para todos. Los últimos han de apretarse. Mientras tanto, el del tatuaje en el cuello recorre las chabolas una por una para comprobar que nadie se esconde en ellas. Por supuesto, echan de menos a Xhemeli y Ahmed. Si Ramírez interpreta apropiadamente el lenguaje corporal de los albaneses, la cabeza que se alza de Gurga y el encogimiento de hombros de Constantin, el primero está pidiendo explicaciones y el segundo no puede o no quiere darlas. Gurga le acerca una manaza extendida a la mejilla para someterla a unos cuantos cachetitos paternales. El anciano termina por subir a la furgoneta con los demás. La furgoneta abandona el lugar. Cuando pasa junto al huerto de Galán, un enjambre de grajos levanta el vuelo.

—Deberíamos seguirles —dice el padre Borobia.

—No puedo implicar a un civil en una operación de esta manera. Usted estaba aquí para ayudarme a identificar a Gurga.

—Pero yo conozco el campo. Los capataces, los viñedos. También podría ayudarte a identificar personas o propiedades, ¿no crees?

Ramírez sabe que es verdad. Llevarse al padre Borobia de cacería puede parecer temerario, pero su colaboración resultaría inestimable a la hora de hacer acopio de pruebas.

—La teniente Utrera espera que yo esté en la sede de bodegas Lafourchette a mediodía.

—Son las siete. Seguimos a la furgoneta, vemos dónde los llevan, tomamos las fotos que necesites y luego vamos donde haga falta.

El cabo ha de reconocer que es una buena idea. Si la teniente le echa la bronca, que sea por sobrepasarse en sus iniciativas, no por quedarse corto. Ambos suben al C-4 y toman el camino que desciende desde el huerto de almendros.

No tardan en salir a una amplia pista de grava sin asfaltar que cruza una inmensa extensión de viñedos. Ponen rumbo hacia el Sureste. El sol, aún rozando el horizonte, les obliga a entrecerrar los ojos, bajar los parasoles, colocarse sus gafas oscuras. La Iveco circula a una distancia prudente. No son los únicos vehículos que recorren esa pista. La marabunta de tractores ya ha salido a trajinar. En las viñas, los vendimiadores ya agachan el lomo, la tijera encajada entre las callosidades de la mano. Los primeros capazos empiezan a llenarse, aún no pesan tanto como pesarán los recogidos a última hora del día. Cada capazo de uva vertido en el remolque vacío del tractor se pierde como un vaso de agua en una piscina seca. Sólo racimo a racimo, igual que las termitas devoran una casa, irán los vendimiadores desposeyendo al viñedo de su riqueza.

—¿Cómo conoció usted a Fernando Rosas?

—Cuando murió su sobrino, hará unos dos años. ¿Sabías que tenía un sobrino que murió en un tiroteo?

Ramírez arruga los morros recordando cómo se doblaba hacia atrás el cuello de Paulino Fernández Rosas al introducirlo en la bolsa del Anatómico Forense. La sangre que había perdido, toda ella extendida sobre las baldosas del Nuevo Casino de Calahorra .

—Tengo una ligera idea acerca de aquello.

—Yo entonces andaba mucho por los pueblos de aquí. Alguien me dijo que había un tipo que necesitaba consuelo espiritual, que se había muerto un familiar. Yo contesté que no creía ser la persona adecuada, pero que bueno, que lo intentaría. Compré dos docenas de cervezas y un frasco de banderillas y me planté en Villa Rosas. Habían pasado ya seis meses. El tipo estaba destrozado, sentado en un sillón de orejas, con la cabeza ladeada. No sé. Según entré en ese salón, miré un cuadro espantoso que tiene ahí colgado, de él junto a su mujer. Miré el cuadro, le ofrecí una cerveza y le dije, joder, qué cuadro más feo. Usted sale muy bien, pero su mujer parece una mala pécora, con perdón. Había otro tipo allí, Ulises, uno rapado, no me cae muy bien. Saltó con que cómo me atrevía a hablar así a Fernando. Yo contesté que no sabía, que me había salido el comentario, sin más. Entonces Fernando separó la cabeza de la oreja del sofá y abrió la lata de Mahou que le había llevado. Yo sólo bebo Mahou, soy de Madrid, no puedo remediarlo. Abrió la lata de Mahou y me dijo: Oiga, padre, ¿sabe qué? Que siempre le estaba yo dando vueltas a la cabeza sobre si al encargar ese cuadro no habría tirado yo mi dinero. Y usted acaba de desvelarme que ese pintor que me lo hizo vale su peso en oro. Y, bueno, amigos hasta hoy.

De pronto las luces de frenado de la furgoneta se iluminan. El intermitente comienza a señalar hacia la derecha. Una entrada a un viñedo, apenas una lengua de tierra de dos metros de anchura que facilita el paso de los vehículos sobre la cuneta.

—Mierda, y ahora qué —exclama Ramírez—. Si paro tras ella nos detectarán.

—No te preocupes. Después de esa curva, el terreno desciende; el coche quedará oculto por un terraplén. No nos verán.

El padre no miente. Ramírez detiene el coche en mitad del camino, frente a la entrada a otro viñedo. Al hacerlo, los temporeros que trabajan en él levantan las cabezas con curiosidad. Son una plaga de colores que se cierne sobre las plantas con sus aguijones para cortar los racimos.

—Padre, por favor, dé la vuelta al coche y espéreme listo para salir de aquí.

Ramírez toma la cámara de fotos y sube por el terraplén hacia el viñedo vecino, esquivando las vides y saltando alguna que otra espaldera. Se echa a tierra y se oculta entre los sarmientos. Se acerca el visor a los ojos. Ahí está de nuevo la furgoneta de Gurga. Los trabajadores empiezan a bajar de ella. Toman un capazo y sacan sus tijeras personales del bolsillo. Ninguno hace uso de corquete, ¿por qué Isa Abdi preferiría ese instrumento incómodo? Hay un remolque vacío, junto a él un capataz que ahora mismo está hablando con Gurga. Ramírez toma fotos de cada uno de ellos mientras los inmigrantes se adentran entre las calles de vides. Luego, Gurga y sus dos hombres se suben de nuevo a la furgoneta. Ramírez corre en dirección al c-4 donde el padre le espera con el motor en marcha.

—¿Sabe usted, padre, a quién pertenece ese campo?

—Pues probablemente a ese mismo tipo que hay junto al remolque. Casi todos los viñedos de por aquí surten de uva a una cooperativa.

—¿Y cómo se puede ser tan hijo de puta como para recurrir a mano de obra esclava?

—Algunos de estos viticultores ni siquiera saben que están contratando ilegales. Les enseñan papeles falsos y ellos pagan como si fueran mano de obra legal. Luego llega el inspector de trabajo con la redada y se llevan la sorpresa y la multa. Incluso alguno se encuentra con que el bracero que le viene un día no es el mismo que había contratado días atrás. Pero ellos tienen mucho trabajo, no pueden detenerse a pedir la documentación a todos los temporeros del campo, ni mucho menos a comprobar que no sea falsa. Si no, nadie se arriesgaría: seis mil euros por cada trabajador sin contrato legal. Sin embargo, en este caso que tenemos ante las narices, no lo sé. Muy ciego tienes que estar para no darte cuenta de que esto es ganado robado.

—¿Puede usted seguir a la furgoneta a una distancia adecuada?

—Te he visto hacerlo. Lo intentaré. Tú concéntrate en las fotos.

—¿Por qué nadie me trata de usted?

—Discúlpeme, mi cabo.

La furgoneta les conduce esta vez hasta un edificio abandonado a las afueras de Rincón de Soto, cerca del polígono. Se trata de poco más que una estructura desnuda, con algún que otro tabique en pie. Podría guarecer de la lluvia, pero no del viento ni del frío. Las pocas paredes que se mantienen enteras están llenas de grafitis y de pedazos de varas metálicas oxidadas sobresaliendo. De un costado brota humo blanco, como si alguien acabase de vaciar un cubo de agua sobre una hoguera. El padre puede detener el coche al abrigo de unos chopos. Ramírez continúa tomando fotografías. Del edificio abandonado van saliendo seres desharrapados que Gurga obliga a subir a la caja del vehículo. Al cuarto de hora, los deja en otro viñedo, a unos cinco kilómetros del anterior.

La operación se repite otra vez. En esta ocasión, el campamento se sitúa en el interior una nave abandonada, con media cubierta hundida, en mitad del campo. Cargan la furgoneta con quince pies mal calzados y la descargan en una nueva cuneta. El padre busca el cobijo de una pequeña edificación derruida. La propiedad se encuentra unos metros por debajo de la carretera, un talud separa el Citröen de las primeras vides. Este viñedo es más grande que los anteriores. Los quince temporeros no son los únicos que trabajarán allí. Hay por lo menos una docena de personas hurgando con sus tijeras entre las vides, como si buscasen en ellas monedas de oro o rubíes. También hay otro capataz y otro tractor con remolque: saluda a Gurga con entusiasmo. Parecen conocerse. Al fondo hay un chamizo recién construido, con muros de ladrillo pintados de crema, toma de luz, una ventana, tejado a dos aguas y una puerta doble para introducir maquinaria. Esta vez la furgoneta no se mueve, se queda donde está. El del tractor acude al chamizo y saca de él unas sillas plegables de playa y unas latas de cerveza. Los hombres de Gurga toman asiento formando un corrillo junto al tractor. El gordo de barba es quien abre la primera cerveza.

10:30

Lucía se permite pensar por un momento en sus pobres peces, abandonados en el despacho del cuartel. No recuerda si anoche les dio el alimento necesario. Duda, sobre todo, en cuanto al cultivo de gusano tubifex. No sabe si añadió los nutrientes necesarios a la garrafa. Si el tubifex muere, se queda sin alimento vivo para los peces del tanque de agua templada. Y, si esto ocurre, no sólo mermará la intensidad de sus colores. También se alentará, posiblemente, la actitud agresiva de ese pez ángel que tiene por costumbre morder la cola de sus lechmere guppy. Sin embargo, no se siente capaz de abandonar la casa (a pesar de la distancia a la que se encuentran las vallas de seguridad que circundan el complejo). Ha conseguido mantener a los niños lejos de las ventanas con excusas peregrinas. Con Bernard no se ha atrevido. No quiere que descubra su nerviosismo. No quiere que vuelva a experimentar ni un ápice del peligro que vivió en el pasado.

Se ha vestido con el uniforme. Lo ha hecho para poder sentir la pistola en el cinturón. A las nueve de la mañana ha llamado por primera vez al comandante Aguilera. Por supuesto, era demasiado temprano. Volvió a intentarlo a y veintidós, a y media, a y cuarenta y siete. A las diez de la mañana y diez minutos, consigue que el comandante le coja el teléfono.

—¿Qué pasa? Tengo mil avisos de llamadas tuyas.

Habla con esa cadencia desganada y lenta. Lucía imagina esos bigotes lacios que parecían adheridos con celo al labio superior, y esas bolsas hinchadas bajo los ojos. A veces piensa que la abulia que trasmitía su superior y amigo avivó ese proceso por el cual ella acabó hasta las pelotas del trabajo en el cuerpo. Claro que nunca se lo ha dicho a él, le rompería el corazón.

—¿Algo nuevo en la investigación de la muerte del coronel García?

Antes de obtener una respuesta, Lucía se ve obligada a poner a prueba su paciencia. Escucha cómo el comandante bebe agua y se suena los mocos. Acaba de llegar al departamento de Asuntos Internos y se está acomodando.

—He estado preguntado a los chicos. Todas las evidencias parecen consolidar la hipótesis del robo.

—Extraño que se mate por una cartera, ¿verdad? —dice la Grande, con ironía imperceptible.

—Muy extraño. Esto no es una jungla. Pero tú que conocías al García lo entenderás mejor. El chorizo, muy nervioso, le encañonaría con la pistola. El coronel se engorila por sus cojones, intenta sacar la suya, y el otro abre fuego, seguro que más por miedo que por frialdad. Están detrás de un par de adictos del barrio, de esos imprevisibles cuando están con el mono. También tienen en el punto de mira a un pobre hombre desesperado, con un hijo enfermo, a punto de perder la casa en el bloque de al lado. Parece que trató de comprar un arma en el mercado negro, vete a saber por qué.

Lucía escucha sentada en el sofá pero su espalda no se apoya en nada. El único respaldo son sus propias costillas, pero ella ni se da cuenta.

—¿Siguen Fonseca y Sagredo llevando el caso?

—Sí, con ellos hablo. Son buenos chicos.

—Muy buenos chicos. Pero están totalmente equivocados.

Lucía escucha al otro lado de la línea un carraspeo que culmina con un discreto escupitajo.

—¿Y por qué piensas eso, teniente? —pregunta Aguilera cuando se vuelve a sentir dispuesto.

—Ha salido —se limita a responder ella.

Entonces Aguilera mantiene un prolongado silencio. El comandante sabe que cuando Lucía elide el sujeto en una oración en tercera persona del singular, sólo puede estar refiriéndose a una persona. Pero, no, no puede ser. En este caso ella tiene que estar hablando de otro, no de ése.

—¿Quién ha salido?

—Tú sabes quién ha salido. Kabuto ha salido.

Aguilera carraspea de nuevo. Se escucha incluso las palpitaciones de sus sienes en el auricular.

—Eso es imposible. Le cayeron cuarenta años. Los suyos le dieron de lado. No hay manera de que nadie haya movido un dedo por él, ni asesoramiento legal ni económico... Y si hubiera salido yo me habría enterado, Lucía.

—Pues ha salido.

Esta vez el comandante no deja pasar un segundo en responder, señal de que está perdiendo la paciencia.

—¿Pero quién coño te ha dicho semejante cosa?

—Mis propios ojos, que son míos. Ayer a mediodía lo vi sentado en una terraza, tranquilo como un bendito, tomando un café con leche, en el pueblo riojano de Aldeanueva de Ebro.

Vuelve a hacerse el silencio. Un silencio similar al que Lucía mantiene cuando observa las espirales que sus peces trazan en el agua.

—¿A quién se lo has dicho?

—Tú eres el primero a quien se lo digo. Y entiende que te lo digo como amigo.

—Lo sé. Cuando me hablas como a un superior me tratas de usted. Es algo que haces a menudo, ¿verdad? Tutear y no tutear.

—Tengo un cabo que se queja mucho de eso.

—Mira, Lucía. Si Karmelo Puerta ha salido de la cárcel, yo no tengo ni puta idea. No sé a qué beneficios penitenciarios se habrá acogido ni sé quién se los habrá conseguido. No hay un solo *abertzale* que recuerde su nombre, la cúpula se ocupó de echarle cuarenta toneladas de tierra encima.

—¿Fuga?

—Nos habríamos enterado, por Dios.

—Pues entonces, qué.

La alacena que contiene la cristalería, en su mayoría vasos y copas comprados en el Ikea de Zaragoza, comienza a emitir un tintineo. Es el sonido que provoca Bernard cuando sus pisadas hacen vibrar el suelo. Las ondas sísmicas se transmiten a los muebles. Bernard ha abierto la puerta de la cocina. Por eso se escuchan con más intensidad las voces y balbuceos de los niños, que están desayunando. Marcos canta con la voz contenida; Claudia solloza, se queja de que su padre la deje sola, siempre hace eso. Bernard aparece en el salón, vestido con unos vaqueros y una camiseta. Le guiña un ojo a Lucía, recoge el teléfono móvil de la mesa del salón y regresa al dormitorio.

—¿Es posible que te lo hayas imaginado? —pregunta Aguilera—. Conozco de sobra las cosas por las que ese malnacido te hizo pasar. Yo aún recuerdo aquellos días del norte. No sólo los recuerdo. Yo oigo aquellos días del norte. El sonido del coche bomba que reventó a dos manzanas del cuartel. Las metralletas. La suspensión del Cuatrolatas con el que patrullábamos en el 85. Oigo hasta los muelles del somier de la casa cuartel aquella vez que conseguí colar una chica. Lo sigo llevando muy dentro, Lucía. Por eso no me extrañaría que te lo hubieras imaginado.

—Le juro, comandante, que ayer vi a Karmelo Puerta Otxoa, alias Kabuto, tomando café con leche en Aldeanueva de Ebro. Seguíamos a dos sospechosos de asesinato, posibles miembros de una célula de reclutamiento yihadista. Y lo vi. Era él. Estaba mucho más delgado y se había cortado el pelo al rape. Pero esa mirada no se puede olvidar.

El comandante suspira. Está claro que la teniente ha visto o cree haber visto a aquel monstruo que suponían encerrado bajo siete llaves.

—Ya me estás tratando de usted.

—Porque me lo está poniendo USTED muy difícil.

—De acuerdo, de acuerdo —claudica el comandante—. Voy a tratar de hacer mis averiguaciones por aquí, en la UCO… Donde pueda. Es una pena no poder consultar al coronel García. A fin de cuentas, esto le incumbía casi más a él que a ti.

—Y tanto que le incumbía, hostia, por eso está muerto.

—No saquemos conclusiones precipitadas Lucía. Que Kabuto esté libre es inverosímil. Pero que ande por Madrid liquidando a sus antiguos enemigos, es delirante.

—Ah, claro. Hace dos días el coronel García es tiroteado en su portal. Y ayer aparece Kabuto, qué casualidad, a pocos kilómetros de Calahorra, el lugar donde vive la otra persona que queda viva que participó en el interrogatorio. En blanco y en botella, mi comandante Aguilera, yo sólo conozco la leche.

—Por favor, Lucía, las casualidades ocurren —se toma otro tiempo para carraspear hasta que un nuevo escupitajo se desliza desde su garganta hasta la boca—. Pero te prometo investigar cuanto pueda.

—Puedes empezar preguntando a los de la UCE-2. Te recuerdo que estaba siguiendo a posibles yihadistas, quizás ellos tengan fichados a terroristas extranjeros en La Rioja.

—No hará falta.

—¿Qué?

Aguilera, de pronto, comienza hablar en voz muy baja. Lucía sabe que la línea del despacho de Asuntos Internos no está libre de pinchazos. A pesar de ello, Aguilera se arriesga.

—Iba a llamarte dentro de un par de horas, cuando confirmase algún dato. Parece que esta mañana han saltado las alarmas en la UCE-2. El teniente coronel Amandi se ha puesto muy serio después de que uno de sus hombres recibiera una llamada de un puesto regional. Parece que quien llamaba hizo alguna pregunta que no debería haber hecho. ¿Sabes de qué puesto estoy hablando?

—Ni idea.

—Del tuyo: Calahorra.

No hay nadie ahí para verla, así que Lucía no necesita tirar de cara de póquer para disimular la sorpresa. Eso le ocurre por no atreverse a salir de casa, por dejar solos a sus soldaditos. Los mejores de ellos tienen demasiada iniciativa.

—No me jodas, Aguilera. ¿Quién ha sido? ¿Cómo lo sabes?

—No sé quién ha sido ni qué pregunta ha hecho. Sólo sé que Amandi estaba cabreado y gritó cosas en su despacho que se escucharon en el pasillo.

—¿Y quién te lo ha dicho a ti? ¿Tienes un topo en la UCE-2?

—Esto es Asuntos Internos. Tengo de todo por todas partes, excepto amigos.

La puerta de la cocina vuelve a abrirse y esta vez el ruido es mayor. Se escuchan las expresiones de entusiasmo, el ruido de una bici arrastrada por el pasillo, una sillita rozando los rodapiés. Lucía tiene que poner fin a la conversación. No quiere que Bernard la escuche. Bastantes sospechas debe de estar provocando ya con su actitud, esa cara mohína de mujer que se ha quedado sin postre y que no puede disimular. Cuando se ha levantado esta mañana y se ha quedado casi un minuto mirándose en el espejo, así como sin mirarse a ella misma ni a nada, Bernard le ha preguntado qué le pasaba. Afortunadamente, ha podido echarle la culpa a la dieta, al muesli, a la restricción calórica a la que está sometida por el cruel patriarca de la casa. Y la excusa ha funcionado.

Porque lo que Lucía estaba viendo en ese espejo era el gesto familiar del miedo. Un gesto angustioso, sin secretos para Bernard. Lucía ha sido capaz de sobreponerse a la pregunta de Bernard y luego se ha acercado a él, con todo el mimo posible. «¿Ahora llevas las gafas siempre?», le ha preguntado. «Sí... El otro día Marcos se me escapó corriendo y tardé un buen rato en localizarlo. Creo que cada vez veo peor, sobre todo los días nublados». Se refiere a unas gafas para la miopía de montura metálica, rectangular. Bernard siempre ha tenido unas dioptrías, pero no las suficientes como para llevar lentes correctoras continuamente. «Cuidado», le ha dicho Lucía, para distraer aún más su atención. «El cristal izquierdo está a punto de caerse otra vez». Él ha asentido, y así Lucía ha capeado esa primera sospecha. Pero ahora no puede permitirse que la encuentre hablando y que reconozca el tono que adopta con el comandante Aguilera, lo cual sería indicio de que está ocurriendo algo grave.

—Aguilera, te repito que Sagredo y Fonseca se equivocan —le dice apresuradamente—. Si Kabuto está suelto, es lógico que haya ido a por García. Y después, ya sabemos a por quién irá.

—Está bien, está bien. Haré mis averiguaciones. No voy a permitir que te pase nada malo.

—Te lo agradezco. Mantenme informada —dice antes de colgar.

Los niños aparecen en salón. Claudia se ha convertido en una señorita en estos últimos dos años. Le ha crecido un sedoso cabello rubio, inexorablemente británico, que cae sobre dos sonrosadas mejillas, también inexorablemente británicas. Marcos no necesita transporte. Tiene seis años ya, pero su estatura y la anchura de su espalda corresponden a un niño de ocho. Va camino de ser tan grande como su padre. Pilota una bicicleta azul, con cintas rojas en el manillar. Bernard empuja la sillita de Claudia. Los cristales de las gafas refulgen en su rostro. A Lucía no le gusta, lo encuentra antinatural. Bernard maneja a los niños sin su alegría cotidiana. Les ordena marchar sin un asomo de sonrisa en el rostro. A Lucía tampoco le gusta: «Eso es lo que está haciendo el muesli con nuestra familia».

—Hasta luego —se despide Bernard. Ni siquiera pide a los niños que «le digan adiós a mamá con la manita».

A pesar de sus ganas, de su miedo, ella no puede retenerles más en la casa. Si intenta hacerlo, Bernard sospechará. Por algún motivo, la amenaza le avergüenza. Le avergüenzan las causas que hicieron que esa amenaza naciera. Aquello que, no Kabuto, sino ella misma hizo.

El eco de las voces de los niños se pierde por el edificio. Cuando Bernard recorre esos espacios comunes, los guardias que se cruzan con él se cuidan mucho de hacer comentarios. Todos saben que ese tipo gordo tan rarito, que hace tareas propias de mujeres, es el marido de la teniente. Y, además, te puede poner la cara del revés, con semejante brazo.

Lucía abre el armario del dormitorio. Allí hay un pequeño armero de seguridad. La Grande únicamente guarda en él una Heckler & Koch usp compact. La pistola se muestra como un escarabajo carnívoro, provisto de un brillante caparazón negro y frío, inmóvil, para no espantar a su presa. Lucía toma el arma, comprueba el cargador, la recámara y el seguro. Luego abre el cajón del escritorio en el que Bernard guarda los documentos de sus clases de inglés (aquel que ha prohibido estrictamente a sus hijos que abran, para que no desordenen los papeles). Su excusa, su mala excusa, será que la estaba limpiando, escuchó el teléfono, la escondió allí y, luego, se olvidó de recogerla.

Pero antes de que tenga que emplear esa excusa, Bernard verá el arma. Él no tiene llaves del armero, por lo que no podrá devolverla a su sitio. Entonces, y sólo si ocurre alguna de esas cosas que uno desea que no ocurran, pero que a veces ocurren (y por eso los coches tienen cinturón de seguridad y los grandes aviones transatlánticos disponen de chalecos salvavidas bajo los asientos) quizá Bernard recuerde que en el cajón de su escritorio hay un arma lista para defender a su familia.

11:00

Por la abertura que deja ver la manga corta bajo el brazo, asoma un sujetador negro. No es de encaje ni podría identificarse siquiera como lencería. Pero parece suficiente como para que el guapo agente Marquina fije los ojos en él. Luego busca con la misma mirada el rostro de quien lo viste: la camarera que seca los vasos, codos en alto, al otro lado de la barra, e ignora que le está enseñando la ropa interior a las fuerzas del orden. Una chica morena, de caderas estrechas y mucho pecho. Le ha tocado abrir el bar no hace demasiado. La hora del vermú se avecina y hay vasos que abrillantar y secar. Y en esos preparativos lo que no se espera la buena chica es encontrarse con dos clientes vomitados desde las fauces de la noche. Ambos huelen a sudor y alcohol y tabaco. Ambos luchan por mantener el equilibrio sobre sendos taburetes altos, adaptando constantemente el centro de gravedad del cuerpo a las necesidades de su borrachera.

Hay uno, Marquina, empeñado en defenestrar su gran atractivo mediante la táctica de mirarla con ojos de violador. Hay otro, Suárez, que ha tenido los cojones de poner sobre la barra una bolsita de plástico transparente llena de pastillas blancas, examinarla y volverla a guardar en su chaqueta, no sin antes proferir: «Menuda mierda que nos han dado». La camarera no se atreve a decirles que se vayan; no le pagan para eso, chorra, que no está para líos. Así que se limita a ignorarlos (y a rezar para que el resto de la clientela los ignore) a pesar de que la incómoda mirada de Marquina es difícil de pasar por alto.

Hace tan sólo doce horas, Marquina y Suárez acompañaban a Ramírez en el intento de detención en casa de Galán. Hace once horas, tomaron el primer vino en Voché, un pub calahorrano de paredes blancas y bebidas blancas y minifaldas blancas. Hace ocho horas (amparados en un inmaduro derecho a hacer lo que me da la puta gana porque pertenezco a los Cuerpos de Seguridad del Estado) trazaban eses por la AP-68 en dirección a Logroño en busca de una discoteca. Son jóvenes y era viernes.

«Acabo de localizar a un tipo que vende pastillas», dijo Marquina otras dos horas después. Estaban en una discoteca llena de veinteañeros, en la que sonaban temas de Pit Bull y, cada poco, un ruido como de espray precedía a la emisión y expansión de un vapor blanco, denso, que olía a laca. Todo sea por crear ambiente.

Suárez se acercó al camello y le enseñó la identificación: «Danos tu mercancía o te llevamos al cuartel, gilipollas». El camello memorizó cada una de las facciones de los asaltantes antes de darles la bolsa de las pastillas y perderse entre el humo y los haces láser. Nunca se sabe cuándo puede uno devolver un golpe: las venganzas son así, caprichosas, oportunistas, siempre que recuerdes a quién se la debes.

Poco después, Marquina le metía la lengua hasta lo más profundo de la garganta a una chica que afirmaba que era gogó. «O eso es mentira o en La Rioja trabajan las gogós más feas del universo», pensó Marquina, acostumbrado a las beldades de discoteca que contrata la industria turística canaria. Fueron juntos un par de veces al baño de chicas, pero al agente no se le puso dura, culpa de lo que fuera que se hubieran metido. Mientras tanto, Suárez ocupaba el centro de la pista de baile, en solitario, y daba vueltas sobre sí mismo con los brazos haciendo un aspa, mientras gritaba «¡Estas pastillas no me suben nadaaa!»

Hacía mucho rato que no se tomaba una copa y, aun así, Suárez percibía un calor y un cosquilleo extraños en la coronilla. Sintió la necesidad de sacar su pistola y disparar al aire, pero descubrió, disgustado, que se la había dejado en la casa cuartel. Aplacó ese impulso sacando la bolsa de pastillas y ofreciendo droga gratis a todo el que se cruzaba con él. Unos cuantos aceptaron. A saber cómo habrán terminado.

Marquina se escabulló de la gogó en cuanto fue consciente de que no iba a ser capaz de hacer nada con ella y se unió a su amigo en una especie de danza india con la que festejaron la apoteosis del *progressive techno house*. Después, tomaron una segunda pastilla cada uno para afrontar la búsqueda de un *after* que estuviera abierto. Suárez insistió en que esas pastillas eran una mierda y que Marquina tenía que probar el *speed* de su pueblo. «Huele a gasolina, tío, no te lo puedes creer».

Al no encontrar un local abierto, se sentaron en un banco junto al Ebro a ver amanecer y dejaron que el éxtasis del uno se sincerase con el éxtasis del otro: que si estar en el cuerpo es lo mejor que me ha pasado en la vida, que si podemos hacer mucho bien por nuestro país, que si vaya suerte habernos conocido, que si no te conozco apenas pero ya sé que te voy a querer mogollón, que si te pasa algo en acto de servicio no me lo voy a perdonar, que si voy a ser tu parabalas...

La droga les mantuvo despiertos y, la placa, seguros de que nadie les iba a multar durante la media hora que se tarda en recorrer el tramo de vuelta de Logroño a Calahorra. «¿Tú tienes sueño?» Dijo el uno cuando entraban en la ciudad. «Yo no.» Contestó el otro. Pues es la hora del vermú ya. Pues venga. A los bares. Aparcaron en la calle Grande y entraron en el Swing, ese bar al que Marquina había ido un par de veces porque las camareras que ahí trabajan están muy buenas.

Y ahora apenas mantienen el equilibrio en las banquetas. No tienen hambre, sólo piden agua y se arrepienten, como siempre se arrepiente uno, de no haberse ido a casa antes de traspasar la frontera del patetismo a plena luz del día.

Y entonces, Marquina no, porque está mirando a la pobre chica que seca los vasos, pero Suárez sí que descubre una carilla rosada bien familiar, que pasa ante la puerta del Swing, se asoma indecorosamente y continúa la marcha a paso tranquilo, calle Grande arriba. Reconoce bien esa carilla por las fotos que le han dado: es la carilla del hortelano Amador Galán, en busca y captura desde ayer.

—Hostia puta —dice mientras le arrea en el hombro a su compañero—. El... Éste... Joder..., éste...

—¿Quién? ¿El sargento Campos? —contesta el otro aterrorizado.

Suárez ha erguido la espalda sobre el taburete y ahora se balancea más que nunca.

—No, coño, el de Aldeanueva

—¿Qué es eso?

—El éste..., el que fuimos a detener ayer.

—¿Galán?

—¡Ése!

—¿Qué pasa con él?

—Coño, pues que acabo de verlo por ahí subiendo, te digo.

Transcurren entonces unos segundos de silencio, suficientes para que la camarera seque al menos dos vasos.

—Hay que ir, ¿no? —pregunta Marquina.

—Digo —contesta el otro.

Salen a la calle. Al sol hoy le ha dado por lucir con ganas, o al menos eso les parece a ellos. Echan de menos sus gafas oscuras. Suárez guía a Marquina calle arriba. Intentan caminar todo lo discretamente posible. Eso no evita que los transeúntes se vean obligados a abrirles paso, adivinando hacia qué lado se desviará su imprevisible trayectoria. Así, zigzagueando, consiguen ganar terreno hasta el Galán, que viste sus ropas de montaña de domingo y una gorra roja, con la que espera que nadie le reconozca. Suárez y Marquina quieren ser sigilosos. Se acercan a la espalda de su presa. Se acercan más. Ya están a tres metros. Ya están a dos. Suficientemente cerca como para que Galán escuche los pasos precipitados y torpes de la pareja. El hortelano se vuelve. Se encuentra cara a cara con ellos. No los conoce, pero llevan las intenciones grabadas en el rostro. Sin perder un instante, Galán echa a correr. La velocidad del maduro agricultor coge por sorpresa a los muchachos. En cinco segundos, les saca veinte metros de ventaja. Les saca treinta metros ya, y entonces Marquina y Suárez se dan cuenta de que no le están siguiendo, que se han quedado en la calle Grande con cara de gilipollas. Tienen que correr también, seguirle. Comienzan la persecución. A las tres zancadas, Suárez ya se siente intimidado por el ruido de su taquicardia. El canario va un poco más ligero. La pareja alcanza la Plaza del Raso justo a tiempo para ver cómo Galán pierde la gorra roja en la calle Mayor, sin dejar de correr. Un coche pega un frenazo antes de atropellarles.

—¡Qué chorra hacéis, atontaos! —grita el conductor.

—¡Abran paso a la Guardia Civil! —contesta Suárez, sujetando en alto lo que cree que es su identificación, pero resultan ser quince *flyers* de una discoteca que no sabe cómo han llegado a su bolsillo.

Marquina ya está en la calle Mayor y Suárez a unos diez metros de él. «Cómo corre Marquina», piensa Suárez. De hecho, el canario ya está a punto de dar alcance a Galán, cuyas rodillas sexagenarias tienen que ceder tarde o temprano.

—¡Ya lo tienes, Charly! —le grita Suárez a Marquina.

Y sí, lo tiene. Pero entonces un líquido amarillento brota propulsado de entre los labios y fosas nasales de Marquina. Vómito a borbotones. Como cuando se da un martillazo a un bote de mostaza. En lugar de continuar en pos de Galán, se lanza a apoyarse contra una pared. Y vacía todo el contenido de su estómago, amarillo y denso, contra el muro.

—¡Sigue, coño, sigue! —anima Suárez.

—Que me muero, hostias —contesta el otro, entre arcada y arcada.

Suárez se queda con la única compañía de los latidos de su corazón, que parecen prevenirle: para ya, cabrón, que no salimos vivos. Pero continúa la persecución. Se lleva por delante a un par de latinos que salen de un portal en el momento equivocado. Se escucha un qué haces, huevón. Galán gira a la derecha, se interna en la pequeña plaza de la Verdura, una coqueta explanada con vistas al llano de La Rioja Baja. Allí se conservan dos cauces, en forma de tubería cortada transversalmente, que descienden hasta la calle del Caño, unos cuatro metros más abajo. Son dos toboganes por los que hace años se deslizaban los niños. Ahora han perdido su recubrimiento de plástico deslizante. Sólo queda la estructura de cemento, áspera para la piel y peligrosa para los huesos. Pero al desesperado Galán le ofrece garantías suficientes como vía de escape. Escoge uno de los toboganes y se sienta. Pero no, no se desliza: demasiado rozamiento contra ese rugoso cemento. Ha perdido el tiempo. Suárez se acerca y ya le corta toda vía de escape que no sea el tobogán ruinoso. Se levanta e intenta descender. Un pie delante del otro. Prudente pero veloz. Mira hacia atrás, trata de calcular cuánta distancia le lleva a su perseguidor: eso resulta ser un error fatal. Su pie izquierdo tropieza con una raíz que ha penetrado en el tobogán perforando cemento. Se va de cabeza por la fuerte pendiente. Aterriza con los brazos y se escucha el primer crujido. Luego la frente pone a prueba la dureza del hormigón. Luego la mejilla se desliza medio metro por la corrosiva superficie del tobogán. Luego las piernas se le doblan por encima de la cabeza y da una voltereta. Finalmente, rueda hecho un ovillo hasta que la calle del Caño recibe sus huesos y su carne reblandecida. Y ahí se queda, inconsciente.

Arriba, Suárez puede por fin detenerse. Ese sonido desbocado que siente en el corazón no puede traer consigo nada bueno.

Una lavadora vieja centrifugando. Se palpa la frente: fiebre. La droga eleva la temperatura de todo el cuerpo y no le permite refrigerarse bien. Mataría por un trago de agua. Pero tienen a Galán. «De ahí, desde luego, no se va a mover.» Aparece Marquina. Huele a vómito.

—Tengo mucho calor —dice.

—Tranquilo, ahora bebemos algo. Lo tenemos, tío. La teniente nos va felicitar por esto.

—Joder, ese tío se ha matado.

—No, hombre, respira, ¿no ves que se le mueve el pecho?

—No, yo no lo veo.

—Que sí, joder, se le mueve. Vamos a bajar.

—¿Por aquí? Yo no me siento bien, creo que me va a dar un infarto. No debimos tomarnos la última.

—Vamos por la calle, que no se nos escapa.

La pareja se ve obligada a rodear, descendiendo una estrecha vía peatonal, para salvar el desnivel que separa la plaza de la Verdura de la calle del Caño. Pierden de vista a Galán por unos segundos. Caminan a paso más tranquilo, imposibilitados por el calor, notando cómo los latidos ensanchan su frecuencia en la caja torácica. Suárez lleva los dedos pegados a la yugular; trata de medir su ritmo cardiaco, pero es incapaz de contar más allá del tres. Cuando llegan donde yace Galán, unos jóvenes musulmanes están intentando ya auxiliarle. Le hablan en árabe y en español y le agitan el hombro. Marquina enseña su identificación y los jóvenes se dispersan. Galán parpadea y luego pierde el sentido. Al menos Suárez tenía razón: Galán respira.

—¿Tendrá algo roto?

—Pues seguro.

—Pero si tiene la espalda rota no le podemos mover.

—¿Tú tienes grilletes?

—Yo no, qué coño.

—Llama a la casa cuartel. Que manden una ambulancia.

Marquina toma su teléfono móvil y trata de desbloquear la pantalla.

—Mierda. Estoy sin batería.

—Joder. Esto se lo vamos a poder contar a nuestros hijos.

—Ya... Sin lo de la droga, ¿no?

—Eso. Sin lo de la droga.

12:00

Cuando la teniente Utrera ha llegado al puesto, se ha sentido enfadada con el silencio. Tampoco ha desayunado bien hoy, pero, en esta ocasión, prácticamente ni se ha dado cuenta. No se debe tanto a que se haya acostumbrado ya a la dieta como a esa comezón que ha usurpado el lugar que antes ocupaba el muesli.

—¿Marquina está? —pregunta a Herranz, el guardia apostado en la entrada.

—Tenía permiso hoy, mi teniente. Él y Suárez.

Es cierto. Lucía se había olvidado. Ramírez está vendimiando con el padre Borobia. El sargento Campos en Aldeanueva, siguiéndole la pista a Kabuto. Los agentes de intervención de armas trabajan callados en sus ficheros. Los de tráfico han salido a la carretera. Y hay unas cuantas patrullas de prevención ya en marcha. El puesto ha amanecido bastante solitario. Sólo la cabo Artero se encuentra sentada ante su ordenador. Lucía la encuentra con la puerta abierta cuando va camino de su despacho. Artero lleva puestos unos auriculares, pero la música, algo con muchos gritos y muchos sintes industriales y mucha distorsión y mucha batería de doble bombo, escapa de ellos e inunda la pequeña sala que suele ocupar la cabo. Su rostro, sin embargo, soporta una concentración insuperable; parece que se le van a rasgar las arrugas de la frente. Toda esa concentración proviene de lo que sea que esté viendo en la pantalla del ordenador. Cuando Lucía pasa frente a su puerta, Artero reacciona haciéndole gestos para que entre.

—Buenos días, mi teniente. Ha aparecido aquí algo curioso.

—¿Dónde es «aquí»?

—La página web de los fanáticos esos. Llevo enredando con ella desde ayer.

La Grande resopla. Reconoce que se había olvidado de eso.

—¿Qué has visto?

—Hasta hoy, nada que debiera preocuparnos, más allá de señales que indican que el mundo se va a la mierda.

—…

—Ahorcamientos, lapidaciones, latigazos… Todos ellos grabados casi como una producción de Hollywood, con sus cámaras lentas y sus imágenes en alta resolución.

—Hoy día cualquier gilipollas con un móvil hace eso.

—He llamado a Madrid, he compartido links, me han pasado con la UCE-2…

«Acabáramos», piensa Lucía. Así que esta es la llamada que tan nervioso ha puesto al teniente coronel Amandi. Fin del misterio. Deja que Artero continúe.

—Parece que son vídeos que produce una nueva facción terrorista distinta de Al Qaeda. Está ocupando los territorios que han quedado sin gobierno en Irak y en Siria, con la guerra civil, después de la Primavera Árabe. No se cortan un pelo. Yo diría que les gusta bastante matar. Celebran cada ejecución como si fuera…, no sé…, un cumpleaños. Hay algo infantil en su actitud que la hace aún más espeluznante.

—¿Has retenido el desayuno en el estómago?

—Me ha costado. Aunque no lo parezca, es una página de adoctrinamiento dirigida a todo el mundo. Entre ejecución y ejecución, hay muchos vídeos de homilías de un tal Majed Hawsawi. Es un imam de origen saudí, con pasaporte inglés. Cincuenta y cinco años. Se ha pasado la vida pegando tiros en todas las guerras santas del mundo. Aún no he traducido sus discursos, pero sospecho que llaman a la decapitación del infiel como quien propone no comer carne en viernes.

Lucía echa un vistazo rápido a la pantalla. Sus ojos huyen deprisa de las imágenes que aparecen en cada ventana: una mujer semienterrada en el suelo, cubierta con una sábana; unos pies jóvenes que cuelgan a centímetros del suelo; una espalda desollada; un montón de barbudos que hablan con mucha agresividad y ejecutan gestos asertivos con el dedo...

—¿Debería verlo?

—Ahórreselo. Yo me he tragado mucha peli gore, he navegado por todos los rincones de la web y de la Deep Web, he leído cosas para estómagos duros y aun así puedo decir que esta página tiene material para alimentar todas mis pesadillas de aquí a un año. Lo que sí debería ver es esto. Ayer aún no lo habían subido. Es de hoy mismo.

El vídeo que Artero le muestra a la Grande no es ni mucho menos el más impresionante de cuantos hay colgados en la página. Tampoco es el mejor realizado. No hay imagen HD ni efectos ópticos, ni cámara lenta, ni un montaje profesional. Tan sólo una estancia vacía, que podría ser un garaje, iluminada por un fluorescente y únicamente equipada con unas estanterías metálicas y una mullida alfombra.

Lo que llama la atención es lo que yace sobre esa alfombra: un bulto del tamaño de una persona envuelto en bolsas de basura apretadas con cinta. Junto a él, dos hombres vestidos de negro y con el rostro cubierto con pasamontañas. Uno de ellos sujeta el sempiterno AK-47. El otro habla a cámara con un largo cuchillo afilado en la mano derecha.

—Me lo han traducido un poco por encima los de UCE-2. Está diciendo algo así como que quien no está con nosotros comete herejía contra el profeta, y que ya se sabe cómo se castiga la herejía, bla, bla, bla.

En un momento del vídeo, el hombre se agacha junto al plástico negro. Lo raja con el cuchillo. Y por la ranura abierta extrae una mano ensangrentada e inánime.

—Asqueroso —dice Lucía—. Aun así, no me parece muy espectacular.

—No, no lo es. Pero fíjese bien. Mire, la columna.

No lejos del bulto negro, hay una columna de hormigón desnudo que se mantiene en un plano cercano a la cámara. De ella cuelga un calendario cerrado. En la portada del calendario, un logotipo verde que parece representar un árbol. Junto al logotipo, el nombre de la empresa.

—Agroquímicos Antoñanzas —lee Lucía.

—Es una empresa de La Rioja Baja. Ese garaje está aquí mismo.

Lucía tarda en asimilarlo.

—¿No podría ser que el calendario estuviera en...?

—Mi teniente, es una empresa de distribución local, químicos para agricultores. No reparten calendarios en Siria. Ni siquiera en Madrid. Esto ha ocurrido aquí.

—Su puta madre.

Lucía toma el ratón y hace que el vídeo comience de nuevo. Estudia bien toda la imagen, con mucha atención. Finalmente, se detiene en un detalle: unas telas arrugadas en una de las baldas de la estantería metálica. Detiene el vídeo. Las telas apenas son una amalgama de píxeles inconcretos.

—Artero, ¿me habías dicho que tú recibiste a Fátima Selsouli, la mujer que estuvo hablando ayer con el cabo Ramírez?

—Sí, yo la acompañé a la sala de espera.

—¿Dirías que eso que hay en la estantería podría ser su velo? —pregunta Lucía, colocando el dedo sobre una destacada mancha de color malva.

Artero toma aire y lo retiene mientras estudia ese conjunto de píxeles desordenados.

—Podría ser. Sí, mi teniente, podría ser.

Lucía irrumpe en su despacho. No se ha molestado en reprimir un par de blasfemias. Busca entre la montaña de tarjetas de visita que hay desparramadas por el cajón de su escritorio. Encuentra la que estaba buscando: Asociación Musulmana de Calahorra. Ismail Fawzi. Marca el número. La voz de Fawzi, con su suave acento levantino, no tarda en escucharse en el auricular.

—¿Señor Fawzi? Soy la teniente Lucía Utrera. Tenemos que hablar.

Lucía sabe leer síntomas de nerviosismo en una voz. Y Fawzi los muestra.

—Yo… Estoy muy ocupado, señora Utrera.

—Me da igual. Hay una mujer en su comunidad que se llama Fátima Selsouli. Suele acudir a la mezquita los viernes. Tiene un hiyab de color malva. Necesito que la localice.

Lucía también sabe leer síntomas de sorpresa en una voz. Y Fawzi, ahora, también los muestra.

—¿Fátima? Es una persona honrada, ¿qué puede haber hecho Fátima?

—Lo que me preocupa es lo que pueden haberle hecho a ella. Le voy a enviar por correo electrónico un enlace a un vídeo que hemos encontrado en internet. Tiene usted que decirme si identifica el lugar donde ha sido grabado. Y si cree que el cuerpo que aparece en él puede tratarse del de Fátima Selsouli.

Fawzi se queda callado. Se queda callado tanto rato que Lucía piensa que, o bien se ha ido, o bien está librando una violenta batalla contra su propia conciencia.

—Señor Fawzi —le dice—. Usted es buena persona y buen ciudadano. Y no le digo que sea buen musulmán porque, como usted sabe, me da exactamente igual. Pero sí, seguro que es buen musulmán. ¿Quién le está obligando a ocultarnos cosas? ¿Quién le prohíbe colaborar con nosotros?

En esta ocasión, Fawzi no tarda en responder.

—Señora Utrera, si lo que usted sospecha se confirma, si algo le ha ocurrido a Fátima Selsouli, no dude de que usted y yo mantendremos una charla.

Lucía quiere lanzar otra pregunta para tratar de seguir tirando del hilo. Pero es inútil: Fawzi ya ha colgado.

Lo siguiente que hace la Grande es escribir un mail destinado a la Unidad Central Especial número 2, la UCE-2, aquella que se ocupa de las amenazas terroristas provenientes del exterior. Lo escribe a la atención del teniente coronel Amandi, ahora que sabe que lo leerá, sin delegar en cualquier secretario. La teniente ha decidido que, ya que Amandi está tan bien informado de lo que ocurre aquí, lo mejor será hacerse la tonta y actuar según los procedimientos oficiales. A ver qué pasa. En el mail informa de la detección de dos posibles terroristas que forman una célula de reclutamiento. Y, después de dudar un poco, también relata el encuentro con un antiguo miembro de la banda terrorista ETA. Aunque se abstiene de dar detalles sobre la peligrosidad de Kabuto. O sobre los peculiares vínculos que la unen a él.

Después mira la hora. Ya casi son las doce. Toma el móvil y llama a Ramírez. El cabo contesta susurrando.

—Dígame, mi teniente.

—¿Dónde estás? ¿Recuerdas lo de la bodega Lafourchette?

—Lo recuerdo, mi teniente. Pero es que hemos identificado a Fahredin Gurga. Se ha pasado la mañana entera moviendo ilegales de un lado para otro en una furgoneta. Y, ahora, él y sus hombres se han instalado a beber cerveza en un viñedo mientras los braceros vendimian. Estoy haciendo fotos. Éstos caen.

—La idea es descubrir si también cometieron el asesinato de Isa Abdi, Ramírez. No lo olvides. Hay que encontrar las pruebas. ¿Estáis ocultos?

—Sí.

—¿Y el padre? ¿Has metido a un civil en la operación?

—No he tenido otro remedio. Está siendo de utilidad, mi teniente.

—Bueno, ya hablaremos de ello. ¿Llegarás a la cita con el tal Abecia en la bodega?

—No lo sé, mi teniente.

De pronto, escucha la voz de Artero al otro lado de la puerta: pide permiso para entrar. Lucía emite un suspiro helador: «¿Qué coño pasa ahora?»

—Está bien —le dice a Ramírez—. Sigue a lo que estás. Yo me encargo de lo de Lafourchette.

Tras colgar, le da a Artero el permiso esperado para acceder a su despacho.

—Mi teniente, los guardias Marquina y Suárez solicitan refuerzos y una ambulancia. Parece que han detenido a Amador Galán.

—¿Tienen a Galán? Joder, una buena noticia por fin. Hazme un favor, Artero. ¿Puedes hacerte cargo de eso? Yo tengo que irme a otra parte, a sufrir un puto infarto.

12:15

Un camión de siete ejes pasa junto a Ahmed Abdi. El rebufo está a punto de tragárselo. Por un momento ha sentido que iba a elevarse por el aire, impulsado por un torbellino ardiente de olor a gasoil y monóxido de carbono. El estruendo del motor ha ensordecido los golpes que Ahmed estaba dando en la puerta del garaje. Se encuentra en Pradejón, una pequeña localidad a pocos kilómetros al oeste de Calahorra. Para llegar hasta allí ha tenido que caminar varias horas desde el huerto abandonado hasta Rincón de Soto. Entonces ha tomado un autobús a Calahorra y luego otro hasta su destino. Salió cuando todavía era de noche. La oscuridad lo ocultaría de Gurga, la policía o cualquier otro que lo estuviera buscando. Una vez que se ha apeado del autobús, no se ha encaminado hacia el centro del pueblo. Se ha quedado en una avenida polvorienta, llena de pequeñas naves con talleres para maquinaria agrícola, carpinterías de aluminio y otros negocios. Cerca de la parada del autobús ha encontrado la puerta del garaje que buscaba. Allí prácticamente no hay acera, lo que ha aumentado la sensación de que el camión de siete ejes iba a arrancarle las orejas. Cuando se aleja el monstruoso vehículo, Ahmed vuelve a llamar a la puerta. Una voz consigue atravesar el portón metálico.

—¿Quién es?

—¿Jamal? Soy Ahmed.

Se escucha una cerradura e inmediatamente se levanta la hoja del portón. Allí está Jamal, con su pelo rizado de apariencia siempre húmeda. Jamal sonríe amablemente. Es una virtud agradable. Quizá por eso, piensa Ahmed, los chavales confíen en él tan pronto. Parece un pariente simpático, el único de los hermanos de tu padre al que tienes ganas de ver en las reuniones familiares, por ejemplo, ese que hace trucos de magia y te saca monedas de detrás de la oreja.

Lo primero que hace Jamal tras dejar pasar a Ahmed es darle un gran abrazo y besar sus mejillas. Se lleva la mano derecha al corazón y le expresa un sentido pésame que no puede resultar más convincente.

—¿Dónde habéis estado? Os hemos buscado —dice Jamal.

—Escondidos.

El interior del garaje está limpísimo. El Renault Laguna ocupa sólo una pequeña parte del espacio. Una alfombra se extiende sobre el resto de la superficie. Al fondo, junto a un cuarto de baño, hay un par de jergones y una cocinita de camping. Sentado en una silla plegable, Amin mantiene una videoconferencia con un hombre de unos sesenta años a través de un ordenador portátil. Si Ahmed ha conseguido sobrevivir hasta hoy ha sido gracias a su instinto, ese instinto que le dice cosas sabias, como que el tipo con el que habla Amin es importante. E, inmediatamente, el instinto coloca un nombre en su cabeza: Majed Hawsawi, el imam inglés con el que Isa mantenía videoconferencias gracias al contacto de Amin y Jamal. Su hermano no paraba de hablar de él, de sus discursos, de su bondad, de su coraje…

El joven marroquí se despide del imam con muchas reverencias. Cierra el ordenador y se acerca a Ahmed. También le abraza y le besa. Se le escapan lágrimas. Ahmed no sabe a ciencia cierta cuánta amistad trabó su hermano Isa con la pareja de muyahidines en las últimas semanas. Por su reacción juzga que le querían de verdad. Eso le viene bien ahora a él.

—¿Qué ocurrió, Ahmed? Cuéntanoslo.

Jamal invita a Ahmed a descalzarse y sentarse en la alfombra. Amin le trae café.

—Isa venía a veros. A los pocos minutos de salir de casa, algo antes del amanecer, Gurga pasó preguntando por él. Me golpeó. Pero no le dije nada, lo juro. Sin embargo, salieron en su busca. Parece que lo encontraron.

Jamal y Amin escuchan con mucha atención. El joven eleva los ojos al cielo, como pidiendo al creador por el alma de su hermano.

—Ahmed —dice Jamal—. Es muy duro. Pero debes alegrarte. Isa ya está en el paraíso. El día que cruzó esta puerta por primera vez para unirse a nosotros puso su primer pie en él. Ha muerto intentando luchar por su dios y por sus hermanos. Y eso conlleva la mayor de las recompensas.

—¿Ahora te das cuentas? —continúa Amin—. Allí donde hay un infiel, siempre estaremos en peligro. Por eso tenemos que unirnos y pelear unos por otros, por la gloria de nuestro dios.

Ahmed adopta su habitual silencio. Ese con el que siempre consigue despistar a su interlocutor, haciéndole pensar que está de su lado. El que calla otorga. O finge otorgar.

—¿Qué vas a hacer? —pregunta Jamal.

—No lo sé.

—Te quedarás aquí, con nosotros —sigue—. Iremos a buscar a Xhemeli.

Eso es algo con lo que Ahmed no contaba. No, no puede quedarse allí con ellos. Dentro de sus planes sólo existe un propósito: sobrevivir. Y en ese garaje nada garantiza su supervivencia.

—No puedo quedarme. Ni puedo deciros dónde está Xhemeli. No sé dónde está. Tengo que encontrarla. Tengo miedo de que Gurga se la haya llevado.

Ante la noticia, Amin vuelve a elevar una plegaria silenciosa al cielo y Jamal entorna los ojos.

—Nosotros la encontraremos.

—No puedo quedarme aquí mientras vosotros la buscáis. A mi hermano no le hubiera gustado eso. Lo sabéis.

Los muyahidines se miran. No tienen más remedio que asentir.

12:30

Cada minuto que el padre Borobia y Ramírez pasan esperando junto al viñedo supone sesenta segundos más de riesgo. Supone exponerse a que les detecten allí, dentro de un coche aparcado al cobijo de los laureles. Supone comprometer el factor sorpresa y una buena parte de la investigación. Y supone, finalmente, que Ramírez tenga que aguantar un minuto más de charla con el padre Borobia. Éste ha blasfemado tres veces y ha soltado varias ráfagas de manotazos contra el salpicadero del c-4 en distintas ocasiones. La última, y más potente, cuando ha recibido un mensaje de WhatsApp.

—¿Que necesitas a todos los voluntarios el martes para colaborar en vuestra puta mierda de musical? ¡El martes hay vacunación, gilipollas! —ha dicho para sí mismo, pero llenándose de voz, hasta que un grito le ha salido por las orejas: —¡Vete a tomar por culo, Carmina!

Entonces ha intentado escribir eso en WhatsApp: Vete a tomar por culo, Carmina. Pero el teléfono se ha quedado sin batería. Ramírez ha sido testigo de la aparición en el cuello del padre de una red de venas con las que se podría haber levantado el tendido eléctrico de una ciudad. Y todo ese voltaje ha ido a desaguar al puño del cura, que se ha tensado hasta el crujido y ha chocado tres veces seguidas contra la puerta de la guantera.

—No quisiera ser Carmina —ha dicho Ramírez.

—Es la presidenta de una asociación de Logroño. Me cago en estas beatas de misa diaria que creen que Jesucristo es una merienda con sus amigas —ha dicho cuando se ha calmado un poco—. ¡Jesucristo es acción! Eso decía uno de mis profesores. Y, por acción, no se refería solo a colectas del Domund. Jesucristo merece que repartamos unos cuantos sopapos para defender a los débiles de los opresores, de los poderosos.

—Eso suena muy anarquista.

—¿Anarquista? ¿Ésos no son los de que cada uno haga lo que le dé la gana?

—Definirlo así es un poco simple.

—Disculpa. Es que yo no tengo estudios. Lo básico. Me ayudaron bastante a terminar el seminario, no sé ni cómo lo hice. Y lo que aprendí se me olvidó.

Ramírez siente unas ganas terribles de llevarse las manos a la cabeza. Pero luego recuerda que él tampoco es tan culto como le gustaría. Que aprendió todo lo posible en el instituto, pero la ausencia de una educación superior ha creado inmensas lagunas en su cultura. Ahora, cuando se sienta a estudiar los manuales de historia para el grado de Magisterio, se ve tan perdido que se ha prometido a sí mismo no volver a reírse nunca de la ignorancia ajena.

—¿Para ti qué es Jesucristo?

Pero claro, una cosa es no reírse y, otra cosa, no entrar al trapo cuando le tienden un capote del tamaño de un campo de fútbol.

—Oh, bueno, padre. Siento decirle que yo no creo en Jesucristo. Soy ateo.

—Ah, bueno. No pasa nada. Yo a veces también lo soy. No se lo digas a nadie, que tengo que conservar mi puesto de trabajo. ¿Tus padres no te bautizaron?

—Nací en la Cuenca Minera asturiana. Mis padres eran marxistas convencidos. Comunistas.

—Ah, bueno. Entonces no es que seas ateo, es que tu dios es de este mundo. Conocí a muchos comunistas cuando era joven, de todas las formas y colores. Hubieran creído en la resurrección de Lázaro si el milagro lo hubiera hecho Stalin. Yo les decía que no había tanta diferencia entre nosotros. Entonces ellos se enfadaban. Y, claro, me obligaban romperles la puta cara.

Está última frase la remarca encajando el puño derecho, pesado como la piedra, contra la palma de su mano izquierda.

—¿En serio? ¿Se pegó con alguien por ese motivo?

—Bueno, ellos me querían atizar con una barra de hierro. Pero al que más hostias le di en un solo día fue a Alfredo. Mi hermana se quedó desolada.

—¿Su hermana?

—Claro. Alfredo era mi cuñado. Aquel día venía yo torcido porque los picoletos…

—Oiga, padre.

—¿Qué? Ah, es cierto. Perdona. Pues los guardias se llevaron a un chaval gitano que me ayudaba con los repartos. Era el año ochenta y tres y esos fachas no se habían dado cuenta de que ya no existía la Ley de Vagos y Maleantes. Y casi me arrestan a mí también por cagarme en su puta madre, pero el alzacuellos les detuvo. Yo acababa de salir del seminario, de aquella llevaba *clergyman* y la hostia, un descojone... Llegué a casa de mi madre y mi cuñado me empezó a tocar los cojones con lo del opio del pueblo. El opio del pueblo, el opio del pueblo. Creo que Alfredo no había leído más que un panfleto en su puta vida, y no debía de ser muy largo. A la tercera vez que me lo dijo, le lancé un recto al mentón y, zas: a dormir. ¿Querías opio?, le grité, ¡Toma somnífero! Luego no tuvo tanta gracia porque el hijoputa no se despertaba. Tendrías que haber visto a mi hermana. Bueno, se armó una. Acabé tres días en el calabozo, los del PCE del barrio me acusaban de fascista. ¡A mí, tiene cojones! Le dije al juez: Señoría, yo sólo sé pelear y echar un cable allí donde se necesita, de ideologías no tengo ni puta idea. Alguien de la diócesis llamó al magistrado para ablandarle y me sacaron pronto. También resultó que el hombre era Legionario de Cristo, y ya se sabe. Otra vez el alzacuellos. Eran otros tiempos.

—¿Y qué le pasó a su cuñado?

—¿Alfredo? Está de cojones. Tiene siete concesionarios de coches en la Comunidad de Madrid y le han juzgado en tres ocasiones por acoso laboral. Tampoco le gusta mucho pagarle la Seguridad Social a sus empleados. Eso sí, sigue asociado al PCE. Para lavar su conciencia le tengo involucrado en un programa con el que conseguimos coches baratos para gente de bajos recursos. Alfredo, joder, es un gran tipo. Un santo.

—¿Pero qué coño va a ser un santo? —objeta Ramírez— ¡Le provocó, le denunció, abusa de sus empleados y del Partido Comunista Español...! ¿Se da cuenta, padre Borobia, de la cantidad de contradicciones que suelta usted cada vez que habla?

El cura se detiene un rato a pensar si se da cuenta de esas contradicciones o si no se da cuenta de nada. «Si el chico lo dice, debe de ser verdad. El chico parece listo. Marxista, pero listo. Peor es ser tonto, aunque uno no sea marxista. Ser tonto es una mierda. Y ser cobarde, aún peor. Y a los tacaños, joder, a los tacaños es que los mataría...» El padre se descubre a sí mismo meneando la cabeza, ya no recuerda qué le ha preguntado Ramírez.

—Mira chaval, te digo lo que le dije al juez aquel, que, por otro lado, es lo único que se me ocurre decir cada vez que me ponen en un aprieto de éstos: Yo sólo sé pelear y echar un cable allí donde haga falta. De boxeo sé un huevo. Eso te lo garantizo. Todo lo demás se me va olvidando con el paso de los años.

Ramírez pierde la paciencia. Sale del coche y se escabulle entre las ramas del laurel que les oculta. No es sólo la delirante homilía del padre Borobia lo que le saca de quicio. Es descubrirse pensando que, en el fondo, el cura no está tan desencaminado. Se odia por envidiar ese pragmatismo moral tan simple. Y detesta al padre Borobia porque no sabe clasificarle. Y porque, cada vez que abre la boca, le recuerda, por contraposición, lo de su abuelo. Su abuelo, el gran marxista, el Robespierre de la Cuenca, el sindicalista combativo, el mártir de la silicosis de la opresión del capital... Su abuelo: el protagonista de uno de los primeros casos de apropiación indebida de recursos destinados a los Fondos Mineros. Dinero para que los pueblos cuyas minas cerraban pudieran buscar alternativas. Trabajo para los oprimidos. Colegios y hospitales para los hijos del polvo, solos en mitad de la tierra, hijos de su misma madre. El asunto nunca salió a la luz porque su muerte borró las conexiones y restó interés al escándalo. Santiago trata de imaginar ese momento en que su abuelo decide desviar una cifra con varios ceros a sus cuentas personales. «Querría darme estudios. Convencerme de que dejara el Cuerpo.» Toda explicación resulta insuficiente. «Abuelo, si yo pudiera, si yo supiera cantarte.» Quizá para enderezar estos deslices, quizá para encubrirlos, durante los últimos años, Ramírez ha querido ser el más inflexible defensor de los principios de su familia: suscribir lo que debía ser suscrito, reprobar lo que debía ser reprobado, amar lo que debía ser amado, odiar lo que debía ser odiado…. Engañar a los demás es más fácil si uno se engaña a sí mismo. Pero ahora. En un mundo en que nadie es bueno, le tienta pensar que quien más cerca está de la virtud es quien la siente lejos de sí mismo. Como el padre Borobia. Como Fernando Rosas. Como la teniente, sí. Quizá ella también.

Asoma la cabeza entre las ramas, tratando de concentrarse en el trabajo para olvidar este asunto. Pero ya ha fotografiado todo lo fotografiable. Gurga sigue ahí, en su silla de plástico, bebiendo cervezas en compañía del gordo barbudo y del rubio del tatuaje del dragón. Ahora han dispuesto un radiocasete a pilas y escuchan lo que a Ramírez le parece un recopilatorio de Roxette («Lo que faltaba», se dice).

El capataz que los recibió da instrucciones a un tractor que sale del viñedo, un centenar de metros más allá. Los hombres de Gurga acuden al chamizo en varias ocasiones, dejando abierta la puerta. El del tatuaje, incluso, ha salido de la caseta con una ropa distinta a la que entró. Ramírez se pregunta por qué pasan tanto tiempo estos tipos en ese chamizo. Y, sobre todo, cuántas cosas guardarán en él. La construcción está a unos cincuenta metros del punto donde Gurga toma el sol. Ramírez inspecciona los laureles y localiza un par de ramas que le pueden ayudar a descender el talud que le separa del campo. Luego sería fácil introducirse en un pasillo de vides y recorrerlo hasta el chamizo al amparo de las espalderas. No hay oportunidad mejor. Éste es el momento adecuado. Ni siquiera va a perder un momento en meditar si la teniente estaría de acuerdo con su decisión.

—Escuche, padre Borobia —dice abriendo la puerta del C-4.

—¿Por qué susurras ahora?

—Porque me he cansado de esperar. Voy a bajar al viñedo y voy a entrar en esa caseta.

—Ah, vale. Pero, ¿qué hostias tiene que ver eso con que haya que susurrar? Esos tipos están igual de lejos que antes.

—Da igual. Usted vigile desde aquí. Si ve que alguno de ellos se levanta y se dirige al chamizo cuando yo esté dentro, toque la bocina, ¿de acuerdo?

—Entendido.

Ramírez toma una linterna y se asegura de llevar el arma dispuesta. Luego salta el guardarraíl. Son ya las doce y media pasadas. El sol ocupa su cenital. El follaje del laurel provoca una abrupta zona sombría. Se cuelga de una rama. Inmediatamente, tres palomas torcaces salen volando y ululando. Ramírez se detiene. Comprueba que no está llamando la atención. Gurga aún se encuentra muy lejos y sus hombres parecen notar el efecto de la cerveza. Ramírez se descuelga en un suelo que pertenece ya al viñedo. Se agazapa tras la primera de las vides que abre un larguísimo pasillo hasta el otro lado de la propiedad. Mira hacia el coche. El padre Borobia le devuelve el gesto con el pulgar alzado. Ramírez echa a correr entre las espalderas.

Su gran estatura ahora resulta un obstáculo. El cabo se ve obligado a avanzar casi a cuatro patas, para que su chepa no asome sobre los sarmientos más altos. Pero no tarda en alcanzar la pared del chamizo. Sólo tiene que exponerse medio segundo para ganar la puerta, que está del otro lado. Pero no le resulta difícil: Gurga y sus hombres están enzarzados en una discusión. «Seguro que se trata de un profundo debate sobre qué grupo ha sido más importante para Suecia: Roxette o Ace of Base», piensa Ramírez, con un gesto de desprecio en el labio. Aprovecha la distracción para entrar dentro de la caseta.

Las paredes de ladrillo, que por fuera han sido encaladas, por dentro son de ladrillo visto. Los recovecos son empleados por ejércitos de arañas para levantar sus nidos. Hay poca cosa. Una nevera grande, de la que han ido sacando las cervezas. Unas cuantas máquinas agrícolas cuyo cometido desconoce. Sillas plegables, tableros, útiles de labranza, ropa colgada de diversos percheros. Huele a gasoil y a insecticida. Lo que sí llama su atención es un grueso armario metálico, de color azul, con un candado de seguridad. El armario le va a entretener lo suficiente como para perderse el momento en que el gordo barbudo, animado por el debate, se levanta para subrayar un argumento y, al sentarse, destroza con su peso la lona de la silla de playa. Ahora el gordo se ha quedado sin argumento y sin silla. Para lo primero no hay mucha solución. Para lo segundo, sí. Por eso el gordo se dirige a la caseta dispuesto a tomar otra silla de playa. A la caseta en cuyo interior Ramírez trata de forzar el candado del armario azul con una ganzúa.

Ramírez aplica toda su destreza, más vale maña que fuerza. Pero ni por la fuerza ni por la maña es reconocido él en el Cuerpo; casi que por todo lo contrario. Así que intenta e intenta que ese candado se abra. Mueve el pequeño alambre adelante, atrás, a izquierda y a derecha. El gordo entra en la caseta. Su estado de embriaguez le provoca un pequeño retardo a la hora de interpretar qué está pasando ahí. Un tipo de espaldas, acuclillado, tratando de abrir la caja. El gordo se lleva la mano al pantalón y extrae una navaja cuyo filo debe medir unos siete centímetros. Piensa en lo bien que se lo va a pasar Gurga cuando le enseñe la presa que ha ido a parar a la jaula.

Se propone actuar como siempre: avanzar hasta el intruso y colocarle la fría hoja en el cuello. Sólo que sus cortas piernas no llegan a dar un solo paso. Una especie de ariete metálico, con cabeza de carnero (así lo describirá horas después) se estrella contra su mentón. El universo apaga todas sus luces al mismo tiempo. El barbudo vuelve al útero materno, donde nada veía y eran canciones de cuna todo lo que escuchaba. El padre Borobia sujeta el cuerpo del gordo justo antes de que se derrumbe contra los aperos de labranza y provoque un escándalo. Aún no le han empezado a arder los nudillos del puño derecho.

Hasta ese momento, Ramírez no se da cuenta de nada. Entonces escucha el sonido que hace la navaja al caer contra el suelo de terrazo. Se vuelve y se encuentra con la estampa: el cura sujetando al pequeño paquidermo, procurando que no hinque las rodillas, que no se vaya contra el estante de los azadones. El cabo se levanta y acude a socorrerlo. Entre los dos son capaces de acomodar en el suelo la esférica anatomía del barbudo. Ramírez se fija en la navaja. Buen filo. Tiene que cortar mejor que bien.

—¿Qué coño hace aquí? Le dije que se quedara en el coche.

—Me dio miedo que no escucharas el claxon. Menos mal que he venido.

—Menos mal, y una mierda.

—Creo que los otros están echando muchas miradas en esta dirección.

Efectivamente, a través de la puerta puede verse la silueta de Gurga, en pie, mirando hacia la caseta. Parece impaciente. Le dice algo al tipo del dragón en el cuello, que se levanta de la silla.

Ramírez abre con facilidad la ventana del chamizo, que está orientada al otro extremo de la viña.

—Vámonos, por la ventana, a toda hostia. Pero esto no va a quedar así, ¿me ha escuchado? Usted ha puesto en peligro la investigación.

—¿De verdad? Pues yo diría que la he salvado.

12:45

Doce copas con la cantidad justa de vino tinto sobre un mostrador. La luz que entra por los tragaluces se refracta en el líquido rojo, lo convierte en una piedra preciosa por la que podrían matar los hombres. Esos rayos de sol permiten descubrir que el color del vino no es un solo color, sino que se compone de un degradado de varias tonalidades distintas, más diluidas en la superficie, densas, tan densas como las intenciones de un borracho, en el mismo centro de la copa. Una chica de agradable rostro, con el pelo recogido en un laborioso moño, que sostiene en alto una decimotercera copa de tinto, dice:

—Sin tocar aún la copa de vino, introduzcan la nariz en ella.

Y doce personas de distintas procedencias y edades se inclinan sobre el mostrador, con las manos a la espalda, para penetrar la cristalería con sus apéndices nasales. Se escucha el aspirar de las doce narices, amplificado por las doce cajas de resonancia que son las doce copas de cristal.

—Esto que ustedes están oliendo, con el vino aún en reposo, es lo que llamamos aromas pri-ma-rios.

La chica habla con la dulzura con que uno se dirigiría a unos parvulitos. Cuando le interesa resaltar una palabra, la pronuncia espaciando cada sílaba.

—Son los aromas que proceden de la uva, de la planta. Huele a mosto, ¿verdad? A sarmiento, quizá. Ahora tienen ustedes que tratar de remover el vino, pero de forma que éste gire haciendo cír-cu-los en torno a las pa-re-des de la copa, como un remolino.

La chica zarandea su copa de vino trazando remolinos parecidos a los que se hacen con una cucharilla para remover el café. Los doce visitantes intentan imitarla, pero la mayoría de ellos no consigue ese perfecto vórtice color rubí que podría tragarse a la chica y conducirla a otra dimensión.

—Si a ustedes no les sale, no se preocupen: dejen la copa apoyada en la encimera, y muévanla en círculos sobre ella. ¿Ven? Así es mucho más fácil. Esto lo hacemos para activar el alcohol que contiene el vino y despertar así los aromas se-cun-da-rios, que son los que provienen de la fer-men-ta-ción.

La Grande aguarda en ese enorme vestíbulo de ese enorme edificio, construido en cemento blanco por un arquitecto estrella cuyo nombre no ha conseguido retener en la memoria. El grupo de doce turistas se ha sorprendido al verla entrar, con su uniforme verde oliva. Sobre todo dos japoneses mochileros, que no han podido resistirse a tomarle una fotografía. «Y yo sin el tricornio», ha pensado ella. «Todo sea por el bendito turismo.» Y ha recordado que, en un viaje a Nueva York con Bernard, constató que los policías de la Gran Manzana tienen tan pocos reparos en hacerse fotos con los visitantes como en pegarle cuatro tiros al carterista que no se detiene a la voz de «Freeze!»

—¿Quieren ustedes hacer alguna pregunta? —dice la guía en voz alta y clara.

Una mujer madura que no se ha quitado de la cabeza una gorra visera de Decathlon se atreve a levantar la mano.

—¿Qué es lo que le da el color a los vinos, por qué unos son blancos y otros son tintos? —se atreve a preguntar.

—El vino tinto es rojo porque, mientras que la uva destinada al vino blanco se va di-rec-ta-men-te a la prensa para extraer el mosto, la destinada a vino tinto macera en depósito junto a las pieles que cubren el grano de las uvas, lo que llamamos hollejos. Es el contacto con los ho-lle-jos lo que le trasmite, además de muchísimos matices de sabor, la característica tonalidad. Allí está el porqué del color rojo

No está mal, piensa Lucía. Uno quiere saber por qué las cosas se tiñen de pronto de color rojo. Levanta la mano y obtiene una respuesta sencilla y precisa. Ojalá siempre fuera así. Tampoco le disgusta la respuesta. Para obtener el color rojo, tan sólo hay que echarse a dormir con nuestros propios hollejos, es decir, con los restos de nosotros mismos. Afrontarlos, en lugar de dejarlos atrás. Macerar con ellos. Dejar que vuelvan a formar parte de uno, pero de una manera más violenta e inseparable.

Para entrar en el edificio principal de la sede de bodegas Lafourchette, se ha visto obligada a esperar una cola de camiones que traían uva desde las cooperativas. Una vez en el patio de entrada, ha esquivado a más de un trabajador que parecía querer echarse bajo sus ruedas. La frenética actividad de la vendimia les hace perder la cabeza. Quizá ese aroma a mosto en el aire embriague tanto como beberse media botella de crianza. Se ha acercado al edificio, una armoniosa mole de estilo racionalista, divida en tres alas, parecida a las antiguas estructuras de las prisiones, pero llena de interminables ventanales tintados. El conjunto es hermoso. Ella no tiene paladar para la arquitectura moderna, ni para ningún arte moderno, en verdad. Pero ha aprendido a distinguir qué obras le gustarían a Bernard. Lucía no sabe que así está demostrando una sensibilidad muy precisa, pero le daría lo mismo, en todo caso.

El primer vestíbulo de la bodega, aquel en el que encuentra la cata de vino en marcha, es un cubo perfecto. La luz irrumpe por decenas de tragaluces ocultos y resbala por todos los muros, blancos y pulidos. Le recuerda a aquella fabulosa guarida de Supermán en el Ártico, hecha de hielo y cristal. Por fin, un elevador que circula por el centro de un pilar de vidrio abre su puerta. Juan Antonio Abecia, el director de Recursos Humanos de Grupo Lafourchette, hace su aparición. El hombre padece un sobrepeso tristemente desproporcionado: cara flaca, hombros estrechos, caderas anchas, culo gordo. Si el ideal de la silueta masculina es la pirámide invertida, la de Abecia se queda en pirámide y punto. «Éste sí que está gordo y no Bernard. Bernard, aunque pese treinta kilos más, está fuerte», piensa Lucía, maldiciendo la necesidad que tiene su marido de ponerse a dieta precisamente ahora.

—Buenos días, teniente. Un placer saludarla —dice Abecia, estirando una mano que sale de la manga de su americana de El Ganso como el cuello de una tortuga.

—Señor Abecia. Gracias por recibirme, con el jaleo que tienen hoy en la bodega.

—Sí, la vendimia, ya se sabe. Además, en casi todas partes detienen las actividades de enoturismo por estas fechas. Pero el señor Lafourchette no quiere ni oír hablar del tema. Nos dice que, precisamente, este momento es el más bello para visitar una bodega, con toda la actividad. No quiere decepcionar al turista, él es así.

Abecia dirige a La Grande hasta el ascensor que discurre por el pilar de vidrio. Desde la altura que llega a tomar el elevador, y a través de los tabiques de cristal, los turistas, que ahora catan el vino siguiendo las órdenes de la guía, reducen su tamaño hasta parecer muñequitos. Juan Antonio sale del ascensor y conduce a Lucía a través de una galería elevada, como un túnel transparente con vistas al interior del complejo. Pasan sobre la gigantesca nave de cubas, donde al menos cuarenta monstruosos recipientes de acero inoxidable, como gigantescos robots cilíndricos, producen el milagro. Cincuenta mil litros cada cuba.

Luego Abecia gira a la izquierda y atraviesa un corredor más estrecho. Hay allí vitrinas que exponen objetos e impresos que cuentan la historia de Lafourchette. Las primeras etiquetas, el contrato de compra-venta del primer viñedo en España (año 1950), fotografías en blanco y negro del primer pisado de la uva, una instantánea de Franco sirviéndose un Lafourchette Crianza, otra del Rey Juan Carlos brindando, recién coronado, otra de la boda de un famoso torero, en la que sólo se sirvió Lafourchette, una, más moderna, de una cena (bañada en Lafourchette) de jugadores del Real Madrid en la que celebran la Champions del noventa y siete, noventa y ocho... En definitiva, una muestra del espíritu cañí que acompañó la imagen de la compañía durante la segunda mitad del siglo xx y que contrasta con el estilo vanguardista de la sede.

Al final del corredor, una puerta blanca da acceso a una oficina con cuatro puestos de trabajo y un gran escritorio en un despacho acristalado. Se trata del departamento de Recursos Humanos y Administración de Bodegas Lafourchette. Sorprendentemente, los cuatro puestos de trabajo se encuentran vacíos y los ordenadores apagados. Abecia explica que es sábado e intenta que sus empleados no se vean obligados a trabajar en festivo, por muy necesario que sea.

—Ahora, en la vendimia, nos hace falta gente en la planta y en los campos, pero de las oficinas puedo encargarme yo.

—¿No hay tanto trabajo para el departamento de Recursos Humanos?

—Al contrario. Muchísimo. Organizar cuadrillas, coordinar capataces, logística… Solucionar problemas. Hoy, por ejemplo, un grupo de quince trabajadores ha decidido desertar. Y no se crea usted que avisan con tiempo. De pronto se les cruza el cable y no vienen. Y hay que encontrar sustitutos rápidamente porque la uva se pasa en la rama.

Abecia toma asiento tras su escritorio, el que se encuentra en el despacho acristalado, e invita a la teniente a sentarse en una butaca. Lucía no tiene ni idea de que se está sentando en un diseño Bauhaus genuino, pero si lo supiera lo único que diría es que es un diseño incómodo de cojones.

—Sé a dónde quiere ir a parar —dice, atreviéndose a echar el primer anzuelo—. Quiere decir que si en alguno de sus campos se cuela un trabajador ilegal, no es responsabilidad suya.

Pero Abecia no muerde el cebo.

—En absoluto; sería responsabilidad enteramente nuestra. Si me dedicase a recurrir a intermediarios deshonestos para ahorrarme trabajo, le aseguro que me quitaría muchos quebraderos de cabeza. Pero cumplir la ley y comportarnos con humanidad es prioritario. No sólo para la bodega, también para mí, personalmente. Amén de los seis mil euros de multa que los inspectores te meten por cada trabajador irregular que encuentren en los campos.

—El señor Lafourchette nos dijo lo mismo.

—Pondría la mano en el fuego por Pedro María. ¿Quiere usted algo de beber?

Lucía acepta una botella de agua. El olor de la fermentación que flota por doquier le seca la garganta.

—Espero que pueda explicarme cómo acaba un bracero indocumentado muerto en un viñedo que pertenece al Grupo Lafourchette —pregunta cuando termina de beber.

Abecia se echa hacia atrás contra el respaldo y proyecta un ofendido gesto de sorpresa.

—¿Eso no le corresponde explicarlo a la Guardia Civil?

—Sí. Ante el juez. Por eso se lo pregunto a usted previamente. Mire, señor Abecia, esta investigación trata de esclarecer un asesinato. Resulta que la víctima era, a su vez, víctima de una red de trata de seres humanos. Y tenemos motivos para sospechar que esa red les surtía a ustedes de trabajadores a bajo coste. Si eso es verdad, no tendrá dificultades para comprender que es muy posible que entre esos negreros se esconda el asesino. Así que, si usted colabora, quizá nos olvidemos de a quién contrata o a quién deja de contratar el Grupo Lafourchette. Por esta vez.

Abecia mantiene la calma y también le pide calma a la teniente. Se levanta de la silla despacio, como queriendo dar a entender que no va a salir de la oficina, que tiene la intención de responder. Abre una ventana alargada que comunica el departamento con el exterior. Por ella entra una corriente de aire templado. Y los ruidos de los tractores que avanzan metro a metro por el patio de entrada.

—Mi teniente —dice entonces Abecia—. Le aseguro que en esta empresa no se contratan trabajadores ilegales.

Aún en pie, Abecia abre un cajón en un archivo metálico y extrae de él una gruesa carpeta llena de fotocopias. Luego extrae un pendrive conectado a su ordenador y le hace entrega a la teniente de ambos objetos.

—Aquí tiene usted todos y cada uno de los contratos laborales que Lafourchette ha firmado para esta temporada de 2012, en digital e impresos. Puede usted llevárselo e investigarlo con calma. No hay prisa ni miedo por nuestra parte.

La teniente recoge la carpeta y la sopesa. Hay algo en Abecia que traspasa los límites de lo convincente. Ni una sola duda. Ni una flaqueza. Ni un tartamudeo al verse amenazado por las peregrinas afirmaciones de la teniente.

—¿Había algún motivo para que nadie acudiese a trabajar al viñedo la mañana en la que Isa Abdi apareció asesinado en él?

—Usted misma lo responde. Había un muerto, por el amor de dios.

—Sí, pero era muy temprano. Y allí no apareció un capataz, ni un solo bracero, mientras que el resto de los campos se encontraban hasta arriba de gente, en plena actividad. ¿Cuánto dinero arriesgaban por dejar madurar demasiado esa uva?

—¿Tengo que repetir que había un muerto en el viñedo?

—¿Tengo que repetir que era muy temprano? ¿Quién avisó a tiempo a los braceros para que no fueran a trabajar?

—Yo mismo. Uno a uno. Sabe usted que el juez Martos es amigo de Pedro María. Él nos dio la noticia al instante y Pedro María me pidió que llamase a los temporeros; está muy interesado en que el asunto se resuelva cuanto antes y no quería a nadie por allí molestando.

—Sabe que podemos solicitar un registro telefónico de todas las llamadas de aquel día, ¿verdad? Para comprobar que, efectivamente, usted llamó a todos los trabajadores. Uno a uno.

—Hágalo —responde Abecia—. No hay nada que ocultar.

—El Servicio de Criminalística encontró huellas frescas, personas que entraron en el campo y salieron de él, muy posiblemente esa misma mañana.

—Algún bracero fue imposible de localizar. Quizá acudió al viñedo, entró y, al ver el plantel, se asustó y se marchó.

—Por supuesto —zanja Lucía.

Luego se levanta del sillón Bauhaus y le tiende la mano a Abecia.

—Discúlpeme, no quería ponerle contra las cuerdas. Esta profesión es así. Sé que Pedro María no quiere perros de presa sobre ustedes. Procuraremos contentarle. A él y al juez Martos, su compañero de pesca.

—Por mí no hay problema en que hagan su trabajo, teniente.

Abecia acompaña a Lucía a la planta baja. En el trayecto de salida está mucho más callado que en el de entrada. Los visitantes han terminado la cata y ahora revolotean por la tienda de la bodega, a la caza de botellas a buen precio. Hablan todos a la vez, pidiendo consejo sobre qué comprar a la guía del moño. Salen al exterior, el Pathfinder aguarda entre la lenta migración de tractores. Justo al ir a despedirse, aparece el c-4 de Ramírez y el padre Borobia.

—Ramírez, qué sorpresa —dice la teniente—. Espero que los motivos para ausentarse fueran serios.

—Lo eran, mi teniente.

—Éste es Juan Antonio Abecia. Director de Recursos Humanos del Grupo Lafourchette. El cabo Santiago Ramírez, también responsable del caso. Y el padre Juan Borobia, que nos está echando una mano.

Juan Antonio Abecia se libera de toda desazón que le haya podido dejar la entrevista con la Grande y adopta su aire más ceremonioso para saludar al cabo. Pero no hace lo mismo cuando le toca estrechar la mano al cura. Al padre Borobia le da lo mismo, porque en estos momentos la mano derecha le está doliendo una barbaridad.

—A usted le conozco, padre. Mi mujer ha colaborado mucho con la asociación Futuro de Logroño.

—Ah, ¿no me diga? ¿Cómo se llama?

—Esther.

—Esther. Buena chica. Es del equipo de Carmina. Muy… voluntariosa.

En ese momento se escucha la alarma antirrobo de un coche. Luego un motor sobre revolucionado y unos neumáticos que chirrían. Los guardias no pueden ver el vehículo que provoca semejante escándalo, parece haber tomado la salida de empleados, al otro lado del edificio. Pronto se escuchan unas voces sobresaltadas. Provienen del parking, al otro lado de la columna de tractores. Un tipo vestido con mono azul sale corriendo del aparcamiento. Cuando ve a la teniente, vestida con el uniforme, grita.

—¡Un robo! ¡Un robo!

Borobia, Abecia y los dos guardias civiles corren hacia la boca del parking. Alcanzan al hombre del mono azul.

—Un tipo gordo se ha bajado de una furgoneta blanca con un pasamontañas. Delante de todo el mundo, sin cortarse un pelo, le ha dado con una palanca a un BMW. Lo ha puesto en marcha y se lo ha llevado. Los dos vehículos han escapado por la salida norte.

Cuando llegan al garaje, no encuentran más que un grupo de trabajadores que contemplan una plaza vacía salpicada de cristalitos. Ramírez ya está llamando por el móvil para avisar a las patrullas de carretera.

—¿Alguien ha visto el número de la matrícula de la furgoneta? —grita Lucía.

Todos niegan con la cabeza. Cuando Abecia, rezagado, alcanza al grupo, se pone a gritar:

—No me lo puedo creer. ¡Mi coche! ¡Se han llevado mi coche!

Abecia adquiere un aspecto bastante ridículo. Como no sabe cómo quejarse con más furia, se da palmadas sobre el muslo.

Ramírez le pide rápidamente que le detalle marca, modelo y matrícula del vehículo robado.

—¿Cree usted que quieren decirle algo con esto, señor Abecia? —pregunta la teniente.

—No sé qué pretende usted insinuar. ¿No puede hacer su trabajo y recuperar mi coche?

—Por supuesto, por supuesto. Ramírez, ¿le importa hacerse cargo de esto? Haga preguntas… Sobre todo, haga preguntas.

—A sus órdenes, mi teniente.

—Yo tengo que ir al hospital. Tenemos a Galán ingresado con politraumatismo. Y a Suárez y a Marquina, también ingresados. El primero con taquicardia y el segundo con deshidratación. ¡Señor, llévame pronto! Si viene conmigo, le llevo, padre Borobia.

Ambos caminan para subirse al Pathfinder y en pocos minutos abandonan Bodegas Lafourchette. Ramírez mira a su alrededor y trata de registrar los rasgos de los rostros estupefactos de cada uno de los testigos, no sea que encuentre por ahí alguno conocido. Cuando vuelve a acercarse al desolado Abecia, éste le habla.

—Oiga, mi cabo, ¿usted está trabajando con el cura ese, el padre Borobia?

Ramírez se detiene. Le molesta profundamente dar la impresión de estar trabajando con el cura ese.

—Colabora con nosotros en una investigación.

—Ya. Le aconsejo que llame a Madrid, a la parroquia de la que proviene. Hay ciertas cosas que quizá debería saber.

13:30

Los hospitales son odiosos, sí. Pero la cabo Angélica Artero tiene un truco para escapar de aquellos lugares que pisa con desgana. Siempre lleva un libro consigo para pasar el rato en otros mundos. Curioso preferir una mazmorra infestada de orcos que una sala de espera limpia y aséptica como esta en la que se encuentra. Novela policiaca no lee: si está bien hecha es como llevarse tarea a casa; si está mal hecha es sencillamente irritante. La cabo Artero custodia la habitación de Galán desde hace una hora. Pero, dado que no parece existir riesgo alguno, lo que en realidad custodia son las espaldas de un paladín, una hechicera y un centauro que buscan no sé qué objeto para liberar no sé qué mundo del advenimiento de no sé qué mal definitivo. Cuando escucha que la teniente Utrera se acerca, esconde el libro.

—Buenas tardes, mi teniente.

Mantiene una tensa posición de firmes ante su oficial.

—Descansa. ¿Y los dos zoquetes?

—Marquina y Suárez están en la 214 y en la 345 respectivamente.

Lucía exhala un suspiro. Mira hacia la ventana y piensa en lo apropiada que sería para defenestrar a sus dos guardias.

—¿Y qué dice Galán?

—Dice que quiere confesar, mi teniente. Que él lo hizo todo y que quiere terminar con esto de una santa vez.

Por mucho que todas las pruebas del asesinato apunten a Galán (la pala con sangre apoyada en su huerto, la proximidad del campamento de los Abdi, el móvil xenófobo, la huida sospechosa), el inconsciente de la Grande aún no es capaz de admitir que sea culpable. Guardaba la esperanza de poder relacionar a Kabuto con la muerte de Isa Abdi. Le habría aliviado confirmar que su sed de sangre no se había aplacado tras tantos años en el presidio. No sólo porque habría podido lanzar a todos sus hombres tras él ni porque, una vez atrapado, habría terminado con esa amenaza. Sobre todo porque, al asesinar de nuevo, Kabuto le habría demostrado ser merecedor de todo el mal que se le pudiera infligir. O que se le haya infligido ya.

Lucía entra la habitación acompañada de Artero. Se trata de un espacio estrecho que Galán no tiene que compartir con nadie. La persiana se encuentra medio bajada. La puerta del baño está abierta y la cisterna del retrete parece estropeada, pues no para de llenarse. Un inmenso collarín rodea el cuello de Galán. Su cabeza parece una pelota saliendo de una tubería. Las mejillas están inundadas de un preocupante color vino, debido a los derrames internos. La nariz vendada. Una pierna y los dos brazos escayolados. Qué vulnerable parece en este estado, piensa Lucía. Al ver ese rostro penoso, nacido para sollozar, le dan ganas de ponerlo en libertad, llevarlo a la puerta del hospital y decirle que huya, que no se preocupe. Y luego acercarse por detrás y romperle la única pierna que tiene sana.

—Señor Galán, qué alegría verlo tan saludable.

Galán responde con una especie de mugido propio de quien apenas puede articular palabra. También ha debido de perder un par de dientes.

—¿Le ha leído usted los derechos, agente Artero?

—Sí mi teniente.

De los ojos de Galán comienzan a manar unas lágrimas tan inagotables como la cisterna del retrete. Ay, ay, ay, se le oye decir. Entre los dedillos que asoman por la escayola del brazo derecho, aprieta algo metálico. Al preguntar Lucía qué es eso, Artero le contesta que un rosario, que no consideró necesario quitárselo.

—Bien, señor Galán. Ya conoce sus derechos. Sabe que usted no tiene por qué declarar contra sí mismo ni confesarse culpable si no quiere.

—Pero es que quiero hacerlo —murmura Galán—. No puedo vivir más así, huyendo, como un fugitivo, yo, que nunca he traicionado a los míos, que nunca he robado un duro, que ni siquiera he defraudado a la Agencia Tributaria… ¿Cuántas veces me decía mi mujer para qué vas a declarar eso, tonto del haba? Y yo le contestaba que lo correcto era lo…

—No se preocupe por eso ahora, señor Galán —interrumpe la teniente—. Estamos dispuestos a escucharle.

Unos buenos ayes más, unas buenas lágrimas más, la cama que se estremece, la luz que se filtra por las rendijas de la persiana para acentuar esa atmósfera de confesionario de la que debería gozar toda confesión.

—Yo los maté. Los maté a todos.

Lucía levanta el rostro. Le dedica una mirada a la agente Artero, que también se sorprende. «Coño, A todos. Eso no se lo esperaba.» Lucía extrae un cuaderno y un boli. Le susurra a Artero que esté preparada para informar a la casa cuartel. Lo mejor para obtener la información completa es seguirle la corriente a Galán.

—De acuerdo, señor Galán. ¿De cuántos crímenes se confiesa autor?

—Cuatro. Cuatro muertos. Todos ellos bien conocidos.

La teniente comienza a apuntar en la libreta. Artero traga saliva.

—¿Los mató con su pala?

—Sí. Un palazo. En el cuello. Al menos… —aquí descansa para sollozar gravemente—. Al menos no sufrieron.

—¿Puede darme sus nombres?

—No puedo recordarlos todos. Sólo estoy seguro del de Berta. ¡Oh, Dios mío! ¡Era tan pequeña!

Lucía empieza a sentir una telaraña de nervios en su estómago. Observa que Artero acaricia la empuñadura de su arma. O quizá no lo esté haciendo, pero su mirada dilatada es la de quien lo hace. Tiene que continuar. Necesita una confesión completa y firmada.

—¿Cómo lo hizo, señor Artero? ¿La secuestró?

—A los demás, sí. A Berta no hizo falta. Vivía conmigo desde hacía tiempo. La tenía escondida en el chamizo del huerto. Le daba de comer las sobras y las verduras podridas. Ella siempre tenía hambre.

Artero vuelve a tragar saliva. Lucía piensa que Artero está a punto de vomitar. O de lanzarse sobre Galán.

—¿Y a Isa? ¿Mató usted a Isa?

—No lo sé. Ya le digo que no conocía sus nombres. Probablemente.

Artero interviene sin disimular su ira:

—¿Por qué tenía a Berta escondida? ¿Qué le hacía usted, maldito degenerado?

—Yo nada, se lo juro, yo nada. La escondí allí porque cada vez que salía a la calle le ofrecía el culo a todos los machos que se cruzaba.

—Pero… Cómo… ¡Hijo de la gran puta! —estalla Artero. Y se arranca hacia la cama con el puño apuntando a uno de los pocos espacios sin escayolar de la anatomía de Galán: su boca. La Grande se ve obligada a soltar el cuaderno para contenerla. Galán entra en pánico. Intenta rotar su cuerpo como croqueta para huir, pero incluso eso es imposible. Y al intentarlo, le duelen hasta las uñas. Así que sólo puede gritar y buscar las palabras que le libren de la acometida de la cabo. Por fin, grita:

—¿Pero qué chica? Berta era mi perra. Mi perrilla perdiguera.

Las dos mujeres dejan de forcejear. Artero se da cuenta de la situación. Se separa de la teniente un paso y se pone firmes.

—¿Me quiere usted decir, señor Galán —dice Lucía al tiempo que su corazón se va relajando—, que todo este rato me estaba hablando de que ha matado usted a unos perros?

Galán sigue estupefacto. No entiende.

—Claro… Perros… Los perros de los huertos vecinos. Y a mi pobre Berta, que era tan chiquitita —por un momento las lágrimas vuelven a manar.

Lucía ya no ve motivos ni necesidad de seguir haciendo acopio de información, así que ahora se permite el lujo de insultar al detenido.

—¡Y me quiere decir, grandísimo cabronazo, por qué le hizo eso a esos pobres animales!

—Pues porque creía que si lo denunciaba le echarían la culpa a los rumanos del campamento… Y así les obligarían a irse. Que es que me tienen loco. Que me roban, y me cagan y me…

Ahora la teniente aprieta bien los labios.

—Qué suerte tiene usted de que el maltrato animal no esté penado como debería. Ojalá le pudiera meter en la cárcel.

—¿Pero no me va a meter en la cárcel? —dice Galán—. ¡Pero lo merezco! ¡Soy un asesino!

—Un asesino y un gilipollas.

Se vuelve hacia Artero cuyo rostro no demuestra una gran capacidad para asimilar la situación.

—Artero, informe a la casa cuartel y al juez Martos. Y localicen a los dueños de las mascotas.

Sale por el pasillo murmurando muchos hijoputa y catetodemierda, que es lo menos que puede hacer en memoria de los pobres perros asesinados y de los inmigrantes difamados. Cuando sale al aparcamiento, siente que esa red eléctrica que le recorre el cerebro está a punto de convertirse en algo propio de máquinas, no de seres humanos. Las máquinas explotan y cortocircuitan. Los seres humanos, no. Hasta ahora, al menos. Es entonces cuando su teléfono móvil empieza a sonar. Lucía lo extrae de su bolsillo con una primera intención: reventarlo contra el pavimento. Pero luego comprueba que es el sargento Campos quien llama. Y entonces contesta.

13:30

De pronto al verano le da repentinamente por regresar, como el héroe de una película al que se daba por muerto. Quién sabe cuánto durarán este cielo azul ni esta temperatura agradable, pero, mientras ambos duren, sacarán a todos los calagurritanos a la calle. El Paseo del Mercadal se ha llenado de matrimonios que pasean, de abuelos que se dejan templar al sol. Los niños corren en jaurías y se internan en los bosquecillos de mesas y sillas de las terrazas que ocupan el paseo; no les importará hacer caer al camarero que lleva las Fantas y el plato de calamares hasta que su madre les diga que se han quedado sin Fanta y sin calamares por hacer caer al camarero.

Ramírez se ha sentado a tomar un café cargado en el interior de El Tostadero. Le gusta esa cafetería porque traen un estupendo café de no se sabe cuántos lugares del mundo para aromatizar tus somnolientas narices. Ese olor consigue que uno espabile desde antes de dar el primer sorbo. Eso necesita un Ramírez que ha dormido dos horas escasas.

Ramírez lleva consigo una tableta electrónica que ha tomado prestada en el cuartel. En ella ha descargado todos los archivos que contenía el pendrive de Juan Antonio Abecia. El silbido de la cafetera y los crujidos del grano de café en el molinillo ensordecen otras distracciones: conversaciones sobre fútbol, espárragos, piezas de automóviles, éxitos o miserias del consistorio, romances espontáneos y demás cotilleos. Así puede concentrarse en el trabajo. Ni siquiera le molestan los llantos del recién nacido que han colocado junto a él, en un lustroso carrito lleno de lazos.

Ramírez va deslizando el dedo por la pantalla. Abre y cierra documentos con ese gesto parecido a quien aparta una mosca de su comida. Nóminas. Altas en la Seguridad Social. Retenciones fiscales. Cientos y cientos de páginas encabezadas por nombres propios de personas de todos los lugares del mundo y seguidas por sus datos completos y las fechas en las que pasaron por Grupo Lafourchette. Sabe que ahí no encontrará nada. Que todo estará en orden y, lo que no esté, será imposible de contrastar. Además, Pedro María Lafourchette no tiene por qué demostrar su inocencia. Es a ellos, a las fuerzas de la autoridad, a quienes les corresponde demostrar la culpabilidad del empresario, en caso de que exista. Y, para ello, se pueden perder en un enjambre de papeles mientras Pedro María guisa unos chipirones y los acompaña de un gran reserva. «Gentuza como los Lafourchette piensan que están por encima de la ley y eso es porque nunca…» Desde hace unos años Ramírez se ve obligado a interrumpir ese tipo de juicios mentales, pues la figura de su abuelo se interpone en sus pensamientos.

Al otro lado del ventanal que da al paseo, Ramírez observa el caminar pausado de los vecinos. Se detienen los unos junto a los otros para saludarse por decimoquinta vez en la mañana y compartir comentarios y chismorreos. Ha de reconocer que, cuando llegó a Calahorra recién salido de la academia, no le gustó. Se parecía demasiado a lo que había conocido en el Valle del Nalón de su adolescencia, quizá con algo menos de lluvia. Salir a la calle con la sensación de ser observado por mil ojos que saben quién eres. La maldición de no poder cometer ninguna de sus torpezas sin que se fuera a enterar todo el pueblo. Ramírez es joven y un joven sueña con grandes aglomeraciones de asfalto, gente, coches y edificios, en las que las acciones, defectos y virtudes de una sola persona poco importan: se pierden entre las fuerzas de marea que lo rodean.

Había que aceptar Calahorra, cómo no, esto es la mili. Pero desde entonces ha estado pensando en el momento en que se gane el traslado a un lugar donde ocurran cosas y esas cosas sean importantes. Eso pensaba Ramírez sobre Calahorra. Hasta que conoció a Elsa, como invocada por la fuerza del disgusto. Y es algo que Elsa suele hacer: aparecer. De hecho, ahora mismo está apareciendo allí, ante los ojos de Ramírez. Pasea por el Mercadal, entre las terrazas.

Eso de invocar a alguien con los pensamientos y que se manifieste no es tan inusual en una ciudad pequeña. Sobre todo un sábado a la hora del vermú. Elsa viene caminando de este a oeste. De su brazo, como no, su hermano Pedro. Pasitos cortos, la punta de los pies sobre el pavimento, no sea que se caiga el muchacho. Pedro sufrió una dramática falta de oxígeno al nacer. Eso le produjo una parálisis cerebral y sentenció el curso de su vida y la de su familia. Necesita de continuos ejercicios para que los músculos espásticos de sus extremidades, siempre en tensión y retorcidos como sarmientos, le sirvan para algo. Pero para ello hay que luchar contra la pereza connatural del chico. La única capaz de lograrlo, de sacarlo a caminar sin protestas, es ella. Elsa se lleva sólo dos años con su hermano y, aunque es menor, ha estado toda su vida cuidándolo. Ramírez piensa que Elsa estudió enfermería sólo para saber cuidar mejor a Pedro.

Allí está la otra cara de Elsa, tan distinta de la Elsa entregada al alumbrado nocturno y a la amnesia de todo vicio seductor. Ramírez no saldrá de El Tostadero para saludar a Elsa. Anoche, tras seguir al padre Borobia, tuvieron su primera gran bronca.

Cuando regresó a Calahorra, Ramírez miró el reloj. Era ya la una de la mañana. Le quedaban sólo cuatro horas hasta encontrarse con el maldito padre Borobia de nuevo. Aun así, quería verla. Saber qué estaba haciendo. Comprobar qué expresión adquirían sus ojos al aparecer él. Así que caminó hasta el barrio viejo y llamó al portero automático del Chou. El aparato emitió su pitido sin que nadie le preguntase nada por el interfono. Se encontró con una vivienda aún decorada al modo de las abuelas calagurritanas. Muebles bañados en un oscuro barniz, apliques de brazos dorados y pantallas opacas, visillos casi de lencería fina... Eso sí, todo estaba hecho un desastre. Había copas, botellas y ceniceros llenos de colillas resinosas, sobre tapetes de crochet y hasta los brazos de los sillones. Había cercos redondos de humedad en todas las superficies de madera. Había restos de rayas de coca sobre la mesa del comedor. Había rayas de coca sobre la mesa del comedor. Había tarjetas de crédito sucias y amargas y un billete de diez enroscado, con restos microscópicos de sangre en sus cantos.

En el salón se divertían cinco personas. Dos tipos jugaban al ISS Pro echando los mandos hacia delante, como si fueran a meterlos en la pantalla de la tele. Otro chico, con el pelo modelado en forma de lengua y terminado en un soberano tupé sobre su frente, hablaba con voz histérica a dos chicas que bebían a morro de una litrona. Una de ellas era Elsa.

—¡Santi! —chillo Elsa, saltando de su butaca, elevando las muñecas, tensando los codos—. ¡Has venido!

—Sólo para saludar. Me tengo que ir enseguida. Mañana me levanto tempranísimo

—¡Qué bien, qué bien, qué bien!

Ante tal recibimiento, el estómago de Ramírez se deshizo; notó un vuelco de adrenalina en sus entrañas. A ninguno pareció importarle su presencia, a pesar de que Elsa les había hablado de que era guardia civil y de que la casa estaba llena de drogas por todas partes. Todos rondaban los veinte años. Ellos no sabían. No creían que hicieran tan mal. Y quizá Ramírez se estaba equivocando al permitirle a Elsa que se tomara unas libertades que a veces le hacían sentirse incómodo. Debía explicarle que él tenía la necesidad de vivir sus defectos, sus vicios, en la estricta intimidad. Que no le apetecía airearlos, ni mucho menos vanagloriarse de ellos o compartirlos con gente que no conocía. Sin duda, tenía que hablar muchas cosas con Elsa. Pero era tan agradable volver a ser Santi en los brazos y en los breves minutos de Elsa, dejar de ser Ramírez.

El Chou apretó el botón de pausa en el mando de la videoconsola. El ruido del partido cesó unos instantes. Se levantó del sofá, parecía emocionado. Se llevaba la mano a la nariz y se sorbía los mocos.

—¡Joder, Elsa! ¿Éste es el tío que has dicho que va a sacar al Fer Luis de la cárcel? —se acercó a Ramírez y levantó la palma derecha, con la intención de chocarle las cinco—. Bienvenido, tío. Estás en tu casa. Sírvete una birra. ¿Quieres una raya? Hay coca y speed. Se me terminaron las pastillas. Qué bueno, tío, qué bueno. Qué grande eres. No conozco otros polis como tú.

Ramírez sintió que toda esa adrenalina que le daba vueltas por el estómago se iba por algún misterioso sumidero, como si se apagase un mecanismo maravilloso y sus pies volvieran a tocar tierra. Miró a Elsa esperando encontrar incomodidad en su rostro, pero no la había. Ella asentía, con esos ojillos dilatados que miraban (que le miraban a él) con orgullo, expresando algo parecido a «Éste es mi novio y es el más grande y hace unas cosas por mí que alucinas».

—Joder, majo —sigue el Chou—. Yo no sé si haría lo que tú estás haciendo. Es decir, por un colega sí, claro. Pero por el exnovio de mi chica, no sé. Es… Joder, majo. Joder. Eres un grande. Un buen tipo. Coge cerveza. ¿Quieres una raya?

—Eh. No, gracias. No me gusta mucho.

—¿No? Pues Elsa no nos ha dicho eso.

Mientras ella reía, incapaz de sospechar cuántos errores había cometido esa noche, absolutamente enamorada, admirada, Ramírez se sentía cada vez más cabreado.

—Tengo que irme. Mañana trabajo. Venía a saludar. Elsa, ¿podrías salir conmigo un momento ahí fuera?

Todos levantaron los brazos y soltaron provocadores silbidos. Celebraban que Santi y Elsa se iban juntos, como si fueran a manosearse en la escalera. Elsa parecía también creerlo, por eso se hacía la escandalizada. Ramírez la abroncó sin pudor. Nunca se había sentido tan desinhibido en el reproche. Que si qué coño les has contado que voy a sacar a ese tipo de la cárcel, si te crees que soy general… Que si qué coño les has contado, que se piensan que soy un drogadicto… Que si no me conoces lo suficiente. Luego se largó, bajando los escalones de dos en dos. Había recorrido cien metros de calle cuando la ira se le fue apagando y fue sustituida por el miedo. El miedo a haber sido demasiado duro. El miedo a que no se lo perdonase. El miedo a perderla.

A perder no sólo a la Elsa borracha, drogada y bocazas que folla como una diosa. Sino también a la Elsa angelical, sonriente, que pasea a su hermano Pedro y le limpia con mimo la comisura de los labios sin que nadie se explique dónde ha escondido la resaca.

Ramírez la ve desaparecer por el Mercadal, sus pasitos acompasados con los segunderos del reloj. Ella es la culpable de todo el sueño que ahora mismo acumula bajo los párpados.

17:00

Lucía ya no sabe a quién cargarle los marrones. A Ramírez lo ha mandado a dormir. Lo sorprendió en la casa cuartel, a primera hora de la tarde, con la cabeza apoyada en la mesa, los ojos cerrados y la mano agarrada a una taza de café ya helado. Roncaba. No pudo echarle la bronca, sabe que ha estado investigando cuando debía descansar. Artero se está haciendo cargo de lo de Galán. Campos anda cazando fantasmas. Los jóvenes, ingresados. Y hay muchas tareas cotidianas a las que dar salida. Así que es ella la que decide salir a echar un ojo por el casco viejo, cuando le gustaría estar cubriendo las espaldas de Bernard.

Pasa antes por su piso, se quita el uniforme y se pone unos pantalones cómodos y un forro polar. Se asegura de que la pistola continúa en el cajón de Bernard, que éste no la ha movido a ningún otro lugar. Sólo tarda quince minutos en alcanzar el Rasillo de San Francisco y desde allí encara la cuesta abajo hacia el Arrabal, entre callejones sin pavimentar y muros color arcilla. Allí afloran los rótulos en árabe de carnicerías *halal*, peluquerías y locutorios. Se aproxima a toda mujer que identifica como musulmana (por sus prendas de vestir, en toda la escala del rigor, desde las menos estrictas e incluso coquetas, hasta las absolutamente opresivas) y les pregunta por Fátima Selsouli. Lo hace varias veces. Las respuestas siempre son similares: o no la conocen o, si la conocen, hace un par de días que no la han visto. Una chica accede a acompañarla hasta el domicilio de la desaparecida.

—Vive sola. Se quedó viuda muy joven —le informa.

La chica se detiene ante una puerta de dintel muy bajo en un edificio humilde. Hay un canalón roto y una agüilla turbia mancha la fachada. Del alfeizar de una ventana diminuta cuelga un tendedero con varios paños. Ninguno de ellos es malva. Lucía presiona el botón del portero automático varias veces, hasta que se rinde.

Se dirige entonces a la casa de Ismail Fawzi. Quizá el presidente de la Asociación Musulmana acceda a contarle más cosas. En el fondo mantiene la esperanza de que Fawzi haya encontrado a Fátima Selsouli sana y salva. Pero a cada minuto que pasa esa esperanza pierde vigor. Porque, además, tampoco contesta nadie en la puerta de Ismail Fawzi. Lucía lamenta su torpeza: debería haber venido, sin perder un segundo, cuando esta mañana encontró el vídeo de los yihadistas. En lugar de eso, llamó por teléfono a Fawzi, con lo que sólo ha conseguido, en el mejor de los casos, alarmarle y, en el peor, alertarle. Le empieza a tocar mucho la moral este hombre y todas las cosas que parece ocultar. Lucía también insiste con el timbre de Fawzi, pero nada. A los pocos minutos, una mujer cubierta con un velo beige y cargada con bolsas del Sabeco se acerca por la calle. Lucía la ha visto antes, es la mujer de Fawzi, pero no recuerda cómo se llama. Ella también parece reconocer a la teniente. La saluda.

—Ismail no está —explica en perfecto castellano—. Salió por la mañana a tratar unos asuntos que no me explicó y no ha venido a comer.

—¿Le dijo dónde podría estar?

—No. No me he preocupado por preguntarle. Parece bastante ocupado y a veces se le olvida decirme que ha quedado con tal o cual persona. Pruebe a buscarle en la cafetería del Arcca, quizá esté viendo el fútbol. O en la peluquería Argel.

—¿Conoce usted a Fátima Selsouli?

—Claro. Mucha gente la conoce.

—¿La ha visto hoy?

—Es curioso que me lo pregunte. Habíamos quedado esta mañana, me iba a explicar cómo conecta por videoconferencia con su familia de Casablanca. Pero no ha venido. ¿Le ha pasado algo?

Lucía trata de ocultar su desolación.

—No, no será nada. Si usted la ve, dígale que la teniente Lucía Utrera la anda buscando, que por favor me llame. Y dígale lo mismo a su marido.

—Todavía me va a decir que se han fugado juntos.

—No, mujer.

—Dios no lo quiera.

Lucía camina hasta el Arcca, un centro comercial con cines y restaurantes que ocupa un lugar privilegiado junto al Parador. Allí dentro, las pantallas gigantes de las cafeterías congregan una gran audiencia cuando se emite el fútbol. Muchos hombres de origen magrebí se sientan en las mesas a tomar sus infusiones y a hablar de sus cosas mientras el Madrid o el Barça arrasan a sus rivales. Pero Lucía no encuentra lo que busca. Emiten un Eibar-Albacete y eso no parece interesar demasiado a nadie. Tampoco encuentra a Fawzi en el Donner Kebab de la Calle del Sol ni en la peluquería. «Mierda, por qué serás tan manazas, niña», se dice.

Ahora no sabe si Fawzi está dentro de una bolsa de plástico o conspirando con los yihadistas o, simplemente, entretenido en los asuntos de la Asociación Musulmana. Decide que ha tenido bastante paseo. Le duelen los pies y quiere volver cuanto antes con su familia. Se encamina hacia la casa cuartel. Entonces comienza a sonar el teléfono móvil. Es Campos.

19:00

La Grande se deja caer en el asiento del copiloto del Opel Astra de Campos. Se han citado en el aparcamiento de las bodegas Real Rubio, a pocos kilómetros de Aldeanueva de Ebro. El sargento puede leer el nerviosismo de su teniente hasta en la cadencia del pestañeo. Así que no se molesta ni en saludar. Mejor mantenerse en silencio. O dejar que ella pregunte.

—¿Dónde lo has localizado?

—Me pasé toda la mañana en la plaza de la Aldea, esperando a que se dejase caer por el bar. Luego me cansé y me dediqué a dar vueltas por los alrededores. Pregunté aquí y allá hasta entrada la tarde. Cuando me di por vencido me fui a tomar un vino a la misma plaza. Y, zas, apareció.

—¿En serio? Eso es muy extraño.

El coche de Campos recorre la carretera rumbo a la localidad vecina. La luz rasante del otoño se le clava hasta el encéfalo, hasta la migraña. Los tractores y los remolques se mimetizan con el resplandor, aparecen como siluetas milagrosas, como ángeles mecanizados y ruidosos. Campos adelanta y esquiva furgonetas y tractores, en línea continua, en curva, en donde sea.

—¿Por qué es extraño?

—Porque Kabuto me vio cuando él estaba saliendo de allí, de la terraza de aquel bar de la plaza. Se me hace raro que se deje ver en el mismo sitio dos veces. En otros tiempos, Kabuto no habría cometido ese error. Se habría escabullido sin dejar rastro. Le hubiera costado mucho más trabajo encontrarle, sargento.

—Lleva más de diez años en la cárcel, quizá haya perdido práctica. O quizá se haya confiado, ahora que ya no hay balazos.

—No lo sé. O quizá se sienta muy seguro por alguna razón. Sólo digo que me extraña. ¿Dónde está ahora?

—Cuando me fui aún estaba dentro de su coche, junto a la parada de autobús que hay en el pueblo.

—Recemos para que aún siga ahí.

—No tenía pinta de ir a moverse. Contestó a un par de llamadas de móvil y se puso a leer un libro. ¿Sabe usted qué libro está leyendo ese hijo de puta?

—Cuál.

—*El alquimista impaciente*. Uno de picoletos.

—Hay que joderse.

A la Grande le cuesta trabajo asumir que el asesino más sanguinario con el que ha tenido que lidiar en su vida haga cosas propias de una persona ordinaria. *El alquimista impaciente*, hasta ella, que apenas abre un libro al año, lo conoce. Lucía no es capaz de otorgar a Kabuto atributos humanos. No muchos, al menos. Y quizá eso le ayude a dormir. ¿Cómo un humano puede lanzar granadas contra una casa cuartel, a sabiendas de que apunta contra la fachada en la que se encuentra la guardería? ¿Cómo puede decidir situar un coche bomba en el aparcamiento de un centro comercial? ¿Cómo puede liquidar sin miramientos a sus amigos, ante la mínima sospecha de deserción? ¿Cómo puede hacer todo eso y, a la noche, regresar a su hogar para leer las mismas novelas que nuestras madres, nuestras parejas, nuestros amigos?

Kabuto se había convertido en una amenaza hasta para sus propios compañeros. Gracias a su inexorable impiedad, fue una herramienta indispensable para la causa. Al menos, mientras la jerarquía pudo sujetarle las riendas. Una vez que escaló puestos en el escalafón y adquirió autonomía, la cosa cambió. Empezó a correrse el rumor de que había topos en las filas y Kabuto se encargó de las purgas. Aparecieron algunos terroristas muertos, que ni siquiera llegaban a la categoría de sospechosos. Los militantes fingían obediencia, pero muchos se sintieron desalentados. Por otro lado, Kabuto tomó la iniciativa de eliminar a algún triste vendedor de heroína. Uno de ellos tenía apellido vasco. El comando defendía al pueblo de la lacra de la droga, introducida por el estado opresor para sojuzgar a los obreros, decía. Kabuto asumía la responsabilidad de salvar al pueblo de la narcolepsia, sin pararse a pensar que ese apellido vasco coincidía con el de un financiero comprometido con la causa. Karmelo Puerta dejó de tener gracia en el seno de la banda. Pero su disfraz de plomo, tan dado a acusar de traidor a quien levantaba el dedo en su contra, le había dado una sólida posición. Su defensa del coche bomba que más titulares produjese encandilaba a algunos jóvenes. Los celosos dirigentes empezaron a planear el final de Kabuto, que tenía que ser súbito y de una naturaleza tal que nadie lo fuera a echar de menos.

Lo más listos del cuerpo esperaban que Kabuto apareciese tarde o temprano con un tiro en la nuca en alguna ladera perdida. Sin embargo, a algún capitán de la banda se le ocurrió que debía ser más sencillo venderlo a la policía. De la noche a la mañana, sus movimientos quedaron expuestos. Aparecieron documentos descuidados que decían dónde iba a estar y a qué hora. En los teléfonos pinchados se empezó a hablar de él con soltura. Eso sí, cuando lo detuvieron, la química propagandística se puso en marcha. Insistieron en llenar los juzgados de militantes de puño alzado y grito intestinal. Durante unas semanas las calles fueron un álbum de pintadas en su honor. En las *herriko tabernas* prevaleció su fotografía por encima de las de los demás presos.

El orgulloso Kabuto mordió el anzuelo. Se consideraba a sí mismo una pieza clave de la banda, respetado y escuchado. Cuando tienes semejante vanidad, lo último que vas a aceptar es que te han traicionado. Interpretó la impostada indignación de sus compañeros como ellos quisieron: como otra prueba de su capital importancia. Ojalá Kabuto hubiera creído la versión de la Guardia Civil, esa que venía a decir que ningún veterano le quería ya. De haber sido así, los interrogatorios habrían resultado mucho más sencillos.

Cuando los nombres, los números de teléfono y las direcciones empezaron a brotar de sus labios, gota a gota (como las gotas que se deslizan desde las entrañas de un grifo y caen en una bañera, despertando la resonancia líquida de todo el cuarto de baño, de todo el edificio, de todo el universo), aquello se acabó. Recuerda Lucía cómo callar, para Kabuto, era una cuestión más de orgullo que de lealtad. Y no había un orgullo más inquebrantable que ése. Bueno, quizá uno. El del capitán García, ese que llego a ser coronel García. En el inquebrantable orgullo del capitán García residía su necesidad de hacer hablar a Kabuto. A cualquier precio. Al combate asistió una joven guardia, Lucía Utrera, recién salida de la academia.

La claudicación del terrorista fue la excusa que la banda necesitaba para apartarle de la zona de influencia. Sus simpatizantes hubieron de renegar de él con vergüenza. Los que permanecieron fieles, cayeron en desgracia. Muchos fueron detenidos por la policía sin nadie que los cobijara. Otros desaparecieron. En la cárcel, los compañeros de lucha volvieron la espalda a Kabuto. Él pasó al destierro en los húmedos rincones de la penitenciaría, junto a los otros intocables. Caminaba por las galerías tan digno como un fusilado que consigue erguirse para recibir la descarga. Nunca renunció a su credo ni a su discurso ni a su ideología ni a apoyar a aquellos que le habían abandonado.

Él nunca perdonará a aquellos que le extrajeron la confesión. Lucía lo sabe. Kabuto nunca ha escatimado una amenaza de muerte contra el coronel García. Pero tampoco habrá olvidado a aquella joven guardia, inexperta, impresionable, que acompañó a García aquella semana de galerna.

Por eso, cuando el sargento Campos señala un Hyundai plateado, en cuyo interior se distingue la silueta enjuta, como reducida a la materia prima básica con la que se construyen los seres vivos, a Lucía le sobreviene el mismo pánico que cuando lo vio ayer por la mañana.

—Ahí está —dice Campos—. Hemos tenido suerte. No se ha ido a ningún lado. ¿Qué hacemos?

—¿Qué deberíamos hacer?

—Esperar.

Lucía mira el reloj. Las siete y media. Atardece. Las sombras que se extienden por el suelo toman forma de gigantes amenazadores. Pero sólo son la proyección de las casas que les rodean, que se elevan como mucho tres pisos. Su color rojizo la inquieta. ¿Por qué todo es tan rojo en esta región? La tierra. El polvo. El vino. Y también el olor es rojo. El aire es rojo. El vuelo de los buitres es rojo. Como una gota de sangre que se disuelve en una bañera. Se ha levantado un viento que mueve las cortinas que muchas de las casas lucen en sus puertas. Las colocan para que no entren moscas; recuerdan a un telón con el que se quisiera ocultar algún fenómeno de feria: la mujer barbuda o el hombre elefante.

—Dicen que un día se tropezó con otro recluso en el comedor de la cárcel —susurra Lucía—. Kabuto se disculpó y el otro le llamó chivato. A la mañana siguiente apareció con la cabeza encajada entre los barrotes de una celda.

—Una cabeza humana no cabe entre los barrotes de una celda.

—Pues parece que, si te empeñas, cabe. Pero no la volverás a sacar. El cráneo estaba fragmentado en mil pedazos. El cerebro hecho pulpa. El cadáver había perdido infinidad de sangre por los oídos.

La silueta de Kabuto, dentro del Hyundai, permanece en un estatismo majestuoso. El estatismo de quien ha aprendido a esperar minuto tras minuto, sin otra ocupación que la de pensar.

—¿Y eso lo hizo un tipo tan delgado como éste?

—Nadie pudo demostrarlo.

El último fragmento del sol se oculta tras los edificios. Las farolas de la calle se encienden. Se escucha el rumor del autobús que llega desde Logroño.

—¿Qué le pasó a usted con este tipo, mi teniente? ¿Por qué le preocupa tanto?

Lucía se permite el lujo de sonreír. Aunque no sea una sonrisa sentida, sino más bien evasiva. Una sonrisa como un plan de fuga. El autobús se detiene en la parada. Kabuto se baja del Hyundai. Su cuerpo largo es como la antítesis de las farolas urbanas: se traga toda la luz. Llega a la parada en pocos pasos. Por un momento, su silueta queda oculta por el vehículo.

—¿Sabe a dónde va este autobús, Campos?

—Viene de Logroño. Se detiene en todos los pueblos desde aquí hasta Tudela. ¿Lo seguimos?

—Espere.

El ralentí del vehículo también se traga toda la luz y todos los sonidos propios de la noche y del pueblo. Entonces emite un soplido repentino, como un estornudo, como una ballena expulsando su chorro de agua. Es la puerta, que se cierra. A los pocos segundos el autobús se ha perdido calle abajo. Pero Kabuto no. Kabuto sigue ahí. Lo que pasa es que ahora tiene algo en sus manos. Una pequeña mochila de escalada color violeta.

—¿Ha visto usted quién se la ha podido dar?

—No, mi teniente. No ha debido de bajar del autobús. Si quiere podemos seguirlo y detenerlo. El conductor nos dirá quién llevaba la mochila.

Kabuto no pierde el tiempo en regresar al Hyundai y arrancar el motor.

—Prefiero seguirle a él —dice la teniente—. Quiero saber dónde va.

—Podríamos llamar a la casa cuartel. Podríamos hacer que alguien detenga ese autobús.

La Grande no tiene dudas.

—Prefiero no hacerlo aún, Campos. Quiero que esto quede entre usted y yo.

Campos arranca el motor del Opel cuando se asegura de que el Hyundai ya se encuentra a la distancia perfecta.

—Usted va a tener que contarme qué le pasa con el calvo éste.

—Tiene razón. Se lo voy a tener que contar. Pero por ahora no quiero. Sígalo.

El Hyundai abandona el pueblo. Kabuto se desvía por una carretera de tierra que forma parte de esa red de caminos que irrigan los campos de La Rioja Baja. Una nube de polvo se levanta con las ruedas del todoterreno y se estrella contra el parabrisas de Campos.

—Si le sigo por este camino, se dará cuenta —dice el sargento.

—¿Podría usted apagar las luces?

—Podría. Le advierto de que este coche es mío.

—No se preocupe. No le obligaré a dar saltos.

Campos apaga las luces, entorna sus ojillos apretados y proyecta la nariz ganchuda por encima del volante, con esa vocación ancestral que aún conservan las narices: guiarnos por el camino correcto siguiendo el olfato.

El Hyundai deja atrás las huertas y los viñedos. A unos cientos de metros se erige una nave de una sola planta, con tejado metálico a doble agua. De pronto, el espacio abierto hacia el cual se dirigen, nave incluida, se ilumina con dos repentinas ráfagas de luz.

—¿Qué ha sido eso? —pregunta la Grande.

—Me parece que son las largas del coche de Kabuto. Como si estuviera lanzando señales a alguien.

Campos no se equivoca. De la nave perdida en mitad del campo brotan otras dos ráfagas luminosas que responden a las primeras. Parecen provenir de un coche aparcado junto al edificio.

—Ahora vaya despacio, Campos. Y busquemos un lugar donde desviarnos y ocultar el coche.

Campos toma una bifurcación a su derecha. Avanza ahora en paralelo al Hyundai hacia el mismo edificio. A medida que se acerca, un olor intenso va impregnando el aire. Huele a una mezcla de putrefacción, amoniaco, sangre seca y sudor. Pronto se dan cuenta de que la nave pertenece a una granja de engorde de cerdos. Campos detiene el coche en un lugar escondido por matorrales. El Hyundai continúa aproximándose a la granja por el camino. Cuando está lo suficientemente cerca, el otro coche queda iluminado por sus luces. Entonces Lucía lo identifica: se trata del Renault Laguna de los supuestos yihadistas que se toparon en la mezquita de Calahorra. Dos hombres aguardan fuera del vehículo, los mismos que vio salir de la mezquita y los mismos que le condujeron la primera vez hasta Kabuto.

—Aquí va a pasar algo gordo, Campos. ¿Tienes una cámara o algo así?

—No, mi teniente.

Amin introduce medio cuerpo en el Laguna. Enciende las luces. Parece que le incomoda ser visto por Kabuto y no poder verle a él. Kabuto se ha bajado del vehículo. Levanta la pequeña mochila para que los yihadistas la vean bien. A su vez, el joven muestra una bolsa de tela. La distancia entre Kabuto y los musulmanes es de apenas diez metros y se sigue recortando.

Pero, de pronto, Kabuto se detiene. El soniquete de un teléfono móvil se cuela entre los murmullos del páramo. Resulta tan claro que incluso la teniente Utrera y el sargento Campos consiguen escucharlo desde la distancia que los separa. Kabuto se lleva la mano a la chaqueta. Extrae el teléfono y contesta a la llamada. Entonces se voltea. Gira sobre sí mismo levantando la cabeza como si buscase a alguien que le ha tirado una pedrada. Por fin se detiene en un punto: el punto exacto en el que se encuentra el coche de Campos. Observa en esa dirección hasta asegurarse de que sí, de que entre esas zarzas puede distinguirse una voluminosa forma oscura que perturba la continuidad del vacío de la noche. Sí, hay alguien espiándole. Ya no necesita el móvil. Se lo guarda en la chaqueta. Y, sin intercambiar ni una sola palabra con los muyaidines, se sube al todoterreno y acelera. Huye por el mismo camino, dejando la granja de cerdos a la derecha. Los otros tampoco pierden el tiempo. Al ver la reacción de Kabuto, escapan siguiendo al Hyundai.

Lucía asoma medio cuerpo por la ventanilla e intenta escrutar la oscuridad. ¿Quién ha hecho la llamada? ¿Quién hay ahí? ¿Quién vigila a los vigilantes? Imposible determinarlo.

—¡Vamos! —grita.

Campos arranca el motor y aprieta a fondo. Las ruedas patinan en la gravilla. Enseguida encara el camino que conduce a la granja. Los dos coches que les preceden llevan las luces encendidas.

Cuatro puntitos rojos perdiéndose en un plano negro, como el juego del Comecocos. Campos domina el vehículo bache tras bache. En las proximidades de la granja el velocímetro atestigua que van a cien kilómetros por hora. La rueda delantera izquierda tropieza con un bache tan profundo que conserva agua. El barro salta. La dirección del coche se dobla. El Opel se desvía. Es impulsado contra la fachada del edificio. La Grande se agarra al asiento. Campos sólo puede hacer una cosa: escoger la puerta metálica o el muro de cemento, porque, de chocar, no se salva. Así que escoge puerta. Y el coche la atraviesa. Y el mundo pasa de ser todo noche, quietud y páramo a ser todo metal, movimiento y fango. El Opel penetra varios metros en el edificio y se empotra contra una cochiquera. Sus ruedas se hunden en un cieno oscuro y maloliente. Los airbags estallan contra los rostros. Los cerdos escapan por el boquete que han provocado en las cercas. Ellos sólo querían dormir, comer y revolcarse en el barro, aprovechar su breve vida en un carpe diem porcino hasta el triste momento de ponerse a la cola del matarife. Y ahora, qué desastre, huyen por la puerta reventada. Se pierden en la noche y en el páramo, lo colman todo de gruñidos, huellas de pezuña y excrementos.

20:00

—¿Hablo con la parroquia de San Carlos?

—Aq-q-q-quí es —responde una voz trémula y anciana.

Ramírez hace la llamada desde su apartamento, en la casa cuartel. La tranquilidad del complejo a esas horas de la noche ha tenido un efecto paradójico en su mente: le ha puesto nervioso. Desde hace un par de horas, cuando Suárez y Marquina entraron en el recinto, despertando un cachondeo generalizado entre los jóvenes, que sólo se aplacó cuando la cabo Artero obligó a todo el mundo a cuadrarse y a cerrar el pico, no ha habido un ruido más alto que otro. Eso sí, la casa cuartel está expuesta al viento;

el roce del aire contra cualquier voladizo o pieza metálica que sobresale del edificio se escucha dentro del apartamento de Ramírez como la fricción de un neumático contra el asfalto de la autopista. Suave, pero continuo. Ramírez sospecha que le ha tocado la peor vivienda de todo el recinto, orientada al norte, con poca luz y un radiador pequeño que apenas caldea el espacio. No dice nada por no molestar, como siempre.

Luego, Elsa ha vuelto a aparecer en su memoria. Ha mirado el teléfono móvil y ha estado a punto de enviar un mensaje del que podría haberse arrepentido. «Si tantas ganas tienes de usar el teléfono, Santiago, úsalo, pero bien», se ha dicho, pensando en el asunto del padre Borobia. Así que ha buscado el número de la parroquia vallecana donde solía trabajar el sacerdote.

—Quería preguntar por el padre Juan Borobia.

La voz titilante y gangosa, como si quien la proyecta tuviera ocho mil años, tarda unos instantes en contestar; es lógico: debe localizar ese nombre en su memoria y su memoria abarca la edad del universo.

—Lo conozco, lo c-c-c-conozco. Pero ya no trabaja aquí. Y no sabría decirle dónde está.

—No se trata de eso. Soy el cabo Santiago Ramírez, de la Guardia Civil. El padre Borobia está bajo investigación.

—¿Puedo preguntar el motivo?

—Lo siento, es… secreto de sumario.

Ramírez es un mal mentiroso, algo que siempre le reprocha su teniente. «No sabes, niño», suele decir, «cuántas mentiras hay que contar en este trabajo para obtener una sola verdad». Su abuelo, una vez más, se le aparece en la memoria cada vez que intenta falsear la realidad. Aquel discurso: «Santiago, la mentira sólo es necesaria cuando uno es infeliz, porque se utiliza para ocultar esa infelicidad o para conseguir la felicidad de forma fraudulenta; cuando se instaure el comunismo, la mentira dejará de ser necesaria. Un comunista nunca miente». Eso decía su abuelo. Y a Ramírez le daba vergüenza preguntarle por qué él, entonces, se había pasado todo el franquismo negando su afiliación política, por qué no se había exiliado en América como tantos otros, para poder mantener a salvo su verdad y su vida. Y luego, para ganarse una buena extra con el dinero de todos los trabajadores. Sin embargo, ese imperativo moral de la sinceridad le caló profundamente. Como siempre, se ve llamado a perseverar donde los suyos le fallaron.

—¿Y qué quiere usted saber, cabo?

—Querría saber si el padre Borobia tuvo problemas durante el tiempo que pasó trabajando en la parroquia.

—Bueno, él era muy joven entonces. Todos lo éramos. Las gentes de la calle lo conocían de cuando boxeaba, por los c-c-c-campeonatos que ganó. Él aún estaba orgulloso de eso. Aún siendo sacerdote, se metía en peleas en la calle. Trataba de ocultárnoslas, pero aparecía con contusiones en el rostro, s-s-s-sangre... Él decía que era por causas justas, pero sabe Dios. Y no nos gustaba su forma de hablar.

La descripción de esa conducta encaja perfectamente con el padre Borobia que Ramírez conoce, no cabe duda. Se imagina rompiéndole la cara a un quinqui por robarle la bolsa de la compra a una anciana o tumbando a un yonqui de un capón por robarle la dosis a otro yonqui. Líos de calle. Pero no es eso lo que quiere saber, porque Ramírez puede tolerar esa irascibilidad incontrolada del padre. Su preocupación va más allá.

—¿Quién era el párroco por aquel entonces?

—Era yo. Soy el padre Manuel Turia. Ahora estoy jubilado. Vengo de vez en cuando a echar una mano.

—¿Usted tomó la decisión de expulsarle de la parroquia?

—No se le expulsó. Se le trasladó. Y esas decisiones no las toma nadie. Simplemente «son tomadas».

—Entiendo. Esa decisión, que nadie tomó pero fue tomada, ¿tuvo que ver con algún caso de abuso?

Al padre Turia se le escucha suspirar y al otro lado de la ventana arrecia una ráfaga de viento.

—¿Por qué siempre t-t-t-tienen que suponer eso? Ven ustedes una sotana y ya se imaginan a un niño debajo.

Tiene que estar muy cabreado para hablar en esos términos. Su voz suena verdaderamente irritada, a pesar de la debilidad. La indignación se convierte en una especie de fuerza eléctrica que alcanza a Ramírez, a través del teléfono. Al cabo le gustaría contestarle que, si no se produjeran tal cantidad de casos de abuso a lo largo del año, nadie «imaginaría nada debajo de ninguna sotana». Pero tiene miedo de que el padre Turia cuelgue el teléfono sin responder a su pregunta.

—Lo siento, padre, me han llegado indicios de que...

—El caso no se presentó a los tribunales, ¿de ac-c-c-cuerdo? Nadie denunció. Y, aun así, asumimos la resp-p-p-ponsabilidad y alejamos al padre de esas escuelas deportivas. Y también del barrio. Y también de la ciudad. ¿Contento?

—Disculpe, padre, pero me gustaría que me diera detalles de...

—No. Adiós.

El padre Turia corta la comunicación.

Ramírez tiene bastante con eso. Lo cierto es que no habría creído que el padre Borobia fuera capaz de tal cosa. Pero las palabras de Abecia parecían insinuarlo. Ahora ha conseguido lo que quería: un motivo concreto para confirmar todos sus prejuicios. ¿Quién no es feliz con semejante logro?

Una vez que su mente se tranquiliza, Elsa vuelve como la resaca de un maremoto. El teléfono continúa allí, calentando la palma de su mano. No, Ramírez no la piensa llamar. No sin nada que ofrecerle.

Busca en su agenda. Localiza varios números de antiguos compañeros de la academia. Arranca el WhatsApp y, uno por uno, va enviándoles el mismo mensaje: «Hola. ¿Conoces a algún compañero en Burgos? ¿Me pasas su contacto?» Al menos, podrá decirle a Elsa, sin mentirle, que se ha interesado por ese tal Luis Fer, el típico ex novio incómodo que todo buen hombre tiene que soportar, detenido en Burgos a saber por qué motivo.

Día cuatro

8:00

Marcos percute contra el colchón con sus veinticinco kilos de osamenta y fibra muscular. A Lucía le suele gustar que su hijo se deje caer sobre ella para despertarla con energía las mañanas de domingo. Pero hoy el codo de Marcos ha ido a parar al punto exacto de su clavícula que ayer azotó el cinturón de seguridad. Un dolor agudo le recorre todo el sistema nervioso, hasta la punta del pie, hasta la punta del pelo. Marcos se pone a saltar en la cama donde aún está tumbada su madre. Ella suelta alguna carcajada para disimular el dolor. Bernard observa desde el umbral de la puerta; Lucía no quiere preguntas sobre ese moratón que recorre su cuerpo en diagonal, desde el hombro hasta la cadera, ni sobre las rozaduras que le ha provocado el airbag en el rostro.

—¡Mamá se ha tirado un pedo! —ríe Marcos, mirando a su padre.

—¡No es verdad! —protesta Lucía.

Y entonces observa que la ropa que ayer llevaba puesta (aquella con la que tuvo que salir de un coche empotrado en una cochiquera y abrirse paso entre cerdos de doscientos kilos y sus purines) sigue encima de la silla. Despide un olor nauseabundo. No encontró fuerzas para llevarla al cesto de la lavadora. Tan sólo llegó a casa y se dejó caer en la cama.

—¡No me he tirado un pedo! ¡Es mi ropa! —confiesa ella.

Bernard agarra los pantalones por la pernera. Se los acerca a la nariz y vuelve a alejarlos como si un ente invisible se los hubiera arrebatado.

—*What the...* ¿Dónde has estado?

—Secreto de sumario, niño.

—¿Quieres desayunar? Hemos hecho tortitas y no hemos manchado la cocina nada más que un poquitito, ¿verdad, Marcos?

—*I didn't mean it, daddy.*

—*I know, I know.*

La Grande abre los ojos de par en par ante la perspectiva de desayunar como dios manda.

—¿Tortitas? ¿Y qué pasa con la dieta?

—Es domingo. Los domingos nos la saltamos.

Lucía escucha las campanas de todas las iglesias de la ciudad queriendo sonar a la vez. Efectivamente: es domingo. Pero esa norma de saltarse la dieta en domingo no estaba prevista en ningún acuerdo. ¿Está flaqueando Bernard? El motivo que suele hacer que una dieta fracase para Bernard es la ansiedad. Pero, ¿qué ansiedad puede estar sufriendo ahora? Ansiedad es lo que provoca tener que liberar un Opel Astra atrapado en mierda, mientras cerdos del tamaño de un Seiscientos rondan a tu alrededor y te lamen los zapatos. Ansiedad es lo que provoca intentar atrapar a todos los animales que han escapado y recluir-los allá donde quepan (en este caso, la oficina del conserje) sin que nadie se entere. El sargento se hizo con una vara y correteó arriba y abajo gritando «Tsé, tsé, cuto, tsé». Parecía un hombre famélico en busca de alimento en mitad del inmenso páramo. Lucía lo siente por el granjero (los cerdos empezaron a comerse el sofá de la oficina en cuanto los introdujeron allí). Y por el coche de Campos, que no consiguieron rescatar del fango hasta que colocaron unos tablones bajo las ruedas.

Sobre la mesa de la cocina ya le está esperando una esbelta torre de tortitas coronada por un frasco de sirope. Enseguida Bernard le sirve un café. Ella ataca su desayuno. Él le roba una de las tortitas a Lucía y se la introduce en la boca de una sentada, como quien se come una loncha de jamón.

—¡Ey! —grita ella, tratando de recuperar su tortita con el tenedor.

Él se inclina hacia atrás, riendo. Al hacerlo, las nuevas gafas le resbalan y caen de su nariz. Bernard se las apaña para cazarlas al vuelo en plena caída.

—¿Ves lo que pasa si me robas la comida? —bromea ella—. No me importa pegarle a un hombre con gafas.

—Vale la pena —dice él, buscando espacio a su lengua para vocalizar, con toda la tortita en la boca.

—Y si te cargas los cristales, ¿cómo vas a leer esos libros aburridos que tienes?

—Compraré más gafas. Se venden en farmacias. Primero, las tortitas. Luego, los libros —y, para corroborar esta afirmación, le sustrae otra tortita del plato y se la traga con la misma celeridad—. ¿Podrás venir hoy al parque con nosotros?

—Espero que sí. Pero con todo el trabajo que tenemos, no sé.

Desde el otro lado del pasillo se escuchan las voces de Marcos y Claudia, que juegan en la habitación. De pronto algo sucede. El ruido de un juguete cayendo al suelo. El llanto de Claudia. Lucía hace ademán de levantarse para ver qué ocurre.

—Déjalo, voy yo —dice Bernard.

—Siempre vas tú.

—Es mi deber. Tú pagas los gastos —responde él, sin asomo de complejos.

Lucía se queda en la cocina. Termina los dulces con avidez, no sabe cuándo le va a volver a Bernard la responsabilidad, cuándo le prohibirá de nuevo todo lo que no parezca comida para caballos. Le da un buen trago al café. Llega casi a sumergir la nariz en el interior de la taza para que el aroma sustituya a la peste de la cochiquera que persevera en su pituitaria. Mira la hora, ya son las nueve de la mañana. Entonces telefonea a Ramírez. Le encuentra sentado en su escritorio.

—Ha llegado la orden del juez para la redada en el viñedo de Gurga —anuncia el chico.

—¿Seguro que volverán ahí con todos los ilegales? ¿Después de encontraros a vosotros en el chamizo?

—No lo sé, mi teniente, pero hay que intentarlo. Es un buen motivo para detenerlos e intentar involucrarles. Además, está la caja fuerte.

—De acuerdo. Avisa a cuantos puedan. Que Artero te ayude con todo. Yo iré por allí en un rato. ¿Campos ha llegado?

—Aún no.

—No me extraña —exclama, pensando en las carreras que el pobre sargento tuvo que pegarse ayer, en pos de los cerdos, mientras ella era incapaz de alcanzar ni a uno.

Mientras habla, un pitido suena en el auricular del teléfono.

—Luego hablamos, niño. Que me están llegando mensajes.

Lucía accede a sus WhatsApps. Un teléfono desconocido le ha enviado una fotografía. Lucía la abre. La imagen tarda unos segundos en cargarse. Se trata de la plaza Montecompatri de Calahorra, donde se encuentra la cafetería La Comedia. La plaza a la que Bernard llevó a los niños ayer, mientras ella acudía a visitar Bodegas Lafourchette. Ha sido fotografiada desde su esquina norte. Muchas personas aparecen en la imagen. Pero, entre todas ellas, destaca la corpulencia de su marido. En la foto, Bernard sostiene a Claudia en brazos mientras patea una pelota en dirección a Marcos.

Lucía nota cómo las tortitas comienzan a removerse en su estómago, a ascender, a querer atravesar la normalmente infranqueable barrera de su hiato. Entonces suena otro bip. Un mensaje de texto. Unas coordenadas para el navegador y una frase: «Dentro de una hora».

10:30

Ahora el campamento del puente se encuentra desierto. Ahmed ha localizado el mejor trayecto por el que acercarse sin ser visto:

una línea que cruza la huerta de Galán, entre las ramas de los perales y las matas de las tomateras. Luego se agazapa junto a la acequia rota, que sigue derramando agua sobre el barro del camino, a pesar de que ya ha pasado casi una semana desde que se averió. Tras asegurarse de que nadie vigila, Ahmed recorre los últimos metros que le separan de su choza. Entra en ella. Todo parece seguir igual: los jergones, los peluches. Curiosamente, nadie la ha ocupado. El sentido de comunidad de la cuadrilla es grande, los miembros tienden a servirse de los bienes de sus compañeros en cuanto a éstos ya no les son útiles. Pero la muerte de Isa y la desaparición de Xhemeli y Ahmed provocan una especie de respeto morboso por sus posesiones materiales. Como si trajeran mala suerte o la chabola estuviera maldita.

Así que la caja de cartón que hay a los pies del lecho que ocupaba Xhemeli continúa allí, tal y como la dejaron. En su interior Ahmed encuentra lo que busca. Blisters de aspirinas, paracetamol, amoxicilina a medio terminar. Medicamentos que Xhemeli ha ido conservando. Ella se ha hecho cargo de las responsabilidades maternales desde que el fuego de mortero acabó con la vida de sus padres, aquel matrimonio que vivía con sus dos hijos en una aldea de Kosovo, cerca de la vivienda de su hija, recién casada con tan sólo quince años. El proyectil cayó en la noche junto a la ventana del dormitorio principal. Isa y Ahmed, que descansaban en una pequeña alcoba al otro lado de la casa, salieron ilesos. Samir, el marido de Xhemeli, irrumpió entre las llamas para sacarlos de allí.

Pocos días después se alistó en las milicias albanesas contra los serbios, dejando a Xhemeli a cargo de sus pequeños cuñados. Nunca volvieron a verle. Xhemeli suele decir que se alegra de ello. Lo dice sin una sola lágrima en los ojos. Afirma que no habría sabido cómo explicarle a Ismail lo que ocurrió en la aldea cuando los serbios llegaron y se instalaron en ella. Tampoco sabe explicarse a sí misma lo que ocurrió cuando un grupo de voluntarios muyahidines, provenientes de todas las partes del mundo liberaron la aldea. En qué se convirtieron los triunfales takbires, alaridos provenientes de las tripas de dios (*Al·lahu-àkbar*, sonaban, «Alá es grande»). En aquellos días Ahmed era un niño de cuatro años. Sólo recuerda la alegría con que recibieron a aquel valeroso grupo de soldados de piel oscura, que luchaban sin ponerse a cubierto hasta desconcertar a los serbios por su temeridad. Hablaban mil idiomas distintos, sus ropas procedían de mil tradiciones. Recuerda los ojos rasgados de un indonesio que llevaba sandalias en pleno invierno. Recuerda mirarlo fijamente durante horas sin que él se molestase. El indonesio le invitaba a rezar y el pequeño Ahmed accedía gustoso. Recuerda también al líder del escuadrón, un hombre delgado y alto, con barba. Un hombre amable, cariñoso, que le tomó en brazos para consolarle el día en que mataron a los siete perros y a los dos cerdos que aún vivían en la aldea.

Isa conservaba más recuerdos que él de todo aquello. Un día le contó que había vuelto a ver a aquel líder muyahidín. Dijo que lo había reconocido en un vídeo que le habían enseñado. El antiguo combatiente se llamaba Majed Hawsawi. Ahora vivía en Londres. Había llenado internet de discursos inspiradores, decía Isa. «Sus palabras te hacen sentir poderoso, como sostener el corquete en el puño cuando ves que todos los demás vendimian con tijeras. Él sabe qué es lo que hay que hacer», decía Isa.

Ahmed llena los bolsillos de su chaqueta con los medicamentos. Se apresura tanto que ni siquiera escucha el sonido del vehículo que acaba de llegar al campamento. Al salir de la chabola se topa con Gurga, que acaba de bajarse de la furgoneta blanca. Le acompañan sus ayudantes: Migjen, el gordo de brazos fuertes, y Taulant, el alto, con el tatuaje del dragón en el cuello. Gurga no pierde el tiempo. Se acerca a Ahmed y le propina un tortazo con el dorso de la mano. El chico cae sentado sobre el barro.

—De toda la chusma a la que doy cobijo y trabajo —dice Gurga en un albanés susurrado—, sois los únicos a los que considero compatriotas. Y os trato como tal: albaneses.

Cuando dice estas palabras se señala el tatuaje del águila negra en su brazo izquierdo.

—¿Y me lo pagáis así?

Ahmed se arrodilla y baja la mirada.

—No te quedes callado. Tú siempre te quedas callado. ¿Sabes que la policía ha estado rondando por aquí? ¡Saben más ellos que yo de todo esto! Y vosotros, desaparecidos… Debería haberos hecho desaparecer yo. Deberíais estar enterrados en algún viñedo, junto a tu hermano.

Ahmed lleva un rato apretando mucho los dientes. Ante esta última frase se le escapan las primeras lágrimas. Tautant se acerca a Gurga y le apoya la mano en el hombro.

—Fahredin, déjalo. Sólo es un crío. Su hermano acaba de morir. Y además, aquí lo tienes. Ahora lo arreglaremos todo, ¿verdad? Vas a contárnoslo todo, ¿verdad, Ahmed? Qué pasó con Isa… Dónde está Xhemeli… Ya sabes el cariño… especial… que Fahredin siente por tu hermana. Tienes que contarnos dónde está. ¿Nos lo contarás?

Ahmed no estaba preparado para este encuentro. Sólo se siente capaz de responder encogiéndose de hombros. Taulant se acuclilla junto a él y le seca las lágrimas con los dedos. El chico se atreve a levantar la mirada y se encuentra cara a cara con el dragón tatuado en la piel de Taulant. Ahmed asiente. Taulant le toma de la mano y le ayuda a levantarse. Gurga mira la escena sin conmoverse.

—Todos a la furgoneta. Tú vienes con nosotros.

Taulant se introduce en la caja con Ahmed. Gurga y Migjen van en la cabina. El trayecto bacheado hasta que alcanzan la carretera pavimentada se hace eterno. Después pasan unos diez minutos, tras los que Gurga toma una salida y se detiene en un terreno oculto por el muro semiderruido de una nave abandonada. Ahmed no tiene ni idea de dónde se encuentran.

Allí, en mitad del yermo, hay un BMW nuevo de color antracita. Gurga y los suyos rodean el coche.

—Hoy el dueño de este coche va a aprender algo —dice Gurga—. Con un poco de suerte tú lo aprenderás también.

Taulant abre el maletero y el capó del BMW con una palanca de hierro. Migjen ha traído dos bidones de gasolina de la furgoneta y usa uno para regar el motor. Mientras, Taulant revienta el parabrisas con la palanca y arroja más gasolina al interior, hasta vaciar su bidón. Entonces ambos se acercan a Ahmed. Le agarran y le obligan a acercarse para contemplar la obra.

Gurga enciende una cerilla. El chasquido de la combustión del fósforo se asemeja a un hueso quebrándose. La lanza sobre el motor del BMW. Brotan unas llamas vivas y amenazadoras. Sólo entonces Taulant y Migjen levantan a Ahmed en volandas, por las axilas. El chico no tiene apenas tiempo de patalear. Los dos albaneses lo arrojan en el interior del maletero del coche, aún abierto. Gurga le propina una patada al portón. Ahmed queda encerrado en su interior. En el interior del maletero de un coche que está ardiendo empapado en gasolina.

Las llamas se alzan ya un par de metros. A la luz del mediodía apenas son visibles, pero la columna de humo negro sí que lo es. No tardará en llamar la atención de algún conductor que circule por la carretera. La intención de Gurga y los suyos es ésa: que el incendio se vea, que alguien llame a la policía, que ésta llegue cuando el coche esté carbonizado, que aún puedan leer el bastidor y lo identifiquen como propiedad de Juan Antonio Abecia, jefe de Recursos Humanos de Bodegas Lafourchette. Pero, antes de eso, hay un chico de dieciseis años encerrado en su maletero.

—Concéntrate bien porque tienes poco tiempo, Ahmed —grita Gurga—. El fuego se acerca a la cabina y allí encontrará más cosas que quemar. Después de eso, no tardará en alcanzar el depósito de gasolina del coche, que reventará. Para entonces nosotros ya nos habremos ido y tú te quemarás. ¿Dónde está Xhemeli?

Ahmed propina patadas y rodillazos contra la puerta del maletero. Son intentos propios de la angustia, que no le conducen a ninguna parte. Pero Ahmed es de ese tipo de personas capaz de pararse a pensar en una situación como ésta. Lo importante no es lo que tiene que hacer, sino lo que tiene que decir. El problema es que no se le ocurren demasiadas cosas.

—Ahmed, vas a tener que gritar. Nos estamos alejando del coche. Las llamas empiezan a desprender demasiado calor y no queremos que el depósito nos estalle en la cara. No sé si me entiendes.

Ahmed opta por una salida a la desesperada. No sabe si funcionará. Pero no tiene más opción que ésa... o la verdad.

—¡Xhemeli está muerta! ¡La han matado!

Grita. De veras que grita. Lo suficiente como para hacerse escuchar por Gurga. Éste tuerce el gesto, mostrando un asomo de conmoción por un instante.

—¿Quién? ¿Quién la ha matado? —pregunta.

—¡El mismo que mató a Isa! —sigue Ahmed—. ¡Constantin!

Ahmed no escucha mucho de lo que ocurre ahí fuera. Sólo percibe que el calor se va haciendo cada vez más insoportable. Que le invade las piernas y el rostro. Que la piel no puede evacuar más humedad, que se tensa de forma intolerable y podría rasgarse en cualquier momento. Entonces el maletero se abre. Taulant y Migjen, con la nariz envuelta en unas telas, se apresuran en cogerlo de las axilas y sacarlo. Lo alejan del coche y lo tiran a los pies de Gurga.

—¿Por qué? —pregunta éste.

Ahmed está sufriendo un irrefrenable ataque de tos. Escupe una saliva negra que parece surgida de lo más profundo de su aparato respiratorio. Siente que la piel le arde. Sin embargo, considera que éste no es momento de estar callado. Gurga se encuentra frente a él y el coche sigue ofreciendo sus llamas al mundo.

—Porque quería de ella lo mismo que tú. Isa trató de impedirlo, pero el viejo es más fuerte de lo que parece. La mató para que no te contara nada. Intentó hacer lo mismo conmigo, pero escapé.

Gurga sostiene la mirada unos instantes para asimilar lo que está escuchando.

—¿Puedes probarlo? —pregunta.

Ahmed no sabe si podría llegar a probarlo. Lo que sí sabe es que está fuera del maletero del coche en llamas y eso, al menos, le da unos minutos para inventar algo nuevo. Aun así, puede que no necesite mucho más que inventar.

—Quizás. Constantin no se limitó a hacerle eso. Luego le robó. Dinero. Y sus anillos. Las alianzas.

En ese momento el depósito de gasolina del BMW explota. Una corriente de calor alcanza a Ahmed y a los hombres de Gurga. La columna de humo se eleva ya a esa altura imposible a la que vuelan los buitres sobre el llano.

—Hay que irse de aquí —dice Gurga—. Vosotros os vais al viñedo. Yo me llevo a Ahmed. Tenemos que confirmar unas cosas. O pagar por nuestras mentiras, ¿verdad Ahmed?

11:00

—Veo que te tiemblan las manos, teniente Lucía Utrera. Te temblaban igual en aquel sótano, ¿recuerdas? Y no creo que fuera de frío. Yo temblaba de frío. Tú temblabas de miedo.

La última vez que lo vio en su celda, Kabuto se había dejado una perilla de chivo que convertía su barbilla en una saeta descendente. Ya no hay rastro de ella. En la distancia corta, Lucía puede ver una barba somera que nace en las mejillas de su enemigo. Es blanca. Quizá por eso Karmelo Puerta ya no la soporta. Porque el paso del tiempo, para quien se encuentra encerrado en un penal por cuarenta años, significa mucho más que un segundero en imparable avance. Tras los finos labios de Kabuto, que ahora aguantan la tensión de una falsa sonrisa, se entrevén algunos huecos negros enmarcados entre dientes amarillos. Sus ojos, por el contrario, son de un azul cristalino. Pero también parecen, de algún modo, dos oscuros huecos. Lucía nunca se ha visto ante una nada tan azul.

Ella sólo ha dispuesto de una hora para preparar mentalmente el encuentro. Durante el trayecto ha venido aleccionándose: no caigas en provocaciones, no te dejes acorralar en debates sin salida, negocia sin complejos. No le tengas miedo.

Las coordenadas del WhatsApp la llevaron hasta el embalse Perdiguero, a las afueras de Calahorra. Al llegar en el Pathfinder del cuerpo vio a algún que otro pescador furtivo retirar su caña y salir corriendo con una cesta de peces. El pantano es un perfecto círculo dispuesto en un alto. Como un espejo de aguas tranquilas para que alguien se mire desde el cielo. Unos anchos caminos de tierra rodean su perímetro. Se encuentran casi siempre desiertos. A lo largo del día, apenas van unos pocos calahorranos a correr, a fumar porros entre los pinos o a practicar pesca sin muerte. Se prohíbe nadar, eso sí, porque lo reza el letrero que hay junto al contenedor de basura verde, al lado del cual esperaba Kabuto a la Grande. Lucía ha aparcado el Pathfinder cerca del camino de salida. El Hyundai de Kabuto aguarda al otro extremo del aparcamiento.

Un corredor septuagenario enfrenta el comienzo del circuito con esfuerzo; Lucía y Karmelo escuchan el crepitar de su calzado deportivo contra la gravilla. Resulta un sonido quejumbroso, molesto, por lo que ella deja que el anciano deportista se aleje lo suficiente antes de decir nada. Un segundo. Cinco segundos. Diez segundos. El corredor desaparece tras un montículo. Ya están solos.

—Quiero que dejes en paz a mi familia.

Kabuto amplía un poco su sonrisa y los dientes que le faltan claman sus miserias.

—Mi teniente... ¿Es teniente, verdad? Ya teniente, cómo pasa el tiempo. ¿Cuándo te sacaste el examen de oficiales? Bueno, es lo mismo. Escucha: yo también quiero dejarlos en paz. Pero eres tú la que no me deja a mí.

—Hay un asesinato y dos desaparecidos sobre mi escritorio. Eres sospechoso. En cinco minutos podría tenerte en el calabozo.

Kabuto suspira, como si la cosa no fuera con él.

—Yo de ti aún no echaría mano a los grilletes. Esto parece desierto, pero hay gente mirando, te lo juro. Y hemos hecho un trato: yo me comprometo a razonar contigo y ellos garantizan que salgo de aquí tranquilamente en mi coche. Me han encargado que te diga que si se te ocurre ponerme la mano encima... Has visto la foto que te he enviado, ¿verdad? Bien, pues no la he tomado yo. Ellos son bastante más sutiles que mis antiguos compañeros. Pueden hacer desaparecer a un inglés de la faz de la Tierra en dos segundos. Y eso que este inglés está gordo, el hijo de puta. La Grande aguanta el tipo.

—No es mi intención arrestarte ahora mismo. En cuanto reúna las pruebas lo haré.

Karmelo Puerta viste un chaquetón de cuero negro. Se lleva la mano al bolsillo para sacar un paquete de Nobel. Lucía no puede evitar estremecerse al contemplar ese movimiento. Kabuto tira al suelo el envoltorio de plástico transparente del paquete. Ella recuerda que, hace veinte años, antes de que Kabuto entrara en la cárcel, tirar papeles y plásticos al suelo era algo normal. Y vuelve a pensar en la cárcel como una máquina que te mantiene congelado en el tiempo, mientras en el exterior las personas aprenden a ser mejores, más cívicas, aunque sólo sea porque empiezan a usar las papeleras con más frecuencia. Rechaza el cigarrillo que le ofrece Kabuto. El otro se lo enciende con una cerilla que luego arroja a las aguas del lago.

—Hay cosas que nunca cambian. Seguís aprovechando cualquier motivo para atribuirnos todos los asesinatos que podéis.

—Quizá porque llevas veinte muertos en tu historial —replica Lucía, muy lejos aún de darse cuenta de que está incumpliendo la primera de sus normas: no caigas en su provocación.

—Yo llevo veinte muertos. Pero no asesinatos. Yo no asesino. Yo ejecuto. Para ejecutar hace falta valor y una causa, porque de una ejecución uno no saca ningún bien. Para asesinar sólo es necesario ser ambicioso.

—Hay cosas que nunca cambian. Veinte años después, y con la banda arrastrándose en el fango, el lenguaje sigue siendo el mismo. Me da igual que asesines o que ejecutes. Me dan igual tus matices absurdos. Quiero que te alejes de mi familia.

—La banda no se arrastra por el fango. Cumplimos con nuestro trabajo, lo terminamos.

—No cumplisteis con ningún trabajo. Todo lo que vuestro pueblo ha logrado lo ha logrado a pesar de vosotros. Y, de no ser por vosotros, lo habría logrado mucho antes. Debe de ser odioso pasarse en la cárcel veinte años, salir y descubrir que aquel absurdo baño de sangre que te llevó allí dentro no ha servido para nada. Quiero que te alejes de mi familia.

—Es tu opinión. Ahora veo un pueblo más libre. Tenemos más ayuntamientos. Se habla más en euskera. Nuestra lucha cumplió su cometido.

Lucía sabe que si objeta todo lo que sería capaz de objetar, quedará atrapada en un bucle dialéctico irresoluble. Da igual lo que signifique la palabra pueblo para Kabuto. Da igual lo que signifique la palabra democracia. O lo que signifique la Amnistía del setenta y siete. Da igual que se crea el único represaliado por el franquismo. Da igual que a su alrededor viera franquismo hasta en la forma de servir la sopa de una camarera y da igual que ahora no lo vea y lo atribuya a todas las nucas agujereadas que sus compañeros dejaron sobre las aceras. Kabuto es un creyente. Lucía sabe que a un creyente no le da miedo la razón. Pero hay una cosa a la que sí temerá: la excomunión.

—¿Por qué hablas de «nuestra» lucha, Karmelo? ¿Por qué hablas de «nosotros»? No hay nosotros. Te dieron la espalda. Te desterraron. Has pasado veinte años en la cárcel solo como un miserable. Tus compañeros no te dirigían la palabra. ¿Por qué nosotros? Tú no eres parte de ningún nosotros.

Kabuto dirige la vista hacia las aguas quedas del pantano. Dicen que ahí hay peces, y los pescadores, sí, sacan algunos. Pero nunca se dejan ver cerca de la superficie. Un acuario magnífico, piensa Lucía. Y celebra que su agresión haya tenido efecto. Kabuto le pega una larga calada al cigarrillo.

—La cadena no tiene la culpa de la debilidad de uno de sus eslabones —murmura—. Comprendí su decisión. Yo cometí un error imperdonable. Pero nunca les negué mi apoyo. Y parte de ese apoyo ha consistido en admitir que yo debía ser apartado. El individuo no importa. Lo importante es la lucha del pueblo.

—¿Pero qué lucha? ¿Pero qué cadena? ¿Aún sigues sin creer que te traicionaron, alma de cántaro? Encontramos pruebas contra ti por todas partes. Sólo contra ti. ¿Crees que fue todo una casualidad? Las viste en el juicio. Te querían quitar de en medio. Deberías haber delatado a todos aquellos que te querían entre rejas. Pero eres tan tonto que te engañaron con un puñado de manifestantes y unas cuantas pancartas y entonces…

—¿Y entonces qué? —interrumpe Kabuto. Y Lucía siente que él también ha encontrado una zona vulnerable en ella—. Te diré qué pasó entonces. Entonces pasó que el capitán Adolfo García, el sargento Luis Ceballos y la guardia Lucía Utrera me llevaron a aquel vestuario. Aquel con las paredes forradas de gresite verde. Recuerdo cada una de las telarañas que colgaban de las tuberías. Recuerdo la marca del reloj que llevabas puesto, Lucía.

—Basta ya. Aléjate de mi familia.

—Era un Casio de plástico, con correa de goma. Sumergible, no como las personas.

—Basta.

—Supongo que te duró hasta mucho tiempo después de aquella tarde. Por cierto, ha sido una alegría lo del coronel García. Cuando a Ceballos se lo llevó el ictus por delante, brindé con cava. Pero no hay cava suficiente en el planeta para celebrar lo de García.

Impera un silencio tan absoluto que vuelven a escucharse las pisadas del anciano corredor. Regresa por el mismo camino que se alejó, más cansado, más penoso de contemplar, arrastrando los pies, balanceando mínimamente los puños a la altura del ombligo al ritmo de sus patéticas zancadas. Lucía descubre que está perdiendo esta batalla contra Kabuto del mismo modo que el anciano está perdiendo la batalla contra la muerte.

—Te voy a decir qué va a pasar ahora, Lucía —Kabuto apura el cigarrillo y arroja la colilla al suelo—. Voy a hacer exactamente lo que tú quieres. Voy a dejar a tu familia en paz. Y tú me vas a dejar en paz a mí. Porque ambos estamos metidos en algo que nos supera. Yo lo sé. Tú todavía no tienes ni idea y por eso das tanta lástima. Vas a dejar de seguirme. Dentro de un par de semanas yo me largaré de esta tierra y no volverás a verme.

—No puedo pasar por alto dos asesinatos.

—Y dale. ¿Tienes un eco repetitivo o qué?

—Has matado al coronel García.

—¿De verdad crees que he podido hacerlo? Es muy halagador, sí que lo es. Quizá lo haya hecho. ¿Y a quién más he matado?

—A Isa Abdi. Era sólo un crío.

Kabuto reprime una risotada expulsando aire por la nariz.

—Yo no asesino críos.

—En aquel autobús viajaban tres. Vi cómo quedó uno de ellos en una foto. ¿Quieres recordarla? Porque yo lo recuerdo todos los días.

—Aquello no fue un asesinato. Fueron víctimas del conflicto, tú eres tan culpable como...

—Ya, que te follen, Karmelo, asesino, hijo de puta. ¿Y qué pasa con Isa? ¿Le cortaste el cuello por accidente también?

—Que no sé de quién me hablas.

—Te he visto en compañía de los sospechosos.

—¿Te refieres a Amin y a Jamal? Son militantes de la resistencia árabe, gente noble. Luchan por su libertad. Te aconsejo que los dejes en paz. Vuelvo a repetirte que te estás metiendo en un lío que te supera.

—Lo que tú digas.

—Te supera. Y a mí también.

Kabuto alza la vista al cielo. Entonces las venas de su cuello delgado y áspero se hinchan. Avanza un paso hacia Lucía. Ésta, aunque desearía retroceder con todos los impulsos de su instinto, aguanta el tipo.

—Observa este lugar, mi teniente —susurra, señalando el agua estática, los caminos solitarios, los pinos petrificados en el tiempo—. No hay nadie. Ningún testigo. No creía que fueras a ser tan tonta como para venir. Y aun así, aquí estás. Siempre has tenido principios, lo sé, te he estudiado. ¿Sabes qué? Me gustaría matarte aquí, ahora mismo. Porque tú también me obligaste a hacer algo por lo que me he odiado el resto de mi vida. Me odio a mí más de lo que os he odiado a cada uno de vosotros, no sabes lo que es vivir con eso. Aquí, matarte, sin un par de ojos que lo vean ni un par oídos que lo escuchen. Y largarme y no volver a aparecer nunca. Pero no puedo. Ahora mismo no puedo. Igual que tú tampoco puedes continuar siguiéndome. No te he hecho venir hasta aquí para negociar nada. Sólo para advertírtelo. Déjame en paz. Si estropeas aquello en lo que estoy metido, quedaré libre. Y si quedo libre, bien, entonces podré hacer lo que me apetezca. Y lo que me apetece, mi querida teniente, es hacerte daño.

Kabuto retrocede cinco pasos. Luego se da la vuelta y comienza a caminar hacia el Hyundai. Lucía lo observa sin mover un músculo. Vienen a sus ojos decenas de fotografías. Metralla de coches bomba atravesando la carrocería de los coches. La carne y los huesos que hay tras esa carrocería. Balas de nueve milímetros incrustadas en el pavimento tras haber traspasado un cráneo de punta a punta. Hubo un tiempo en que lucho por retener en la memoria todas esas imágenes que ahora quiere olvidar. Fueron esos días, en aquel vestuario, junto a aquella bañera de agua helada, cuando el capitán García le instigaba a que recordase las cosas que había sido capaz de hacer Kabuto. Así todo era más fácil.

—¿Sabes lo que decía García? —grita Lucía a un Kabuto que se aleja de ella—. Decía que ni siquiera fue difícil. Que no tuvimos que aplicarnos mucho para que empezaras a hablar. Me daba un codazo y, riéndose, me decía: Si esto te parece jodido, me gustaría haberte visto en El Aaiún, en los setenta. Esos moritos sí que tenían aguante y no este mierda. Con ellos sí que había que esforzarse.

La provocación surte efecto. Kabuto da media vuelta y se acerca otra vez a la teniente. Mientras lo hace, Lucía insiste.

—¿Sabes por qué me odias? Porque te dimos la oportunidad de ser un héroe y tú y sólo tú la desaprovechaste. La oportunidad de tu vida. La gloria. Una leyenda del mito de la liberación de Euskal Herria. Eso podrías haber sido. Me culpas de ello, pero el único culpable eres tú. Querías ser un mártir. Pero en el momento de enfrentarte al martirio demostraste lo que de verdad eres, lo que de verdad siempre es el que aprieta un botón para volar un aparcamiento lleno de abuelos y niños: un puto cobarde. Cantaste como una soprano.

Pero Kabuto tiene todo un arsenal con el que responder.

—Pues sí, tienes razón. Me habría encantado convertirme en un mito, pero eso no me estaba destinado y la causa es más importante que mis aspiraciones. Y, sin embargo, tú. ¿Por qué me tienes tanto miedo? Yo te respondo: porque piensas que tengo razones justificadas para odiarte, y eso es lo que de verdad te tortura. Si tú fueras yo, acosarías a mi familia tal y como... ¿Tal y como yo lo estoy haciendo?

Kabuto deja que sus palabras se fundan con una sonrisa cínica.

—Escúchame —replica Lucía—. Te lo voy a decir sólo una vez. Si me crees, estupendo. Y, si no, también. Yo me opuse a lo que ocurrió en ese vestuario.

—Estoy seguro de que te saltaste toda la cadena de mando para impedirlo.

—Tú no sabes lo que he tenido que pasar por oponerme.

—¿Y qué versión debo creer? ¿La de esta Lucía Utrera, defensora de los derechos humanos en las cárceles? ¿O la de quien hace unos segundos se enorgullecía de haberme hecho cantar como una soprano?

—Cree la de tu puta madre. Cree la que quieras. Pero déjame en paz. Y deja en paz a mi familia.

—¿Tienes un puto tapón de grasa en los oídos? Te lo he dicho por activa y por pasiva. Claro que dejaré en paz a tu familia, me obligan a hacerlo. Siempre y cuando tú me dejes en paz a mí y a los moritos.

—¿Ah, sí? ¿Y a qué versión de Karmelo Puerta, alias Kabuto, debo creer? ¿A la que hace unos minutos trataba a esos terroristas de «militantes de la resistencia árabe» o a la que ahora los llama «moritos»?

Al escuchar esto Kabuto le dedica una última sonrisa y se vuelve de nuevo hacia su coche. No obtendrá de él nada más.

—¡Tus compañeros te vendieron! —vuelve a gritar, a la desesperada. Pero el terrorista ya se ha subido a su coche y lo ha puesto en marcha. El Hyundai recorre los primeros metros. Pasa ante la teniente. Kabuto la observa desde la ventanilla y, en el último momento, estira el dedo corazón de la mano derecha, a modo de despedida.

Lucía se queda sola. Escucha entonces el graznido de unos cuervos que hasta ahora le había pasado desapercibido. El olor del agua del pantano, rico en fango, algas, también la hace regresar. Detrás de un montículo arcilloso crecen unos pinos. Detrás de esos pinos se escucha el sonido de otro motor. Un coche oculto sale a la luz. Es el Opel Astra de Campos. Aún tiene manchas de estiércol y el frontal abollado. Pero no tanto como para llamar la atención. Campos cruza el aparcamiento y se detiene para recoger a la teniente. Lleva esperando en esa posición desde que ella le llamó, a las nueve y diez de la mañana.

Lucía se sube al Opel, abandonando el Pathfinder junto el Pantano. Al hacerlo se ve obligada a retirar del asiento del copiloto el arma que el sargento tenía lista para disparar. Campos acelera. Cuando alcanza un cambio de rasante, comprueba que Kabuto ya se encuentra lo suficientemente lejos como para no sospechar. Siguen al coche plateado por los caminos cercanos al río Cidacos. Allí hay huertas privadas y algún taller de maquinaria. Ladran perros a su paso. El Hyundai se incorpora a la N-232. A la altura del desvío a Aldeanueva de Ebro, Kabuto gira hacia el sur por una pequeña carretera. Unos kilómetros más adelante Kabuto toma una vereda descuidada que se abre paso entre olivos jóvenes. Conduce a una huerta con una piscina vacía y un chamizo con cubierta de teja.

—Ahí lo tiene —comenta Campos—. Me juego el cuello a que ésta es su madriguera.

12:00

Una exigua bandada de estorninos se ha posado sobre la valla de la casa cuartel. Ramírez, sentado al volante de uno de los Megane, manosea la orden del juez que autoriza la redada en el campo de Gurga. Antes de firmarla, el juez Martos preguntó si el viñedo que inspeccionarían pertenecía al Grupo Lafourchette. Como la respuesta fue no, el Truchas firmó sin objeciones.

Hace pocos minutos una patrulla de tráfico ha contactado con la casa cuartel para avisar de que ha aparecido el coche de Juan Antonio Abecia. Está todavía calcinándose en un descampado, a pocos metros de la carretera. Aún se encuentra demasiado caliente como para comprobar si hay alguna pista. Ramírez dedica poco tiempo a pensar en ello, pero parece un aviso al tal Abecia, una especie de ajuste de cuentas. Nadie se lleva un coche para prenderle fuego al día siguiente, si no es para transmitir un aviso. «En fin», piensa Ramírez, «cada cosa a su momento».

Junto a Ramírez, en el asiento del copiloto, el agente Marquina no dice esta boca es mía. Aún hay muchas preguntas pendientes sobre el arresto de Galán, así que prefiere evitar cualquier conversación, no sea que un tema lleve a otro y acaben justo en aquél. Suárez ocupa su plaza en otro coche; los han separado como a colegiales traviesos. Pero, al menos, a él le dejan conducir. Marquina fue dado de alta en cuanto retuvo suficiente líquido y dejó de marearse. Suárez tardó un poco más: esperó los resultados de una prueba de esfuerzo, varios electrocardiogramas y un análisis de sangre. La teniente no les ha dejado descansar. «Por mí como si se les sale el cerebro por los oídos», ha dejado dicho. Así que ahí están. Suárez se lleva cada dos por tres los dedos a la carótida y, en cuanto tiene oportunidad, jura que «es que no lo ha pasado tan mal en su vida». Marquina no para de beber agua, pero guarda silencio.

La cabo Artero se sienta al volante de uno de los dos furgones; en concreto, del nuevo. Tan sólo tienen dos, uno de ellos, el viejo, han tenido que ir a sacarlo del taller a última hora del sábado (para lo cual se han visto obligados a localizar al mecánico y hacerle abrir el negocio), porque calculan que habrá detenidos y en un solo furgón no van a caber. Al ver el despliegue, la inspectora de trabajo que les acompaña para supervisar la redada se ha quedado sin habla. Es una chica muy delgada y lleva demasiada ropa de abrigo para este momento del año. No está acostumbrada a que una inspección requiera de tantos efectivos. La cabo se ha apresurado a tranquilizarla y garantizar que no correrá peligro.

Ramírez tiene en su móvil un mensaje de la teniente Utrera desde hace más de una hora: «En caso de que ni el sargento Campos ni yo lleguemos a la hora precisa, procedan. Son perfectamente capaces». Ramírez le está dando tiempo a la teniente. Le da vértigo enfrentarse a semejante operación. Parece rutinaria, pero, ¿qué es rutinario? Hace tres años, cuando ocurrió todo aquel asunto de la niña asesinada, acompañó a la teniente a hacer una comprobación rutinaria a un piso del centro de Calahorra. Y el Ramírez que salió de aquel portal no fue el mismo que el que había entrado. La pistola aún le quema en la cadera desde entonces.

Busca a la cabo Artero con la mirada, esperando encontrar tranquilidad en sus ojos. Artero parece necesitar sólo la décima parte del cerebro para hacer las cosas a la perfección; el otro noventa por ciento lo reserva para pensar en sus novelas gráficas y sus videojuegos, así que su gesto siempre es el de quien está, pero no está. Supone, Ramírez, que la procesión de la cabo va por dentro, y que los nervios también le estarán apretando el estómago. Pero ahí, al volante de la furgoneta, con la mirada perdida en los estorninos de la valla, se diría que está esperando a un novio para salir de picnic. Ramírez dirige también sus ojos a las aves, esas tres o cuatro docenas de salpicaduras negras, trémulas. «Le doy de tiempo a la teniente hasta que esos pájaros echen a volar», se dice Ramírez.

Basta que lo diga para que, inmediatamente, la bandada de estorninos levante el vuelo haciendo un ruido como de paños de seda frotando entre sí. «A tomar por culo», piensa Ramírez. La valla de la casa cuartel se abre. Tres coches y dos furgones salen de ella. Los estorninos se alejan.

Quince minutos después la columna irrumpe en el viñedo de Gurga. El sol se encuentra ya en su cénit. Un par de buitres rondan con vuelo paciente. Han visto jaleo allá abajo, algo parecido a una jauría de lobos atacando una manada de herbívoros. Esto promete. Seis de los diez guardias civiles bajan de sus vehículos. Ramírez se siente ridículo al gritar «Guardia Civil, todos quietos». Artero lo repite con mucha más convicción, la verdad. Los vehículos han llegado al viñedo desde los dos sentidos opuestos de la carretera. La furgoneta blanca de los albaneses queda bloqueada. El tractor no, pero ¿quién coño va a intentar escapar en un tractor?

En cuanto al material humano, ésta es la situación: Migjen, el tipo bajito y gordo, y Taulant, el tipo del tatuaje del dragón en el cuello, están sentados en sillas de playa junto a la furgoneta. Exactamente en la misma postura en que los encontraron Ramírez y el padre Borobia ayer por la mañana. Beben la misma cerveza y escuchan la misma música patética. Migjen luce un buen hematoma amoratado en el pómulo (el punto justo donde la cara se parte en dos si se golpea con fuerza). Taulant se levanta en cuanto ve todos esos uniformes y chalecos reflectantes echándose encima. El gordo intenta imitarle, pero ha reclinado el respaldo de la silla y sus abdominales no son lo que eran. Tarda en incorporarse. Luego tropieza con unas latas de cerveza vacías. Cuando recupera la estabilidad, Marquina ya se ha lanzado contra sus rodillas. El gordo cae al suelo y parece que se va a desparramar como un flan que se pierde por el fregadero.

Taulant ya lleva cuarenta metros de ventaja. Salta de pasillo en pasillo. Esquiva espalderas, sarmientos sueltos, alambre. Cuatro guardias esperan apostados entre las vides. Le salen al paso. Todo se asemeja a un documental de naturaleza, los leones emboscan a los ñus en el Serengueti. Los buitres se percatan y comienzan a descender en espiral. El albanés pega un brinco la izquierda. Evita a uno de los policías y cambia de dirección.

Al otro lado del viñedo la cosa está algo más complicada. Cuatro guardias civiles aparecieron también de entre las viñas. Otros dos se dirigen en su apoyo desde los coches. Cinco emigrantes deciden que no quieren jaleos, levantan las manos y dejan caer las tijeras. Pero sólo son cinco. Los diez restantes se baten en desbandada por entre las espalderas. Algunos son muy jóvenes y corren de verdad. Suárez no puede dividirse en dos para alcanzarlos a todos. Así que se fija en una mujer de unos treinta años que calza unas chancletas que ralentizan su carrera. Se sitúa a su espalda y aumenta la longitud de sus zancadas, sin dejar de tocarse la carótida con los dedos. Cuando se encuentra lo suficientemente cerca, alarga la mano izquierda (que es la que no está tomando el pulso) y agarra a la chica por la coleta. Ella cae hacia atrás de culo. El tirón le ha provocado unas lágrimas. Suárez no tiene problemas para inmovilizarla y esposarla. Mira a su alrededor. Intentará pasar desapercibido el resto del operativo. No quiere correr más. Le preocupa mucho su ritmo cardiaco.

Sin embargo Marquina se ve en problemas. El gordo Migjen se le ha revuelto. Es más ágil de lo que parecía, el puto gordo retaco. Primero ha conseguido darse la vuelta, ponerse boca arriba. Desde ahí, Marquina ha podido oler su aliento: alcohol de quemar. Migjen viene cargadito al trabajo. Poco le ha durado a Marquina el aroma, porque se ha llevado un rodillazo en la nariz. Algún vaso se le ha roto ahí dentro y la sangre ha matado todo olor. Entonces el gordo se ha levantado. Ha sacado una navaja de su bolsillo. Ramírez está a pocos metros, con la pistola desenfundada. Apunta Migjen y grita, pero éste está muy borracho y se debe creer inmune a las balas.

—¡Cojones, que tires eso! —grita.

Pero, el gordo, que no. Y da un paso hacia Marquina, que está intentando retener su hemorragia nasal. Y Migjen alza la navaja. Y Ramírez que duda. Y entonces, un disparo. Tan

-----

escandaloso que hasta unas perdices han alzado el vuelo en el campo colindante. Una brecha muestra el hueso de la rodilla del gordo. Cae al suelo. La sangre empieza a mezclar sus gamas de rojo con las gamas del rojo del suelo: al rico hierro. La pistola de la cabo Artero humea. No se detiene a observar. Cuando ve que Ramírez se puede hacer cargo, guarda el arma y se va a cazar otro objetivo. Ramírez observa sus movimientos decididos y precisos. En verdad tiene algo de heroína de esos comics que le gusta leer; se la imagina luchando contra un supervillano interplanetario o contra un dragón de siete cabezas.

Pero aquí, el único dragón, es el del tatuaje del cuello del otro mafioso. Ha conseguido zafarse de los agentes. Éstos no se deciden a lanzarse contra sus piernas, como antes hizo Marquina. Taulant aprieta el culo y corre; sólo necesita regatear al último de los guardias. Le encara, confiado. Lo que no sabe es que el chico juega en el Club de Pelota Rioja Baja (las noches de borrachera apaga cigarrillos en la palma de su mano, para regocijo de sus amigos). Cuando el del tatuaje se acerca, le suelta una bofetada a mano abierta en plena boca. Taulant se traga seis dientes: tres suyos y otros tres del dragón del dibujito. Luego los guardias se le echan encima y en pocos segundos está esposado.

Al otro lado del viñedo, tres braceros muy jóvenes han conseguido huir. Para ellos, la policía significa calamidades. No tiene sentido esforzarse en explicarles que van a liberarles de una red de explotación laboral. ¿Qué van a hacer con esa libertad? Morirse de hambre o caer en una red peor. Sin embargo, la gran mayoría se ha entregado por voluntad propia. Otros tantos han sido reducidos y se les ha esposado. Suárez conduce a tres detenidos al furgón, como si fueran sus trofeos de caza. Los demás caminan por voluntad propia, algo perplejos. Uno de los guardias ya está pidiendo papeles a gritos.

—¿Alguno de estos es Gurga? —pregunta Artero.

Ramírez niega con la cabeza. Se acerca a Migjen, al cual Marquina le está haciendo un torniquete, aunque se diría que el guardia pierde más sangre por la nariz que el criminal por la rodilla.

—¿Dónde está Gurga? —le chilla Ramírez—. ¿Y el capataz? Pero lo único que obtiene son gritos de dolor.

Por ahí vienen más guardias llevando al del tatuaje bien agarrado por los brazos. Cuando Taulant ve a Migjen tirado en el suelo, sangrando, y a Marquina apretándole el torniquete, no se sabe qué se imagina, pero le flojean las piernas y se pone verde de miedo.

—¿Dónde está Gurga? —intenta con él Ramírez.

—Le dejamos hace un par de horas —contesta el tatuado.

El gordo, a su vez, grita algo emitiendo esputos por la boca; lo dice en albanés, pero todos llegan a adivinar que esas palabras significan «Cállate, imbécil». Y Taulant se calla. Y se deja llevar al furgón.

Ramírez le hace un gesto a Artero y a Suárez, solicitando su apoyo. Los tres se dirigen al chamizo. Al acercarse a la entrada, les pide precaución. Se agachan y se cubren tras el follaje de las vides. Sacan el arma. Se refugian junto al vano de la puerta.

—Aparta —le sugiere Artero a Suárez, que está en medio.

La chica patea con la suela de su bota a la altura de manilla. La cerradura se desintegra y la hoja de la puerta queda bailando; se desplaza hasta abrirse de par en par. Artero irrumpe en el chamizo, pistola en mano.

—¡Quieto, hijo de puta, tira eso o disparo! —berrea la chica.

El grito se dirige al capataz, a quien no se le había visto hasta ahora. Esgrime una horca contra los guardias. Pero en cuanto ve las pistolas la deja caer al suelo y levanta las manos. Ramírez aprovecha la docilidad del capataz. Le señala el armario metálico con el candado de seguridad.

—Abre eso.

El capataz murmura palabras en su idioma, incomprensibles para los guardias. Extrae una llave de su bolsillo y la introduce en la cerradura.

El armario, sin duda, tiene premio. Dos bolsas de cocaína de, al menos, medio kilo cada una. Una bolsa de deporte repleta de pasaportes y billetes de todos los valores (presumiblemente, las nóminas de los braceros que los mafiosos retenían). Y un disco duro, marca Lacie, de 500 GB.

—Digámosles a estos tres que se les detiene por trata de seres humanos para explotación laboral, posesión de droga, fraude a la Seguridad Social, fraude a la Agencia Tributaria, resistencia a la autoridad... Ya se nos ocurrirán más cosas... ¿Y dónde cojones está Gurga?

—No lo sé. Debería haber vuelto ya —contesta el capataz.

12:00

Están en el interior de la chabola de Constantin. A un lado de la estancia se encuentra el viejo, sentado en un taburete, con las manos buscando refugio entre las rodillas. Al otro lado de la estancia se encuentra Ahmed Abdi, con la espalda contra la pared. Entre ellos, Gurga, relajado en una silla. Sobre una mesa plegable ha dejado una pistola. Junto a la pistola, los anillos de Xhemeli, aún sujetos a su cadenita, que le acaba de sustraer a Constantin. No cabe duda de quién es el propietario legítimo. Ambos tienen una inscripción en el interior: Xhemeli-Samir, 4–10–1996.

A ratos, Gurga juguetea con el cañón de la pistola. Está pensando qué hacer. Se ha visto obligado a «suplicar» silencio: Constantin no paraba de decir que el crío mentía, que lo iba a matar, que... Lo ha callado disparando contra el techo. La bala ha atravesado la cubierta de chapa y se ha elevado, perdiéndose en un cielo cada vez más nublado. «Ahí tienes una nueva gotera, Constantin, la próxima te saldrá en el puto cráneo», le ha dicho. Ahmed se fuerza a sí mismo a levantar la mirada y lanzarla contra el viejo patriarca. Su habitual gesto compungido, ese que le esconde los ojos y la voz, ahora no va a servirle de nada. Sin embargo, no puede evitar volver el rostro cuando Gurga le hace una pregunta. Podría hablar en albanés para que sólo Ahmed le comprendiese. Pero decide hacerlo en rumano.

—¿Qué quieres que haga con él?

Gurga ya sabe lo que va a hacer con Constantin. Pero prefiere que sea Ahmed quien lo diga. No le gusta mostrar vulnerabilidad ni hacer ver que estimaba a Xhemeli más de lo indicado.

—Si él ha matado a mi hermana —dice Ahmed—… Ya sabes.

—¡Pero yo no he matado a nadie! —chilla Constantin— ¡Fue él quien me dio los anillos, el otro día, en un huerto abandonado no lejos de aquí!

Ahmed cuenta a su favor con la certeza de que Constantin nunca dirá que recibió esos anillos a cambio de ocultarle información a Gurga. Es una certeza endeble, pero es lo mejor que tiene. Sabe que se está meciendo en una cuerda floja sobre el cráter de un volcán. Y ahora le toca el triple salto mortal. Así que se deja convencer por su propia mentira.

—¡Mentiroso! ¡Asesino! —le grita a Constantin.

Por un momento está a punto de llamarlo también violador. Pero se frena a tiempo. Hay posibilidades de que Gurga se dé por aludido. Aún le arden los pulmones del calor aspirado en el maletero del coche.

Por ahora cree que su actuación es verosímil. Y no le pesan en la conciencia las consecuencias para Constantin. Isa ya decía que el viejo tenía que pagar por todos aquellos golpes, por todas aquellas humillaciones, a las que les sometía. Sin embargo, el viejo capataz no es tonto. Por algo sigue vivo a sus casi sesenta años, tras una existencia tan mísera. Ahmed lo sabe y por eso le teme.

—Escucha —dice Constantin—, escúchame Gurga. Nunca te he causado ni un problema. Yo no le he puesto la mano encima a esa chica. Estoy seguro de que ni siquiera está muerta.

Ahmed finge aplacar su ira, como si lo único que le separase de lanzarse al cuello de Constantin fuera la pistola de Gurga.

—Vamos a ese huerto —propone Constantin—. Al sitio donde me dijo que estaba Xhemeli. Apuesto cuanto quieras a que ella sigue allí, sin enterarse de nada, llorando al hermano muerto.

Gurga se piensa bien la propuesta. Constantin no le cae bien, es un gitano miserable, sin dignidad, nunca osaría llamarlo persona. Ahmed no va mucho más allá, pero al menos es albanés, según sus propias consideraciones nacionalistas, y su familia luchó en el mismo bando que él durante la guerra de Kosovo. Sin embargo, es cierto que Constantin le ha servido de ayuda para controlar al rebaño en muchas ocasiones. Hasta el punto de que a veces ha tenido la impresión de que el ganado le tenía más miedo al viejo capataz que a cualquiera de sus propios ayudantes. Así que toma la pistola y se levanta de la silla.

Pocos minutos después, Constatin y Ahmed ocupan el asiento de atrás del coche de Gurga. El albanés sabe que no intentarán nada. Ni siquiera escapar. Para eso sirven años de sometimiento, de humillaciones, de no perder ocasión de recordarles dónde se encuentra la línea que separa un ser humano de lo que no lo es y a qué lado de la línea se encuentran ellos. Constatin le va indicando a Gurga el trayecto que tomó en busca de Ahmed la noche pasada. Atraviesan caminos difíciles que colindan con huertas y viñedos. Pocas edificaciones y, las que hay, en ruinas.

Ahmed se apretuja contra la puerta trasera. Ahora teme que la angustia traicione su actuación. Lamentablemente, su plan llega hasta aquí. No tiene nada más pensado. Estuvo a punto de salirle bien. Pero ahora, quién sabe. Puede darse por contento habiendo conseguido lo que ha conseguido. Aunque no sea suficiente.

Finalmente llegan al huerto abandonado. Gurga detiene el coche frente a la puerta de acceso. Constantin señala el lugar donde encontró hace dos noches a Ahmed, contemplando luciérnagas.

—Fue allí donde hablamos. Luego él entró en la casa y salió con los anillos de Xhemeli.

Ahmed sabe que es inútil negarlo. Dentro del cobertizo encontrarán, además de a su hermana, rastros suficientes que confirmarán que ha estado allí. No se le ocurre más mentira que la que ya ha contado. La confianza de Gurga empieza a cambiar de bando. El albanés extrae su pistola. La sujeta con la mano izquierda. Con la derecha abre la verja y encabeza la marcha, muy seguido de Constantin, que quiere ser su perrito faldero y, al mismo tiempo, no perder de vista al chaval.

Ahmed trata de identificar las posibles rutas de huida. A la derecha, verja. A la izquierda, verja. No sería capaz de saltarla sin recibir un disparo en la espalda. Uno nunca encuentra la forma perfecta de protegerse. Sólo puede hacer apuestas. Y el llano es grande y los buitres acechan a cientos de metros sobre sus cabezas.

Gurga abre la puerta de la casita. Entra sin cuidado, seguido de Constantin. Sus ojos se acostumbran rápido a la oscuridad. Y allí está. No ha habido milagro. Allí está Xhemeli. Ella se incorpora, en el sofá, aún envuelta en la manta polvorienta.

Constantin sonríe y señala. Gurga contrae los músculos de la frente mientras nota cómo la ira le va invadiendo. Una ira que se transmite por las terminaciones nerviosas hacia la mano izquierda, que sostiene el arma. Terminaciones nerviosas por las que fluye la electricidad.

Hasta que algo las corta.

Algo afilado. Justo bajo el hombro. Justo donde el águila negra albanesa despliega sus alas. Se clava. Se clava y se desplaza dividiendo el águila en dos, de cabeza a cola, despanzurrándola, haciendo brotar sus tripas a chorros, que no son otra cosa que la sangre de Gurga. El albanés ahoga un grito ante el dolor inesperado. Sólo llega a ver una herramienta curva con un mango de madera color haya medio enterrada en su carne. Ahmed empuja el corquete con todas sus fuerzas. Ni siquiera se ha parado a pensar que, puestos a agredir, debería haber apuntado al corazón. Pero la sorpresa hace que Gurga abra ligeramente el brazo al tiempo que se tensan los tendones. Los tendones de la mano y del dedo. El dedo del gatillo. El dedo que dispara el arma al azar.

Quiere la casualidad que Constantin reciba el tiro. Lo siente entrar en su pierna, a pocos centímetros de la ingle. Se va al suelo. Sus genitales es lo primero que le preocupan. Pero pronto, la

-----

marea cálida y pegajosa que mana del agujero se convierte en su principal angustia. Se lleva las manos a la pierna. Y, mientras sus manos se calientan, nota el cuerpo cada vez más frío.

La pistola de Gurga se ha ido al suelo. La raja que el corquete de Ahmed le ha provocado mide ya unos quince centímetros. Pero el brazo derecho sigue libre. Un directo alcanza el rostro de Ahmed que cae sentado en el suelo. Algunos destellos salpican la visión del chico. Gurga se arranca el corquete que le ha quedado clavado en el brazo izquierdo. Apenas grita al hacerlo. Apenas parece molestarle el chorreo de la sangre. Lo empuña con la mano derecha y se dirige hacia Ahmed. Se sitúa ante él. Se eleva frente al chico como un ídolo al que nunca debió dejar de adorar ni temer. Le agarra por el pelo con una mano izquierda, que aún goza de cierta movilidad. Le obliga a levantar el cuello. Pero algo desconecta el cuerpo del albanés. Algo le ha enviado a cuatro kilómetros fuera de la realidad. Primero deja caer el corquete. Luego se desploma, sin soltar el pelo de Ahmed. Cae sobre el chico, clavándole la barbilla en el ojo.

Ahmed, en estado de pánico, no tarda en desembarazarse del cuerpo de Gurga. Cuando lo consigue, encuentra a Xhemeli sujetando la bombona del camping gas. El filo que circunda la base se encuentra ensangrentado. La nuca de Gurga se encuentra ensangrentada. Y el suelo del chamizo también se encuentra ensangrentado: toda la sangre de Constantin se está derramando en él.

Xhemeli cae de rodillas, casi desmayada. Convulsiona un par de veces. Ahmed corre a abrazarla. Cuando su frecuencia cardiaca se relaja, consigue decir:

—Ya casi está, Xhemeli. Vamos a ser libres.

14:00

Desde donde Lucía aguarda también se puede ver la lejana columna de buitres que gira como el brazo de un tornado. Deben de encontrarse a unos cinco kilómetros. A esa altura ha de hacer frío y tendrán que soportarlo sobre sus cabezas peladas con paciencia de carroñero. Al igual que la cabeza pelada de Kabuto tuvo que soportar cada gélido segundo de encierro. Porque el frío es lentitud.

Lucía suspira pensando en que esos buitres sobrevuelan el lugar exacto donde se encuentra el viñedo de Gurga, según Ramírez le apuntó en el mapa. No es un indicio nada halagüeño. Y ella, mientras tanto, ahí apostada.

El Hyundai plateado de Kabuto aún se encuentra junto a la puerta del chamizo. Un cierre de valla metálica rodea la edificación; conforma una finca con una pequeña piscina vacía, una barbacoa de ladrillo y algunos árboles frutales. El chamizo es casi un chalet pequeño por sus proporciones, pero se encuentra bastante descuidado. Los marcos de las ventanas están astillados, hay dos mosquiteras rajadas y un cristal roto. Algunas tejas han caído al suelo y sus fragmentos se han quedado allí. La pintura, un azul desvaído, ha sido devorada por el sol y la lluvia.

Lucía ha ido a esconderse tras la barbacoa. Tiene el culo apoyado en unas gavillas de sarmiento, llenas de algodonosos huevos de araña. Cambia el peso, clava la rodilla en unos brotes de musgo. La humedad se trasmite a través de la tela de sus mejores vaqueros, esos que no le sientan tan mal, esos que se atreve a ponerse. La mano izquierda busca agarres en el ladrillo de la barbacoa. La derecha no se aparta de la empuñadura de su arma, aún sujeta a la cadera.

Kabuto lleva dentro de la casa cuarenta minutos, más o menos. No se le oye. No se le ve. Lucía no puede decir que respire o que agonice. Pero, aun así, espera. El tiempo es la materia prima de quien quiere conseguir algo. Quien no tiene paciencia busca atajos (y ahí está el ejemplo del coronel García).

Por fin, Karmelo Puerta, alias Kabuto, sale del chamizo. Juguetea con las llaves del coche entre los dedos. Se sube al vehículo y arranca. Por fin ella puede acercarse a la entrada. Sabe que tiene las espaldas cubiertas por Campos, que ha ido a ocultarse no muy lejos, con el coche. La cerradura del chamizo no es complicada, un simple resbalón. Una lámina de acetato grueso y unos cuantos empujones bastan para acceder al interior.

La cárcel cambia a las personas, no hay duda. Debería ser para bien. Pero Lucía no se hace esas preguntas. El caso es que recuerda como si hubiera sido ayer la tarde en la que acudieron a detener a Kabuto. El piso en el que vivía olía a lejía y se hallaba en un orden escrupuloso, fruto de una disciplina marcial. En los cajones encontraron que Kabuto planchaba su ropa interior. Este chamizo, sin embargo, no dista mucho de las cochiqueras de los cerdos cuyas barreras atravesaron ayer por la noche. Huele a tabaco, porque cada rincón se usa como cenicero. Hay unos calcetines sucios colgados de la televisión de pantalla plana. Hay huesos de aceituna sobre la mesa. Hay telarañas en el techo, por todas partes, y todas ellas también cuajadas de bolitas velludas y blanquísimas: víctimas esperando ser succionadas o huevos esperando eclosionar. Esperar, esperar, esperar.

Lucía comienza a abrir cajones. Encuentra poco en su interior: casi todo lo que hay en el chamizo está desparramado por el suelo o sobre los muebles. Una puerta conduce a un dormitorio con la cama deshecha. Otra lleva a un cuarto de baño. Y la tercera corresponde a un pequeño cuartucho con un ventanuco en el que hay herramientas de labranza, un frigorífico, un generador de gasoil, un ordenador de mesa desmontado, pequeños electrodomésticos con los cables al aire, cajas de clavos y tornillos, una cabeza de ciervo disecada apoyada en el suelo, mirando al techo. Lucía se toma su tiempo para inspeccionar una azada y una pala, instrumentos que bien pudieron abrirle el cuello a Isa Abdi. No encuentra manchas de sangre. Cuando comienza a manipular el ordenador, por ver si puede llevarse el disco duro, su teléfono móvil vibra.

La voz de Campos suena nerviosa al otro lado.

—Kabuto está a punto de entrar al chamizo.

—¿Qué? ¡Pero por qué no me avisas antes, joder!

—Porque ha regresado caminando. No sé dónde ha dejado el coche, habrá ido a aparcarlo a algún lado.

—¿Me da tiempo a salir?

—No, mi teniente, escóndase.

El ruido de la llave que abre acaba de irrumpir en los oídos de Lucía, en el interior del chamizo, en el campo riojano, en todo el planeta Tierra. Apenas tiene tiempo de volver la puerta del cuartucho, dejarla entreabierta, no se atreve a cerrarla del todo por no exponerse al portazo. Kabuto entra silbando y jugueteando una vez más con las llaves del coche. A través del resquicio de la puerta, Lucía puede ver que se saca una semiautomática de la cintura y la deja sobre la encimera de la cocina, muy a mano. Lucía también va armada. En realidad, todo sería tan fácil: terminar con el peligro, con el miedo, con la amenaza para su familia... Atajos. A veces le gustaría haber aprendido más del coronel García.

La Grande inspecciona el ventanuco del cuarto. Cree que puede deslizarse por él. Pero no sabe cuánto ruido habrá de hacer para conseguirlo. De pronto el motor de la nevera comienza a zumbar. Eso le recuerda que Kabuto puede tener sed o hambre. Puede antojársele una cerveza o engullir una loncha de jamón york de una sentada. En cualquiera de esos casos, la nevera está ahí, junto a ella. Lucía avanza hacia el ventanuco. Al entornar la puerta, el cuartucho ha quedado casi en total oscuridad. Recuerda dónde se encontraban los aperos de labranza. Tirar uno organizaría un escándalo. Así que se mueve guardando un espacio con ellos. Pero olvida el ciervo disecado. La rodilla de Lucía tropieza con el asta del trofeo. Y ésta se desprende de la cabeza. Al caer, emite un sonido sin brillo, como de madera mojada.

Lucía se detiene. Detiene sus pasos y detiene hasta su respiración. Al otro lado de la puerta escucha que Kabuto camina hacia el cuartucho. También puede ver que la pistola ya no está en la encimera. Los pasos del terrorista (sólo hacen falta cinco) lo conducen hasta el otro lado de la puerta. A Lucía le parece ver los dedos agarrando la hoja. Ella recuerda que también tiene un arma y se apresura a desenfundarla.

Pero no llega a hacerlo. No le es necesario. El teléfono móvil de Kabuto suena. Eso evita que el terrorista abra la puerta. Debe de ser una llamada muy esperada, porque se da prisa en contestar. Mientras extrae el teléfono de sus pantalones, murmura: «Putos ratones, ya os daré yo». Pero lo murmura en euskera, así que Lucía no lo entiende. Ella se queda en el cuartucho dándole gracias a todas las providencias descritas por el ser humano.

—Soy Karmelo —se identifica él ante quien llama; luego deja pasar un buen rato escuchando en silencio—. Te digo que yo no tuve nada que ver con eso, Jamal. Vi el coche oculto entre los árboles y salí follado porque me pareció raro. No, no estoy bajo vigilancia, ni siquiera sabemos que el coche aquel fuera de la policía… ¿Quién? ¡Yo qué chorra sé quién! Sois vosotros los que fijáis los puntos de encuentro, a lo mejor me pongo yo a sospechar, ¿sabes? Yo, que voy donde me decís. ¿Cómo sé que no tenéis un moro listo para darme boleto y largaros sin pagar? No… No he dicho que lo crea, no necesito escuchar tus juramentos, eres un cansino, Jamal. Lo más seguro es que fuera el dueño de la granja de cerdos que pensó que queríamos robarle… Y con razón… Sólo a vosotros se os ocurre citarme ahí, ¿no os dabais cuenta de que podía estar vigilada? Y sois musulmanes, joder, a qué coño os acercáis tanto a los cerdos… Bien… Bien… Pues puedes creerme y seguir adelante con el trato, o puedes no creerme. Tú te quedas con tu dinero, yo me quedo con mis teléfonos, mis direcciones, mis contactos, mis mapas, mis nombres y mis cojones y mi polla. Listo. Aquí paz y después gloria. ¿Tiempo? Bien, si necesitas tiempo para pensar te voy a dar tiempo: tienes cinco minutos. ¿Por qué? Pues porque cada día que paso aquí, en esta puta chabola llena de ratones y telarañas, me estoy exponiendo. Mi cabeza tiene precio y la vuestra también, ¿entiendes? ¿Te lo repito en árabe…? A mí no me vengas con ésas… No, escúchame tú: no existe ningún motivo por el cual no podamos hacer hoy la entrega, Jamal. Por última vez: no va a haber ningún problema por mi parte. De acuerdo. Muy bien, claro que sí. ¿Ves cómo podemos entendernos? Dime dónde y a qué hora, pues —Kabuto apunta algo con un lápiz en un trozo de papel—. Eh, Jamal: esto va a salir bien, ¿vale? Respondo de ello con mi vida. Hasta esta noche entonces. Saluda de mi parte a Amin.

Kabuto corta la llamada. Durante la conversación, Lucía ha aprovechado para abrir el ventanuco. Hace un cálculo aproximado del vano por el que ha de salir en relación a su perímetro corporal. No es optimista. Pero, ¿cuándo es optimista en relación a su figura? Hay que intentarlo. El ventanuco no está muy alto. Escucha de nuevo la voz de Kabuto que realiza otra llamada telefónica.

—Acabo de hablar con Jamal. Esta noche lo intentamos de nuevo. No, no me jodas, me cago en la hostia, sois vosotros los que no podéis cagarla otra vez. Se supone que cubrís mis espaldas... ¿Qué?... Pues yo te lo digo: impedir que se me acerque la gorda de nuevo, que es vuestro puto trabajo, joder. Si se me acerca otra vez, te lo juro, le voy a pegar un tiro. No me faltan motivos... Está bien. Sí, coño, sí, me calmo. Toma nota: a las once y media de la noche, coordenadas de GPS 42,3095 - 2,0711. De acuerdo. Pero recuerda: después de esta noche me dejáis tres días libre, sin seguimiento. Es lo que habíamos acordado. Irme a Disneylandia, a ti qué cojones te importa. Pues eso será asunto mío: sin seguimiento significa sin seguimiento. Y, si no, me lleváis otra vez al trullo y que le den por culo a todo.

En cuanto la llamada queda interrumpida, Lucía se sorprende a sí misma con el arma desenfundada. Lista para salir de ese armario y responder a la amenaza. Sería tan fácil. Para un bando, Kabuto es un terrorista sanguinario. Para el otro, Kabuto es un soplón. ¿A quién le iba a interesar? ¿A quién iban a culpar? El asesino daría con sus huesos en la fosa común de su pueblo, sin llantos, sin ikurriñas, sin discursos, sin *txistulari* ni *aurresku*. Entonces Kabuto se deja caer en el sofá. Conecta la televisión. Están poniendo dibujos animados. Algo estúpido en canal Clan: Bob Esponja. Kabuto se relaja. En cuanto Calamardo se lleva un mamporrazo, fruto de una insensatez de Patricio Estrella, Kabuto rompe a reír como si fuera la primera risa de su vida. Una carcajada primaria, inocente. El ser humano es el único animal que ríe. Quizá sea poco lo que queda de persona en Kabuto. Pero Lucía no se siente capaz de dañarlo una vez más.

Aprovechando la música, el sonido de las patadas de karate de Arenita, los gritos de Bob Esponja y las risas del propio Kabuto, Lucía logra atravesar el ventanuco. Abandona la parcela por donde entró. Y sube al Opel Astra de Campos. Repasa en su mente: «A las once y media de la noche, coordenadas de GPS 42,3095 - 2,0711».

14:30

1979. Rocky se estrenó hace un par de años. El interés por el boxeo ha aumentado. Pero los combates de la federación madrileña no son como los de una película de Hollywood. Juan Borobia (setenta y un kilos, doce combates, once victorias, una derrota) pelea en polideportivos a plena luz del día, rodeado de sillas de plástico y nadando en humo de Farias. Pero la sensación, en la victoria o en la derrota, es similar. El árbitro alza su puño, las piernas le flojean. Es curioso, porque no le flojearon cuando el contrincante le endosó un croché al mentón al final del tercer asalto, ni durante todo el quinto, cuando le buscó el hígado, encontrándolo en más de una ocasión. Pero ahora, con todo ya terminado, las piernas le flojean. Ahora es campeón de España de superwélter. Y nada en el mundo puede cambiarlo ya.

Sentado en la barra de una cafetería de la calle Vara del Rey, en Logroño, el padre Juan Borobia (ochenta y cinco kilos, mil doscientos indigentes socorridos, cero conversiones, cero almas salvadas) recuerda aquel combate de 1979. En aquellos años creía que su vida iba a cambiar: coches, chicas, dinero, salir del barrio. Ahora su mayor deseo es que no cambie más. Le quedan pocos combates, al padre Borobia, pero muchos asaltos. Se levanta de la banqueta y deja nueve euros sobre la barra, en pago por el menú del día.

Así, sobre las punteras de los pies, como si aún estuviera moviéndose por el cuadrilátero, recorre las calles de la capital de La Rioja y llega a las oficinas de Cáritas. Las encuentra tranquilas. Hoy, domingo, sólo una mujer bajita y nervuda se encuentra en el piso. El padre Borobia la sorprende guardando unas barbas postizas blancas, sobrantes de una función benéfica, en una caja. Ella se asusta, cómo no. Y cuando se repone del sobresalto, se baja la falda que, al estar agachada, se le ha subido ligeramente por encima de la rodilla.

—¡Padre! ¿Qué hace usted aquí?

—Hola María Luisa. Suelo venir aquí los domingos. Es para hacer peyas de misa, ¿sabe usted? Aquí no me persiguen los otros curas. Les tengo dicho que doy misa en la parroquia de Santa Rita, en Tudelilla. Si tuvieran un poco de contacto con esta tierra que pisan se habrían enterado ya de que esa parroquia no existe.

María Luisa se levanta con un par de barbas postizas aún en la mano. Intenta comprender la broma por unos instantes. Luego abandona tal intento, porque recuerda que el padre Borobia no bromea con estas cosas.

—Pero… ¿Y el obispado? —se atreve a preguntar ella.

—El obispado bien, gracias. Ellos allí, yo aquí. Perfecto. ¿Algo más?

El padre Borobia entra en su despacho, apenas un habitáculo sin ventanas con un escritorio y un ordenador viejísimo. Está lleno de cajas de cartón con material deportivo de segunda mano que le donan los de la Federación. Los guantes de boxeo baratos, cuya cobertura suele ser plástica, no de piel, siempre quedan impregnados de un olor rancio que nunca jamás se dispersa. Esto le da la impresión de que se encuentra en el lugar en el que exactamente quiere encontrarse, aunque no sea verdad. Le recuerda el derechazo que sufrían las pituitarias cuando accedían a aquel gimnasio del Alto del Arenal que cerró en el ochenta y tres. El padre tiene por costumbre detenerse en el umbral del despacho e inspirar profundamente, antes de encender la luz.

Sólo entonces pulsa el interruptor. El cuarto se ilumina. Ahí hay alguien. Una persona. Como mínimo. Tumbada sobre el escritorio.

16:00

El cultivo de tubifex que Lucía intentaba sacar adelante ha fracasado. Los filamentos rojos que deberían rezumar vida y proporcionar alimento a las otras peceras se han convertido en una sopa de fideos decolorados. Ahora sus magníficos ejemplares no tendrán comida viva que llevarse a la boca. Poco a poco, el brillo de sus escamas irá apagándose. La acuriofilia requiere tiempo y dedicación. Cuando la concentración tiene fugas, los pequeños hábitats encerrados tras paredes de cristal lo notan. Lucía no consigue localizar al escalar que está mordiendo las colas a los guppys. Ha encontrado a otro de ellos flotando en la superficie, con las aletas roídas. No sabe cuánto tiempo lleva muerto, así que tampoco puede arrojarlo a las pirañas (un honroso final digno de un personaje de película de James Bond) no sea que las intoxique. No, el guppy se va por el retrete.

Campos la ha conducido directamente a la casa cuartel. Allí han coincidido con la entrada de los furgones y de los coches de la redada. Los inmigrantes bajaban ayudados por Marquina. Los tres mafiosos, el gordo, el tatuado y el capataz salieron esposados de los coches y se los llevaron directamente al calabozo.

—Muchos de éstos son rumanos —explicó Ramírez a la teniente—. Así que son ciudadanos europeos, no tendríamos ni que traerlos aquí. Pero, lo de siempre: parece que los de Gurga les han retenido el pasaporte y no se lo dan.

—Habrá que preguntarle eso y otras muchas cosas —contesto Lucía, antes de subir a su despacho.

Una vez allí, por fin ha comenzado a sentir que el ritmo de sus pulsaciones descendía. Ha querido ayudarse observando la hipnótica flotación de sus peces. Y entonces se ha dado cuenta del desastre. Una vez resuelto el funeral del guppy, abre el ordenador. Esperaba tener una respuesta de la Unidad Central Especial 2, aquella que se ocupa de las amenazas terroristas exteriores, a cuyo teniente coronel, Amandi, escribió ayer. Pero nada. Lo que sí ha encontrado en su bandeja de entrada es un email de Aguilera: «Te he estado intentando localizar. Llámame en cuanto leas esto». Lucía toma su móvil silenciado. Efectivamente, en él se acumulan varias llamadas perdidas de un largo número proveniente de una centralita. Busca el contacto del comandante en la agenda. Aguilera ni siquiera saluda.

—No sé en qué coño te has metido, pero sal de ahí.

—Vaya. Últimamente todo el mundo me dice eso.

—Pues haz caso.

—¿Por qué me lo dice?

Aguilera, en su despacho de Madrid, mira a izquierda y a derecha. Se asegura de que la puerta está cerrada y de que nadie tiene intención de traspasarla. Responde en voz bajita.

—Pregunté a mis contactos en prisiones. Nadie tiene idea de qué ha podido pasar con Karmelo Puerta Otxoa. Traté de hablar con algún funcionario de Villabona, en Asturias. Es el centro donde estaba Kabuto. Primero, me respondieron que no tenían noticia de la puesta en libertad del recluso. Al insistir, desviaron la llamada a un número muy raro donde un tipo me preguntó nombre, cargo, número de identificación.

—¿Y qué pasa con la UCE-2?

—He asaltado al teniente coronel Amandi por el pasillo. Le he dicho que soy amigo tuyo y, con todo el respeto, le he preguntado si han recibido tu email. Me ha respondido que la operación contra la célula islámica de Calahorra está en marcha, pero que no la llevan ellos. No puede decirme quién se responsabiliza. Sólo me recomienda que te dé las gracias y que te transmita que debes abandonar el tema.

—¿Pero cómo voy a abandonar ningún tema? Tengo un muerto, dos desparecidos, y un más que probable sospechoso. Que además me está amenazando.

—Lucía, déjales a ellos. Sabrán qué hacer.

—Si es cosa del CNI, o de quien sea, ¿cómo me garantizan que Kabuto regresa luego a la cárcel? ¿Qué pasa si le han prometido la libertad a cambio de algo?

—No puedes saberlo.

—Ya. ¿Y qué pasa con mi familia?

—Tu familia estará bien.

—Y una mierda. ¿Se sabe algo de quién mató a García?

—El robo...

—Y una polla. Hasta que no se demuestre que Kabuto no tiene nada que ver con eso, yo no me separo del caso.

—Lucía, no digas chorradas. No la cagues.

—Tú diles que obedezco. Que ya estoy fuera. Pero no me pidas que deje de proteger a mi familia.

Lucía cuelga el teléfono. En el momento exacto en que lo hace percibe una agitación en el acuario que comparten guppys y escalares. Ahí está. Un magnífico escalar, con su forma de media luna surcada por gruesas rayas negras sobre plata, le acaba de asestar una dentellada a un guppy. Lo hacen para dejar clara la jerarquía dentro de un territorio. Los demás peces se alejan como cuando un halcón atraviesa una bandada de vencejos. El guppy ha quedado maltrecho. Se aleja a la velocidad que su mutilada cola le permite. Pero el escalar no va a dejarle marchar. Batiendo el agua, logra la aceleración necesaria para ganarle la espalda a la víctima. El escalar vuelve a morder. Luego lo golpea con el morro a la altura de la branquia. Y le propina otra mordida. Fibras color naranja se liberan de las escamas del guppy y flotan a la deriva por el acuario. Otros peces se las comerán. El escalar continúa ensañándose. El guppy quiere alejarse, pero cada vez tiene la cola más maltrecha. Entonces un cuerpo extraño irrumpe en el entorno. Una redecilla sujeta a un mango de plástico azul. Sumido como está en la agresividad, el escalar no consigue evitar que la Grande lo atrape con la red. Lucía lo saca del agua. El pez sacude su cuerpo instintivamente. Las convulsiones hacen que se enrede más. Lucía se acerca el ejemplar a los ojos. Un bello ejemplar. Unas escamas vivas, brillantes. Le gusta de verdad ese pez. Pero no va a dejar que termine con los más débiles de su pecera. Acerca la red al acuario de las pirañas y allí libera al escalar. Al principio, el pececillo se relaja. Sus convulsiones cesan porque puede respirar de nuevo. De pronto parece darse cuenta dónde ha ido a parar, ya sea mediante el olfato o mediante la línea horizontal, ese sentido desarrollado en los peces, con el que seguro que aprenden a leer qué tipo de vibraciones provocan en el agua los seres que van a devorarles. El escalar se vuelve loco. Nada en todas direcciones y en ninguna de ellas encuentra una salida. Acaba por tropezar con los alfileres que la primera de las pirañas lleva en la boca. Ésta sólo le arranca un pedacito de carne. Pero en cuanto lo hace, las otras dos arremeten también contra el escalar. La espina dorsal pronto ve la luz del día. La tercera dentellada lo parte en dos. La cabeza se hunde. Pero no llega a tocar fondo, otra piraña la atrapa, muerde, se va. Ya no queda nada del escalar. Lucía ha observado el festín sumida en la fascinación. Le hipnotiza y repele esa violencia al mismo tiempo, como a cualquier ser humano que contempla el fuego por primera vez en su vida. Finalmente sale de su despacho y hace frente al jaleo que se ha montado en dependencias.

Los braccros son preguntados en cinco idiomas distintos y en mil idiomas distintos contestan que no entienden lo que se les pregunta. Algunos de ellos parecen serenos y confiados. Una chica llora, cree que la deportarán. Un joven oculta su rostro; le han dicho que se ensañan especialmente con los menores de edad. Una anciana saca un trozo de pan con queso y se pone a comer. Un hombre sonríe a cada cosa que le dicen, mostrando un diente de oro, pero no contesta nada. El gordo, el tatuado y el capataz ocupan las salas que hay junto a los calabozos. Ahí les interrogan. Entre el ir y venir de guardias, temporeros, papeles y tazas de café, Lucía agarra del brazo a la cabo Artero, que a punto está de pasar de largo con un taco de folios para la impresora en la mano.

—¿Qué pasa con los albaneses?

—Nada, mi teniente. Los tres coinciden en que no han visto a Gurga desde primera hora de la mañana. Fuera de eso, no dicen esta boca es mía.

—¿Han pedido ya un abogado?

—No. Creo que sin Gurga se encuentran un poco perdidos. No tienen ni idea de qué hacer. No se les ha ocurrido, a pesar de que les hemos leído los derechos. Es como si creyeran que si piden un abogado les vamos a zurrar.

—¿Cuál de los tres está más blandito?

—Yo diría que Berisha, el capataz.

—Hablaremos con Berisha, entonces. ¡Ramírez!

Éste se encuentra pegado a la pantalla del ordenador, tecleando sin freno el parte de la operación para el juez. Junto a él han sentado a un hombre de barba cana que lo observa extasiado, saltándose los límites del espacio vital. Ramírez le ha pedido tres veces que se retire, a lo que el otro ha rehusado con una gran sonrisa.

—Dígame, mi teniente —contesta Ramírez levantándose de la silla.

—¿Había aparecido un disco duro?

—Sí, mi teniente. Pero está encriptado. Los chicos están trabajando en ello. Hoy o mañana, como muy tarde, abrirán los documentos.

—¿Había algo más en el armario, aparte de droga?

—Si pregunta si había algo que relacionase a Gurga con Lafourchette, lo cierto es que no.

La Grande entra, acompañada por Artero, en la sala donde retienen a Berisha esposado a una silla. El nacimiento del pelo del capataz apenas se distancia medio centímetro de sus cejas, un pelo negro y grueso. Un hombre romo de físico, palabra y entendimiento. La Grande finge desinterés. Lee el informe sobre Berisha dando un breve paseíto por la sala.

—Señor Berisha, es importante que encontremos a Fahredin Gurga.

A Berisha le cuesta decidirse a responder. Pero al menos, no es de esos que finge no hablar español.

—Señora teniente, le digo la verdad. Yo no he visto a Fahredin desde por la mañana. Yo no sé dónde está Fahredin. Si yo lo supiera, se lo diría.

—Has de saber, Berisha, que tu tenías la llave del armario metálico. Todos los cargos de posesión, por lo de la coca, te van a caer a ti.

El capataz abre mucho los ojos, lleva la poca frente que tiene al techo, implorando clemencia de un dios que no suele hacer mucho caso a la gente de su origen.

—Pero, cómo, la droga no es mía. Yo sólo guardo las cosas en la caseta. Yo organizo a los braceros. No sé nada de droga.

—Probablemente tenga razón, señor Berisha. Con lo cual, lo que ha ocurrido es que esos indeseables le han engañado. Y no tardarán en declarar que ellos no sabían nada de lo que había en ese armario. Quizá incluso encuentren la forma de cargarle los delitos de tráfico de humanos, si usted era el dueño o el usufructuario del viñedo.

Berisha se asusta aún más. Y, si tuviera ceño, éste se estaría sometiendo a todos los movimientos del fuelle de un acordeón.

—Yo no, señora teniente. Yo qué voy a tener campo. Yo no tengo nada. Todo es de Fahredin, él manda.

—Me da lo mismo quién mande, señor Berisha. Lo que importa aquí y ahora es quién ha puesto su nombre en los papeles que le acreditan como explotador de ese campo.

Berisha cae en la cuenta de todo. Sí, le estaban engañando, no cabe duda. El brillo de sus ojos comienza a titilar y a licuarse.

—Está bien, señora teniente. ¿Qué quiere saber?

—Lo primero, dónde está Gurga.

—Eso no lo sé. Lo que decimos es verdad. Desde esta mañana no le vemos. Debería haberse venido a la una, eso le dijo a Migjen y a Taultant.

—¿Se refiere al gordo y al del tatuaje?

—Sí.

La Grande apunta algo sobre los folios que le ha dado Artero. Ésta observa muy tiesa, a su lado.

—Muy bien, señor Berisha. Entonces, ya que Gurga no está por aquí, se lo voy a preguntar a usted. ¿Quién ha matado a Isa Abdi?

—¿A Isa Abdi? ¿Quién es?

—No me toque los cojones, señor Berisha, que llevo cuatro días a régimen y el único momento en que me lo he podido saltar casi vomito del pánico.

El capataz responde a la frase de la teniente con un gesto de absoluta perplejidad.

—Perdón, señora teniente, yo no entiendo.

—¿Cómo hizo Gurga para matar a Isa? ¿Que hacía su jefe la noche del miércoles al jueves?

—¿Hace tres noches? No había vuelto de Tirana. Llegó el jueves a mediodía.

La Grande y Artero se miran mutuamente a los ojos. Con eso no contaban. Bersisha parece sincero. O, al menos, no parece capacitado para fingir en estos momentos.

—¿Me está usted diciendo que Gurga no estaba aquí la mañana en que mataron a Isa Abdi?

—Yo no sé quién es Isa Abdi. ¿Alguno de los braceros?

—¿Puede demostrar que viajó?

Berisha hace acopio de su imaginación, balancea la cabeza, asintiendo.

—Hay billetes, pasaporte sellado, control de aduanas...

—¿Viajó solo?

—Migjen lo acompañó.

—¿El gordo?

—A él no le gusta que le llamen gordo, pero sí. Está gordo.

—¿Se hace usted el gracioso, Berisha?

—¿Qué? Yo... ¡No! Yo le digo, a él no le gusta que le llamen así, una vez casi me clava una navaja por insinuar que necesitaba ejercicio... No, no bromeo nunca.

La Grande reprime un suspiro. No puede creer que un tipejo como Fahredin Gurga vaya a tener la suerte de librarse de todo. El campo, a nombre de Berisha. Una coartada sólida para la noche del asesinato. Hay algo en los especialmente hijos de puta que los hace especialmente afortunados.

Abandona la sala y se dirige a todos aquellos que pueden escucharla.

—A ver, hay un montón de cosas que hacer —grita—. Todos de vuelta al trabajo. Que alguien me averigüe cómo va lo del disco duro encriptado. Suárez y Marquina, regresen al viñedo a ver si Gurga aparece por ahí o si se ha muerto de algo.

Luego hace una señal a Artero y a Ramírez. Los convoca a su despacho. Por el camino se cruza con Campos, le agarra del brazo y le arrastra también hacia allí. Al entrar, quizá sea sólo una sensación, pero nota que los peces nadan más tranquilos, más felices; las tres pirañas, con el estómago lleno, se dejan flotar plácidamente; los guppies y los escalares han firmado una tregua duradera.

—Antes de contarles lo que vamos a hacer, voy a contarles lo que no vamos a hacer. No vamos a decírselo a nadie. No vamos a notificar a Logroño. No vamos a notificar a Madrid. No vamos a consultar a la UCE-2. Tampoco vamos a dar parte al juez Martos, ni al ejército, ni a Batman. Y no vamos a hacerlo porque esta vez no quiero arriesgarme a una puta filtración. Esto no sale de aquí.

Ramírez y Artero se miran confundidos. Mientras tanto, Campos permanece casi en posición de firmes, clavando sus ojillos y su gran nariz en una penumbra.

—Mi teniente, ¿puedo preguntar de qué está hablando? —se atreve a decir Ramírez.

—Estoy hablando de que esta noche una célula terrorista islámica va a cometer un delito. Todavía no sé cuál va a ser, pero lo vamos a parar y los vamos a detener. Y al hacerlo, vamos a llevarnos un pez más gordo aún.

18:00

—Campos, cuando llegó usted a Pasajes, ¿tenía miedo?

Campos acaricia la taza de café con leche. Luego presiona la porcelana con la yema de los dedos. La piel y la carne filtran el calor hasta que llega al hueso. No acostumbra a pensar demasiado en aquella etapa de su vida. Él es mayor que la Grande. Llegó allí en peor momento, los Años de Plomo. Claro que el horror entiende de escalas.

—Tenía miedo, sí. Se escuchaban muchas historias. Además, yo soy de aquí. El Ebro está ahí mismo; al otro lado empieza lo que ellos llamarían zona de conflicto. Sabía lo que podía pasar.

Ella remueve su cortado. Mira a su alrededor y aprecia la tranquilidad del bar que les acoge. Un lugar pequeño y viejo, cerca de la antigua casa cuartel. Antes lo frecuentaban mucho, por proximidad. Hacía tiempo que no se dejaban ver por allí.

—Yo no tenía miedo —dice la Grande—. También había escuchado historias, pero, en fin, las ignoré. Me movía una especie de entusiasmo ciego. Mi marido, mi novio, por aquel entonces, que sabía menos aún que yo, me animó a ello. Decía que a él le daba igual montar sus clases de inglés en Madrid que en Lasarte o Ermua. En todo el tiempo en que pasamos allí, no tuvo ni un alumno.

—Nadie quería apuntarse a las clases del novio de una *txakurra*.

—No, no era eso. Con el tiempo descubrí que casi nadie sabía que Bernard estaba conmigo. Hacemos una pareja tan rara y nos dejábamos ver tan poco… No. He acabado por darme cuenta de que fue Bernard quien boicoteó su propia actividad. La boicoteó discretamente, como todo lo que hace. Y lo hizo porque no quería que nadie entrase en nuestra vida. Cualquiera podía ser una fuente de información, voluntaria o involuntaria. Él me estaba protegiendo.

—Hizo bien.

—Sí. Bernard siempre hace las cosas bien y sin que se noten. Después de una semana allí, estaba más enterado que yo del estilo de vida que nos esperaba. Se encerró en casa. Me dijo que quería escribir una tesis sobre no sé qué autora inglesa. Por supuesto, no lo hizo nunca. Se trataba tan sólo de una excusa para no exponerse ni exponerme a mí. Salía de vez en cuando, a ver partidos de rugby, o se tomaba un café, siempre en bares distintos.

—Un chico listo, el inglés.

—Y yo muy tonta. Era muy joven. Me dejaba guiar por cualquiera. Cualquiera que me hiciera algo de caso se convertía en mi maestro. Ahí estaba el García, que entonces era capitán. ¿Lo llegaste a conocer?

—¿Al coronel que mataron hace poco? No, no tuve el gusto.

—¿Qué podría decirte de él? Bueno. Era de la vieja escuela. De antes de la democracia. Como muchos otros. Pero además tenía ímpetu. No entiendo muy bien por qué me tomó simpatía. Quizá porque yo obedecía más rápido y con más fidelidad que nadie. Entiéndeme, yo era una chica gorda que había sorprendido a todo el mundo superando las pruebas físicas. Llegué allí, insegura, pero convencida de que me estaba pasando lo mejor que podía pasarme en la vida. Algo que ni yo misma esperaba de mí. El García me hizo ver que yo servía. «A pesar de que eres mujer», me decía siempre. Y yo me volqué. Además de eso, bueno, ocurrió lo de aquel chaval.

—¿Quién?

—Un guardia. De unos veintiuno. Era de Salamanca. Coincidí con él sólo una semana en el cuartel.

—¿Cambió de destino?

—Lo cambiaron. Al otro barrio. El primer día coincidimos en la garita. No sé qué le dije que le hizo gracia. El chico era mono y acabó tirándome los tejos. Yo le expliqué que tenía pareja, pero a él eso no pareció aplacarle.

—Los tíos somos así. Sobre todo en un cuartel.

—En cualquier caso, he de confesar que le dejé hacerse ilusiones. No he tenido muchos pretendientes en mi vida. Él me hizo sentir guapa. Y eso es una de esas cosas que hacen que le cojas simpatía a alguien.

—Y lo mataron.

—Volaron un coche al paso del furgón. Iba de copiloto, fue el único muerto. Otro chico se quedó en silla de ruedas. Esa bomba se la atribuyeron a Kabuto.

Campos vuelve a repetir la operación de apretar la taza de café hasta que los dedos no aguanten más. Le cuesta mucho escuchar estas antiguas historias. Se parecen demasiado a las que él mismo vivió. Él escogió un buen día dejar de contarlas, encerrarlas en un baúl y enterrar la llave. Cada vez que escucha alguna de ellas, recuerda la forma que tomaron aquellas salpicaduras de sangre en su camisa. Las recuerda tan nítidamente en su memoria que aún puede obligarse a pasar un test de Rorschach a sí mismo a través de ellas. A veces ve murciélagos. A veces ve máscaras de acero. Sin embargo, nunca identifica mariposas ni flores en esas manchas.

—Allí empezó su historia con Kabuto.

—Me impresionó. Estuve varios días sin comer, y aún así vomitaba. Sí. He de reconocer que allí empezó algo con Karmelo Puerta. Pero nada tan intenso como lo que llevaba García en su interior. Para García se convirtió en una cuestión de orgullo. Durante un año, asistimos a la muerte de cinco compañeros. Cada vez que eso ocurría, García se emborrachaba en su despacho. Se culpaba a sí mismo. Luego era de los que iba por la casa cuartel repitiendo en voz alta la frase: «Si me dejaran a mí». Pero no la soltaba como esos viejos que se acodan en la barra y dicen poder solucionar todos los problemas de España en un santiamén. No, García lo decía de verdad. Y yo le creía, yo creía que sus métodos podían funcionar. O al menos funcionar mejor que los que estábamos empleando, porque, en aquel momento, a mí me parecía que no servían para nada. Cada vez que la banda atentaba y nos encontrábamos con un mar de silencio donde debía estar lleno de testigos, García decía: «Si me dejaran a mí».

—Y entonces le dejaron.

El estruendo de la máquina de café le sirve a Lucía de salvavidas. Nunca le había contado a nadie esa historia. Sin embargo, a Campos se la debe. Le ha tenido demasiado tiempo persiguiendo a Kabuto. Los fantasmas de la memoria, cuando se materializan, lo hacen con la intención de atormentarnos, de agitar sus cadenas junto a nuestros oídos, alterar nuestro descanso y amenazar a nuestros seres queridos.

—Cuando aparecieron todas esas pruebas que incriminaban a Kabuto, le encargaron a García la detención. Juró que iba a sacarle todo lo que sabía. Y...

La voz de Lucía llega hasta aquí. Y es lo más lejos que ha llegado nunca. En toda expedición hay puntos de no retorno que no se pueden superar a menos que uno sienta la seguridad necesaria para hacerlo. Campos, que tiene mucho también que callar, en este caso no puede evitar la pregunta.

—¿Participó usted?

La Grande no responde. Ahoga el silencio en un largo trago de café, que le quema la lengua, el paladar y el esófago. Lucía siempre se toma el café casi hirviendo. A otros les gustan las comidas picantes o las películas de terror como una forma controlada de sufrimiento que tiene resultados catárticos en el alma. A ella le gusta quemarse el estómago.

—Cuando abandoné el norte, García ni me hablaba. Me ha hecho la vida imposible desde entonces. Incluso quiso quitarme la casa cuartel de Calahorra Propuso a su hijo para llevarla, un maníaco que cualquier día va a matar a alguien con una de sus decenas de armas.

—¿Qué pasó entre ustedes?

—Pasó... No lo sé. La conciencia, pasó. Un pequeño reproche aquí. Cuestionar una orden allá. Poco a poco la bola fue haciéndose cada vez más grande, hasta que me arrastró. Incluso fui a ver a Kabuto a la cárcel.

A Campos sí que le sorprende ese dato. ¿Visitar a Kabuto? ¿Un tipo al que ahora parece temer más que a la muerte? No había escuchado nada parecido en ninguna de las muchas historias que conoce.

—No entiendo eso, mi teniente.

—Ni yo tampoco. Ahora no entiendo ni eso ni nada. Lo único que sé es que ese hombre representa una amenaza real para mí y para mi familia. Si puede, nos matará. Eso fue lo que prometió. Y ya ha cumplido con García.

—Eso no tiene por qué suceder. Estaremos atentos.

—No sólo eso, Campos. Esta noche vamos a devolver a Kabuto a la cárcel, de donde nunca debió salir.

18:30

Ramírez tiene un minuto, y sólo un minuto, para sacar los libros de la UNED y sumirse en la *Desamortización de Mendizábal,* el capítulo del manual de Historia que ayer dejó a medio leer. En realidad se pregunta para qué coño lo intenta. Con todo lo que tiene en la cabeza es imposible concentrarse en los factores económicos, sociales y políticos que llevaron ese proceso a bla, bla, bla. Por cada vez que el tal Mendizábal aparece en las páginas del libro, se le aparece Elsa tres veces en la mente, dos el padre Borobia, una Isa Abdi y otra Lucía Utrera. Va a suspender los próximos exámenes. Y sin título universitario, se quedará atrapado en la categoría de suboficial durante toda su vida, como Campos.

Todo le distrae. La posición errónea de un lápiz sobre la mesa. El ruido que se escucha en el apartamento vecino. Una nube que cubre el sol y ensombrece el cuarto. Cualquier excusa es buena para levantar la cabeza del libro. Así que celebra el sonido de su teléfono móvil: un mensaje de Elsa. «Muchas gracias por lo bien que te has portado con Luis Fer. Todos están encantados contigo. Te mereces esto.»

Y el «esto» a lo que se refiere es una fotografía. Una buena fotografía. La camiseta de Elsa levantada por encima de su cuello. La falda de Elsa levantada por encima de sus caderas. Las piernas separadas. Y una cámara que, como toda cámara, no siente ningún pudor al asomarse.

Ramírez se queda estupefacto, no tanto por la fotografía, que ya acumula muchas, sino por el agradecimiento. Lo único que ha hecho ha sido llamar a un conocido en Burgos que le ha informado que el tal Luis Fer está en preventiva por posesión y darse a la fuga, pero que no podrán retenerle más. Que lo sueltan mañana y que tendrá que esperar al juicio. Elsa es una chica dada a celebrarlo todo. Con motivo o sin ello. Cualquier cosa merece una explosión de pirotecnia.

El móvil vuelve emitir otro aviso de mensaje: «¿Puedes venir ahora?» Elsa, dulce Elsa. Ramírez se ve obligado a contestar que no. Dentro de una hora la teniente los quiere preparados para apostarse en la zona del encuentro. No se lo ha dicho a todos. Sólo a los de más confianza. En la anterior ocasión, alguien estaba observando a Lucía y a Campos. Ahora, se adelantarán a los espías, quienes quiera que hayan sido. Pero esto, claro, no se lo cuenta a Elsa. Tan sólo le dice: «No puedo. Trabajo». Y le envía el emoji de un corazón, absolutamente falto de sintonía con la foto de Elsa.

22:00

Ahora, tiene que ser ahora, el cielo se va a la mierda. A las siete de la tarde un frente de nubes densas llega desde el noroeste para amoratar el rojo de la tierra. A las siete y media, la teniente Utrera escucha un plic plic en la ventana de su despacho. Al acercarse, no es lluvia lo que encuentra. Se trata de hormigas voladoras que se retuercen sobre el alfeizar, como anticipo de la tormenta. A las ocho, las nubes no se aguantan a sí mismas. Las primeras gotas comienzan a caer. La teniente ahoga unas cuantas blasfemias. El mal tiempo no cancelará el encuentro de Kabuto, así que tampoco debe detener la operación. A las nueve, la noche se derrama en un oscuro jarreo, forma charcos entre los surcos de las vides que se convierten en torrentes que toman cualquier declive por cauce y van a parar al canal, al pantano, al río.

La noche está tan oscura que los guardias apenas son capaces de verse entre sí. Ramírez ha sido el primero en temblar. Los capotes sirven para poco cuando la lluvia golpea incluso a la altura de los tobillos. El lugar escogido por los muyaidines vuelve a resultar peculiar: un promontorio situado entre Calahorra y Pradejón, un camino de tierra apisonada que discurre paralelo a la valla que cierra una central eólica. Los aerogeneradores agitan sus aspas como si quisieran huir del aguacero pero no pudieran moverse del sitio. La Grande y Campos se ocultan bajo un pino alto que crece solitario junto a la valla. Artero y otros dos guardias, Erranz y Crespo, se esconden tras los primeros sarmientos del viñedo que crece en la ladera sur. Suárez, Marquina y Ramírez se agazapan bajo unos perales, en un punto que cierra el triángulo. Ninguno de los convocados ha hecho preguntas ni se ha planteado que ésta no es la forma más adecuada de ejecutar un operativo. La Grande ha disimulado mucho las formas. Ha empleado mucha retórica para encubrir los flecos sueltos. Que si falta tiempo para seguir el procedimiento habitual. Que si la UCE-2 está enterada. Que si todo forma parte de algo mucho más grande. Sabe que arriesga sus vidas. Pero si no arriesga las de sus chicos, arriesga las de su familia.

Ha desplegado a sus hombres antes de las nueve. La cita de Kabuto se espera a las 23:20. Tanto tiempo bajo la lluvia agota todos los temas de conversación. Los músculos duelen por el mero hecho de existir.

Tras una hora, un punto de luz se suma a los parpadeos rojos de las aspas de los molinos. Se trata de un vehículo que se acerca. La Grande ha hecho bien en desplegar a sus chicos tan temprano. Los islamistas llegan con mucha antelación, pero ella más. Esta vez, nadie les estará vigilando.

El Renault Laguna se detiene en un punto en que el camino se ensancha. A los guardias no les costará rodearlo. Ahora sólo queda aproximarse y aguardar a que llegue Kabuto, tomar fotos del intercambio de lo que sea que vayan a intercambiar y servirse del factor sorpresa para intervenir.

Lucía desenfunda su arma. Se lleva a la boca el micro y susurra una orden. Sale de su escondite. Se desliza agachada, al amparo de la vegetación de la cuneta. Campos la sigue, tras comprobar por enésima vez que la escopeta está preparada. A varios metros de ambos, algo se mueve en las sombras. Artero, Erranz y Crespo han salido del viñedo y se acercan al Laguna. Se aproximan lo suficiente como para que Crespo pueda grabarlo todo con una cámara de visión nocturna. A Ramírez, Marquina y Suárez no les es necesario abandonar su escondite: el coche ha ido a detenerse muy cerca de donde se encuentran. Ella mira en derredor. A partir del camino, hacia arriba, la valla de seguridad impide el acceso al complejo eólico. A partir del camino, hacia abajo, todo es viñedo. Allá al pie del promontorio hay una nave industrial que emite un sonido ronco y continuo. Ramírez la investigó antes de tomar posiciones: se trata de una pequeña bodega y el ruido proviene de la tolva en la que descargan uva, bajo la supervisión de dos personas. Ante la lluvia, los viticultores se están dando prisa en terminar la vendimia, haciendo horas incluso por la noche.

—Nadie se mueva hasta que llegue el coche de Karmelo Puerta —susurra Lucía por la radio.

Amin y Jamal han encendido la luz interior de la cabina. Fuman unos cigarrillos. Abren las ventanillas. «Esto no puede salir bien», piensa Lucía. Y mira a Campos con una única intención: encontrar su aquiescencia. Si en el rostro de Campos Lucía encuentra el mínimo gesto de preocupación o vacilación, Lucía no dará la orden. Pero Campos le devuelve una mirada de complicidad. Esos ojillos se vuelven hacia ella, esa nariz grande, esa cara que nació para hacer crecer el estereotipo del guardia civil marcial, con mala hostia, hasta chusquero, sí, todo lo que es el sargento Campos se vuelve hacia ella. Y entonces ocurre algo insólito, lo nunca visto: Campos sonríe.

Así que la teniente no suspende la operación. Pero da lo mismo, porque Kabuto no aparece. Ya se retrasa un cuarto de hora. Y no viene. La impaciencia empieza a hacer mella en todos. Marquina no sabe en qué posición colocarse, se le ha dormido una pierna; Suárez tiene la piel azulada y sospecha que le van a tener que cortar los pies; Ramírez está incómodo porque le ha dado por pensar en el padre Borobia y eso siempre le incomoda. Lucía considera de nuevo mandarlos a todos a casa. Pero no va a ser tan fácil.

No se sabe qué, pero algo ha ocurrido en el interior del Laguna. De pronto han apagado la luz de la cabina. Parece indudable que se están moviendo en la oscuridad. La Grande pregunta por radio si alguien ve algo.

—Parece que están dando muchas vueltas —contesta Crespo, que es la única que puede ver algo a través de la cámara de vídeo con visión nocturna—. Como si buscasen algo con la mirada.

Entonces se escucha el inconfundible sonido que hace una puerta al abrirse.

—¿Qué pasa ahí?

—Uno de ellos ha bajado del coche, se está moviendo agachado junto al vehículo.

«Otra vez», se dice Lucía. ¿Les están vigilando de nuevo? ¿Quién puede haberles visto? Tomaron todas las precauciones.

—Parece que ha abierto el maletero. El otro individuo ha abierto su puerta.

Les dejará escapar. Dará orden de no detenerlos. Y mañana se pedirá vacaciones.

Sólo que estos tipos, según parece, no quieren huir.

Un repentino vómito de fuego ilumina la noche. El ruido de las detonaciones absorbe cualquier otro ruido posible. Absorbe incluso la realidad, porque mientras se prolonga el estallido, parece que la lluvia, los aerogeneradores y el monte han dejado de existir. Están disparando. Esos imbéciles, piensa Lucía, están disparando. ¿Por qué? ¿Qué necesidad tienen de disparar?

—¡A cubierto! —chilla la Grande por la radio, al comprobar que no reciben un simple fuego de arma corta. Amin tiene un fusil de asalto y lo está haciendo reventar. Lanza ráfagas en círculo desde el coche, sin mirar, sin saber a qué dispara ni qué es lo que podría morir o devolverle el fuego. Como si su misión fuera fundir la montaña. Jamal intenta localizar siluetas en la noche con un treinta y ocho en la mano.

Artero, Crespo y Redondo hunden la cara en el barro. Ramírez se oculta precariamente tras el tronco del peral. Suárez y Marquina se pegan mucho el uno al otro. Las balas vuelan por doquier y van impactando aquí y allá. Y nada se escucha, sino las explosiones; y nada se ve, sino los fogonazos. A Lucía le pasa una ráfaga cerca, siente que le levanta el capote impermeable. Se apretuja en su escondite, casi en posición fetal. Los terroristas efectúan una última descarga y echan a correr. Ya están cruzando el viñedo en dirección a la pequeña bodega. Se detienen cada pocos pasos para disparar hacia atrás.

Cuando las ráfagas se espacian, Lucía se levanta de su escondite. Abre fuego contra esos dos bultos oscuros que se alejan. Marquina lleva un Cetme. Apunta y lo pone a berrear. Obliga a los yihadistas a echarse a tierra.

—¡Adelante! —grita la teniente.

Corren por el viñedo. De vez en cuando se escucha una ráfaga de fusil de asalto. Se agachan y responden al fuego con más fuego.

—Van a refugiarse en el edificio.

Los terroristas se encuentran ya a pocos metros. Allí dentro no tardarán en tomar rehenes, los que haya. Como sea. Lucía da la orden de desplegarse con velocidad. Marquina y Erranz disparan los dos únicos Cetmes para ralentizar el paso del adversario.

Hay un farol en el exterior de la bodega. En él se reflejan las finas gotas de lluvia. Los terroristas han de pasar bajo ese único punto de luz para refugiarse en el interior. Cometen ese error. Artero, Crespo, Ramírez y Suárez se han desplegado como un abanico para que sus disparos barran el lugar como una guadaña. En cuanto Amin se deja iluminar por la luz artificial, Ramírez prueba suerte con la semiautomática desde veinte metros de distancia. No es el único en hacerlo. Los disparos de sus compañeros se estrellan contra la tapia de la bodega. El de Ramírez también. Pero previamente atraviesa la cabeza del objetivo. «Otra vez», se dice Ramírez, preguntándose por qué tiene tan buena mano para perforar sienes ajenas, de dónde ha salido ese talento que ni quiere ni cultiva. Pero está hecho y ahora hay un enemigo menos. Jamal recoge el fusil de asalto caído (ahora pueden verlo a la luz: cómo no, un Kalashnikov).

El yihadista penetra en la bodega por el portón de entrada. Los dos hombres que supervisan la entra de uva se quedan petrificados, sin comprender. Han estado escuchando los disparos, preguntándose qué chorra era ese ruido, hombre. Jamal apunta hacia ellos. Los dos levantan las manos. Jamal efectúa un disparo sin contemplaciones. Uno de los operarios cae al suelo con un hombro perforado. No hacen falta dos rehenes. Jamal apunta a la cabeza del caído, así aprenderán a temerle. Antes de apretar el gatillo, una ráfaga de Cetme le atraviesa el cuerpo. Se desequilibra. Se dobla sobre sí mismo como un papel cuyo destino es la papelera. Cae a la tolva donde la despalilladora despedaza los racimos con su temible forma de sacacorchos. Jamal queda enterrado en un fango de pulpa y mosto. El movimiento de la tolva lo hace desaparecer. Y nada más.

Marquina se ha apuntado la diana y ahora no sabe muy bien qué pensar de ello. Hay dos guardias junto al terrorista caído en el exterior. Otros dos que detienen la tolva. Y otros dos que socorren al operario herido. Eso puede contar Lucía cuando recupera el aliento. Cuando es capaz de hacerse cargo de la situación. Contándose a ella misma, hay ocho. Falta uno.

—¿Dónde está Campos?

23:45

Ahora el Pathfinder recorre la carretera a casi ciento cincuenta kilómetros por hora. Corta los telones de lluvia que se echan sobre sus faros. Las gotas que apedrean el parabrisas crean formas caprichosas antes de ser barridas por las escobillas. En esos cercos irregulares Lucía no puede dejar de ver el orificio que encontró en el pecho de Campos, cuando fue a buscarlo y halló su cuerpo tendido junto al camino. Ramírez la acompañaba; el chico, con el arma aún humeando en la mano, se dejó caer sobre el musgo en el que yacía el sargento.

La Grande cree ver también, entre las gotas que se estrellan contra el cristal, todas y cada una de las letras que componen la frase de Kabuto: «Os odio por lo que me hicisteis, pero más aún por lo que me obligasteis a hacerle a mi gente». Y ahora Lucía no se ve tan lejos de él. Se sorprende a sí misma luchando en su interior por encontrar un culpable. Porque no se siente con fuerzas para cargar con esa culpa. Por eso conduce a casi ciento cincuenta kilómetros por hora camino de Aldeanueva de Ebro. Porque sabe que puede culpar a otro. Te odio por lo que me has hecho, pero también por lo que me has obligado a hacerle a mi gente, le dirá en cuanto lo vea. Le dirá antes de descerrajarle un balazo en la frente.

Han tardado apenas veinte segundos en llegar al lugar donde han encontrado a Campos desde la bodega del tiroteo (en ese momento han parado la tolva mientras se resignan a desenmarañar los miembros de Jamal, atrapados en esa especie de broca gigante que es la despalilladora). El sargento ha quedado convertido en un mero abultamiento que apenas destaca sobre en el terreno oscuro. Alguna de las balas del fuego graneado de kalashnikov lo ha alcanzado. Lucía se ha puesto a andar en círculos. Se ha llevado la mano a la cabeza. Se ha quitado el antibalas, lo ha tirado al suelo. Sin dar una sola orden, ha dejado a Ramírez junto al cuerpo.

Y ahora le exige al motor de su vehículo que cumpla con su deber: que le catapulte a través de la noche para saldar todas las cuentas. «Lo que me has hecho, lo que me has obligado a hacer». Los pensamientos se encabalgan en ciclos continuos: «Lo hacías por tu familia, ¿y la familia de Campos?, no había más solución que ésta, deberías haber disparado cuando lo tenías en la casa, en el pantano, en la casa, ahora podrás enmendar ese error, demasiado tarde para Campos, no deberías haberlo metido en esto, lo hacías por tu familia, ¿y la familia de Campos?, no había más solución…»

Ya se encuentra cerca. Reconoce el lugar donde Kabuto tomó el sendero que conduce a su escondite. El lugar donde Campos la dejó esta misma mañana. «Cuando aún estaba vivo.» Lucía pisa el freno. El coche se inclina tanto hacia delante que casi puede besar el asfalto. Queda detenido en el arcén, a pocos metros del camino.

La Grande se apea. Se ha dejado el chaleco junto al cuerpo de Campos. Da lo mismo. Tampoco ha tenido la ocurrencia de tomar la escopeta que el sargento empuñaba. No importa. Todo será rápido. El aguacero y su ruido ocultarán el avance. Únicamente necesita una bala. Una bala nada más. Y tiene más de una.

Entra a la finca. Hay luces dentro del chamizo. El Hyundai está aparcado cerca de la piscina, ya no tan seca, por obra y gracia del diluvio. Lucía avanza sin eludir los charcos. Alcanza la puerta. Arrima el oído a la hoja. Escucha una televisión. No será difícil. Kabuto no la espera. No sabe que ella ha descubierto su guarida, que ya ha estado allí. No será difícil.

Por eso desenfunda el arma. Por eso toma carrerilla y arremete contra la puerta. Sabe que el material es delgado y la cerradura débil. Podría no ocurrir nada, podría desvelar su presencia con un ridículo golpe contra la madera. Pero es la Grande. Y no sólo consigue desplazar la hoja, sino casi sacarla de su marco. Pistola en mano. Lo primero es agacharse, rodilla al suelo. Golpea el terrazo con tanta dureza con los huesos que casi lo quiebra. Lo segundo es identificar el objetivo. Dónde está esa silueta humana que, a tanta velocidad, resulta tan parecida a los dibujos de una galería de tiro: la silueta está sentada en el sofá. Lo tercero es levantar el arma y apuntar. Y lo cuarto es disparar.

Pero Lucía no dispara.

Porque esa silueta humana que se encuentra sentada en el sofá, tan parecida a los blancos de la galería de tiro, tarda sólo unos instantes en concretarse, en convertirse en algo más que en una silueta. Y entonces se da cuenta de que la silueta no es Kabuto.

Desde el sofá la observa un hombre de pelo claro y ojos azules sin el más mínimo asomo de terror en el rostro. Viste pantalones chinos, camisa de cuadros, cazadora corta. Lleva unos zapatos ingleses muy mojados. No dice nada. Pero en la sala suena una voz.

—Suelte el arma, teniente Utrera.

Lucía dirige entonces la mirada a la puerta que conduce al dormitorio de Kabuto. Y ahí halla a otra persona. Y esa persona le apunta con un treinta y cinco. Tras el revólver, aparece un rostro con gafas rectangulares. Una mujer de unos cincuenta años. Viste pantalones vaqueros y una holgada chaqueta de punto.

—¿Quiénes son ustedes? —pregunta desconcertada Lucía.

—Debe de estar usted muy ciega para no haberlo intuido ya —responde la mujer; su voz parece muy segura—. Suelte el arma y charlemos.

—Son del CNI, ¿verdad?

La mujer libera una carcajada. Lucía no sabe qué gracia puede tener lo que ha preguntado.

—Podría ser. No estoy autorizada a decírselo. Pero, de acuerdo, pongamos que pertenecemos al CNI. Puede llamarme Vilma y, a mi compañero, Pedro. Como los Picapiedra.

Pedro, el rubio, no abre la boca. Pero inclina la cabeza para saludar severamente.

—No estoy para bromas.

—Nosotros tampoco. Usted nos ha jodido, pero bien. La hemos seguido desde que empezó a meter las narices en nuestro terreno. Hemos estado en contacto con el teniente coronel Amandi. Usted tenía órdenes de dejar el agua correr. Nos ha obligado a marcarla bien de cerca. Y ahora nos ha metido en un problema a todos.

—Kabuto representaba una amenaza para mis hombres —replica la Grande que aún no ha soltado la pistola, aunque ya no la apunta contra el rubio—. Y es sospechoso de asesinar a un temporero.

—¡Bravo! ¡Pues deténgalo! —grita Vilma con una ironía furibunda—. Venga, lléveselo preso. No puede, ¿verdad? ¿Sabe por qué? ¡Porque se ha largado, imbécil! Ha desparecido, jodida palurda. Ahora está libre, no podemos controlarlo. ¿Le tenía usted miedo? ¡La felicito! Ahora anda suelto y no respondemos de sus acciones.

Lucía traga saliva. Y la vuelve a tragar. Y siente que le empiezan a entrar ganas de llorar de rabia. Deja la pistola en el suelo. Vilma arrastra una silla que hay pegada a la pared y la invita a sentarse. Pedro observa sin abrir la boca. Lucía comienza a sospechar que no habla castellano.

—¿Quieren decir que hasta ahora sí respondían de sus acciones?

—Digamos que habíamos llegado a un acuerdo con él.

—Ustedes querían a los terroristas.

—¿A estos? No. Eran asesinos, sí. Pero un plato muy pequeño. Vamos a por la red de Majed Hawsani, ¿le suena el nombre?

—Me suena. Ese es el imam londinense cuyos discursos he escuchado en la página web de los yihadistas, ¿verdad? ¿Pero qué daño pueden hacerle ustedes desde aquí? Esto es La Rioja Baja.

—¿Recuerda cuáles eran los cometidos de Kabuto cuando ocupaba un puesto importante en la cúpula de la banda?

—No lo sé… Marcaba objetivos. Diseñaba atentados. Reclutaba militantes…

—Reclutaba militantes, exacto. Durante mucho tiempo, Kabuto se encargó de mantener abiertas rutas para enviar a esos militantes a campos de entrenamiento situados en Siria. Se trata de un itinerario completo para llegar hasta allí, por dónde pasar, con quién hablar, dónde quedarse… Desde los últimos golpes al terrorismo internacional, Majed Hawsani no sabe cómo enviar a sus nuevos hermanos, reclutados en Inglaterra y Francia, para prepararse como muyahidines. Nosotros hemos conseguido hacerle creer que el sistema de Kabuto se mantiene en pie y que es perfecto para sus objetivos. Nuestra intención era darles unas rutas enteramente controladas por nosotros. En esa mochila, aquella que usted vio que Kabuto recogía de un autobús había discos duros, mapas, agendas, direcciones… Cada dato era un cebo.

Lucía recuerda a Kabuto en la parada de autobús de Aldeanueva, esperando con paciencia.

—Imagine la ventaja que supondría tener identificados y monitorizados a todos los futuros muyaidines. Controlar cada punto por el que tuvieran que pasar.

—Pero, ¿por qué La Rioja?

—Podía haber sido La Rioja como Cataluña o Almería. Aquí empieza a concentrarse mucha población musulmana, algunos son muy pobres, y ya se sabe qué ocurre con esas diferencias tan extremas, culturales y económicas.

Piensa en el perfil de Isa Abdi. Un muchacho mísero hasta los huesos, nutrido por la frustración y el odio. Esa necesidad de pertenecer a algo más grande que uno mismo para encontrarle un sentido a la vida.

—Lo bueno de zonas como ésta —continúa Vilma— es que, por el momento, no han sido marcadas como puntos calientes. No hablamos de Ceuta o de las periferias de París. Aquí los reclutadores vienen sólo a echar la caña y probar suerte, y se creen más libres de vigilancia. Y es cierto que lo están, lo que ha ocurrido aquí es que se produjo un chivatazo. La UCE-2 nos avisó. Alguien les había alertado de que había elementos sospechosos haciendo proselitismo de la yihad.

—Y ese alguien era Isamil Fawzi, ¿verdad? El presidente de la Asociación Musulmana de Calahorra.

—El mismo. Le pedimos su colaboración. Identificamos a los dos miembros: Amin El Kaoutari y Jamal Oulhaj, ciudadanos de Marruecos y Arabia Saudí que pertenecían al entorno de Majed Hawsani. Son lo suficientemente ingenuos para tragarse el anzuelo. Pero también lo suficientemente importantes para hacérselo tragar a sus jefes. Ahora, con Kabuto desaparecido, no sabemos cómo vamos a localizarles.

—Yo se lo digo si ustedes me cuentan dónde está Ismail Fawzi.

Vilma suspira. La Grande sabe que no le va a gustar escuchar la respuesta.

—Está en algún punto del planeta que no puedo precisar. Puedo jurarle que vive. Pero no debe de vivir muy bien. Quizá esté en Guantánamo o quizá en un barco en aguas internacionales. Es otra cosa que tenemos que agradecerle a usted: Fawzi vino a buscarnos, histérico perdido, acusándonos de haber hecho que asesinaran a una tal Fátima Selsouli.

—¿Y así fue? ¿Son ustedes responsables de la muerte de Fátima Selsouli?

—¿Nosotros? ¡No sabíamos nada ni de su existencia ni de su desaparición!

—Así que es cierto. Está muerta.

—¿Quién cojones tuvo la idea de hacerle colaborar con las fuerzas del orden delante de un comando yihadista? ¡La condenaron inmediatamente!

«Así están las cosas», piensa por un momento Lucía. «Todo va a ser por mi culpa. Toda la responsabilidad, mía. Y de nadie más.» Lucía se imagina a sí misma como un saco de casi cien kilos de peso lleno de hollejos de uva, esas finas pieles pegadas al grano que reposan con el mosto para tintarlo. Siente que puede teñir de rojo sangre la vida de cualquiera que pase el tiempo suficiente junto a ella.

—He respondido a su pregunta —dice Vilma—. Cuénteme dónde están Amin El Kaoutari y Jamal Oulhaj.

Ahora le toca a Lucía articular una respuesta que no va a gustar nada a sus interlocutores. Y eso la hace sentirse bien, como una venganza de baja intensidad.

—Están en una pequeña bodega a unos diez kilómetros de aquí. Con varias balas en el cuerpo cada uno de ellos.

—¿Me está tomando el…?

Vilma se cruza de brazos. Se acerca a la silla en la que se sienta Lucía. Le dan ganas de abofetear a la teniente. Se da la vuelta. Se apoya en la mesa del comedor y le da un puñetazo. Mientras tanto, Pedro parece comprender. Se echa hacia delante y se palmea la frente.

—¿Por qué Kabuto no acudió a la cita de hoy? —inquiere Lucía.

Vilma ensaya de nuevo una risotada irónica que asquea a Lucía. Se ahorra decirles que ha perdido a un hombre, a un amigo, durante la operación de esta noche.

—¿Por qué va a ser? Porque nosotros le avisamos, por segunda vez.

—¡Ustedes nos han enviado a una trampa!

—Se suponía que Kabuto tenía que llamar a Amin y a Jamal para cancelar la cita.

Lucía empieza a comprender lo ocurrido. Kabuto, al fin y al cabo, no ha sido capaz de resistir la tentación de una venganza fácil. Se ha dado cuenta de que Lucía no abandonaría el empeño de detenerle y ha decidido modificar sus prioridades. Como lo del CNI no le iba a salir, al menos, obtiene su resarcimiento.

—Les llamó —responde—, vaya si les llamó. Pero cuando ya estaban allí, en el punto de encuentro. Se han defendido. Ha habido un tiroteo. Ha habido bajas.

Lucía imagina los ojos de Kabuto, tan pálidos que se diría que pueden ver en la noche, observando la ladera, junto al parque eólico. Kabuto estaba allí, seguro que estaba allí. Quizá oculto tras un aerogenerador o entre las espalderas del viñedo. Kabuto sólo necesitó hacer la llamada en el momento adecuado en el que el tiroteo ya no se podía evitar.

—Todo está arruinado —se lamenta Vilma—. Todo está arruinado por su puta culpa.

—Si me hubieran informado habría sido diferente. Yo tenía un asesinato sobre la mesa.

—Kabuto no cometió ese asesinato, no sea usted idiota.

—Deberían haberme informado. ¿Y cómo sabían que nosotros íbamos a estar en el lugar de la entrega? ¿Cómo es posible que siempre supieran que estábamos ahí, ayer, en la granja de cerdos, hoy, junto al viñedo…?

—Teniente, tenemos nuestros métodos. Y no se los voy a explicar.

—¿Y el coronel García? ¿Mató Kabuto al coronel Adolfo García?

—La investigación indica que fue un atraco.

—¡La investigación! Eso quiere decir que ustedes no pueden asegurarlo. ¿Controlaban a Kabuto la noche en que el coronel García fue asesinado?

—…

—¿Tuvo tiempo Kabuto de viajar a Madrid, disparar y regresar?

—…

—¡Dígamelo!

—No puedo asegurar nada.

—Así que ustedes «tienen sus métodos y no me los va a explicar» pero «no puede asegurar» que Kabuto no matase al coronel García.

—Mis superiores dicen que esa posibilidad es remota.

—¡Remota! —grita Lucía—. ¡Puta zorra! Yo tengo familia, ¿sabe? Un marido, hijos… Kabuto podía haberlos escogido a ellos. ¿Quién los protegía?

Vilma no es capaz de contestar.

—Sus objetivos son más importantes que mi familia, ¿verdad?

Vilma claudica: baja la mirada al suelo.

—¡Bravo! —culmina la Grande, desesperada; y luego señala a Pedro—. ¿Y este gilipollas por qué no dice nada? ¡Eh, tú, Wisconsin! ¿Tus padres eran primos, o qué?

Por supuesto que Pedro no responde a la provocación. Vilma también le lanza una mirada a su silencioso compañero. Con ella pretende decir: «Aquí no podemos hacer nada ya». Pedro la entiende en un instante. Se levanta del sofá.

—Nosotros ya no pintamos nada aquí.

Lucía se yergue en la silla. Sus nervios están a punto de hacer que todo su cuerpo implosione, que se pliegue sobre sí mismo.

—¿Cómo que ya no pintan nada aquí? ¿Y qué pasa con Kabuto? Ustedes lo han liberado.

—Lo hemos perdido por su culpa. Asúmalo.

Vilma abandona la casa seguida de Pedro. Lucía se queda sentada en la silla con la única compañía de la televisión: las noticias deportivas. Las lágrimas de rabia que antes consiguió reprimir asoman como si le estuvieran extrayendo las entrañas por las cuencas de los ojos. Ahora, Kabuto no sólo está libre. Además, irá a por ella.

Día cinco

6.00

Ramírez tendría motivos para dormir durante siglos. Unos primeros brotes de claridad que iluminan su ventana dan por terminado el día (con su noche) más largo que haya vivido. Un día que vale por una existencia. La mano derecha aún le tiembla, como si guardase una memoria propia de lo que ha experimentado: primero, el retroceso de un arma que se ha abierto camino en las entrañas de una persona; después, sostener la cabeza del sargento Campos, tratar de que se sostenga por ella misma, tratar de devolverle el vigor, pero no, hay que aceptarlo, se nos ha ido, y con una mano para sostener no es suficiente, ni con dos, nada se basta para traer a Campos de vuelta. Motivos para dormir durante siglos; precisamente por eso, no ha podido dormir en toda la noche. Echado, boca arriba, en su cama, conoce el techo ya mejor que su propia mente y le gustaría que su mente se pareciera más a ese techo: tan blanco, tan plano.

Los de la Judicial de Logroño invadieron la escena del tiroteo abriéndose paso a codazos. Incluso el juez Martos apareció, con cara de sueño y de pocos amigos. La Grande no estaba. Campos tampoco. Les ha tocado a él y a Artero recibir la acometida. Una hora después el juez le pidió un informe escrito y le dio permiso

-----

para volver a la casa cuartel para redactarlo. Ramírez no ha sabido cómo afrontar ese informe. Lo ha dejado sin terminar, a la espera de que aparezca la teniente y lo resuelva todo.

Antes de irse a su apartamento, ha echado un último vistazo al correo electrónico. Había varios mails sin leer. Especialmente le ha interesado uno. Aquel en el que los informáticos le enviaban el contenido desencriptado del disco duro aparecido en el chamizo de los albaneses. Le había llegado a las siete de la tarde. Tan sólo seis vídeos. Los tres primeros se sitúan en un escenario muy familiar: el viñedo de Gurga. Debieron ser grabados desde la puerta de la caseta. Al fondo, Juan Antonio Abecia, el director de Recursos Humanos de Bodegas Lafourchette, habla con Gurgal estrecha su mano de Gurga, entrega una bolsa de deporte de la que Gurga extrae unos billetes, los cuenta…

Los tres siguientes están tomados en otro viñedo. Ramírez apuesta a que pertenece al Grupo Lafourchette. En los tres vídeos se ve la ya conocida furgoneta blanca descargando la mano de obra ilegal bajo la supervisión de Gurga y de Abecia.

—Así que tenemos a Abecia —ha dicho una voz a la espalda de Ramírez.

Se ha sobresaltado. Al darse la vuelta, se ha encontrado con la Grande mirando la pantalla del ordenador. Le ha extrañado el sigilo de la teniente, a la que habitualmente le cuesta trabajo disimular sus pisadas. Su aspecto era aún peor de lo que imaginaba. Aún peor, probablemente, que el de Ramírez, aunque hacía rato que éste no se miraba al espejo. Eran las tres de la mañana.

—No creo que esto sea suficiente para un juicio —ha dicho él.

—No. Pero sí para acojonar a Abecia. Le estaban haciendo chantaje.

Ni una palabra sobre Campos. Ramírez lo ha agradecido. Es su forma de superarlo, esto es la mili. Son soldados.

—¿Cómo lo sabe, mi teniente?

—Yo no sé nada. ¿Quién sabe algo? Sólo lo supongo.

—¿Por qué?

—Porque te pillaron intentando abrir la caja de su viñedo la primera vez que estuviste ahí, con el padre Borobia. Y sin embargo, al día siguiente seguían en el mismo lugar: no habían cambiado la caja a otro sitio más seguro ni se llevaron a los ilegales a trabajar a otro viñedo. Ellos no pensaron que tú podrías ser policía. Dieron por hecho que te enviaba Abecia para robar las pruebas.

—Por eso no tardaron ni un minuto en robarle el coche.

—Exacto —ha corroborado la teniente—. Y se lo quemaron como aviso y como escarmiento. Mañana le haremos una visita a Abecia.

Ramírez se ha sorprendido.

—¿Mañana, mi teniente? ¿Cree que será un buen día?

Ella ha observado una silla de oficina. Podría haberse sentado, pero, en lugar de ello, impulsa el respaldo para que la silla gire sobre su eje unas cuantas vueltas.

—Logroño se hará cargo de lo demás, seguro —dice la Grande, emprendiendo el camino hacia su despacho—. Aún hay mucho trabajo que hacer. Será tan buen día como cualquier otro.

De pronto, el móvil de Ramírez se ilumina. Es un mensaje de Elsa. Un emoticono de unos labios que dan un beso. Él no se lo piensa. Toma el teléfono y hace la llamada. Elsa responde enseguida.

—¿Qué haces despierta tan temprano?

Su voz suave, como si hubiera un paño de seda ante sus labios.

—Mi hermano ha pasado mala noche. Un ataque epiléptico. Ahora está dormido. ¿Y tú?

«Y yo», piensa Ramírez. Y enseguida se obliga a dejar de pensar para no volverse loco.

—Ha sido un mal día. No sé si puedo contártelo. Lo verás mañana en los periódicos, supongo. Hemos perdido un compañero.

—Santi, eso es horrible... Lo siento de verdad. ¿Estabais muy unidos?

Ramírez se siente atrapado por esa pregunta. En realidad, en todas esas horas, no se ha detenido a preguntarse lo unido que se sentía al sargento. No ha querido hacerlo, algo en su mente bloqueaba esa cuestión.

—Sí. Estábamos muy unidos. Era un veterano. Me enseñó mucho. Tenía familia, un hijo... Yo no he querido avisar a la viuda.

—¿Quieres que vaya a verte?

Ramírez sí que quiere. Sí que querría. Pero no puede.

—No creo que sea buena idea ahora mismo.

Pasan unos segundos en los que, simplemente, se escuchan sus propias respiraciones. Elsa, finalmente, rompe ese silencio.

—He escuchado la radio esta mañana. Han dicho que han encontrado un alijo de coca en un viñedo por aquí cerca, donde había un montón de trabajadores ilegales.

Ramírez lamenta escuchar eso.

—Sí, es cierto. Hemos hecho una redada por la mañana.

—¿Ha sido allí donde ha ocurrido lo de tu compañero?

—No, no ha sido allí.

Ni quiera puede explicárselo a Elsa. Ni siquiera puede explicárselo a sí mismo. Y, lo peor de todo, es que cree que tampoco la teniente sabrá explicarlo.

—Oye, Santi, ¿y la droga era mucha?

Ramírez está acostumbrado a que le pregunten los detalles tontos de las operaciones. Pero no ahora. Ahora, no es el momento.

—Bastante.

Elsa no deja ni un instante de pausa, como si lo que va a preguntar le pareciera una buenísima idea, aquí y ahora.

—¿Y crees que podríamos coger un poco?

—¿Qué? —Adiós a su Elsa, hola a Elsa.

—Unos gramos. Ni se notará, ¿verdad? Podemos decirle al Chou que la venda y sacamos un dinero. O nos hacemos una fiesta.

—No... Elsa... Eso está en el juzgado. En Logroño. Y si no estuviera allí...

Lo bueno es que Ramírez sabía que tarde o temprano iba a llegar este momento. Sabía que iba a tener que dejar de engañarse a sí mismo. Ahora, ya, con todo el dolor que siente, como si sus propios huesos erosionasen sus músculos y órganos vitales, con el horror clavándose en sus pensamientos, con todo ese dolor, tiene la oportunidad de arrojar otra simple gota al océano.

—Elsa.

—¿Qué?

—Creo que no podemos seguir juntos.

Ahora sí se produce un silencio prolongado. De pronto la seda de la voz se licúa, se convierte en un sollozo.

—¿Por qué? ¿Es por lo que he dicho? Olvídalo, Santi, por favor.

A Ramírez también se le deshace la garganta.

—Nos vamos a hacer mucho daño mutuamente. Y… Bueno. No puedo explicarlo ahora.

—Santi, sé que soy un poco bocazas, déjame intentar cambiar.

—No… Ahora. Bueno, te llamaré y hablamos.

Ramírez cuelga el teléfono. Le arranca la batería. Lo deja caer al suelo. No la llamará.

8:00

El primer cigarrillo de la mañana sabe a gloria. En la cárcel es lo único que no sabe a cárcel. Sales a la calle después de casi veinte años y ves que no fuma ni la mitad de los que antes solían hacerlo: se puede entender como un triunfo social pero es, sin duda, un fracaso personal. A los pocos que le prestaban oídos en el talego les contaba la historia de cómo las grandes multinacionales tabaqueras añadían productos adictivos. De cómo preferían que la gente contrajese cáncer para compartir beneficios con la maligna industria farmacéutica. De cómo todo estaba podrido, todo. De cómo la lucha era necesaria. Porque el tabaco no se podía dejar, pero sus fabricantes sí podían morir atravesados por la metralla de una bomba de fragmentación casera. Ese discurso lo pronunciaba consumiendo un paquete tras otro. No se puede dejar. Ahora, en la calle, observa a su alrededor y descubre cuántas personas lo han dejado. Cuántas personas ya no necesitan desear la muerte de los empresarios del tabaco. Eso le hace sentir incómodo. Pero se fuma un cigarrillo y se le pasa. Y, mientras lo hace, piensa en matar al hijo de puta tabacalero que le está pudriendo los pulmones. Hay que odiarse a uno mismo para mantener vivo el odio contra los demás. Que, si no, la lucha se narcotiza. Se olvida su necesidad.

El sabor del cigarrillo elimina el regusto del café negro que se acaba de tomar en un bar de la Avenida Valvanera. Kabuto se sube al Ford Fiesta negro que un antiguo camarada le ha conseguido para sustituir al Hyundai con el que no habría llegado muy lejos. El mismo camarada que le proporcionó una veintidós milímetros hace casi una semana. Kabuto insistió en que la pistola estuviera sucia: que se asegurase de que, quienes se la vendieran, hubieran cometido algunos robos o ajustes de cuentas con ella. Así sería más fácil hacer pasar la cosa por un asalto a mano armada. Lo que no esperaba era tener que utilizarla más de una vez. Da igual. Mañana estará volando a Venezuela con un pasaporte falso. Aún hay camaradas, por mucho que Lucía Utrera piense que no.

Ha estado prestando atención a la radio del coche toda la mañana. No han tardado en hablar del tiroteo que le ha costado la vida a un guardia civil. Pero las siglas que han mencionado para referirse a la víctima han sido A.C., no L.U. Por tanto aún hay trabajo por hacer. Y puede hacerlo mejor, de una forma que a la teniente le duela más.

Porque, ahora mismo, el Ford Fiesta está aparcado en las últimas plazas de la Avenida Valvanera. Muy cerca de un monolítico depósito de agua. En otra época, con más medios, hubiera trepado a ese depósito con un rifle de precisión. Desde esa altura debe haber una buena vista de la nueva casa cuartel.

Pero Kabuto ya no está para elevarse sobre las almas con la intención de arrebatarlas. No teme matar a pie de calle y a pleno sol. Escapar no es tan difícil. Las personas quedan petrificadas como conejos ante los faros de un coche. Uno podría irse de allí andando a la pata coja y silbando un pasodoble. Mientras lo identifican, comienzan el papeleo, doblegan a esas manos invisibles que operan en la sombra y descubren que, abracadabra, Karmelo Puerta Otxoa ya no está en la cárcel, un tal José García Fernández (nombre que figurará en su nuevo pasaporte) se habrá instalado en Caracas y se estará follando a una mulata bajo un póster del Che Guevara.

Kabuto mira el reloj. Son las ocho de la mañana. Desde hace días (antes incluso de que la Grande le viera por primera vez en la plaza de Aldeanueva) ha esperado en esta calle de siete a diez y media. Lo más habitual es que Bernard aparezca, en torno a las diez de la mañana, empujando cuesta arriba la silla de Claudia, con Marcos subido al pescante. Es una buena pendiente la que salva el inglés, con todo ese peso arrastras. Un físico sorprendente.

Kabuto abre la guantera. Allí está la diminuta veintidós milímetros. Una Glock. Durante mucho tiempo utilizó un modelo muy parecido, pero en versión nueve milímetros Parabellum. La empuñadura de plástico le hacía sudar la palma de la mano.

Ahora sólo queda esperar.

8:30

Primero dio con él por casualidad, allí, en la plaza de Aldeanueva. Ahora, él también la está buscando a ella. En algún momento se encontrarán. Quiere que sea lejos de casa. Y estará preparada. Por eso ha decidido planear su día como si nada ocurriera, continuar con el caso de Isa Abdi como si tal cosa. Con una salvedad: por la mañana se ha enfrentado a Bernard.

—No salgas hoy a la calle —le ha dicho.

El inglés aún no se había enterado de lo de Campos. Era tan temprano y su esposa se había acostado tremendamente tarde. Tanto que la creyó sonámbula al verla incorporada en la cama, mientras él se vestía (su ropa cómoda y su calzado deportivo, que rejuvenecen, sus gafas para la presbicia colgando del cuello, que envejecen), para prohibirle salir a la calle.

—*What's wrong?*

Después de todo, Lucía aún no se ha atrevido a ser sincera con su marido. «Hay peligro. Por mi culpa. Por algo que hice hace muchos años. Campos ha sido el primero en pagar. Y si tú fueras el segundo, yo me moriría.» No, no se ha atrevido. La explicación se ha secado en su garganta a quince centímetros de los labios. Se ha secado y no ha llegado a salir. No ha ido a ninguna parte.

—Ha pasado algo horrible. Ayer perdimos al sargento Campos.

Bernard ha devuelto una mirada que se ha estrellado contra el cabecero de la cama, como un proyectil. Lucía ha vuelto a sentir la misma opresión en el pecho del día anterior, y es una opresión que trepa esófago arriba, como un parásito del tamaño de un gato, con caparazón de espinas, que busca la luz del sol.

—…Campos…

Bernard se ha sentado en la cama haciendo crujir todos los muelles. Ha abrazado a Lucía con la capacidad de abrazar que él posee, todo envergadura corporal, todo riego sanguíneo en la epidermis.

—Hubo un tiroteo… Y…

Finalmente las lágrimas de la Grande han escapado.

—Ha sido culpa mía.

Bernard le ha acariciado el pelo mientras los estremecimientos propios del llanto desatado iban perdiendo intensidad.

—No es así —le ha dicho—. La culpa siempre es algo demasiado importante para que la acapare una sola persona. Demasiado importante. Es justo compartirla. Incluso olvidarla.

Ella aún no ha sabido cómo decirle que en esta ocasión no es así. Que hablar de la muerte de una persona no es lo mismo que decir que tu perro se te ha comido los deberes de inglés. Pero se ha dejado querer.

—¿Te quedarás?

—¿Te quedarás conmigo?

—No puedo. Tenemos que resolverlo. Resolverlo todo.

—Lo conseguirás.

—Por favor, no salgas a la calle. Hay peligro. Si tienes que hacerlo, llévate a Marquina.

—No te preocupes. No lo haré.

En el Pathfinder Ramírez ha tenido el detalle de no decir una sola palabra. No hubieran sido capaces de consolarse el uno al otro.

Llegan a la sede de Bodegas Lafourchette. La uva no huele como los anteriores días. Hoy lleva el aroma que produce el vino cuando uno bebe para olvidar y descubre que sólo le ha servido para potenciar los recuerdos. Además, la vendimia está terminada. En la carretera sólo han tenido que sobrepasar tractores rezagados, a media carga, con unos frutos que se encuentran ya lejos de estar en su punto, estropeados por la lluvia de anoche.

En recepción han preguntando por Juan Antonio Abecia. Ramírez lleva las fotos impresas en una funda de plástico. Hoy no hay «enoturistas», sólo se escuchan corrientes de aire que esparcen el olor del vino sobre las superficies de cemento pulido. También se escuchan los pasos de unos zapatos de suela de madera. Vienen del tercer piso. El ascensor con paredes de cristal que hay instalado en mitad del vestíbulo se pone en marcha. A través del vidrio, pueden ver que es Abecia quien ocupa la cabina. El les devuelve la mirada desde arriba. Un semblante serio. No preocupado, sino excesivamente ocupado. Ramírez y la Grande se miran confundidos cuando el ascensor no se detiene en el vestíbulo, sino que se hunde hacia las profundidades de una planta subterránea. Abecia se escapa.

—¡Deprisa! —grita Ramírez—. ¿Dónde va ese ascensor?

—¡Al parking, al parking, suélteme el brazo, agente, por favor!
—responde una azorada recepcionista.

Ramírez y la Grande corren hacia el exterior. Conocen dónde se encuentra la boca de salida del aparcamiento subterráneo. Hace tan sólo dos días fue escenario del robo del BMW del mismo Abecia. Bloquean la salida con sus propios cuerpos. El aparcamiento está sumido en la oscuridad. Sólo se escucha el rugir de un motor. Alguien se acerca abriendo el gas, pero con las luces apagadas. Y el coche emerge. Una berlina de gran tamaño, un Volkswagen Passat. Por muy corpulenta que sea la Grande, no puede detener una masa de una tonelada que se lanza contra ella a ochenta kilómetros por hora. Mucho menos el delgado Ramírez. Saltan a un lado en el último momento. Lucía llega a caer al suelo. Ramírez desenfunda su arma. Apunta contra los neumáticos. Dispara.

Esta vez no hay suerte.

El coche de Abecia se pierde por la N-232.

Los agentes quedan inmersos en una nube de gases proveniente del tubo de escape del coche. Lucía se resigna. Incluso se acomoda, aún tumbada sobre el asfalto. No cree que sea Abecia quien tiene la posibilidad de matarla hoy.

—¿Cuántas cagadas sumamos ya, Ramírez?

El otro levanta los hombros y aprieta los labios. Luego se sienta en el suelo, junto a la teniente. Caídos sobre el pavimento parecen racimos de uva abandonados al invierno, secos, oscuros.

—Espero que todo esto tenga un porqué —dice el cabo.

Lucía levanta una mano para protegerse del sol, que le está golpeando en los ojos.

—¿Y qué porqué iba a tener? Morir por un motivo. Odio esa idea. No hay motivo más importante que la vida, con lo cual, morir por cualquier otro motivo es una estupidez y un insulto.

—A menos que uno luche por sobrevivir. Morir por tratar de sobrevivir. O que sobrevivan otros.

Lucía guarda silencio. Ahora mismo, esta concesión que le acaba de regalar Ramírez es el único clavo ardiendo al que puede agarrarse en kilómetros a la redonda. Luchar por sobrevivir. Una vida contra una vida. Toma su teléfono móvil y llama a la casa cuartel. Describe el nuevo coche de Abecia y ordena su detención. Una vez hecho esto, mira a su subordinado en busca de inspiración.

—¿Y ahora qué? —pregunta—. Dame ideas, porque no se me ocurre nada. Y creo que no me quedan muchas horas antes de que vengan a detenerme.

Ramírez ni siquiera ha enfundado el arma. La sostiene como un niño haría con una pistola de agua, como si quisiera aplastar hormigas con el cañón.

—Deberíamos volver a preguntarle al padre Borobia. Lleva desaparecido desde el sábado, el mismo tiempo que Gurga.

—¿Tú crees que puede estar aliado con Gurga? ¿Que ha estado jugando con nosotros?

—No lo sé. Me cuesta mucho juzgar a ese tipo. Algo raro tiene. Hice unas llamadas. El padre Borobia cometió algunos excesos en el pasado, en Madrid.

—Y ahora, no te jode. ¿Crees que es el tipo de persona que oculta un exceso?

—Bueno, esos excesos son bastante más graves que los actuales. No implican… consentimiento. ¿Se dice así?

—No sé si se dice así, pero te he entendido de maravilla.

10:00

Lucía sabe que es absurdo. Cuando intentas hacer una llamada y ya han sonado siete tonos sin que nadie te responda, no tiene sentido colgar y llamar al mismo número de nuevo. Aún así, lo hace. Llama tres veces al teléfono de Bernard sin obtener respuesta. Y murmura un «me cago en su puta madre» que Ramírez, al volante del Pathfinder, es perfectamente capaz de escuchar. Lucía se ve en la obligación de dar explicaciones.

—Creo que me he dejado el gas abierto. Y Bernard no me coge el teléfono. Está dando clase.

—¿Por qué no llama a Marquina? Está en dependencias. Puede acercarse a su apartamento y comprobar que la llave esté cerrada.

—Claro, claro, claro. Le mandaré un mensaje —disimula ella.

Al llegar a Logroño, una fina lluvia que huele a río y a tierra cae sobre la ciudad. Es la primera vez que Lucía entra en la capital de La Rioja y no siente el impulso de ir a alguno de sus bares y devorar alguno de sus pinchos. Ni siquiera piensa en comida. Lleva la nuca muy pegada al cabecero del asiento. Observa al detalle cada coche que adelantan o que les adelanta.

—Ramírez —necesita decir, de pronto—, tengo que avisarte de que acompañándome hoy es posible que estés poniendo en riesgo tu vida. Lamento mucho no habértelo dicho hasta ahora. He sido muy egoísta. He antepuesto mi seguridad y la de mi familia a la de mis hombres. Y creo que Campos ha pagado el pato.

Ramírez escucha a su teniente.

—He de confesar que algo sospechaba. Usted está muy rara últimamente.

—¿Quieres que volvamos al cuartel?

Ramírez niega con la cabeza mientras dirige la mirada al coche que se ha detenido junto a ellos en el semáforo.

—En el cuartel hace frío.

—Ordenaré que revisen tu calefacción.

—No servirá de nada. Nunca sirve de nada.

En la sede de Cáritas de Logroño, María Luisa, la misma mujer que ayer recibió al padre Borobia, clasifica junto a dos voluntarios un montón de ropa en cajas de cartón. Son las sobras de la campaña. Los temporeros van a ir abandonando la región, gota a gota. Los más necesitados quizá no encuentren cómo irse. Pero la mayoría de ellos subirá a un autobús y se dejará transportar a otra tierra, a otro campo, a otro jornal. La Grande y Ramírez se presentan y preguntan por el padre Borobia. María Luisa parece aliviada por el hecho de que una pareja de la Guardia Civil pregunte por él. Como si lo llevara esperando mucho tiempo y al fin los hechos vinieran a darle la razón.

—El padre Borobia no ha pasado por aquí —explica María Luisa—. Ayer sí que estuvo un momentito, pero se fue precipitadamente.

Lucía arruga las frente mientras Ramírez toma notas en una libretita.

—Se fue al hospital. Le acompañaba un muchacho.

—¿Un muchacho? ¿Qué muchacho?

—Yo creo que era uno de estos del boxeo. Un gitanillo.

Ramírez conduce el Pathfinder a través de la ciudad. La lluvia convierte el tráfico en una procesión caótica: luces desenfocadas, bocinas desinhibidas. Mientras Ramírez aguarda en doble fila, Lucía se cansa de llamar al timbre en casa del padre Borobia. Regresa al coche con los hombros, la gorra y los zapatos mojados. En el gimnasio un grupo de unos ocho chicos y dos chicas reciben una clase de un instructor bajito y muy gritón.

—Hoy no ha venido —dice éste—. Ha dejado a unos alumnos colgados por la mañana. No ha avisado a nadie.

—Empiezo a mosquearme —le dice Lucía a Ramírez—. No se me ocurre nada más.

—La señora de Cáritas dijo que había ido al hospital.

—Habrá que preguntar allí.

Al salir del gimnasio, un coche pasa despacio junto a ellos, como si el conductor les observase desde la ventanilla. Lucía da un paso atrás y vuelve a entrar en el local. Agarra a Ramírez del hombro y tira de él hasta que su cuerpo queda resguardado en el interior. No es nada: tan sólo un coche que busca aparcamiento, por eso circula despacio. Justo en ese momento, suena el móvil de la teniente. Se apresura a cogerlo, esperando que sea Bernard. Pero no es Bernard.

—Mi teniente, soy la cabo Artero. Acabamos de detener a Juan Antonio Abecia

—Por fin una puta alegría. ¿Dónde estaba?

Artero llama desde su puesto en la casa cuartel. En esos mismos momentos, Abecia, esposado a una silla, se consume en un llanto pueril. Las lágrimas llegan a mojarle incluso los zapatos.

Además, le han colocado una papelera junto a él porque ya ha echado la papilla en el suelo una vez y nadie quiere que eso se repita.

—Estaba dentro del coche. Borracho como una cuba. Se quiso tirar al canal de Lodosa con él, pero le patinaron las ruedas y ha acabado por estamparse contra un árbol. Lo ha detenido la Guardia Foral.

—¿Qué está haciendo ahora mismo?

—Ahora mismo... Llorar..., vomitar..., rezar... No sé. Ha hecho de todo en sólo diez minutos. Sólo le falta mearse. Nos pide a gritos que no le digamos nada a su mujer.

—¿Ha hablado?

—Dice que todo fue cosa suya, que el señor Lafourchette no tiene nada que ver. Que él recibía un presupuesto para contratar a trabajadores legales, pero en los viñedos más alejados colocaba a ilegales con ayuda de Gurga, y se embolsaba la diferencia. Dice que el año pasado ya quiso cortar con el asunto, pero que la banda de Gurga le hacía chantaje.

—Eso lo sabemos, sí. ¿Ha dicho algo de Isa Abdi?

—Dice que está seguro de que Gurga lo mató. Que era muy duro con los trabajadores. Pero no tiene ni una prueba, claro.

—El juez Martos estará contento. Su amigo queda exonerado.

—Aún no le hemos llamado.

—Hacedlo. Lo encontraréis en casa. No es buen día para pescar.

Las nubes imponen una penumbra deprimente sobre el hospital de San Pedro. Lucía y Ramírez acceden al servicio de urgencias y preguntan quién estaba en admisiones ayer a mediodía, hora a la que, según María Luisa, el padre Borobia se fue. La recepcionista localiza a un tal doctor Ruíz, un tipo demasiado joven para todas las canas que impregnan su cabello. Lucía le pregunta si recuerda haber atendido ayer a un hombre robusto, de unos cincuenta años, con barba corta.

—¿Un cura?

—Exacto.

—Claro que me acuerdo. Nos montó un follón.

—Sí, creo que estamos hablando de la misma persona.

—Primero no paraba de protestar porque le hacíamos esperar. Cada minuto que pasaba, soltaba blasfemias más duras. Yo soy católico, ¿sabe? Hay ciertas cosas que me ofenden... Aunque las diga un cura, que, bueno... Me entienden, ¿no?

—Le entendemos.

—Lo curioso es que, una vez en la sala de triaje, dejó de quejarse. Comentó que le dolían las cervicales. Le tumbamos en la camilla y allí esperó.

—¿Cuánto tiempo?

—Casi nada. En cuanto nos dimos la vuelta, se escapó.

—¿Cómo?

—¡Sí! ¡Escapó, pero hacia dentro del hospital! Corrió a la farmacia clínica y allí la lió parda. Destrozó unas cuantas cosas. Estamos acostumbrados a vernos en situaciones extrañas pero, ¿quién iba a sospechar que un cura se comportase como un drogadicto?

Ramírez y Lucía se miran a los ojos. Del padre Borobia se creerían cualquier cosa, pero eso realmente les extraña.

—¿Se llevó morfina?

El doctor Ruíz abre mucho los ojos y eleva las manos al cielo.

—¡Ahí está lo curioso! ¡Que no se llevó ningún opiáceo ni ansiolítico ni calmante! Lo revolvió todo y dejó decenas de medicamentos tirados por ahí hasta que encontró lo que buscaba. Y se fue corriendo antes de que llegara seguridad. Salió por la puerta mentando a la madre del último conserje que intentó detenerlo. Antes le sacudió un puñetazo en el ojo. Cuando hicimos el recuento en la botica, sólo echamos en falta unas jeringuillas y unas cuantas dosis de DTP.

—¿DTP? ¿Qué es eso?

—Pues la vacuna que se le pone a cualquier niño pequeño que venga por aquí. Previene la difteria, la polio y el tétanos.

La última palabra provoca un efecto inmediato en la mente de Lucía. De pronto, los últimos cinco días pasan ante sus ojos, como si fuera a morir y su vida se redujera a una semana laborable. «Claro, imbécil».

—¡Ramírez, coche! —grita, y sale corriendo sin despedirse del doctor.

—¿Adónde vamos?

—¡A Aldeanueva de Ebro!

12:00

Bajo el puente, el camino sigue acumulando el mismo barro que la primera vez que lo visitaron. Quizá más, ahora que ha llovido. Barro, y también bolsas de plástico que se dejan llevar por el viento, lánguidas y oscuras, cartones empapados que han perdido todo su vigor y yacen, hechos puré, en las cunetas, un colchón destripado que no les mereció la pena llevarse, un paraguas sin tela, sin varillas, casi también sin paraguas. En el campamento donde viven y desaparecen los Abdi no queda nadie. Los que no esperan deportación tras la redada del pasado domingo han tomado un autobús para llegar dondequiera que otro intermediario sin escrúpulos se haga cargo de ellos. Podrían haberse quedado allí, en La Rioja; la mayoría son rumanos, tienen permiso de residencia. Pero la pulsión nómada es demasiado poderosa para ellos.

No han pasado ni veinticuatro horas desde que las abandonaron y las chabolas ya han comenzado a deshacerse. Un techo metálico caído. El cartel circense del ligre que hacía de puerta está medio sumergido en un charco. El cable que conectaba el poblado a la señal luminosa de la autopista serpentea por el barro, cortado a cuchillo.

En casa de los Abdi no hay nadie. El agua ha entrado a chorros por innumerables poros, las moquetas y los peluches que con tanto mimo había dispuesto Xhemeli parecen esponjas bajo el mar. Ramírez toma unos prismáticos en el Pathfinder y trota hasta el promontorio desde el que hace un par de días espió, junto al padre Borobia, la llegada de la furgoneta de Gurga. La Grande, mientras, inspecciona cada chabola con poco éxito.

Ramírez, sin embargo, canta bingo. Desde el promontorio divisa un vasto llano que se desliza hacia el Ebro, salpicado de frutales y hortalizas. A unos tres kilómetros identifica una construcción pequeña, una especie de chalet rodeado de una parcela vallada en estado bastante agreste. A la puerta del huerto se encuentra el viejo y abollado Fiat Punto del Padre Borobia.

Minutos después, tras recorrer los caminos de tierra, aparcan el Pathfinder junto a la entrada. Preparan sus armas. Pocos metros les separan del chamizo del huerto abandonado. Los recorren despacio y en tensión. Pero antes hacen una parada. Hay algo que huele rematadamente mal. Algo que apesta. Y algo que suena. El inquietante roce que provocan en el aire cientos de pares de alas de mosca. Ramírez se asoma a la piscina vacía del huerto. En momentos más felices, esa piscina habrá sido testigo de reuniones familiares veraniegas, cuando los niños se bañan con sus colchonetas mientras los padres asan chuletillas. Días idílicos en el campo. Nada recuerda a eso. Dos cuerpos yacen en el fondo de la piscina. El agua de lluvia acumulada casi alcanza a cubrirles. Uno está boca abajo y no consiguen identificarlo. El otro también hunde su rostro en el fango, pero un águila tatuada en un brazo, un águila cuyo vientre ha sido abierto en canal por un objeto afilado, en una tremenda herida rosada que ya no sangra, señala que el cuerpo rígido e inmóvil pertenece a Fahredin Gurga.

De pronto escuchan gritos. O gemidos tan intensos que parecen gritos. Quizá no hayan surgido de pronto, quizá ya estuvieran allí, pero el espectáculo de la piscina les ha impedido percibirlos. La teniente se asoma al interior de la casa. Ramírez la sigue. Allí, Xhemeli arde de fiebre tendida sobre el sofá. No sólo eso. También se convulsiona de una forma que jamás han visto. Su espalda se arquea como las palas de una ballesta al lanzar una flecha. Los ojos viran a blanco. Los dientes muerden todo lo posible, hasta el punto de que le gotea sangre de la boca.

Al contrario que el otro día, hoy Xhemeli viste un camisón corto que permite ver los muslos. En el derecho tiene un vendaje sucio de mugre y barro. El padre Borobia se lo está cambiando por un apósito limpio. Hasta ahora no le había dado permiso para hacerlo. Debajo de ese vendaje (ahora Lucía lo sabe) hay una punzada de un centímetro y medio que se introduce en la carne de la pierna trazando una curva. La punzada que Isa Abdi le asestó a su hermana con el corquete de vendimiar cuando ella le golpeó en el cuello con la azada.

Ahmed se encuentra en una esquina, se sienta abrazándose las rodillas. Está asustado. No quiere llorar, pero está asustado. Esas convulsiones parecen cosa del diablo. Los gemidos son aún peores.

Juan Borobia se vuelve ante la aparición de la pareja. Pero no les hace caso en absoluto. Se limita a regresar a su tarea.

—Padre —dice Lucía—, ella necesita un hospital. El tétanos la va a matar.

¿Cómo no se les ocurrió? En la tierra de una viña, ferrosa, bien fertilizada, viven millones de microorganismos. El corquete estaba sucio de polvo y óxido. Penetró profundamente. Había muchas probabilidades de que transmitiera la enfermedad del tétanos. Las condiciones higiénicas del campamento hicieron el resto. Cuando la visitaron por vez primera, Xhemeli no se encontraba bien. Lucía lo achacó a la pérdida de su hermano. Pero se equivocaba.

—Ya le he puesto la vacuna.

—Ahora no es suficiente. Es necesario que le limpien bien la herida y que la ingresen en cuidados intensivos. Si no, morirá.

Una nueva convulsión sacude la columna vertebral de Xhemeli, cuyo rostro ya no se asemeja al que Lucía recordaba, sino al de una estatua de mármol a medio esculpir.

—Ustedes quieren llevársela para encerrarla. Y no se lo merece. Le prometí que no la encerrarían. No sabe cómo son ni por lo que han pasado. Explotada laboral y sexualmente. Humillada. Si va a la cárcel, morirá.

Los ojos del padre Borobia no se apartan de Xhemeli. La sujeta de la muñeca. Trata de calmar sus ataques. Lucía le pide a Ramírez, susurrándole al oído, que llame a una ambulancia urgentemente. Luego vuelve a hablar con el padre, dolorido y superado por la situación.

—Usted me dijo que se llevaban muy bien. Que ella había cuidado de sus hermanos desde que huyeron de la guerra en Kosovo.

—No huyeron de la guerra. Xhemeli me lo ha contado todo. Isa, durante toda su vida, creyó que habían huido de la guerra. Una guerra que los muyahidines les ayudaron a ganar. En la comarca donde vivían los Abdi se sufrieron carnicerías. Los padres de Xhemeli murieron cuando su pueblo fue bombardeado; ella tenía quince años, Isa cinco y Amhed dos. No fue lo único. Un día la aldea fue tomada por paramilitares serbokosovares. Xhemeli era la más joven y la más guapa. La violaron. Era lo que les esperaba a todas las mujeres, pero sólo tuvieron tiempo de martirizar a Xhemeli. Llegaron los valientes muyahidines con sus Kalashnikovs y sus gritos de guerra y liberaron el poblado. Venían de todas las partes del mundo, voluntarios barbados de piel morena, entrenados en campos clandestinos y financiados con petrodólares. Peleaban a cara de perro. No les importaba morir. Los nacionalistas serbios les temían más que a cualquier otro enemigo. Liberaron a los musulmanes míseros de aquel valle. Le gustó la zona y el recibimiento y decidieron descansar allí. Mientras se quedaron, impusieron sus costumbres. Todo fue bien, la gente les quería, los niños, los ancianos, todos se sentían agradecidos y aceptaban la ley de dios. Hasta que a Xhemeli se le ocurrió contarle a uno de sus salvadores que la habían violado. Ya sabe usted lo que dice la sharia de las mujeres que casadas que han sido violadas: adúlteras.

A Xhemeli le sobreviene una nueva convulsión. Lucía sabe que no aguantará muchas más. Reza porque la ambulancia llegue pronto.

—Xhemeli estaba casada, ¿verdad?

—Sí. Su marido se alistó en la guerrilla kosovar pocos días después de que los morteros mataran a los padres de Xhemeli. Un héroe. Nunca volvió ni dio noticias, probablemente estará enterrado en alguna fosa común. Los muyahidines decidieron honrarle en ausencia. La condenaron a lapidación.

—Pero consiguió escapar.

—Sus paisanos la ayudaron. Fahredin Gurga la ayudó. Y se pasó el resto de la vida cobrándole los intereses. Ella nunca habló de ello. Para el pequeño Isa, de tan sólo cinco años, los muyahidines eran unos héroes que habían liberado su pueblo. Jugaba con ellos, recitaba versos del Corán con ellos, comía con ellos. Pero para Xhemeli...

—Ella no soportó que Isa quisiera unirse a la Yihad.

—No sólo eso. El líder espiritual de la facción integrista que trataba de reclutar a Isa es un imam inglés de origen saudí llamado Majed Hawsawi. Isa se emocionó mucho cuando sus nuevos amigos le enseñaron vídeos del imam por primera vez. Isa podía decir con orgullo que lo conocía en persona, en carne y hueso. Y era cierto. Hawsawi había sido combatiente de la yihad en los Balcanes. Lideraba el pelotón que rescató el pueblo de los Abdi del horror serbio. Para Isa era un gran héroe. Para Xhemeli era otra cosa. Ni más ni menos que la persona que había tomado la decisión de establecer allí la *sharía*, juzgarla y ejecutarla.

El Padre Borobia mantiene apretada la mano de Xhemeli. La sangre de su boca continúa fluyendo. Los temblores no cesan. Ahmed comienza a derramar lágrimas ante esa historia que conoce desde hace no tantos días.

—El bueno de Ismail Fawzi, El presidente de la Asociación Musulmana de Calahorra, había tratado de prevenir a Isa. Había hecho todo lo posible por que no se dejase convencer por aquellos salvajes. Le decía que el Islam no era eso. Le explicó que, alguien como él, con su escasa formación y su debilidad natural, sería empleado como terrorista suicida a la primera oportunidad. El día que supo que Isa se iba, avisó a Xhemeli. El chico había quedado con los reclutadores que lo iban a sacar de España en el viñedo de Lafourchette. Así podría decirle a Gurga que se había levantado temprano para ir paseando al trabajo, cosa que hacía con frecuencia. Cuando llegaron allí, Xhemeli le hizo frente. El día que supo que Isa se iba, Xhemeli lo siguió. Empezó a gritarle. Isa se defendió de sus insultos con rabia. Hasta que la llamó perra adúltera. La trató del mismo modo que aquellos muyahidines que habían querido lapidarla. Ella levantó la azada con la que trataba de impedirle el paso. La había encontrado tirada en la viña y se deshizo de ella en el canal. Él la atacó con el corquete. El resto ya lo conocen. Xhemeli huyó con Ahmed del campamento. Al chico no le resultó difícil hacerle creer a los yihadistas que había sido Gurga quien mató a Isa. A fin de cuentas, se trataba de un esclavizador que había cometido tropelías durante la guerra. Y a Gurga le dijo que eran los islamitas quienes habían cometido el crimen. Un chico listo, ¿verdad?

—¿Y quién ha matado a Gurga? ¿Y quién es ese otro que está con Gurga en la piscina?

—El otro muerto es Constantin, uno de los líderes del grupo al que pertenecían los Abdi. Y no tengo ni puta idea de más, discúlpeme. No sé cómo ha muerto Constantin ni cómo ha muerto Gurga. He dejado de preguntar y me he dedicado a cuidar a esta pobre criatura. No sé si habré hecho algo ilegal. No pienso obstaculizar ninguna investigación, créame. Les he dicho todo lo que sé y sé más de lo que querría saber. Les aseguro que voy a dormir muy mal próximamente, sea en mi cama o en la de la cárcel.

Xhemeli grita de un modo que convierte su rostro en una máscara de carnaval. Ahmed no lo soporta más y esconde la cabeza entre las rodillas.

—Esto no termina aquí. Puede defenderse en un juicio. Tanto usted como Xhemeli.

Ramírez irrumpe en la choza. Viene seguido de una doctora del SAMUR y dos enfermeros con el equipo necesario. También llegan dos parejas de la Guardia Civil de Logroño, que han escoltado la ambulancia desde el hospital. Vienen a hacerse cargo de la situación, según dicen. Los sanitarios no pierden el tiempo. Preparan cuatro inyecciones de inmunoglobulina tetánica. Dos para los glúteos. Otras dos para los hombros. Le suministran un relajante muscular para que las convulsiones se atenúen. Mientras, una enfermera le arranca el vendaje y le limpia la herida. Se la llevan.

—No tiene muchas posibilidades —dice la enfermera—. Tenemos que llevarla a Logroño ya. Dios, nunca había visto un caso de tétanos tan avanzado. Es propio del tercer mundo.

Lucía piensa que no, que no es propio del tercer mundo. Tan sólo es propio de la lucha por la vida. La única guerra que justifica matar o dejarse morir.

Los espasmos que Xhemeli sufre sobre la camilla amenazan con tirarla abajo. La médico sugiere propofol. Repite que van tarde. Mientras pelean por subirla a la ambulancia, Ramírez aborda al padre Borobia. Éste ha salido de la choza apoyándose en Ahmed.

—Padre. Llamé a la parroquia de Vallecas. Hablé con don Miguel Turia, el párroco. Me lo contó todo.

El cura masculla una blasfemia en cuanto escucha ese nombre.

—Ése es un hijo de puta, ¿sabes? —le cuesta fijar la vista en nada que no sea la camilla que se aleja—. Hablo con él muy a menudo.

—¿Ah, sí? Eso no me lo dijo él.

—No, porque él no sabe que soy yo. No le digo cosas muy agradables.

Ramírez recuerda la llamada telefónica que el padre efectuó desde el locutorio de la mezquita, el viernes pasado.

—¿Acosa usted telefónicamente al padre Turia?

—Bueno, acosar, acosar... Yo le insulto. Le amenazo. Le digo barbaridades, ya me entiende. Una vez cada dos días o...

—Padre, coño —interrumpe Ramírez—. Eso es acosar.

—Hostia, es que los jóvenes de ahora sois unos putos tiquismiquis.

—Es delito.

—Denúnciame, Santiago —Borobia le dedica una sonrisa amable—. Imagino lo que le habrá dicho el gilipollas ése. Que me alejaron de Madrid por un caso de abuso. Es divertido, porque ni siquiera se molestó en buscar una víctima, ni convincente, ni no convincente. El padre Turia me la tenía jurada.

—Escuche, si quiere que le crea…

—No, en realidad me suda la polla que me creas. Yo te cuento la verdad y luego haces con ella lo que te salga de los cojones. Pero ahora, no. Otro día, si te apetece. Hay cosas más urgentes que la verdad. Y también más importantes.

Ahmed acompaña al cura hasta el coche mampara de la Guardia Civil de Logroño. Allí un compañero les coloca los grilletes y le lee los derechos. El chico va asustado. Difícilmente reprime las lágrimas. Pero después de la vida a la que está acostumbrado, nadie puede saber qué estará pensando. Si tendrá miedo a la soledad. Si tendrá miedo al futuro. O si nunca ha sido capaz de predecir otro día que no sea el de hoy, otro tiempo que no sea el ahora. Las personas como él no entienden de salas de espera ni han llevado nunca reloj.

El padre Borobia, por su parte, piensa en Xhemeli. Piensa en la posibilidad de un nuevo fracaso. O de una nueva victoria sobre la campana. Como aquélla. Aquel día se encontraba en la parroquia y le llamaron para advertirle. Habían encontrado medio muerto a un chico al que estaba ayudando a desengancharse. El cura se apresuró en salir de la iglesia, pero se topó de frente con dos feligresas que le impidieron el paso. Las conocía. Eran mujeres de dos empresarios que habían prosperado con negocios aledaños a la construcción. Uno era proveedor de sanitarios. El otro, carpintero metálico. Les iba bien en la vida y lo demostraban a la mínima oportunidad. Lo único que les retenía en el barrio que les había visto nacer (hijos de braceros extremeños, pobres como ratas) era el miedo a no ser más ricos que sus vecinos, si se mudaban a otro. Las mujeres entraron en la iglesia con sus visones y sus emanaciones de perfume caro, como botafumeiros aterciopelados. Una acababa de ser abuela y exigía saber cuándo podría bautizar al infante. Pero exigía saberlo ahora, porque tenía una cosa muy importante que hacer. ¿Qué cosa? Una cosa. El padre no tenía tiempo, ahora no, señora, que voy con prisa. Pero tendrá cinco minutitos. No, señora, que voy con prisa. Por favor, un poco de educación, que somos señoras. No, si ya, pero hay alguien que necesita ayuda. Oiga, que yo le doy a esta iglesia más limosnas que nadie en el barrio, y no me quejo de que acaben siendo para gitanos o drogadictos, sólo pido a cambio que me atiendan cuando lo necesito.

Como veía que la discusión no iba a ningún lado y que al muchacho de la sobredosis se le debía de estar escapando la vida por los poros, el padre Borobia, ni corto ni perezoso, se sacó la polla. Allí, frente al Altísimo y frente a las dos señoras del visón, se bajó los pantalones y enseñó a Dios y a los hombres lo que le colgaba entre las piernas. El único efecto que buscaba fue el que consiguió: que las mujeres se escandalizasen y salieran del edificio. Lo podía haber logrado con veinte minutos de discusión o cuarenta minutos de coba. Pero había un chico muriendo y no disponía de ese tiempo. Sólo existían dos soluciones rápidas: darles un guantazo a las señoras o enseñarles el rabo. Estuvo a punto de escoger la primera opción; sólo un instante antes de hacerlo, se convenció de que lo de la polla sería menos dramático. Luego descubrió que se había equivocado: las hostias habrían tenido menos consecuencias.

Encontró al muchacho abandonado a la puerta de un garaje, con la jeringuilla aún clavada en la vena. Le empezó a practicar el masaje cardiaco. La respiración artificial, tal y como le habían enseñado en la mili. El chico reaccionó. Se lo llevaron en una ambulancia. Se desenganchó. Ahora tiene un quiosco en Moratalaz.

Pero para Miguel Turia, el párroco, y buen estómago agradecido de los ricos píos del barrio, aquello fue la gota que colmó el vaso. En realidad, el vaso había rebosado tiempo atrás, con tanta blasfemia ante el sagrario y tanta absolución colectiva a las putas y a los yonquis de los alrededores. Por no hablar de las peleas, las narices rotas. Y otros cotilleos. Por fin tenía un motivo concreto y probado. Escribió a la diócesis. La diócesis contestó. Sacaron a Borobia del barrio y agradecieron a las mujeres que no aventasen el asunto.

Lo que no esperaba don Miguel Turia era que la gente fuera a echar tanto de menos a Borobia. Un hombre carismático y querido que lo daba todo por el pueblo, llegó a decir de él un líder sindical antes de preguntar por carta a la diócesis por qué lo habían defenestrado. Turia sabía que en un barrio así los motivos de Borobia para enseñar su sagrado miembro en la iglesia no sólo hubieran sido comprendidos, sino, además, celebrados. Así que, a aquellos que insistían, les empezó a contar una difusa historia sobre los abusos sexuales a un niño al que entrenaba, el cual quería mantener el anonimato por causas que usted entenderá, pobre niño. Al principio, quienes escuchaban esta explicación se sorprendían. Nunca lo hubieran imaginado de una persona como Juan Borobia. Sin embargo, como era una historia que les ayudaba a reforzar el prejuicio de que nunca puedes fiarte de un cura, empezaron a creerlo.

Ésa es la verdad. Que se la crean o no, a Juan Borobia le da ya lo mismo. Le dejó de importar lo que la gente entendía por la verdad el primer día en que consiguió no cruzarle la cara a un tipo que le estaba llamando mentiroso. Le costó dios y ayuda. Luego descubrió que ignorar aquellas acusaciones que los demás le dedicaban era práctico: le permitía ocuparse de los temas que de verdad importaban. Temas como Xhemeli, que, en la caja de la ambulancia, logra poco a poco aplacar las convulsiones de su cuerpo. Temas como Ahmed que, sentado junto a él en la cabina del coche, logra poco a poco aplacar las lágrimas y sentir que hay alguien a quien le importa lo que le ocurra.

Perder diez minutos en explicarle a Ramírez por qué el padre Turia le dijo lo que le dijo es algo que Borobia no puede permitirse. Si tiene una futura oportunidad y el chico le invita a un vino, ya se lo dirá. Y, si no la tiene, pues que le den por el culo y cada uno a lo suyo.

—¿Ponemos en marcha lo de la piscina? —pregunta Ramírez a la teniente, que habla por la radio del Pathfinder con medio cuerpo dentro. Corta la conexión.

Ella querría no tener que responder a esa pregunta, ni a ninguna otra. A ella, por un momento, le gustaría no haber nacido.

—No. Erranz y Crespo vienen hacia acá. La judicial de Logroño y el juez Martos están avisados.

—¿No nos vamos a ocupar nosotros?

—Nosotros volvemos a Calahorra. Ha habido tiros cerca la casa cuartel. En la Valvanera. Parece que hay un muerto.

13:00

Se circula a ciento cincuenta kilómetros hora por la carretera y es ahora cuando Ramírez se da cuenta de que por fin el frenesí se terminó: ya no hay tractores que frenen la marcha ni temporeros, como pájaros negros, abalanzándose sobre el fruto de las vides. La ambulancia va camino del hospital de San Pedro. El coche mampara lleva al padre y a Ahmed camino del cuartel de Logroño. El juez Martos y la policía judicial estarán llegando y acordonando el huerto abandonado. Ramírez piensa en el Truchas, asomándose a esa piscina como se asoma a las pozas de río. Todo organizado.

Pero, entonces, ¿a qué viene esto? ¿Por qué hay disparos, si los muyahidines ya disfrutan de la compañía de sus setenta y tantas vírgenes, si Gurga ya bebe cervezas con todos los masacrados en nombre de su bandera, si la asesina de Isa Abdi convulsiona en una camilla, si el padre Borobia desaparecerá el tiempo suficiente como para borrarse de sus pensamientos? ¿Por qué la teniente está clavada en su asiento de copiloto, mirando al horizonte, sin un solo pestañeo, como si la carretera fuera una bola de cristal que le estuviera narrando un futuro de desgracias y dolores? ¿Por qué no termina esto de una santa vez? ¿Por qué no puede terminar todo para que puedan velar en paz al sargento Campos y volver a los libros de Magisterio y volver a pensar en Elsa y en lo que ayer ocurrió con Elsa?

Por su parte, la teniente intenta tomar decisiones y no le sale ninguna, como un borracho que quiere conducir despacio para disimular. Observa el velocímetro del Pathfinder. Le gustaría poder aumentar la velocidad con el pensamiento. Quiere matar a Ramírez por no ir más rápido. Quiere matarse a sí misma por no ser capaz de decir nada. Porque quizá, en el fondo, lo que ocurre es que no quiere llegar al escenario del tiroteo. No, no se atreve a llegar. No se ve capaz de afrontar lo que puede encontrar allí. Así que ya no desea aumentar la velocidad con el pensamiento, sino más bien, reducirla. Frenar el vehículo. Bajarse. Tumbarse a tomar el sol en uno de los campos circundantes.

Pero el avance es imparable. El coche se mueve inexorablemente hacia delante, como el paso del tiempo. Como el advenimiento del futuro. Lucía nunca experimentó de una forma tan preclara la verdad física de que el espacio y el tiempo son una misma cosa.

El Pathfinder entra en Calahorra emitiendo ruido y luz. Los transeúntes se vuelven a mirar dónde va. No todos se han enterado de lo ocurrido. Toma la Avenida Valvanera. Los terribles badenes para reducir la velocidad, de los que se quejan todos los vecinos, son superados. Someten al coche a unas convulsiones similares a las que ha sufrido Xhemeli sobre la camilla. Ramírez llega a tocar el techo con el cráneo.

La policía local ha desplegado los precintos. Artero está controlando el operativo. Otros agentes ascienden a la carrera la pendiente que separa la casa cuartel del lugar del tiroteo. El escenario del crimen ofrece intimidad para apretar un gatillo sin ser visto y cinco posibles vías de escape. Se trata de un discreto rincón de la calle, un recoveco por el que se accede a un par de garajes. Dentro de un Ford Fiesta negro, ahí se encuentra el cadáver. Derramado sobre el volante, la mano izquierda caída, tocando casi la alfombrilla, la derecha apoyada en el asiento del copiloto, donde una Glock de veintidós milímetros no ha llegado a ser disparada.

En esa postura, la mirada torva de Kabuto ha quedado fija para siempre en el retrovisor, como si quisiera descubrir quién le ha disparado por la espalda. Lo último que ha visto en su vida ha sido un parabrisas que se fragmenta en mil pedazos. Se ha debido al efecto de una bala que previamente ha atravesado su cerebro, tras acceder a su cráneo por la nuca.

La Grande se baja del coche y mira a su alrededor. Al ver el cadáver en el Ford Fiesta, las piernas entienden el alivio y deciden no seguir más allá, después de la tensión soportada. Lucía tiene que apoyarse en el capó para no irse al suelo. Ramírez se asusta. Baja del coche a toda prisa y se sitúa junto a su superior, para servirle de apoyo. Luego mira el cadáver. Él no lo reconoce. Han pasado cinco días y demasiadas cosas para que recuerde al tipo de cuerpo seco que se reunía con los yihadistas en la plaza de Aldeanueva de Ebro. Enseguida se da cuenta de que el rostro de la teniente no muestra horror, sino una especie consuelo trémulo.

—¿Quién es ése, mi teniente?

—No te preocupes, niño. No tendrás que saberlo nunca.

Ramírez piensa en la última vez que la teniente le llamó niño. Fue hace sólo días. Pero le han parecido años. Se le ocurre que no está tan mal que no le traten de usted. Son detalles que hay que apreciar.

—Vamos a echarle una mano a Artero, ¿de acuerdo?

La cabo Artero intenta aparentar que el tiroteo no le ha pillado distraída. Lo consigue: reparte muchas instrucciones a los policías locales, a los guardias que llegan, al SAMUR, que también entra en escena, y a los mirones. Lucía la observa, con esos aires marciales y seguros, el cabello rubio recogido en un moño bajo la gorra, la barbilla alzada, la voz firme. Nunca había visto un guardia civil que cumpliera tanto con el estereotipo del guardia civil. Bueno, sí, lo había visto: el sargento Campos. Para darle la razón, en el último instante antes de recibirlos, Artero se coloca unas gafas de sol. No son como las que llevaba Campos. Pero el efecto es el mismo. Lo único que la aleja de ese papel es el tatuaje que la teniente sabe de buena tinta que Artero luce en el tobillo:

su propio nombre escrito en élfico. En cuanto se lo vio, en el vestuario de mujeres de la casa cuartel, se dijo a sí misma: «Ésta se va a arrepentir de haberse estampado semejante aberración». Pero, por ahora, no lo parece.

—Los del SECRIM están en camino. Al juez Martos aún no lo hemos localizado.

—No te preocupes. Está dándose un baño en una piscina.

—¿Con este tiempo?

—Sí. ¿Ha identificado la matrícula?

—Las placas son falsas. Las duplicaron de un coche registrado en Badajoz.

Lucía no llega a acercarse a más de dos pasos del coche. La proximidad de Kabuto aún la aterroriza, del mismo modo que los tiburones muertos aterrorizan, aunque naden desde hace lustros en tanques de formaldehído. Por encima del olor alcalino de la sangre y de la pólvora quemada, aún halla en el aroma de la escena trazas del tabaco de Kabuto y de aquel aliento que salía directamente de sus tripas. Lucía observa la trayectoria de la bala. Reventó la luna trasera. Atravesó la cabeza de Kabuto y quedó encajada en el parabrisas, ahora astillado. El terrorista no vio venir a su agresor. Se diría que, para sorprender así a alguien como Karmelo Puerta, el asesino tiene que ser un profesional.

Lucía se sitúa tras el coche. Estira el brazo y apunta con el dedo, imitando la acción que hace sólo unos minutos hubo de ejecutar el pistolero. Entonces busca con la mirada en círculo. Allí, junto al bordillo de la acera, disimulado entre unas hojas que taponan el sumidero de una alcantarilla, localiza un objeto metálico. Se agacha para comprobar si se trata de un casquillo. Lo examina. Lo recoge. Se lo guarda en el bolsillo.

El sonido de las sirenas anuncia que el SECRIM ya está aquí. El teniente Paredes es el primero en bajarse del coche, ya con su pijama blanco y el maletín en la mano. La actitud de Paredes es la de quien tuviera que hacer un grandísimo esfuerzo de voluntad para rebajarse a trabajar con cualquier otro. Pero, quizá, por su talento y eficacia, se lo tenga ganado.

—Buenos días, teniente —al menos, saluda.

—Buenos días —responde ella.

—Ha llamado el juez Martos. Lo siento mucho, pero de esto nos vamos a encargar nosotros. Me han pedido que ustedes nos presten la colaboración necesaria, pero que no comiencen ninguna diligencia hasta nueva orden.

—¿Y lo del huerto?

—Después iremos a ello. ¿Se puede saber qué ha pasado aquí? ¿Qué guerra se ha organizado?

—Ya lo irá averiguando, mi teniente.

Después de lo que ocurrió ayer, Lucía espera cualquier cosa. Incluso que la imputen. Paredes se permite el lujo de acercarse a ella y susurrarle un consejo de amigo. Porque, en el fondo, la respeta.

—No sé qué ha armado usted en estos días, desde la última vez que nos vimos. Pero le advierto que se está cociendo una represalia. Uno oye cosas. Le aconsejo que obedezca toda orden sin rechistar. No empeore las cosas. Nosotros intentaremos ayudarla en cuanto podamos.

La teniente asiente. Alza la cabeza e inspira fuerte por la nariz. Se aleja de Paredes tras darle las gracias. Observa a su alrededor, todas esas miradas de los ciudadanos de Calahorra, asustados, pidiendo explicaciones, fraguando explicaciones ficticias ellos mismos. Entre todos, allí, junto a un portal, observa un rostro conocido. Una mujer de grandes gafas rectangulares y ropa aburrida. El aspecto anodino que todo agente de inteligencia debería cultivar. Vilma la saluda cordialmente. Eso le pilla por sorpresa.

—Buenos días, Vilma. ¿O debería llamarla Minnie? ¿Ha cambiado de dibujos animados, ya? —responde ella—. ¿Han tenido ustedes algo que ver con esto?

Vilma le dedica un gesto obsceno para responder a su insolencia.

—Me lo pueden decir —sigue la teniente—. Yo ya no puedo hacer más daño aquí. Me han apartado. Y me voy a comer un marrón.

—Si hubiéramos tenido algo que ver, obviamente, no podríamos decírselo.

—Me sorprende verla aquí. Creía que no tenían localizado a Kabuto.

—No era prioritario. Ahora que la célula yihadista se ha disuelto forzosamente, no nos sirve para nada. Pero me aburría y tenía que emplear el tiempo libre en algo. He llegado tarde, como puede ver.

—Así que, si le pregunto quién ha hecho esto, usted no va a responderme.

Vilma sonríe. Es la primera vez que la ve sonreír. Reconoce que tiene cierto atractivo, Vilma.

—En estos momentos no podemos descartar nada. Antiguos miembros de ETA que quieren vengarse por haber testificado. Yihadistas que quieren vengarse por haber traicionado los tratos con Amin El Kaoutari y Jamal Oulhaj. O cualquier otro militante de cualquier otra organización que quiere vengarse por cualquier otro motivo.

—Ya. ¿Eso dónde me deja a mí?

—Me importa una mierda.

—Coño, gracias.

Vilma sale del refugio que le confiere el portal y se acerca al cuerpo de La Grande.

—Es cierto. A partir de ahora, me importa una mierda. Yo la acusé a usted de tener la culpa de todo, allí, en la cabaña de Kabuto. Es mentira. Y además tiene usted razón: no estábamos haciendo nada por proteger a su familia. Es más, he de decir que le mentí. Varias veces, claro. Pero sólo le voy a revelar una de esas mentiras. Usted preguntó por qué habíamos desarrollado toda esta operación precisamente en Calahorra. Le contesté que daba igual, que tanto daba Calahorra como cualquier otro lugar del mismo perfil. Eso no era cierto. El señor Karmelo Puerta insistió en contactar precisamente con la célula desplegada aquí. No sabíamos por qué tenía tanto interés en esta tierra insignificante, y no nos importó. Pero, en fin, ahora ya no hay problema

—¿Quiere decir que usted ha matado a Kabuto?

—Menos juegos, Lucía. Usted ya sabe quién ha matado a Kabuto. Pero me da igual, porque yo lo acabo de olvidar.

Lucía celebra escuchar lo que acaba de escuchar. La tarde será soleada y hermosa. Perfecta para tomar un vino al aire libre.

—Gracias —dice.

—Hace bien en agradecérmelo. No sé por qué la ayudo. Ha echado a perder una operación de dos años.

—Lo siento, de verdad. Si no les gustase tanto proyectar zonas de sombra, esto nunca habría ocurrido.

—¿Qué zonas de sombra?

—Ni siquiera sé para qué cuerpo trabajan.

—¿Quién ha dicho que estemos trabajando?

Lucía sonríe. Aquí se detiene la información. Nunca sabrá quién es Vilma ni quién era Pedro, ni la nacionalidad de éste último, ni cómo consiguen una influencia tan poderosa en Madrid. Aunque, la verdad, qué más da. Con Kabuto muerto, puede volver a sus peces, a sus controles de alcoholemia, a sus robos con intimidación. Tan sólo tiene que resolver un último asunto.

14:00

Pocas veces acostumbra atravesar las vallas de la casa cuartel caminando. Le abren las puertas sin preguntar, tan sólo es necesario comprobar su silueta inconfundible a través de las cámaras. A veces piensa que permite que sus hombres se descuiden, que adopten un laxo sentido de la disciplina, y que eso no les hará ningún favor en el futuro.

El sol de mediodía dibuja una sombra circular a su alrededor. Se fija habitualmente en esa sombra cada vez que cruza a pie el aparcamiento. Al ver hoy esa sombra, al inspeccionar el diámetro, está segura de que sí: ha adelgazado. Y más que va a adelgazar. Tras el alivio que le ha provocado ver a Kabuto tendido sobre el salpicadero, el estómago se le ha vuelto a cerrar, rechazando cualquier idea de alimentarse. Se bloquea el apetito, se bloquean las piernas, se bloquea la llave al intentar abrir la cerradura.

Pero entra en casa. Y, paradójicamente, todo tiene un aspecto más hogareño que nunca. La luz entra por la ventana e ilumina el salón como sólo ocurre cuando esa ventana es tu ventana y ese salón es tu salón; una inestimable familiaridad hecha de motas de polvo y fotones. Desde el vestíbulo escucha los sonidos de los robots de Marcos, que está jugando en su habitación. Escucha el pitido del monitor que le ponen a Claudia cuando duerme la siesta. Escucha las páginas de un periódico que pasan. Mediante los sonidos, Lucía puede establecer un plano mental de dónde se encuentran todos, sin verlos: ¿es o no es esto un hogar como dios manda?

Claro que lo es. Incluso ahora.

Se acerca al salón, encuentra, efectivamente, a Bernard en el sofá. Lee La Rioja tranquilamente, acompañado de una copa de vino que reposa sobre la mesa. Lucía tan sólo detecta que, quizá, la frecuencia de su respiración es más elevada de lo normal. Pero podría deberse sólo a su percepción, porque las percepciones se encuentran tan sometidas a la influencia de las certezas como las certezas a la influencia de las percepciones.

Bernard ni siquiera saluda. Tan sólo se asoma por encima de las páginas del periódico y sonríe. Va vestido de calle. Con sus vaqueros, su camiseta, sus deportivas. Lucía ni se sienta ni se acomoda: se detiene en medio del salón, como si compareciera ante un consejo de guerra.

—¿Has ido a comprar el periódico? Te dije que no salieras.

Bernard dobla las páginas para mirar por encima de ellas a su mujer. También tiene la piel un tanto más enrojecida de lo normal.

—Me lo ha dado Erranz —responde.

—Pero has salido. Me lo han dicho los de la puerta —miente ella.

—Sólo un momento. Subí al contenedor de reciclaje.

Bernard endereza de nuevo las páginas de La Rioja para fingir que vuelve a la lectura. Lucía se deja invadir por una mezcla de compasión, ternura y admiración hacia su marido. Una sensación parecida a la que sintió cuando Marcos sostuvo una cuchara por vez primera y se embadurnó toda la carita de puré de verdura.

—Es difícil que lo entiendas —dice Lucía—, pero me siento muy agradecida. De verdad, te doy las gracias.

Bernard dobla de nuevo el periódico y la mira de nuevo con esos ojos tan azules como los de Kabuto.

—¿Gracias por qué?

—Gracias por intentar mentirme. Gracias por intentar ocultármelo todo. Pero no lo hagas. Sería mucho peor.

Antes de obligar a su marido a mantener la tensión de fingir un minuto más, Lucía levanta en alto, sujeto con el índice y el pulgar, el objeto metálico que ha llamado su atención en la escena del tiroteo. Aquel que se encontraba entre la hojarasca que taponaba el sumidero de la alcantarilla. Aquel que ella recogió, pensando que podría tratarse del casquillo de la bala. Pero que no es el casquillo de la bala. Se trata de las gafas para la presbicia de Bernard, su montura metálica, un cristal roto.

Bernard deja el periódico encima de la mesa lentamente.

—No sé cómo puedes leer el periódico sin ellas.

—Las llevaba en el bolsillo del pecho de la camiseta. Se debieron de resbalar cuando me agaché a recoger el casquillo. Pensaba que había salido todo a la perfección.

Ella siente más ternura aún ante la ingenuidad de Bernard.

—Ya ves que no. Nunca sale a la perfección. Menos mal que yo he llegado primero, ¿no crees?

Él se limita a asentir. Se echa hacia atrás, contra el respaldo, y cruza los brazos sobre su estómago.

—¿Dónde has dejado la pistola?

—En el cajón. Donde tú la pusiste.

—¿Y el casquillo?

—Con ella.

—De acuerdo.

Lucía habla como cuando se hacen planes de vacaciones a la luz de las velas. Quiere transmitirle a su marido la sensación de que todo está bajo control. Aunque no, no lo está.

—Hay que intentar quitarte la pólvora de la mano.

—He utilizado unos guantes.

—¿Dónde están?

—En el armario.

—Hay que quemarlos. ¿Cómo entraste y saliste de la casa cuartel?

—Simplemente entré y salí —responde él, y ensaya algo parecido a una sonrisa cínica—. Tus chicos son descuidados. Me llevé la bolsa de basura para reciclar, como excusa. Nadie se dio cuenta de que estaba medio vacía.

Finalmente, cuando se le agota la fuerza para mantener la sonrisa, Bernard se quiebra. Algo perfora los cimientos que sostienen su ánimo. Se cubre los ojos. Cuando sus manos se retiran, actúan como el telón de un teatro: cambio de acto, aquí está el drama. Lucía agudiza el oído para escuchar los ruidos de Marcos en su dormitorio. No le gustaría que viniese ahora y se pusiese a preguntar qué le pasa a papá.

—Cuando pusiste la pistola en el cajón —pregunta Bernard—, ¿sabías que yo estaba enterado de todo?

—No —contesta ella, susurrando para evitar que sus hijos la escuchen—. Ni siquiera ahora sabía que estabas enterado de todo. No sé cómo te has enterado. Ni de cuánto te has enterado. La puse ahí por pura desesperación. Para tenerla a mano en el caso de que hiciera falta.

—Entonces pensabas que estábamos en peligro.

Lucía vuelve la cabeza. De alguna forma, quiere evitar mirar a los ojos de Bernard. Hay algo acusador en ellos. A través del cristal contempla el enorme depósito de agua que preside el promontorio, cuyo perfil es como un enorme crucifijo de hormigón al que se le hubiera partido la tabla vertical.

—No pensaba nada.

—¿Por qué no me lo contaste?

La superficie del depósito refleja tenuemente la luz del sol; oscila cuando ésta queda bloqueada por las nubes que discurren por el cielo. El color del monolito pasa de más claro a más oscuro, de más oscuro a más claro en cuestión de segundos.

—Por el mismo motivo que puse ahí la pistola. Para protegeros. De alguna manera que ahora no comprendo bien.

—Aquellos años, en el norte. ¿Te crees que no me enteraba de nada? Te despertabas por las noches gritando. Hablabas en sueños. Un día te dejaste una carpeta azul en el apartamento. Supongo que por el mismo motivo por el que has dejado una pistola en el cajón del escritorio; una forma extraña de pedir ayuda sin pedirla, ¿verdad? La leí. Desde entonces tengo tanto miedo como tú de ese tal Karmelo Puerta.

Lucía apenas encuentra ánimo para insultarse a sí misma. Durante tantos años ella y su marido se han estado ocultando ese secreto mutuamente. Parece que las zonas de sombra no sólo son cosa de los Cuerpos de Seguridad del Estado. Pero los locos y los desesperados siempre dejan señales que, aunque lo parezcan, nada tienen de involuntarias. Gritos silenciosos que piden ayuda.

—¿Cuándo te diste cuenta de que Kabuto te estaba siguiendo?

—Hace más de una semana me pareció verlo por primera vez. Pero no se parecía nada a la persona de las fotos y de la televisión. Tenía que estar entre rejas. Además, tú estabas muy tranquila, así que no le di importancia. Supuse que se trataría de imaginaciones mías. Tantas veces me has hablado del síndrome del norte que he pensado que yo también lo estaba padeciendo. Pero luego cambiaste de actitud totalmente. Te has comportado de forma muy extraña. Eso me puso en guardia. Cuando esta mañana has dicho que había peligro y me has pedido que no saliera, en fin, en ese momento he decidido que había que terminar con todo. Pasase lo que pasase. Prefiero acabar en la cárcel a que os ocurra algo a cualquiera de vosotros. Durante estos días he sido plenamente consciente de que él me vigilaba. Hoy sabía dónde lo iba a encontrar.

—¿Cómo lo sabías?

—Porque he recibido una llamada anónima y me lo ha dicho. Me ha indicado dónde estaba Karmelo Puerta, en qué coche y en qué calle. Me ha avisado de sus intenciones.

Lucía comprende: «Gracias, Vilma. Me has jodido menos que yo a ti y, al menos, tú lo has enmendado», piensa.

—Deberías habérmelo contado.

—Tú deberías habérmelo contado a mí.

Lucía siente la necesidad de acurrucarse en el sofá junto a Bernard. Tienen que actuar rápido. Pero puede permitirse el lujo de detenerse unos segundos. Lo que dijo Vilma era verdad: existen sospechosos de sobra para explicar la muerte de Bernard. Ellos mismos, los del CNI (o quienes sean) resultan más sospechosos que Bernard en este momento. El universo entero resulta más sospechoso que Bernard. Ella tiene su coartada. No les costará fabricar una para él, en el caso de que alguien pregunte. La suerte ha estado de su lado. Que se sepa, no ha habido testigos. Ni siquiera a esa hora del día. No hay gafas de presbicia junto al bordillo de la acera. Y, en unos minutos, no habrá guantes ni habrá casquillo ni habrá arma. De alguna manera, ella se las arreglará para entrar en la base de datos de Intervención de Armas y borrar la ficha. Para eso es la mandamás de la casa cuartel de Calahorra… De momento.

—Hemos liado una buena —dice ella.

—Sí.

Lucía toma su teléfono móvil y lo deposita sobre la mesa. Sabe que no tardará en sonar. Será llamada a declarar junto con todo el personal del acuartelamiento. A partir de allí puede ocurrir cualquier cosa. Juicios, penas, inhabilitación… Quizá Vilma quiera seguir ayudándola. Quizá no. Pero, entre tanta incertidumbre, hay un hecho que nadie puede negar: a pesar de todo, la Grande respira. Observa la copa de vino que Bernard ha colocado sobre la mesa y que, evidentemente, no ha probado. Coloca la palma de la mano tras el cristal y observa cómo un rayo de luz mancha de rojo la piel. «Esta vez no», piensa.

—Y… ¿Qué podemos hacer ahora? —dice Bernard.

—Vaya pregunta. Son casi las tres. Es hora de comer. Y como te vea echar mano al muesli, te la corto.

—¿La mano?

—También.

Otro día

El suelo no es un buen lugar para los peces. El cabo Santiago Ramírez se pregunta cuántos de estos pequeños vertebrados acuáticos se retuercen ahora mismo en la delgada película de agua que se ha vertido sobre el piso de azulejo. Si no son capaces de sobrevivir sin un cuidado meticuloso (como él mismo demostró cuando sobrealimentó a dos tercios de los peces de su teniente durante aquellas vacaciones), menos aún cuando se enfrentan a una catástrofe que destruye todo su mundo conocido. Aquí un lechmere guppy salta haciendo tintinear los fragmentos de cristal roto que hace unos minutos componían el acuario. Allí un escalar mueve la boca angustiosamente, como si quisiera proyectar aros de humo. Frente a Ramírez, Suárez se halla petrificado, muerto de miedo. Le sangra el dorso de la mano por un corte leve.

—Yo no he sido —dice el novato.

—Ya lo he visto —responde Ramírez.

Es a él a quien se le ha resbalado el tanque de agua cuando intentaban trasladarlo del despacho de la teniente a su apartamento. Tras el llamado Holocausto Acuático de Ramírez (aquella ocasión en que quedó encargado del cuidado de los peces), al cabo no se le habría ocurrido acercarse ni a dos metros de los acuarios de La Grande. Pero el nuevo oficial al mando de la casa cuartel, el capitán Francisco Javier García, les sorprendió a él y a Suárez por los pasillos, les condujo al despacho de la teniente y les dijo: «Tenéis una hora para hacer desparecer toda esta mierda de aquí». Ramírez trató de oponerse, alegando que convenía esperar a que la teniente se reincorporase de su permiso, o, al menos, que pudiera acercarse por el cuartel. A lo que su capitán respondió que a la teniente le podían dar por el culo, que ahora él mandaba allí y que tener esos acuarios contravenía el reglamento. La mejor solución era llevarlos al apartamento de Lucía. Pero ahora que han comprobado que ella ha salido, mientras los peces tratan desesperadamente de buscar oxígeno entre las baldosas de la escalera, no parece tan buena idea.

Los compañeros se han movilizado en auxilio de los animales. Los recogen en cubos de fregar, botellas de plástico cortadas a la mitad, ensaladeras… Salvan a una buena cantidad. Cuando la crisis remite, Ramírez reúne valor para ir en busca de su teniente y contarle lo ocurrido. La encuentra en el cementerio de La Planilla, tal y como le había dejado dicho. Está sentada en un banco en el que da el sol, cerca de la tumba de Campos. Tiene a Claudia dormida en los brazos. Marcos pilota su bici entre los caminitos que rodean sepulcros encalados, cipreses y miles de flores, sin molestar a nadie, pues nadie hay a quien pueda molestar en el cementerio a esas horas. Ramírez se sienta junto a ella.

—¿No cree que pasa demasiado tiempo aquí, mi teniente? El sargento ha recibido ya suficientes honores.

En realidad lo que Ramírez querría decirle es que no debería sentirse culpable. Pero quién es él para sugerir semejante cosa. Así que no lo hace por cobardía…, como tampoco saca el tema de los peces sin hogar.

—Es un lugar tranquilo, lo descubrí cuando vine por primera vez —responde ella—. No sé cómo Bernard puede soportar esas plazas llenas de críos gritones y de padres histéricos. A algún sitio tengo que llevar a estos niños mientras él está en Londres.

—¿Ya se sabe cuándo volverá?

—Oh… Pues está trabajando en un libro, de esos sesudos, que le gustan a él. Volverá cuando lo tenga cerrado. Dice que hay una editorial interesada. En fin, se lo debo, ¿sabes?

Lucía ha ensayado ya la excusa tantas veces que la formula sin asomo de dudas. Ramírez se percata que su teniente guarda algo escondido en el puño. Una especie de tela blanca bastante ancha. Ella se da cuenta de que Ramírez esta mirando ese objeto. No encuentra fuerzas para ocultar nada más. Con Bernard lejos, con los niños tan cerca, con esa sensación de maternidad negligente que la embarga, con Campos bajo tierra, necesita compartir sus miedos con alguien. Abre la mano y le muestra a Ramírez el retal. Parece una cinta de las que acompañan las coronas de flores. Contiene una frase bordada en negro: *Ez ahaztu, ez barkatu.*

—¿Qué significa? —pregunta el cabo.

—Ni olvido ni perdón —contesta ella.

Ramírez arruga la nariz.

—¿La encontró sobre la tumba de Campos?

—No. La he encontrado en un ramo de flores que alguien ha dejado en el columbario donde se depositaron las cenizas de Karmelo Puerta.

Ramírez no ha podido enterarse de los detalles de este asunto. Pero la Grande parece lo suficientemente preocupada como para prestarle oídos. Ella habla bajito para no despertar a Claudia que respira profundamente con el rostro oculto en su pecho.

—¿Recuerdas aquello que te dije de que te pagan por sospechar, niño?

—Lo recuerdo.

—Responde a una cosa: ¿puede una persona organizar un crimen perfecto en tan sólo una tarde?

— Supongo que depende del crimen. Dicen que no hay crímenes perfectos sino investigaciones imperfectas. Tendría que tener mucha suerte… O mucha ayuda.

—Exacto.

Lucía no para de darle vueltas a aquella conversación con el comandante Aguilera sobre el asesinato de García: «Es una calle muy tranquila. La vecina que vive en el entresuelo está sorda como una tapia. En el primero hay un despacho de abogados, vacío a esas horas. Los del segundo A estaban esquiando en Baqueira, los del B son un matrimonio de maricas que trabajan hasta tarde en su propio restaurante. Los del tercero oyeron algo, pero tampoco les sobresaltó como para llamar a la policía». Todo perfecto. Demasiado perfecto. ¿Se puede viajar a Madrid, reconocer el terreno, investigar a la víctima, diseñar el plan y ejecutar el crimen en las pocas horas que Vilma y Pedro dejaron a Kabuto sin vigilancia? No. A menos que alguien le hubiera hecho a Kabuto el trabajo sucio. ¿Pero quién? ¿Quién es ese alguien?

Y, sobre todo: ¿qué hace ahora en Calahorra dejando ramos de flores en la tumba del asesino? ¿A quién se dirige el mensaje de la cinta?

—¿Hay algo que quiera contarme, teniente? Creo que lleva usted ocultándome cosas importantes desde que empezó el asunto de Isa Abdi. Bernard se va de un día para otro. El sargento fallece. Acaba de llegar un capitán que se la tiene jurada… a usted y a sus peces… Mi teniente, no necesito explicarle lo que usted significa para mí. Pero si quiere que le ayude a protegerla, tanto a usted como a su familia, me va a tener que dar más información.

—¿Por qué no me tuteas? Yo te tuteo.

—No pienso hacerlo.

Si Lucía no tuviera en brazos a su hija, ahora mismo se levantaría para abrazar al cabo Ramírez. Así que agradece la presencia de la niña, que le da la oportunidad de salir del paso sin tanta sensiblería.

—Está bien. Voy a hablarte de todo lo que sucedió allí, en el norte. Pero antes, para que entiendas la importancia del asunto, te contaré lo que le ocurrió al coronel García hace unas semanas. Él estaba en Madrid. Madrid es una buena ciudad para las cucarachas.

Agradecimientos

Va un agradecimiento especial para Ernesto Reinares Varea, que me acompañó a lo largo y ancho de La Rioja Baja durante la tarea de documentación de esta novela, haciendo que todo fuera más divertido. También quiero agradecer la amable acogida que siempre me han brindado en todos los lugares que visitaba para completar el trabajo de campo: José Manuel y Sergio, en la casa cuartel de Calahorra; Germán y Paco, en el despacho de Cáritas; la familia Rubio en su bodega de Aldeanueva de Ebro (Bodegas Real Rubio). También quiero mencionar a algunos riojanos que de una manera u otra han colaborado inestimablemente en este proyecto: Ester, Pepe Ibáñez, Juanan y Marta, Arturo, Marian y Eduardo, Rebeca y la familia Pulido Aldea.

Que el vino se amargue nada más entrar en mi boca si me olvido de alguien.

Índice

OTROS TÍTULOS
DEL AUTOR EN ESTA COLECCIÓN

PRIMERA EDICIÓN

© FRANCISCO BESCÓS MENÉNDEZ DE LA GRANDA, 2018
publicado por acuerdo con Mónica Carmona Literary Agency
© De esta edición, EDITORIAL SALTO DE PÁGINA, S. L., 2018
www.saltodepagina.com
saltodepagina@saltodepagina.com

COLECCIÓN PÚRPURA
ISBN: 978-84-16148-61-5
DEP. LEGAL: M-34389-2017

Imagen de cubierta:
Equipo de diseño MALPASO | Salto de Página

Impreso en España
EGEDSA